李佩甫 著

河南文艺出版社
· 郑州 ·

图书在版编目（CIP）数据

河洛图／李佩甫著. --郑州：河南文艺出版社，2019. 11
（2024. 3 重印）

ISBN 978-7-5559-0900-2

Ⅰ. ①河…　　Ⅱ. ①李…　　Ⅲ. ①长篇小说-中国-当代
Ⅳ. ①I247. 5

中国版本图书馆 CIP 数据核字（2019）第 257704 号

选题策划　陈　杰　陈　静
责任编辑　陈　静　杨　莉
责任校对　梁　晓　殷现堂
美术编辑　刘婉君
责任印制　张　阳
书籍设计　书籍／设计／工坊　刘运来工作室

出版发行　河南文艺出版社
本社地址　郑州市郑东新区祥盛街 27 号 C 座 5 楼
承印单位　河南瑞之光印刷股份有限公司
经销单位　新华书店
开　　本　700 毫米×1000 毫米　1/16
印　　张　28. 25
字　　数　430 000
版　　次　2019 年 11 月第 1 版
印　　次　2024 年 3 月第 6 次印刷
定　　价　58. 00 元

作者在采风途中

李佩甫，河南许昌人，现为河南省作家协会名誉主席。主要作品有长篇小说《平原客》《生命册》《等等灵魂》《羊的门》《城的灯》《李氏家族》等，中篇小说《黑蜻蜓》《无边无际的早晨》等，散文集《写给北中原的情书》，电视剧《颍河故事》等，以及《李佩甫文集》15卷。作品曾获茅盾文学奖、庄重文文学奖、人民文学优秀长篇小说奖、全国"五个一工程"奖、"中国好书"奖等多种文学奖项。部分作品被翻译到美国、日本、韩国等国家。

目录

第三章

042—058

一天下来，等到再晚些时候，周亭兰就出现了。她站在窑洞门口，一手牵上儿子，羽毛般地轻声说：各位爷，累了一天了，歇吧。于是，那闹声就住了。仿佛人们就是等着她出现呢，好暄一暄眼。

第四章

059—077

断指乔说：好。一个女流，能说出这样的话，佩服。有你这句话在，有恩人在，这银子，算是我寄存在你那里的，可好？

第五章

078—094

周亭兰说：活人是不用书，但要活得好，心里就得有一盏灯。书就是点在心里的灯，它是照路的。你老人家不也说，书里有尺子，那是量人的。就是苦，也要让他知道，什么是好，什么是歹。

第六章

095—113

他对重孙子说：从今天起，我要教你的"字墨"，其实是五个字，仁、义、礼、智、信。这五个字，我先要你从街上买回来。买回一个，我教你一个。若是买错了，或是买不回来，看见了吗？这是戒尺，打手十下。记住了吗？

第七章

这时，不知怎的，康悔文突然有了倾吐的欲望。他在念念眼里看到了那种很寒的东西，他现在明白了，那叫——岁月。

第八章

康悔文什么也没说。突然间，他有些懊悔：这事太荒唐，也太莽撞。他出来是做生意的，跟人赌什么呢？一船粮食，千辛万苦运到这里，就这么说没就没了，回去怎么交代呢？

第九章

康秀才说：念念啊，祸从口入。若是你做了悔文的媳妇，那过去的事，就要忘得干干净净。不可说，不能说，也不必说。

第十章

康秀才说：财富这东西，少了，会困顿；多了，会腐烂。会挣钱的人，要先学会撒钱，就像你小时候那样。康悔文说：撒钱？康秀才说：是"会"撒钱。这叫"留余"，你明白吗？

第十一章

191—211

仓爷拿起绣了石榴花的汗巾，在手里捏了捏，汗巾是丝绸的，很软。他心说：你心动了？温柔乡，富贵地，无人不想啊。可人无信义，有何脸面活在世上？

唉，活在世上，仓爷最后的一个念想是，吃一口霜糖豆腐。

第十二章

212—232

王瞎子缓缓地摇了摇头。接着，"扑吞儿"一声，又一串钱进了王瞎子的裆裤。王瞎子翻着眼白叹了口气，徐徐吐出三个字。猪吃糠。这三个字，让周亭兰倒吸了一口凉气。

第十三章

233—252

邵先生笑着说：一般人敲门，都会站在门的右边。而你两次都站在门的左首。左边是坤位，也叫困位，可见你处于困境。你右手托一卷轴，属木，且巳时登门，你本人处于旺地，可知福分不浅，只是个问路人。再往下说，河洛康家又有谁人不知？

第十四章

253—274

老爷子说：字的后面是人。每个字后边都有人的故事，我回头一一解给你听。不管多长时间，你若能把"人"给我读出来，就算你过关了。

第十五章

他拟好了要呈送的密折草稿，这才派人接来一品红。当晚，他说戏的情绪格外饱满。在他的想象中，那河洛康家，如同砧板上的一条鱼，或是一只待宰的羔羊。这想法让他很是兴奋和受用。

第十六章

在康家的历史上，朱念念的来历一直是个不解之谜。这在康家是一件讳莫如深的事，一代一代后人没人能说清她的身世。

第十七章

康悔文仍站在那里，说：小姐，我水旱兼程八百里赶来，虽有些唐突，可我是有缘由的。晚香怔了一下，说：从千里之外追到这里？

第十八章

这究竟是个什么样的女子呢？看她弱柳扶风的模样，却也有深藏不露的心机。仅以今晚而论，这一桌的菜式和那一桌就有明显的区分。

第十九章

343—362

周亭兰说：你想让康家背信弃义？你想把那五个字，一个一个都吃掉吗？

康悔文说：母亲，康家谁都可以去，就你不能去。我不能让一个土匪，坏了母亲的名节！

第二十章

363—381

康老爷子说：康家占了河洛交汇之地。走的是水路，发的是水财。水，有渠则盈，无渠则滥。涓涓细流，可汇大海。这道理你总该明白吧？

第二十一章

382—401

"我这一辈子，是毁誉参半哪。荣耀时，一门两进士。遭难时，一门两丧。终还得一好孙媳妇，才使我康家再度兴旺。如今，我神仙老儿也做了，此生已无憾事。其实，做神仙也不过如此，我不过想给后人留个念想罢了……"

第二十二章

402—419

周亭兰目光逼视着他说：大人，黄河决堤，大难临头，我康氏一族毁家沉船，也算是为国尽了力了！现在，我把康家所有的身家都押在你这里了，这不算是为难你吧？

引子 ··

一

大师端坐在那里，脸上带着活佛般的宁静。

近年来，开着汽车来看望大师的人越来越多了。大师已应接不暇。从东南亚的富商，到京城的商界大佬，乃至各省市的地方官员，纷纷前来拜望。有问一情一事、吉凶祸福的，也有来参悟人生玄机的。他们一个个极恭敬地来到大师面前，而后又各自开车离去。没有人知道他们从大师那里得到了什么。只是，这里的路修了，是东南亚富商出钱修的；这里也很快地为大师建起了一座寺院，寺院耗费巨资。大师洞悉三命、参悟玄机，于是就有了这座"玄妙寺"。大师在玄妙寺做了住持。

一个人，当他声名远播的时候，他就成了一座寺。

初时，大师一天只见十人。再后，见大师一面就难了。所以，玄妙寺外建起了宾馆，许多远道而来的人住在宾馆里，他们都是等待大师指点迷津的。

有幸见到过大师的人都知道，大师是坐着的，大师是"半仙之体"。他就那么端坐在一个特制的轮椅里。可是，假如时光能倒退四十年，大师还愿意当坐着的"大师"吗？

大师也有过年轻的时候。

二十岁的时候，大师曾是邙山脚下一个村里的电工。他的名字很普通，姓陈，叫陈麦子。那时的陈麦子是英俊的青皮后生，屁股上挎着电工包，荡荡地在村里走，很惹眼的。于是，就有很多媒人上门提亲。村里的姑娘们也是一趟趟往陈麦子家跑，借个簸箕、顶针什么的，寻机丢一媚眼，问：麦子，你家的杏儿熟了吗？

陈麦子并不回话，他甚至有些腼腆。他把电工包横在胸前，抔腰立在那里，望着远天的火烧云。那云铺一天橘红，一匹一匹亮着，一会儿绸缎样儿，一会儿奔马样儿，展万里锦绣。这仿佛就是那未来的日子，还不知是怎样一个好呢！

陈麦子拍拍那个电工包说：灯就要亮了。

陈麦子就是在这天傍晚的时候爬上那根电线杆的。在夕阳里，他披着五彩的霞光立在高空中，看上去无比潇洒，就像是一个金人。接线的时候，有人还看见陈麦子笑了。他望着天边那五彩的云霞，咧嘴笑了。而后，也就是咽一口唾沫的工夫，只见电线杆上闪了一束火花，"砰"一声，他掉下来了。

当人们把他从医院拉回来的时候，命是保住了，人却成了"半个"——他的脊椎折了，腰以下失去知觉，他再也站不起来了。那时候，一村的人都跑来看他。人们一声声地唉叹：一个活蹦乱跳的小伙儿，怎么咽口唾沫的工夫，就成了半个人？

陈麦子不想再让人看了。在人们的目光里，陈麦子已死过一千遍了。

一天夜里，陈麦子对娘说：娘，你把我背到山里去吧。

娘只是哭，娘的泪都哭干了。陈麦子就骨碌着从床上翻下来，一点一点在地上爬。娘一次次地把他重新弄回床上，他就一次次地往地上摔……娘没有办法了，娘给他跪下来，说：麦子，你真想死？

陈麦子说：要么你看着我，在众人的眼窝里淹死，在唾沫星里泡死。要么你让我一个人……活。

于是，娘狠狠心，把他背到山里去了。这一去十年。达摩十年面壁，陈麦子在山里一待就是十年。在这十年里，没有人知道，陈麦子是怎么活下来的。也没人知道，他在山里究竟遭遇了怎样的机缘。只是，当他出山的时候，他已不再惧怕人们的目光了。

陈麦子出山后，第一个给他传名的人是老邵。

老邵是市里来的干部，下乡工作队的队长。那时候老邵刚来，一家一家走走看看，这叫"走访"。当他走访到陈麦子家的时候，进门踩了一脚鸡屎。他在院里的树上蹭了蹭鞋，而后才进屋。陈麦子看了他一眼，说：你祖籍山西？老邵说：是啊，是。你怎么知道？陈麦子淡淡地说：回去吧，赶快走。老邵愣了。陈麦子接着说：你祖籍山西，兄弟姊妹四人，门前有棵老槐树，开紫花。回去吧，你娘在床上躺着呢，还有三天的阳寿。赶得快了还能见上一面，慢了怕就见不上了。老邵傻了。老邵呆呆地站在那里，摇摇头，又摇摇头说：我不信这个。陈麦子两眼一闭，再不说话。老邵是个孝子，一天心神不宁，当晚就赶回去了。等他回到老家，娘果然在床上躺着，还有一口气。立时，老邵服了。

第二个给陈麦子传名的是万海法。

万海法是煤矿工人，新婚，给陈家送喜糖来了。他穿一身新发的工作服，体体面面的，一脸笑说：婶子吃糖。娘怕伤了麦子，就说：多好。走，咱上那屋说话儿。陈麦子看了看万海法，说：你三天假？万海法说：可不，明儿就走了。陈麦子说：我看你还是多歇一天。万海法说：矿上忙。陈麦子说：忙也多歇一天。万海法说：我又不像你……陈麦子说：还是多歇一天吧。多歇一天，你还有六十年的阳寿。少歇一天，你只有一天的阳寿了。万海法说：别乱。哥，大喜的日子，你咋说这话？陈麦子说：听哥一句话，晚走一天。万海法心里嘀咕，也馋媳妇，就晚走了一天。结果，等他回到矿上，才知道矿上头天出了大事故，一班人全去了。

第三个给陈麦子传名的是黄九香。

黄九香是从黄村嫁过来的媳妇，人很泼辣，一张刀子嘴，当时是村妇联主任。她家的牛丢了，就站在村街骂，直骂了一天。陈麦子听不下去了，对娘说：你叫她来。黄九香来了，往门上一靠，说：大兄弟，你说气人不气人……陈麦子淡淡一笑说：别骂了。有惊无伤。九月初九，牛就回来了，随一喜。黄九香一怔，说：有这好事？我不信。陈麦子说：别再骂了。七日头上，你有一小灾。黄九香当然不信，该骂还骂，又打发人四乡去找。哪里找得到！七天头上，黄九香熬煎了一嘴热疮，出不了声了。可到了九月初九，天转凉时，家里的牛果真就回来了，竟然带一犊儿。

民间的事，是口口相传的。越传越远，越传越神，渐渐，陈麦子的名声就越来越响了。最最重要的是，陈麦子曾跟本省的一位市长密语过。没人知道他给这位市长点拨了些什么，但此后不到五年时间里，这位市长果然一提再提，成了"封疆大吏"。

就此，陈麦子成了大师。人们都说，他开"天眼"了。

二

子时，夜冷风寒。

洛水静静地流着。如今，水已经很小了，细如夜色中的一道墨痕。当坡上那棵老柿树的最后一片叶子飘然落下，正是丁亥年壬子月庚子日的子时——公元二〇〇八年的元旦。

天原本是墨色的。群山笼罩在一层层流动着的黑气里。黑气在弥漫中移动、聚集，接着就是一声闷响。在这个有着一道道岭梁沟壑，河洛交汇，东有虎牢关、西有黑石关，史称"天下锁钥"的丘陵地带，出现了梦幻般的奇异景象——

墨色的夜，突然之间，天一下子白了。一颗流星从天空中划过，夜空顿时亮如白昼。这瞬间出现的白夜现象，先是惊起了一村一村的狗咬声，而后是麻雀和老鼠。麻雀惊叫着一群群从树上飞起，旋儿旋儿地打着颤儿，斜刺里，有一只老雀在惊慌之中，竟肝胆俱裂，一头撞进了点燃的火堆里……鼠们也感到了时光的错乱，正该觅食的时候，它们却收到了昼夜颠倒的异常信号。鼠们吱吱地叫着，一只只前后衔着尾巴，成串溜进洞里，而后集体绝食。

雀鼠们哪里知道，这奇异的景观，缘自当地三百年前的一个预言。这是个耸人听闻的民间传说：

据传，在这个地处中原西部的丘陵地带，有一块风水宝地。这块风水宝地每隔三百年发动一次，发动的时间正是亥年子月子日的子时。亥年，可究竟是癸亥、丁亥，还是己亥，民间说法不一。这块风水宝地，传说中有的叫作"金龟探海"，有的说是"金蟾望月"，还有的称之为"双龙戏珠"。三百年前，此地风水发动，应在了一户姓康的人家。康家由此发迹，成就了一个财神，那是被后人贴在门上的三大财神之一。也由此成就了一座百万庄园。前世的风水师预言，三百年后，在风水发动的十日内，如能将祖先的骨殖葬于此处，家中必出大人物。

风水书记载：亥年子月子日子时，正是水之阴极、木斩龙出之时。

正是这一切，唤起了无数人的梦想与躁动。

天亮时分，附近村庄的人们发现，在黄河与洛水的交汇处，沿河两岸十多公里长的堤坝，突然变成了巨大的停车场。放眼望去，各式各样的豪华轿车停放在河堤。昨夜子时，天空中出现的奇异景象引起了轰动，人们被神奇的"白昼"现象所吸引，纷纷驱车从各地赶来。

人们看到，这里居然一下子集中了这么多穿西装的成功人士，那都是些企业界、商界、政界的大佬。各地大佬带着请来的风水师，风水师带着闪闪发光的罗盘，有人还带来了先人的骨殖。他们沿着邙山山脉漫长的丘陵地带，不辞辛劳地四处勘察。

那风水宝地究竟在哪儿呢？

连树上的麻雀都暗自诧异：这是怎么了？莫非，莫非……

三

气场乱了。

那只肝胆俱裂的老麻雀，临死前最后一个感觉是气场乱了。

子时，不知哪位大佬放了一挂鞭炮，鞭炮声加上突如其来的亮光，给老麻雀那九年零一个月的阳寿画上了句号。它本来是可以活过冬天的。

这只老麻雀在扑向火光的同时，永远不会明白，是祖先的遗传信号害了它。那是一段代代相传的记忆：

丁酉年癸丑月庚申日，对麻雀来说，是个大凶的日子。从这天开始，在长达一年的时间里，空中充斥着锣声，地上到处是弹弓。漫山遍野都是人，人类织成了天罗地网。它们的窝被掏了，它们的空间响彻锣声，所有的树都被弹弓盯着。它们飞呀飞，无论飞到哪里，都有火光、锣声、弹弓……气场已乱得不成样子，纵使侥幸躲过白日，夜晚却更为可怕。夜晚由千千万万的光剑组成，人类手持手电筒，那光剑斜插着直刺天空。只要被那剑光扫到，麻雀的死期也就到了。仅仅几个月时间，人类就培养出了成千上万的"弹弓王"。这些"弹弓王"身上披挂着一串串麻雀的尸体，得到了更多人的追捧。杀气布满了每一个角落，在一张张写有"喜报"的大红纸上，墨写的数字后面挂着很多炸弹一样的"0"。

它们只有往山里逃了，虽然山里也不平静。一天黎明时分，嵩山山脉下的丘陵地带，尚在难得的寂静之中。此刻并没有锣声，麻雀却一群一群从天上落下来。它们垂直落了下来，没有人知道它们在天罗地网里飞行了多长时间，躲过了多少长了眼的弹弓。如果再加一把力，它们也许就躲到山里去了。可它们用尽最后一丝力气，气绝了。

它们一只只从天上掉下来，扑嗒，扑嗒，那声音像落灰。它们静静地、软软地死在地上，睁着米黄色的雀眼，嘴角漾着豆样的血痕。

那天，一个起早拾粪的老人，把它们一只只拾进了粪筐里。据记载，一共一千七百八十八只。这也是那个时期单人单日的最大缴获。

是啊，雀儿们是很委屈的。它们为什么有此一劫？虽说春不种、秋不收，可这不也是上天的安排吗？它们不过是大自然中万千食物链的一环，怎么就偏偏要灭它们呢？

于是，在它们的遗传信号中，一代一代都牢牢地记住了这个大凶之兆。

也许，正是祖先的遗传信号害了这只老麻雀。在麻雀一代一代的遗传信号里，凡遇气场变乱，白夜是最为可怕的，那是大凶的前兆。这只富有经验的老麻雀，死在了祖先的经验里。

自古以来，在大自然的运行中，中国传统讲的是五行：金、木、水、火、土。五行讲的是生克：金克木、木克土、土克水、水克火、火克金；反过来：金生水、水生木、木生火、火生土、土生金。这是术数，也是定数，是亘古不变的。可是，万事万物又无时无刻不在变化之中。那么，什么是变数呢？

一只老麻雀，本该有十一年阳寿的，它死不瞑目啊！

四

子时，鼠们绝食了。

在生物的时序里，属于老鼠的时间是如此之少。它们一般只有两年的阳寿，而一天之中，属于它们的只有一个时辰——子时。夜半时分，是它们最自在、最活跃的时辰。可这天子时，它们却集体绝食了。

是的，气场委实是乱了。可鼠们等什么呢？绝食又怎样？它们知道没有谁会来拯救它们，它们不过是凭着天下第一的嗅觉，期望着能从风里嗅出点什么，以发现危险的所在。

在老鼠的遗传信号里，有着更为惨烈的记忆。它们几乎一生下来就遇到了一个天敌：猫。尔后是人类无休无止的追杀。虽然猫是天敌，听见猫的叫声它们就浑身发抖，但它们的生存本领却是人类逼出来的。

有一个日子给它们打上了深重的烙印：戊戌年丁巳月丙午日。那一日，族类的惨叫声一直在它们的灵魂里回荡着。虽然它们的先辈已备受折磨，遍尝人类制造的各种毒药，什么"摇头倒"，什么"七步断肠散"，什么"毒鼠强"……虽然它们的先辈被各式各样、带有香饵的铁夹子夹住过，什么"弹簧夹"，什么"一跳夹"，什么"落地夹"……但在它们的记忆信号里，那个日子仍然是最可怕的，它叫：七杀日。

那是一个孩子的声音。在这个听上去很稚嫩的声音里，四十八个鼠辈被活活挂在了墙壁上，它们每只被绑着一条腿，身上浇满了煤油，一个个湿淋淋的，而后那孩子喊了一声：点天灯了！于是，这四十八只被活捉的老鼠浑身冒着火光开始起舞。它们身上的热油"吱吱"响着，火苗一蹿一蹿地跳跃着，像是一朵朵燃烧的焰火。那美丽耀眼的焰火上下翻滚，跳跃不止，直至气绝。

在这场惨烈的舞蹈中，有三只老鼠咬断了绳子，它们带着一身火苗，吱吱叫着，分三路逃窜。一只冲进了麦秸垛，被引着的麦秸烧成了灰烬。另一只冲进了一户人家，蹿上了房梁，引发了全村的大火。只有第三只老鼠冲进了水沟，浑身疮疤死在洞中。它把那危险的信号传达给了它的后代，它让鼠们世世代代都记住那个可怕的声音：点天灯了！

现在，又五十年过去了。鼠们的生存环境虽然越来越恶劣，但它们仍顽强地活在各个地方。通过一代代的基因传承，它们适应了人间的各种毒药。那些所谓的老鼠夹子，对鼠们来说，实在是太小儿科了，连人类自己都不好意思再拿出来使用。本来，人类几乎又一次把它们逼上了绝路：水泥的大量使用，已使它们无处打洞。在生死攸关的封杀中，鼠们又一次获得了胜利。它们经过一代代的努力，完成了从体形到尾巴的整体变异。又一支鼠类诞生了，它们由大而小、由长而短，只要有穿根电线那样大小的洞，它们就可以做窝。它们成了袖珍型老鼠。

中国古人把一天分成十二个时辰：子、丑、寅、卯、辰、巳、午、未、申、酉、戌、亥。子时是昼夜相交、最为黑暗的时刻，也是鼠们出没的时辰。可是，在这一天的子时，天空亮如白昼。难道说，这就是那个"七杀日"将要来临的预兆吗？

五

仍然是子时，当最后一片树叶落在地上的时候，坡上的老柿树长长地叹了一口气。

一棵老柿树，当它站成了风景的时候，已无话可说。

是啊，在长达三百年的时间里，这棵老柿树一直生长在这里，如今已经成为方圆百里的树王了。

树老到了一定时候，是可以成精的。有一段时间，人们突然在树的身上挂满了红布条，还在树下烧香、磕头。有人说它可以送子送福，消灾避难。树都认了。

方圆百里，就这么一棵老树，在风里站了三百年，这是它的命。曾几何时，这里是大片大片的林子，有各种各样的树。现在就剩下这一棵老树了，它很孤独啊。

它能活过三百年，这里边是有秘密的。当年，曾经有一位风水师路过这里。他先是有些诧异地四处看看，摇了摇头，而后望着这棵老柿树说：怪了，这是一块绝地呀。后来，当他又一次路过这里的时候，禁不住拿出罗盘，认真勘验了一番，说：这的确是一块绝地。

树不说话。它沉默。看来，这个秘密也只有风知道了。

是呀，它曾经是棵歪脖树。在它还没长成时，真是自惭形秽呀。那时候它又歪又小又丑，腰上还有两个瘤子。在很长时间里，它几乎没有得到过阳光的眷顾，它的每一根枝条都是斜着长的。后来，在那些伐树的日子里，那些又高又大的树一棵棵被伐去了，整个林子一片一片地被砍光，它却活下来了。

当然，还有一些日子也是它不会忘记的。比如，它曾遭受过三次雷击、七次洪水……还有最为紧要的一次，那是辛丑年丙申月的丙申日，有人提着斧子来了，来人本是要剥它的皮，就在这人刚要动手时，却听到了一声锣响……于是，就是这个人，过了不一会儿，竟解下裤带，把自己挂在了这棵树上。有很长的时间，树一直不解，人为什么要把自己挂在树上？

按照旧历经验，六十年一个轮回，它已活过阳世的五个轮回了。一年当中，有六个节气是树木的最佳生长期：立春、雨水、惊蛰、春分、清明、谷雨。六十年中，它有六个旺相：甲子、甲辰、甲寅、乙亥、乙未、乙卯。然后便是荣荣枯枯，枯枯荣荣。可它仍然站在这里。况且，树大自直，树老盘根，已经没人能看出它当年的模样了。连那凛冽的风，都成了它的玩伴。

三百年过去了，这里的树已放弃了恢宏，放弃了成为栋梁的可能。历史既然是由人类书写的，那么，树又有什么办法呢？

六

那个"吉穴"究竟在哪里呢？

商贾大佬们带来的风水师已经勘察了几天，可那个被称为"金龟探海"的吉穴仍未找到。在漫无边际的堪舆过程中，主家与风水师之间，风水师与风水师之间，在勘验方位和坐标认同上都出现了争执。分歧越来越大，于是，他们又求到了大师那里。

人们遍访无着，有富商求到了大师的面前。只要陈麦子点出那个吉穴，钱已出到了七位数。可是，陈麦子却一直不言不语。

这一次，央求大师的人太多了，分量也太重了。大师被雇来的人抬到两河交汇的最高处，望着眼前莽莽苍苍的原野沟壑，大师依然像佛一样沉默。

他究竟在想什么呢？

穿过历史的烟云，大师真能看清人生命运的轨迹吗？

是啊，三百年前，这里出过一个财神。那么，三百年后呢？

第一章

一

穿过三百年的时光，陈麦子看见了一只乌鸦。

那只乌鸦正要啄一只挂在树梢上的柿子。那柿子红透了，鲜鲜地在枝头上挂着，就像一个女娃搽了胭脂的粉脸，让人看了心疼。那乌鸦正要啄破这张"脸儿"，一个坷垃飞过来……陈麦子笑了。

那时候，在洛河两岸的层层叠叠的丘陵上，你可以看见一片一片的柿树林。每到阴历八月，柿子红了的时候，这里像挂着一树一树的红灯笼，满山满岭的红灯笼。夕阳西下时，那一树一树金色火焰般的艳红，像是专门给走夜路的人点燃的火把，让路人不由得停下来驻足观望，心生欢喜。一直到下雪天，树叶落净的时候，那高高的树梢上还会挂几枚红透了的柿子，这些"看树佬"，是给过冬鸟儿们留的口粮。

早先，这里的柿树，有一大半是周家的。

在河洛镇，周家原先被人称为"柿家"，后来又被称为"柿饼家"。说起来，这些绰号对一个家族来说，实在是不太好听。再后来，待周家富了的时候，就被体面地改称为"霜糖家"了。

周氏霜糖堪为当地一绝。当时，周家的老掌柜周广田号称"老毒药"。这是说周家霜糖的甜味正，没有酸头。甜，到了一定的程度，就是毒药了。

再早，周家并不富，只是略有些薄田，都在岭上。天旱的时候，庄稼十种九不收。于是，只好种些柿树，柿树底下套种一季庄稼。周家的柿树与别家的不同，一棵一棵都是在沟沟壑壑里采最好的软枣枝条嫁接出来的，结的柿子又大又甜。每逢霜降时，周家一家老小在周广田（那时候还没人叫他"老毒药"）的带领下，去岭上摘柿子。

周广田后来被人称为"老毒药"，除了霜糖味正之外，还是有些缘由的。一是眼毒，是说这人眼尖，入木三分。二是手毒，这是说他手巧，做活儿不惜力，下狠功夫。三是嘴毒，有人说他的唾沫星溅出去，可以毒死麻雀。这是说他好骂人。每天早上，他家老老小小都是被他骂起来的。不然，同样是树上结的柿子，他怎么就能比别家多挣两三倍的钱呢？

比如别家摘柿子，大多是爬到树上去摘，还有抱树摇的，摇一地，"扑嗒嗒"，反正把柿子弄下来就是了。可周家不一样，周家采柿子不让上树，是一个一个摘的。周广田用长竹竿做成专门采柿子的"掐柿竿"。他把竹竿的头一节劈成一瓣一瓣的，弯成弓形，做成一个掐子，掐子上挂一布缝的小口袋，人站在高凳上，举起丈余长的掐柿竿，轻轻地一套一拧，柿子"扑吞儿"就掉进布口袋里去了，一点不伤树。收获柿子的季节，周家柿园里，这里那里到处亮着一盏一盏的鳖灯，直到三星稀。在河洛镇，曾有一句民间歇后语：周家人的脖子——前长后短。那是笑话周家人的，是说他们摘柿子仰脖儿仰出来的毛病。

周家做柿饼的方法也与别的人家不一样。周广田做柿饼讲的是"九捂九晾"，为此他还发明了一种专门给柿子旋皮的轮柿车。轮柿车也是他自己琢磨出来的，木制的，有半人高，把柿子叉在有三个钢齿的柿车上，上边一个木制的小轮，下边一个大轮，大轮上有脚蹬子，套上皮带，人坐在柿车前，两脚一蹬，"咔儿"一圈，柿皮就下来了。旋了皮的柿子一个个干干净净地摊在高粱秆做的大箔上，在专门搭的柿屋里风干。

而后是三七二十一天，周广田带领全家老小就像熬鹰似的，白天把柿饼摊开来吃风，晚上堆起来捂、发汗，中间还要三翻三扣。九晾九捂之后，柿饼就出霜了。待柿饼出霜后，还要再摊、再晾、再捂、再晒。就这么一季下来，周家人的手都紫了——黑紫，像是风干的鸡爪子。一直到多年后，民间还有传言说，凡周家人，三代以后手上还有甜味。你想，周广田有多狠！

周家霜糖是秘制的。待柿霜出齐后，周家院内的那十二口大缸就派上用场了。每每，周广田会站在院子中间的大缸前边，手里拿一根柿竿，严密监视家人做活。

那缸一字排开，洗刷干净，倒上清水，而后一人一个特制的高粱篾筛子，小心翼翼地把柿霜从柿饼上筛进大缸里，再后就是九澄九滤九熬。等到大锅坐火上，开始熬霜糖的时候，周广田才亲自登场。只听他骂一句：日娘，都站开！

谁都知道，周广田熬霜糖是决不让人看的。当然，那火候极难掌握，熬不好就黄了，发酸了。霜糖的正色是灰白，这是要周广田本人亲自掌锅的。

周家霜糖熬出来先是软的，用特制的小竹节舀子舀出来，铺上细布，在案上的模子里制成霜糖片。再用上好的黄纸包了，打上"周氏"红印记，这就是周氏霜糖了。周氏霜糖，甜而不涩，进嘴即化，治大人烂嘴、小儿鹅口疮有奇效，是当地其他制糖人家无法相比的。

周氏家族成功的秘诀就是两个字：发狠。是对自己发狠，对自己做事情发狠。当老毒药周广田穿上皮袍那一年，周氏霜糖已名扬河洛。

二

在河洛镇，能与周家齐名的，也只有康家了。

那时候，让老毒药服气的只有一个人，那就是康秀才。

康家三代，一次次变卖家产，一心只为供儿孙读书求学，终于功成名就，一门竟出了两个进士。在老毒药看来，这就有点惊天地、泣鬼神的味道了。所以，康家老爷子只要从家里走出来，一街两行的人就只有敬仰的份儿了。

两家相比，周家不免气短。周家有钱，但缺的是字墨。

周家这些年能发起来，凭的是周家三绝。周氏霜糖为天下一绝，这就不消说了。周家的柿饼也是家喻户晓，名满南北干果行商。每年冬天，柿饼下来的时候，周家门前排着几十辆鸿车（双排独轮车），那是等着装运柿饼的。脚夫们走旱路，把一车车柿饼运到周口或洛阳，然后，这些柿饼再走水路，经京杭大运河运往南北商行。再有，周家的柿涩也是当地一绝。把落果（没长好落地的青柿）收集起来，捣碎后榨成汁，再经提纯后制成"柿涩"。那时候在河洛镇，柿涩是刷渔网、制作油纸伞的上等糅制品。周家柿涩为紫蓝色，工艺纯正。特别是打鱼人，每到织网补网时，只认周家的柿涩。

当然，老毒药无论如何也想不到，三百年后，这柿涩提取物，竟成了制造原子弹的特殊材料，是专门用来收集原子铀的。不过，这时候它已不叫柿涩，而是一长串的英文符号了。

周家有此三绝，焉能不富？所以，每当老毒药走在镇街上的时候，一般的闲人，他是不理的。他本来脖子就长，走路眼是往上看的，嘴上叼一杆烟袋，就像个长脚鹭鸶，那个傲啊！

可只要见了康秀才，不知怎的，他的腰就不由自主地塌下来了。老毒药本是不识几个字的，他也不知从哪儿学了一句，见到康秀才，他会哈下腰，讪讪地问：甫台，你上火了吗？

康秀才一怔，说：火？啥火？

老毒药说：咱家霜糖绝治上火。

开初，康秀才是不屑于搭理这号生意人的。还"甫台"，装啥？可康秀才是端方之人，只是点头笑笑说：霜糖吗？霜糖好。说完，扭身就走了。

老毒药追着他屁股说：我让伙计给你送两包，让娃儿们尝尝。

那时候，康家常年举债度日，三天两头走当铺。渐渐地，也就顾不上这许多了。再见面时，老毒药仍是很巴结地说：甫台，一个镇上住着，有难处你说。

康秀才常年一挂青衫，本是从不张嘴的人。但有时候上头收"河防捐"，有时候收"人头税"，有时候是孙子进京赶考缺盘缠，有时是年关时候断了炊……大凡周转不开的时候，也就支支吾吾地张嘴了。平日里借个十两八两银子，老毒药答应得很痛快，还总是让人送到家里。

但借是借，还，是一定要还的。说三日还，定然会在第三日把钱还上，不会错一天半晌。偶尔，有还不上的时候，康秀才就会差人把地契押上，反正卖地也不是头一回了。

说来，周家是有算计的。老毒药很想跟康家联姻。当康家的钱借到一定的时候，周家就托媒人上门提亲了。周家有一孙女，聪明伶俐，模样俊俏，名唤亭兰，是老毒药的掌上明珠。周家这宝贝孙女偏偏和她爷爷一样，最喜好的就是"字墨"。

不料，媒人进了康家，刚把话说完，康秀才竟一口回绝了。他一捋胡子，先是抑扬顿挫地对媒婆吟道："香稻啄余鹦鹉粒，碧梧栖老凤凰枝。"你问问周家，既是河洛人，知不知道这诗是谁写的？

接着，康秀才慢声细语地说：听说，那闺女还是天足？——这也是点到为止，康秀才留着面子呢。

媒婆赶忙解释说：裹是裹过的。只是后来经不住疼，自个儿放了……

康秀才一脸持重，两眼一闭，再也不说什么了。

那媒婆本就好翻嘴调舌，又碰了这么一鼻子灰，连个茶钱都没混上，自然是火上浇油。她气嘟嘟地跑到周家，连"呸"了三口，才说：气死老娘了！穷得四面漏风，连个屁都夹不住，还张口鹦鹉，闭口凤凰，啊——呸！

老毒药脸都黑了。他瞪着眼问：日娘，他、他放啥子屁话？

媒婆说：我一进门，那脸跟破鞋底样，嘴撇得像烂杏，先说啥子凤凰，又说柿饼，还说饸饹……你听听，这叫人话吗？这是转着圈骂人哪！媒情事，中就是中，不中就是不中。这不是看不起人吗？柿饼咋了？那柿饼不也送到皇城里去了吗？皇帝老儿还吃哪！

媒婆正一丈水一丈波地说着，老毒药突然就静下来了。他转过身去，从柜子里摸出两串钱，往桌上一丢，说：拿去吧，买双鞋。我知道了。他不愿就算了。

媒婆的话卡在了喉咙里，想再煽煽风，看老毒药不高兴，也就罢了。扫了一眼桌上的钱，嘴里说：事没办成，这钱我不能要。赶明儿……赶明儿我再给寻个好人家，比他康家强一百倍，气死那老东西！这个时候，媒婆那眼尖溜溜的，正细盯着桌上的钱。

老毒药摆摆手，说：拿去吧。

媒婆伸手抓过钱，连声道谢后，一扭身走了。

老毒药闷坐在那里，半晌没有说话。是呀，家里有钱了，可缺的是"字墨"。这年头，不管怎么有钱，只要缺了"字墨"，总是气缺哪！

老毒药走上镇街的时候，就有些灰溜溜的了。

转过夏，突然有一天，媒婆又来了，一脸的褶子都在笑，说：成了，成了。这大鲤鱼我是吃定了！

这话没头没尾，说得老毒药怔怔的。媒婆说：那康家要下定了，让我先蹚蹚路。哼，我说早干什么去了？牵着不走，打着倒退！

可老毒药却不答应了，他黑风着脸说：日娘，他应了，我还不应哪！让他狗日的自己来！

媒婆碰一鼻子灰，讪讪地走了。

谁料，没过几日，康秀才真的带着四样礼亲自登门了。而且，他进门后一揖到底，先是赔礼道歉，而后又夸周家孙女。总之，算是给足了周家面子。

可让老毒药没想到的是，这门亲事竟是孙女周亭兰骂来的。

几天前，康秀才路过岭上，见周家柿园旁，高凳上坐一秀女。这姑娘裙裾悠悠地坐在靠近大树的高凳上，手里还拿着一本书。只见小女子素净装扮，脚下一双绣鞋，眉儿细细弯弯，眼睛柔柔亮亮，更衬得脸庞雪白粉嫩。那股灵乎劲，令康秀才脑中浮现《诗经·小雅》的佳句："巧笑情兮，美目盼兮……"

康秀才为人虽端方谨严，可眼前的小女子让他不由得想起了前些时提亲一事。鬼使神差一般，他不由得放慢了脚步。

更让他想不到的是，正在此时，这女子粉唇轻启，竟然朝他笑道：秀才爷爷，康家爷爷，你见过城墙吗？你见过济南府的炮台吗？你见过吴家酱菜园新锔的大缸吗？你见过范家铁匠铺里的牛皮风鼓吗？

康秀才像是当头挨了一棒，张口结舌的，那脸竟涨成了酱色。

只听这女子又说：您也算饱读诗书，那我问问你，你家栽了梧桐树吗？你家有新晒的糯米吗？你家备有洋人的梳妆镜吗？你家放有待客的金银餐具、八仙方桌、十二条凳、二十四道汤盆吗？大年下，你还跑到俺家借钱，你羞也不羞？

此时此刻，康秀才脸上红一片又紫一片，就像是生猪肝在滚水里汆过了，又在凉水里激。

他叹一声应道：好一个伶牙俐齿。

不料，这小女子一张嘴，又让他大吃一惊。只听小女子说：是啊，不瞒您，出门时，我刚在砺石上磨过。古人不是说"漱石者，欲利其齿。枕流者，欲洗其耳"，您要不想听，就去洛河里洗洗耳朵吧。

康秀才哪里知道，这女子是周家的一个例外。周家就这么一个孙女，从小受宠。老毒药虽然嘴毒，却一直把她视为掌上明珠，可以说是周家唯一不受约束的人。虽是商家女，但自小什么书都看，而且在私塾里还悄悄念了几年书呢。

康秀才就这么走了。虽然没有去洗耳朵，但他是一步三叹，像被打垮了似的，走得很踉跄。

就此，康秀才在家里闷了三天。三天后，康秀才亲自登门，去周家提亲，而后正式下了聘礼。可是，谁能料想，这么一桩看上去十分美满的姻缘，却牵出了一连串的事端。

三

周家的孙女要出嫁了。

那是柿子红了的时候，周家的小孙女嫁给了康家的大孙子。这是一桩人人都说好的姻缘。周家孙女年方十七，是当地有名的富家女；康家虽说穷一些，但耕读传家，一门两进士。康家的大儿子早年进士及第，现已是朝廷的三品大员；康家大孙子今年又喜中红榜，是当朝的新科进士。

出嫁这天，周家倾其所有，极尽铺张。送嫁妆的队伍逶迤前行，排出了一条镇街。迎嫁的康家，因是新科进士，县太爷亲自贺喜保媒，所以特意派出了八个官家衙役在前头鸣锣开道。跟着是八杆龙凤大旗，八个火铳手，八个扛着喜饼篮子沿路撒柿饼的"全活人"，接着是八人抬的大花轿，跟在后边是抬食盒、送嫁妆的一众人等。

因夫婿在京城做官，新娘子是要送到京城去的。所以，新娘子只是到康家拜了各位长辈，在宗庙祠堂行了大礼，而后就直接送到洛河码头登船了。

那日，半里多长的送嫁队伍里，一直飘散着一股甜丝丝的味道。那甜意弥漫开去，叫人们生出了许多的慨叹。围观的人都知道这味道的来历，羡慕者居多。也有人撇着嘴说：哼，不就是柿饼家嘛。

大喜的日子，一路都很顺利。只是，当轿子快到码头的时候，只听"咯吱——""咔嚓——"两声，那顶租来的八人抬的轿子，前边的两根轿杠竟同时断了。轿夫们一个趔趄，差点栽在地上。立时，送亲的队伍都停下来了。

在前边鸣锣开道的衙役们走着走着，见后面的队伍停下来了，也只好停了锣，诧异地向后望去，问：这是怎么了？

出事之前，轿头是有感应的。好好地走着，他只觉得后脑勺一凉，只听"嗖"一声，眼前突然闪过一道红光。就见三步之外，居然卧着一只"黄大仙"。"黄大仙"的尾巴是红的，竖起来像火炬一样，两只红眼珠滴溜溜地望着他。轿头是见过些世面的，他知道这是拦轿的。但他来不及多想，只急忙改了号头，嗓音发颤地喊道：脚前一只花，看它莫踩它……他以为轿夫们都看到了，可八个轿夫，除了他，谁也没看到。且都以为是脚下有牛屎，只下意识高抬了一下脚而已。就在此时，"咔嚓"一声，轿杆折了。

坏菜！轿夫们自觉无趣，这"面儿"栽大了！本是喜事，竟出了这样的窝囊，主家定然是要责怪的。他们一个个吓得面面相觑，谁也不知道该咋办了。

新娘子周亭兰，满脸喜气地坐在轿里，只觉眼前有红光一闪，接着，轿子猛地往前一栽，差点把她从轿里甩出去。她极力稳住了身子，见轿子停下，就掀了盖头，悄悄把轿帘拉开一条小缝，细声问：怎么了？

轿头再看，"黄大仙"不见了。

虽心中忐忑，可大喜的日子，轿头自然不敢乱说。他只是苦着脸道：少奶奶，也不知哪个王八蛋使的坏，轿杠折了。

那缝儿又撩得稍稍大了一点，从这里看去，离码头还有二十多丈远……看来，像是有人使坏。霜糖家生意做得好，也的确得罪了不少人哪！

轿子里的周亭兰沉吟片刻，小声道：轿头，你过来。

轿头小心翼翼地凑上前去，先是朝自己脸上扇了一耳光，说：少奶奶，您、您……吩咐。

周亭兰细声说：周家是要脸的。

轿头连声说：小的知道。得罪，得罪了。

周亭兰叹一声，说：轿头，把轿底卸了，走"旱船"吧。

轿头先是一愣，可他立刻就明白了少奶奶的用意，感激之情溢在脸上，低声说：谢了，少奶奶，您多担待！

他侧转过身，一脚探进轿里，只听"叭、叭"两脚，轿头就把轿底给拆了。他把轿板一夹，解下腰里的带子，三下两下缠在断了的轿杠上。接着，他回过身厉声低语吩咐道：都给我听好了，走旱船步。舞起来，给我大声唱！

一时，轿夫们心领神会，一个个抖擞精神，把轿杠夹在胳肢窝里，前三后四，走起灯会上的"旱船步"来。

轿头在前大声领唱，轿夫们齐声应和：

柿子红了！

——红咧！

花喜鹊叫了！

——叫咧！

新娘子上轿了！

——笑咧！

官人是哪家？

——康家咧！

匾上写的啥？

——一门两进士咧！

联上写的啥？

——耕读传家久，诗书继世长咧！

这日子叫个啥？

——石榴喷火，杠上开花！

只因美人俏，杠上才开花！

——俏咧！

只因千斤体，杠上才开花！

——贵咧！

快到码头的时候，轿夫们使出浑身解数，越发舞得欢了。他们想以此弥补对新娘子的歉意。

站在轿中的周亭兰，只得随着他们前前后后、跌跌撞撞，像是在跑旱船。

这是瞒天过海呀！万幸的是，围观的人群被轿夫们舞动的花步和唱腔迷住了，竟然没有看出破绽。

当周亭兰出了轿，起身上船的时候，八个轿夫齐齐地在轿子两旁跪下了。汉子们跪下来，给她重重地磕了个头，这是谢罪哪。轿头说：少奶奶，您的恩典，小的们记下了。

可是，当周亭兰坐进船舱的时候，她捂着两只拧出血泡的半刀子脚，心头一紧，泪就下来了。她心想，这个兆头不好，很不好。大喜的日子，平白无故，怎的就断了轿杠？此去千里，不知远在他乡的官人……可接着，她赶忙"呸"了一口，不敢往下想了。

四

是啊，世事难料。

当周家霉运到来的时候，正是周亭兰进京的第三个年头。

这一年，柿园遭了大灾。这年雨水大，落果多，当柿子红了的时候，柿园里生了许多柿蒂虫。凡是又大又红的柿子，必有虫眼。一有虫眼，那柿子就烂了。风一吹，"扑嗒、扑嗒"地往地上落。满园柿子，全是落果！

老毒药真是心疼啊！他背着手在柿园里走了一圈又一圈，眉头紧蹙，仰头长叹：毁了！毁了！

这句话像是谶语。他一语未了，一只乌鸦"呱儿、呱儿"叫着，刚好从他头上飞过，只听"噗"一声，乌鸦的一泡稀屎刚好落在他头上。你说这个寸！他气得把烟杆都摔了，而后背着手，气恼地回家了。

周广田快走到家门口时，站住了。也就是这个时候，他看见一顶灰布小轿停在了大门口。而后，他看见了他的宝贝孙女，挎着一个小包袱的兰儿，孤身一人从轿里走出来。

周广田心里"咯噔"一下，但他什么也没问，只是说：回来了？

周亭兰一身黑衣，一脸寡白，也还静。当着轿夫，只是叫了一声：爷爷。

周广田看了孙女一眼，淡淡地说：上屋吧。

打发了轿夫，周亭兰抬脚进了院子，到了这时候，她眼里的泪才"扑扑嗒嗒"地掉了下来。

此去一千多里，水路旱路，三年多了，一千多个日子，本是要当一品夫人的……她说不清这一切是怎么回事。就像是一场梦，她和爷爷共同做的一个梦。现在梦醒了，她又回到了原初。可是，她已经不是原来的她了。

进了堂屋，一家人看着她，一个个关切地问长问短。可无论谁问什么，她都一句话也不说。

周广田摆了摆手，说：去吧，都出去，让兰儿歇会儿。

等家人都退去了，周广田沉默了一会儿，小心翼翼地问：是爷爷把你害了。怎么……写了休书了？

是呀，那时候爷爷和她，一门心思要嫁"字墨"。可谁也没想到，会是这样一个结果。周亭兰眼里含着泪，很勉强地点了一下头，却又摇了摇头。

周广田心疼地望着孙女，一连声地骂道：驴！驴驴驴！

这时候，周亭兰突然转过身，"哇"一声，呕吐起来……

周广田一拍桌子，说：康家也太欺负人了，我找他去！

周亭兰用手帕捂着嘴，急忙阻拦说：别……爷爷，不怪人家。

周广田焦急地望着她：你说，到底咋回事？

周亭兰说：是因为……我公公。

周广田一惊：你公公？

周亭兰说：为了给我公公申冤。

周广田百思不解，说：你公公又怎么了？

周亭兰说：我公公死在了河上。

周广田怔怔地望着她，说：今年雨水大，我一园的柿子全毁了。你说河上……我怎么越听越糊涂了？你说，你相公究竟犯的啥罪？

周亭兰说：联名上书，欺君罔上。

周广田眨眨眼，仍然不解：这……这学问、这字墨，白念了？

此刻，周广田像是想起了什么，忙说：那你……还不赶快给你婆家报个信儿？

周亭兰说：只怕朝廷的快报已经到了。

周广田说：那你也该……

周亭兰哭着说：爷爷，官人临上朝前，是写了休书的。他是怕万一牵连到我才写的……你让我把孩子生下来再说吧。我只有把孩子生下来，才能进康家的门。爷爷，这次康家遭大难了！

周广田越听越糊涂：大难？

周亭兰含着泪说：他父子二人，全没了。

周广田看了孙女一眼，连连摇头说：天哪！这这这……到底咋回事？

周亭兰低下头，泣不成声，大哭起来。

五

说来，这震动朝野的一个案子，却是一笔糊涂账。

这年夏末，早朝时发生在乾清宫的事情，虽然大臣们私下里不敢妄加议论，但河南籍的新科进士康咏凡头触龙庭拼死苦谏的事，还是轰动了京城，几天之内就传遍了朝野上下。

康咏凡的确是早朝时在龙柱上一头撞死的。说来，他也不过是为给父亲讨个谥号。他认为：谥者，行之迹也，号者，表之功也，行出于己，名生于人。这是书本上说的，这是礼仪呀。父亲既是为国捐躯，为什么就不能给一个谥号呢？如果不能给美谥，平谥也行啊。

康咏凡的父亲康国栋，七年前中的进士，现今已是当朝的河务侍郎，三品大员。按说，他死在了黄河决口处，也算是鞠躬尽瘁、为国捐躯。怎么说，朝廷也是该给一谥号的。可事情误就误在了一个字上，那是很关键的一个字。

事发后，在漕运总督与河务总督各自给朝廷的奏报中，有了一字之差：一个说是"投"河而死，一个说是"填"河而死。况漕运总督的奏报比河务总督的奏报早到了两天……于是乎，康国栋轰轰烈烈的治河壮举，就有了畏罪自杀的意味。

这一字之差，却大有深意。在那些奏表文绉绉的句式里，埋藏着河务总督与漕运总督多年来的矛盾，也牵涉到工部与户部之间朝廷官员的矛盾。说来，河务侍郎康国栋，是死在两个一品大员及其属下的矛盾缝隙里。

康国栋死得的确悲壮。当黄河秋汛到来的时候，他正带人在黄河南岸查看险情。午时，烈日炎炎，修堤的河工突然闹将起来，罢工了。一查，竟然是河工们断了口粮。也就是说，三天了，这些吃河饭的人，居然午饭没吃上一天一顿的蒸馍……

正是汛期，事关重大。河务侍郎康国栋立即上报总河，总河大人也很头疼。他知道，若是河工们真的闹起事来，黄河一旦决堤，性命攸关，那是要掉脑袋的。这时，刚好有人来报，江南的漕船到渡口了。

康国栋请求说：总河大人，上游的水马上就下来了，野狼滩危在旦夕。我看，先把漕米截下，以赈河工。

总河有点拿不定主意，沉吟片刻，说：这可是漕运啊。

康国栋说：大人，当务之急，是要保黄河安然无险。否则，黄河一旦决口，下游的百姓、庄稼……孰重孰轻，请大人三思。

总河大人犹豫良久，终于说：好吧，反正都是刀口上舔血的事。伸头是一刀，缩头也是一刀……我这就给朝廷写八百里加急。你现在就带人去，把漕米先给我截下来。

就这样，康国栋带着河兵乘快船赶到临清的渡口，把运往京城的二十船漕米截下了。

这可是皇粮啊！当时，监管漕运的仓场侍郎站在船头上暴跳如雷，他指着康国栋的鼻子喝道：你一个副总河，胆子也太大了？竟敢私扣漕船！你不要脑袋了？

康国栋说：范大人息怒，这也是不得已。黄河一旦决口，下游一百三十六个村庄，死的可是万千百姓。

仓场侍郎喝道：你你你……愚直！皇粮国税，是朝廷的命脉，系的是京城安危！你……你混蛋！你是昏了头了。等着，你等着！

是夜，当一桶一桶的大米饭抬到了险堤上，河工们一片欢呼声。午夜，当上游的水下来时，一时波浪滔天。野狼滩果然出现了一个水缸粗的涌漏，眼看就要决堤了……只见康国栋把辫子咬在嘴里，身子一纵，跳进汹涌的河水中，带头堵在了决口处。那些河兵、河工也都下饺子一般，一个个全跳了下去。

一直到黎明时分，待决口堵上时，人们才发现，康大人不见了。立时，黄河岸边一片哭声。

后来，那八百里加急奏报，总算有了回复。康熙皇帝一向重视治河，虽然对先斩后奏十分恼火，但他还是应允了以漕米赈河的报奏。可是，当河务总督收到圣旨御批时，康国栋康大人已经是活不见人、死不见尸了。

对此，户部的官员有不同的说法。有人认为，康国栋是"畏罪投河"。持这种说法的人是有依据的。当康国栋带河兵截下漕船时，那仓场侍郎临下船的当儿，曾指着漕船上挂有黄旗的桅杆，咬牙切齿地说：等着吧，不出三日，你的人头就会挂在这条船的桅杆上！

有人说，康国栋听了，脸都吓白了。

工部的官员则认为，康国栋"以身填河"，是鞠躬尽瘁，精忠报国。这也是有依据的。当天夜里，波浪滔天，康国栋带二百河兵亲临野狼滩险段，身先士卒，堪为表率。当时他就说过：若是大堤决了口，他要头一个填进去。为此，工部的同僚联名二十多位官员上奏，请求皇上下旨表彰，赐以美谥。

本来，人死在河上，朝廷是可以给谥号的。毕竟，人已不在了。然而，让皇上恼火的是，这康咏凡上朝时，头上竟勒着孝布、长跪不起，甚有逼宫之意。况且，他还串通那么多的官员士子联名上书。这是要干什么？究其竟不过是交争私愤，借机邀功罢了！

因此，皇上不但不准，而且大加申斥，面对早朝的官员，把康咏凡父子狠狠挖苦了一番：你以为这是明朝吗？你以为你是海瑞吗？你有海瑞的耿耿忠心吗？你有海瑞的才学吗？……

年轻气盛的新科进士得知父亲死讯，已是痛不欲生，更不堪遭此当众羞辱。听着听着，他忽然就蹿将起来，大吼一声：皇上，臣子要的是"忠信"二字啊。如果皇上不相信臣子，那么，做臣子的只有以死谢罪了！说着，他竟一头撞在了龙柱上，呜呼哀哉了。

也许，康咏凡临上朝前是有预感的。他要上朝为父申冤鸣不平，自然吉凶难料。于是，临行前，他先是遣散了家中仆人，而后，给妻子写下一纸诀别：……若有意外，妻子可自寻出路，不必守节。若是妻子生下一男半女，亦可回归康家。

康国栋死得冤，康咏凡死得更冤。一门两进士，就这么不明不白地丢了性命。从此，在清朝的官场中，康氏父子的命运，给百官心中刻下了两个血淋淋的字：愚直。

时隔多年，事过境迁，河洛镇上的轿头已垂垂老矣。他口齿漏风地对人讲起，当年周亭兰大婚送轿，眼前出现一道红光，有"黄大仙"临路拦轿……已是没人信了。

第二章

一

陈麦子听见，那吟唱声是从风里传过来的。

远远的，一顿一挫，犹如空谷鸟语："若夫，坐如尸，立如齐。礼从宜，使从俗。毋侧听，毋嗷应，毋淫视，毋怠荒。外事以刚日（甲、丙、戊、庚、壬），内事以柔日（乙、丁、己、辛、癸）……"

这是黎明时分，天边亮着一片鱼肚白，路上还几乎没有行人。一位头戴瓜皮帽、身穿青布长衫的老人，左肩挎一拾粪筐，右手抄一粪叉，边吟边唱，走在乡村官道上。他的样子很庄重，也显得有几分滑稽：既有圣人般的矜持，又像是一只呱呱叨叨的乌鸦。

就这么走着，见地上的车辙里有一汪新湿的牛粪，他笑着围着那泡牛屎转了一圈，一时老爷子童心大发，竟摇头晃脑地吟道：蝴蝶双双入菜花，日长无客到田家。鸡飞过篱犬吠窦，知有行商来买茶——地上一枝花，看它莫踩它。

老人多年来一直遵循黎明即起的古训。在他，挎着粪筐出门已成了一种象征。他只不过是想让河洛镇的人看一看，耕读人家，是个什么样子。他曾经是那么骄傲，走在镇街上，是人人都会高看一眼的。一门出了两个进士，他怎么能不骄傲呢？此时，路上没人。他把粪叉扎在地上，双手环抱，身子微微下躬，很郑重地做着迎宾的礼节，嘴里说：请。请了。而后，他面北而拜，对着朝廷的方向，很恭敬地行了大礼。

这就是康秀才了。

在河洛镇，康秀才也算是为"字墨"献身的人。早年，家中本是很殷实的。他很年轻的时候就中了秀才，而后连年赴考，年年不中，胡子都考白了，仍不中。他发下誓言，九死不悔，倾家中所有，破产供儿孙读书！就这样，十二年之间，一子一孙，从乡试、会试、殿试，一路考下来，连考连中，一门出了两个进士。这是多么大的喜事呀，一下子轰动全县。县太爷亲自坐轿来送的喜报，四乡里锣都敲烂了。贺喜的人、瞧热闹的人络绎不绝，硬是从村外的北沟到家门口蹚出了一条小路。

报子登门的那天，康秀才一天接待了二十四乘官家的轿子。一乘一乘的轿子都在门口停着，十分壮观。府台、县台来了，连仓官、水官、驿官们都来了……他们都是七品以上的官员，进门就拜。一个个很虔诚地道喜：老太爷，好福气呀！这就是那寒窗苦读之处吗？

康秀才也就一次次地领客人走进孙子苦读的草堂，一一给人介绍说：是啊，大人，这儿，是儿子读书的地方。这儿，才是孙儿读书的地方。

多么体面风光！

来贺的人太多了，康家开的是流水席。客人一拨一拨地来，一连三天，大宴宾客。这件喜事轰动了全镇。镇上的人有自觉充当喊客的，有自愿提供桌椅板凳的，卖鞭炮的李掌柜送来了两大捆爆竹；一早，镇上饭铺的胡掌柜就亲自带着厨子、家什、餐具、酒肉菜蔬主动登门了，说是要好好亮一亮胡家饭铺的手艺；张屠户差人扛来了四扇肥猪肉，进门就说：老爷子，让我也沾点官家的文墨气。康秀才刚提了一个"钱"字，胡掌柜就说：老太爷，你打我脸哪？咱回头说，回头再说。

这一天康秀才喝醉了。他真的醉了，醉得一塌糊涂。于是，就在酒席上，当着来贺喜的官员们，他微微地晃着身子，给客人们演习二十四叩大礼。

媳妇们见他有些醉了，赶忙过来搀住他，轻声说：老爷，你……不敢再喝了。

康秀才厉声说：退下！这里有你们说话的地方吗？

儿媳们只好诺诺地退回去了。

醉了的康秀才倒是站得直直的。他对众人说：咱耕读人家，别的不说，礼仪还是很要紧的。可以说，在本镇小地方，这二十四叩大礼，会的人实在不多。

众人说：那是，那是。

就此，康秀才再一次理了理衣服、袖子，郑重其事地演习了二十四叩大礼：他前三后五、进退有序、一板一眼地先跪后站，而后又磕又拜……那动作既有舞蹈一般的洒脱，一招一式又都标准精确，看上去根本不像是年近六旬的老人。

众人跟着齐声夸他家教好。

直到第二天早上，康秀才一觉醒来，才觉得头有些疼。那是他磕头磕得太认真了，他的前额在方砖地上磕出了一个大包。

二

世间的事，谁又能说得清呢？

时过三年，县太爷又来了，仍然一顶小轿，四个皂役，只是脸苦得像黄连药。

康秀才不知深浅，又一次把县官领进了孙子苦读的草堂，夸耀般地再次把孙儿苦读的地方一一指给县官看：那旧日的家什仍摆在那儿，桌是土桌，床是绳床，凳是木凳；梁上仍悬着一根麻绳，桌上仍放着戒尺、锥子……康秀才又一次介绍说：大人，这就是孙儿苦读的地方啊。

县太爷说：夜夜苦读？

康秀才说：是。

县太爷又说：睡绳床，卧草席？

康秀才说：是。

县太爷说：辣椒就窝头，蒜瓣蘸墨汁？

康秀才说：是。

县太爷拿起那把铜戒尺看了看，说：打手的戒尺？扎腿的锥子？

康秀才连声说：是呀，是呀。

可这一次，县太爷却摇摇头说：十年寒窗，不容易呀。可这书，怎么就把人读了呢？

康秀才怔怔地望着县太爷，不解其意：书把人读了？

县太爷不忍再看了，久久，叹一声说：书也害人哪。

康秀才说：怎讲？

县太爷说：最近，京城里传出了两个字，老爷子可听说过？

康秀才说：什么字？我康家只认得两个字：一个是，忠；一个是，孝。知县大人，对不？

县太爷苦苦一笑，伸出两个指头摇了摇，说：愚直。

康秀才一脸恍惚。

县太爷苦笑一声，一甩袖子：老爷子，接旨吧。

康秀才迷迷瞪瞪颤颤巍巍地跪下来，说：这、这是……

县官袖子一耸，从袖筒里掏出圣旨大声念道：查翰林院修撰康咏凡，不善抚绥，贪黩生事，假借邀功，为交争私怨，纠结异己，颇有党同伐异之习，近为哗众取宠，竟头触龙庭以死相胁，其欲酿明季之祸耶。念及尚有孝心，父状不再追究，命削去功名，其五服之内族亲俱革职，永不录用。钦此。

一时，晴天霹雳，一家老小哭成一团。老秀才晕乎乎地从地上爬起，抖手接了那圣旨。

县官四下看看，不由心寒：三代人破产读书，换来的却是一门两丧。院子都荒了，实在是没什么可查抄的，便说：罢了。老爷子，我就送你一人情吧，家就不抄了。好自为之。

待县太爷走后，康秀才回屋找了把斧子，提着它晃晃地走出屋来，走到大门外，"啪"一声，把门头上"进士及第"的门匾给劈了！那门匾挂上还不到两年，烫金大字正是县太爷的手书。家人们望着他，谁也不敢吭声。

康秀才站在门外，朝着远处那朗朗晴空望了一眼，辫子一甩，竟唱起来了。他唱的是《诗经·小雅》中的"鹿鸣篇"：

> 呦呦鹿鸣，食野之苹。我有嘉宾，鼓瑟吹笙。吹笙鼓簧，承筐是将。人之好我，示我周行。呦呦鹿鸣，食野之蒿。我有嘉宾，德音孔昭。视民不恌，君子是则是效。我有旨酒，嘉宾式燕以敖……

唱着唱着，他突然仰天大笑三声，"噗"一下，喷出了满口鲜血，一头栽倒在地上，不省人事……

众人慌忙把他抬到屋里床上，连声叫他。醒过来后，康秀才挣扎着撑起身子，央人出门告借了两口薄木棺材，找出康家父子二人的一些旧物，起了两个土堆，做了衣冠冢，草草走完了葬仪。

就此，老秀才何事都不管，闭上堂屋门，就那么在屋里躺着，嘴里喃喃地重复着一句话：书把人读了。

三

一门两丧，康秀才伤了元气了。

入冬以来，康秀才有很多时间都在堂屋门廊下坐着，那样子似睡非睡、似醒不醒。没人知道他在想些什么，也没人听他说些什么。只是有一天，当他站起来时，人们突然发现，他的腰塌了，头发和胡子全白了。

一进腊月，年味一天天重了，风也硬了。官道上不时荡起一哨一哨的黄尘，黄尘里夹裹着蒸馍的香味。风像是无把儿的扫帚，飒飒地刮着，这裹了香气的冷是透骨的。还有那杀猪的一声声惨叫，更让人恓惶。人情薄呀，头年过节的时候，来贺的小轿一顶一顶排满了长街。到了今年，连狗都不上门了。

到了腊月二十三，康家门前终于有人了。门口处蹲着三个人。一个是镇上饭铺的胡掌柜，一个是杀猪的张屠户，一个是棺材店的鲁掌柜。三人都是来要账的，可三人谁也不好意思进去。俗话说，好事不出门，坏事传千里。康家的事，镇上的人都知道了。可是，毕竟是出过进士的人家，这门，也不是随便就敢进的。

胡掌柜说：张屠户，你请，你先请。

张屠户说：球！我那两头大肥猪，三百斤净肉，还有一筐下水，可是你胡掌柜订下的。我跟着你就是了。

胡掌柜说：你才有多少？我还赊了鸡鸭鱼呢！这回是亏大了。鲁掌柜，要不，你先请？

鲁掌柜摇摇头说：我，按说是不该上门的……可我这小本生意，一年也做不了几桩，实在是赔不起呀。你请，还是你请。

是啊，都在一个镇上住着，抬头不见低头见的，三人谁也不好意思进去。可到年关了，这账还得要啊。于是，三人就在门口蹲着，期望着有人出来，把话捎进去。话又说回来，如果不是康家遭了难，就是借他们一百个胆子，也不敢上门讨要啊！一门两进士，这是官家呀！

康家没人出来，康家人已出不得门了。于是，三个人就在门口蹲着，吸着旱烟，干等。

就在这时，只听有人喝道：康家的人还没死绝呢，你们就这样堵着门要账，像话吗？

停在街上的是一辆骡车，车上有圈席，里边坐的是刚从集市上回来的周亭兰。她让赶车的停下，从马车上跳下来，气呼呼地望着这三个人。

三人先是一怔，而后像看见救星一般，一个个巴巴地围了上来。胡掌柜说：少奶奶，你是千金体，千万别跟我们一般见识。说句打嘴的话，这也是没法子呀！三天的流水席，东西都是我赊的，工钱就不说了。这、这……

张屠户说：少奶奶，我一年也挣不了两头肥猪的钱啊！

鲁掌柜说：我才二十串钱，要的不多呀！

周亭兰看了一眼康家，只见里边一点动静也没有，叹口气说：人都有遭难的时候，你们也不必这样。跟我来吧。说着，扭身上了骡车。

三人你看我，我看你，赶忙跟上去了。

片刻，康家的门终于开了，康秀才拄着拐杖站在门前。老爷子大病初愈，他什么话也没有说，只是重重地叹了口气。

第二天，康秀才换上他的蓝布长衫，拄着拐杖出门了。

康秀才在周家门前已转了三圈了。院子里四溢的香气几乎把他给淹了，人家过年杀猪宰羊的，独有他，手里拿着地契，是借钱来了。本来，他想写几副对联捎上，也算是个礼。可家里亏空太多，连买红纸的钱都没有。于是，他只有围着院子一圈一圈转，好等个熟脸出来，递个话进去。不然，他臊得慌。

日头被风刮没了，天阴得越来越重，康秀才院前院后也转到第五圈了。就在这时，后院的一扇小门开了，康秀才搭眼看了，一个女子嗔嗔地望着他。

周亭兰缓了声说：爷爷，账，我已替你还了。

康秀才硬下脸来，抬起头说：我不是来借钱的。

周亭兰说：那你？

康秀才苦笑了一声，说：康家不能就这么栽了。我来，是借一活法儿。

周亭兰说：秀才不出门，便知天下事。您老，还要借活法儿吗？

康秀才羞愧地闭上两眼，片刻又睁开，说：借。

周亭兰说：那好，回去备车吧。等过了正月十五。不是接我，是接您的重孙子。

康秀才眼一亮，说：天不绝康家。我有重孙子了！那好，一言为定。

周亭兰说：要是备不起马车，就借头毛驴吧。

康秀才扭脸要走时，只听周亭兰说：等等。就见眼前一晃，一个鼓鼓囊囊的荷包递了过来。周亭兰冷冷地说：日子过成这样，就罚您老伸伸手吧。

康秀才实在不想伸这个手，可他却不能不伸手了。他知道，不是因为银子。

四

正月十六那天，河洛镇一街两行都站满了人，他们全都是跑出来看稀罕的。只见这位平日里只晓得读书的康秀才，破天荒地推着一辆独轮车，独轮车歪歪斜斜吱吱扭扭地响着，车上坐的竟然是他的孙媳妇！

只见那孙媳妇一身孝白，手里挎着一个小包袱，亮着一张粉脸，双腿盘着，端端地在那独轮车上坐着，手里抱着一个孩子。

康秀才那平日里舍不得穿的青布长衫一半挽在腰上，走也趔趄推也趔趄，十分的难为，百丈长街，竟推出了一身的汗。

一街两行的人，全都是看热闹的。看康家老秀才那副狼狈样，一个个十分的感慨。

康秀才一大早去接孙媳妇，去时还备了四样礼，这也是破天荒的。周家本是要套车送的，周家有骡马大车，却被康秀才拒绝了。他说：重孙子是康家的。媳妇是康家的。从今往后，康家再不借人家的东西了。于是，在康家历史上，这就成了一段佳话。

康家太穷，听说有了重孙子，也只是让家人送去了一篮借来的鸡蛋和用赊来的红纸写的一个名字。那名字是康秀才一夜没合眼，五更时才起下的，就写在那张红纸上：康悔文。

家虽然败了，但规矩还是要讲的。孙媳妇虽说是老爷子亲自接回来的，可二娘三娘却堵在门前，说：未出正月，大年下，一个小媳妇，戴孝进门，合适吗？三娘也跟着说：怎么一点规矩都不懂。晦气呀。

到了这个时候，老爷子却一句话也不说，仿佛就是要看着她出丑似的。

不料，周亭兰转过身去，把抱着的孩子交给老爷子，道个万福，说：劳烦爷爷了。而后，她打开手里的小包袱，从包袱里取出两个木制的牌位（一个是公公的，一个是夫君的）。她把两个牌位托在手上，径直朝门里走去。

看见牌位，二娘、三娘面有戚色，也不好再说什么了。是啊，三年孝期未满，亲人的灵位在先，怎能不让进门呢？

可是，到了二门处，四娘又拦住了。四娘说：人走了，都剜心痛。可你这身份——不好进家庙吧？康氏家规，"戴罪之身"是不能进家庙的。四娘没敢说"戴罪之身"，四娘只提到了"身份"。虽然用的是商榷的语气，但态度是很明确的。

周亭兰半转身子，对老爷子说：我公公和夫君都是为国捐躯……但四娘既说到"身份"，奴家姑且把牌位安置在自己房里，也好带孩子上香。待申冤后，再请入家庙。爷爷，这样行吧？

说完，不等回话，她径直托着牌位又朝偏厦走去。她从从容容地走着，既不回头，也不看人的脸色。

这些话，说得老爷子潸然泪下，也说到老爷子心窝里去了。这孩子虽然年轻，但步步踩在实处，句句占在理上。往下，自然也就没人敢再拦了。

隔天，康秀才把全家十六口人召集在堂屋，问：都来了？

婶嫂叔娘、伯仲妯娌们应道：都来了。

康秀才当着众人，把所有的账目、田契、钥匙……一一放在了孙媳妇的面前，说：从今天起，这个家由亭兰来管。无论家中大事小情，我一概不问，全凭亭兰发落。

家道败落至此，自然无人接手。众人听了，都默默不语，也算是认了。

五

那是一个茶碗破碎的声音。

冥冥之中，"咣啷"一声，正是一个茶碗的破碎，预示了康家走出困境的开始。

天气很好，这是一个晴朗的日子。在这么一个晴朗的日子里，周亭兰再次把爷爷请了出来。头天晚上，她就告诉爷爷说：既然让我管家，我想晒晒家底。爷爷说过不再过问，只得随她安排。

周亭兰请老爷子堂屋入座，同时请来了一家老小、叔伯婶娘。

八仙桌上，放着一摞子账本和借据。等家人聚齐，周亭兰从桌上拿起账本，说：今天把各位长辈请来，是有事跟大家商量。爷爷说了，咱们家人口多，用项大。虽说爷爷把账交给了我，可我年轻，只怕管不好，更怕对不住各位长辈。所以，当着爷爷的面，我想先把以往的账目给各位长辈有个交代。

众人默然。家道败落成这个样子，那账，念不念都无所谓了。

周亭兰把账目翻开，一页页念起来：四月甲寅，借东边张屠户家纹银十两；六月庚戌，二房请郎中，借西头吴家钱五串；七月戊子，为交丁役银爷爷当一皮袍；八月十五，办备节礼迎县太爷借周家纹银三十两；九月交河捐卖地五亩，还债后余钱七串，付老崔家三年的盐钱，仍差一百零七文……

顿时，整个院子里鸦雀无声，那一笔一笔债务沉甸甸、冷冰冰。婶娘们只是连连叹气。

念着念着，周亭兰看了众人一眼，不再往下念了。她合上账本，又看看桌上的一摞子借据，说：现在，家里除了欠债之外，粮食也不多了。听爷爷说，各位婆母、婶娘、姑嫂尚许有些"私房"。如有的话，想让大家把这些"私房"和"体己"暂且借出来，先度了春荒。待转过年，家里磨得开了，如数偿还。老人家交代了，这各屋的私房，只是暂借，日后必还。

一提到"私房"，人们的眼一下子活了。女人们相互看着，各自心上一紧，脸上的肉一绷一绷地跳。三伯娘先就忍不住了，她摊开两手，说：没有啊，真没有啊。反正我是没有。

二伯娘也说：就是呀！大年下，孩子吃个"糖人儿"的钱都没有……

四伯娘说：哪有啥私房，要有，还等到今天？真是的。

各位姑嫂妯娌嘴里嘟哝着，仿佛有无数委屈。

其实，周亭兰并没想怎么着，她已打算回娘家借钱了。但她这么年轻就接手这么一个大家，担心叔伯婶娘们心生怨恨，所以，话必须当面说清楚。

再说，爷爷说了，他要的是一个"活法"。

阳光斜斜，每个人的脸上都留下了一道阴影。家道败落加上日子困顿，相互之间心里都有些怨怼和郁积。老爷子在那儿坐着，又不敢埋怨什么。平日里，四伯娘没有孩子，得的份例钱是最少的。有了这么一个挑事的机会，四伯娘突然站出来说：叫我说，有没有"私房"，搜一搜就知道了。搜吧！打开门，一门儿一门儿搜！

顿时，一片哑然。

片刻，也有人小声应道：搜就搜。

康秀才两眼闭着，端坐在那里，一声不吭。

周亭兰本没有搜家的意思。真要这么做，她作为长房的孙媳，那开罪的就不是一门儿了。现在有人站出来，主动说话，这让她有些左右为难。

院子里，二伯娘见四伯娘撇着嘴，眼神像钩子一样往她这边瞅，立时火上心头，快步走到自家房门前，"咣"的一声，推开了房门，说：搜吧！

三娘见二娘把房门打开了，也走过去开了自家的屋门说：搜就搜！

四伯娘跟着开了自己的房门，说：穷得四壁透风，谁还怕搜？

这时，不满周岁的孩子突然尿了。他尿在了小叔子的手上……周亭兰慌忙从小叔子手里接过孩子，给他换了尿布，抱在怀里。而后，缓声说道：既然都这么说，我领小叔们去看一眼。都是一家人，也就算是亮亮家底吧。

周亭兰仍抱着孩子，这是表明，她是不会动手的。众目睽睽之下，她领着几个小叔子先进了二伯娘的房门。

虽说是三间格局，里外套间，可家道败落已非一日，屋里的陈设都是些过去的物什。说起来也算是书香门第，桌上、几上到处都是灰尘，连打理一下的心思都提不起来了。周亭兰看了，摇摇头，迟疑着：这样的屋子，怎么搜，还需要搜吗？

可是，怀里抱着的孩子又尿了。周亭兰皱了一下眉头，低下头去，她看见孩子笑了，那笑很诡异。就在这时，只听"咣啷"一声，小叔子抬脚在二门的角上碰到了一个腌咸菜的瓦罐，瓦罐上盖着一个小茶碗，那茶碗碎了……小叔子弯腰看见，那废弃的瓦罐里放着两锭银子。

当那两锭银子拿出来的时候，一院人都傻了。众人望着二伯娘，二伯娘傻傻地望着那两锭银子，好一会儿才大声说：——天哪，天地良心，那不是我的！

接着是三房，三伯娘屋里拾掇得还算干净，只是梁头上吊着一匣子点心。那是她从娘家带回来的，自然没有充公。小叔子取下点心，觉得重了些，打开一看，除了吃剩的四块酥饼，还有一锭银子。

三娘自然喊冤不止。

往下的事情，越发神了。周亭兰无论带人走进哪房哪屋，无论是怎样寒酸的去处，她怀里孩子的俩眼就像是探灯，看到哪里，哪里一准儿就能找到银子。竟然连神龛后边、厨屋面缸里、柴房角落，也找到了散碎银子。就这么一处处归拢，一共找到了三百两之多。

谁也想不到，这个数目，正是周亭兰要到娘家去借的数目。

看到摆在桌上的银两，康秀才睁开两眼，重重地哼了一声。他气得嘴哆嗦着，指着她们：圣人言惟女子与小人难养也。你们……不是说没钱吗？不是说年过不去吗？你们、你们一个个存着私房，大年下让我跑出去借债，这还是诗书礼仪之家吗？这个家呀，生生就败在你们手里。

伯娘叔婶及各位姒娌，一个个赌咒发誓，呼天抢地哭喊着：老天在上，那银钱真不是我的呀！若是有半句假话，天打五雷轰……女人们又羞又气又恨，"扑扑通通"倒了好几个。

六

这晚，康家老宅各房里传出了哭声。

那哭声是压抑着的，就像是搽了粉底的泪脸，一道一道的、波波折折的；又像是被谁掐住了喉咙，咛咛嘤嘤，欲吐不能畅达，欲喊又不敢放声，那真是憋屈呀。

你想，那银两是众目睽睽之下从各房里抄出来的，纵有一百张嘴也说不清哪。她们又羞又恼，黑天洗脚后，一个个把脏水泼在周亭兰的门前。还有人骂：扫帚星！康家就败在这丧门星手里……

周亭兰掌灯走出门来，眼里含泪在门口站了片刻，而后一手掌灯，一脚探路，缓步到爷爷的上房去了。

周亭兰轻声问：爷爷，你听见了吗？

康秀才默默地点了点头，说：听见了。

周亭兰说：您老，是要我做个恶人？

康秀才叹了口气，说：这是对我有怨气呀。想我康家三代书香，把家读成了这个样子，其罪在我。

接着，康秀才抬头望着周亭兰，眼里有些疑惑，说：兰儿，你说实话，那银两是你从娘家借的吗？

周亭兰说：不是。

康秀才再问：真不是？

周亭兰说：真不是。我本打算去娘家借的，谁知道……爷爷，你信我吗？

康秀才说：信。

周亭兰说：我只是想晒一晒家底，绝无难为叔伯婶娘的意思。没想到会搜出这么多银两。

康秀才用手往上指了指天，说：也许是上天可怜我康家，老天爷庇佑吧。罢了，兰儿，这个家就交给你了。你代我管三年。三年后，你要是想走，也可，把孙子给我留下。你若是不走，这个家就交给你了。

周亭兰说：这话怎说？

康秀才说：你只要不走，你放心，我走。

周亭兰忙叫道：爷爷——

康秀才说：你想啊，我只要在这个家坐着，就会有人递小话，有人告你的状。一次两次不打紧，可日子长了，说不定哪一天，也说不定什么时候，我就信了。我要是信了，你这个家还怎么当？

周亭兰沉吟片刻，说：爷爷到底是读书人。

康秀才叹一声：在康家，不要再提"读书"二字。

周亭兰说：爷爷，你这么大岁数了，往哪儿走？

康秀才说：这你就不要管了。县学，府学，已请我多次，都被我推托了。吃口饭的地方嘛，还是有的。

周亭兰见桌上放着一个旧褡裢、一提篮旧书，忙跪下说：爷爷，你说走就走吗？

康秀才说：我是当家的，治家无方，还害了儿孙。我出去走走，寻访些故旧，只盼日后能给我康家洗去冤屈。

亭兰说：爷爷，你坐在家里，我也就有了主心骨。你做你的学问就是了。你若这样，让我如何自处呢？

康秀才喃喃道：学问，什么学问？说着，他摆摆手：我主意已定，你不用多说了。

亭兰转身欲走，却又回过头来，说：爷爷，你既把家交给我，不想听听我的章程吗？

康秀才摇摇头说：治家的章程不用说，做你的就是了。

亭兰想了想，说：爷爷，你要是真想出去散散心，也行。那你得从前门走，大鸣其鼓地走。别让人说，是我把你逼走的。

康秀才望着亭兰，久久，说：也好。

第二天一早，当一家老小全起来的时候，只见掌家的爷爷已穿戴停当，走出了堂屋的门。更让人吃惊的是，这位康熙四十八年的秀才，穿着长衫，却肩一铺盖卷，挎一旧褡裢，提个盛书的小筐，一副出远门的样子。

他重重地咳嗽一声说：我告诉你们，查抄私房是我的主意。我知道你们不服。想想，也有道理。家败如此，作为掌家人，我治家无方，三代人破产读书，却害了我一子一孙。我该当受罚。从今天起，我出门讨口饭吃，以当自惩。从今往后，家中诸事就交给亭兰了。

众人都跪下了，哭着说：没人埋怨您呀！您若走了，让我们怎么做人呢？

　　这时，亨兰说：各位伯娘叔婶，掌家爷爷让我告诉各位，昨天充公的私房钱，算是家里暂借的。转过年来，等家里日子宽余些，连本带利全部奉还，请各位放心。

　　康秀才说：罢了，都起来吧。我意已决，谁也别拦。说完，一步步走出大门，扬长而去。

第三章 ·

一

那天晚上，雨是斜着泼下来的。

在黑暗中，那水汽带着嗖嗖、哗哗的响声，一荡一荡地溅在窗纸上，在窗纸上润出了斑驳的、一湿一湿的图案，就像是带哨音的尖钉或是墨做的泪珠。

在一个孩子的幼小心灵里，关于雨的记忆，就是这些了。那就像是乌云般的黑花儿，一墨一墨地在窗纸上开放，很突兀。它一下子就种在了他的心里。在懵懵懂懂的时候，他也能模模糊糊地感觉到，那溅过来的水里，是裹着一股气的。那水也像是有凭借和依仗的，当水溅上窗棂时，就化成了"砰、砰"的声响。是啊，那不是雨。不过，还需要过段时间，他才明白，水是有牙的。

这是康悔文自睁开眼睛之后，上的第一课。

早晨，那是一个春风裂石头的早晨。母亲抱着他，站在屋门前。那时候他刚刚一周岁，头上戴着虎头风帽，身裹红绒布做的斗篷，穿着虎头棉鞋，露着一张冻红的小脸儿，这很像是一种展览。年轻的母亲就那么站着，一向笑吟吟的母亲脸上有了肃杀之气。于是他看见了水，不，那已经不是水了。泼在屋门前的水已长出牙齿来了。也是过了很久，他才知道，那叫冰。当水长出牙齿的时候，那就是冰。

也就是片刻，母亲的脸上又绽出了桃花。那一刻，他看到了很多人，人们从屋子里走出来，齐齐地立在堂屋门前，像是等待着什么。

在他最初的记忆里，女人的脸是一层一层的，就像是庙会上皮影戏里的人物。那些奶奶、婶婶、姑姑一个个走马灯似的给他留下了深刻的印象。光那笑，就有十几种；那声音，也像是用斗量出来的，深深浅浅地埋着点什么；她们的声音像是碓臼里的石杵，带着一股辛辣的蒜味。

先是二房的奶奶荷摇着身子，一摆一摆地走过来，探身捏了捏他的小下巴说：这娃福相。

三房的奶奶颧骨上紧紧地抖出一丝笑，手指头在他的鼻子上轻轻点了一下，而后又把手伸到下边，扯了扯他的小鸡鸡，说：这娃多喜兴。看看，笑了，笑了。

二房的奶奶也跟着说：笑了。叫个啥，是叫悔文吧？

四房的奶奶眉头一挑，说：这名儿，是当家的起的吧？真格的……那啥。这娃夜里咋没听见哭啊？

二房奶奶说：不哭好。

三房奶奶也说：不哭好。

这时候，母亲的一只手慢慢下移，垫在了他的屁股下面，捏住了他屁股上的一小块肉。先是抚了一下，像是有些于心不忍，而后突然发力，在他的屁股上重重地拧了一把。可是，谁也料想不到，他竟然又尿了。

于是，二房的奶奶说：哎，尿了。

三房的奶奶说：尿了哎。

四房的奶奶说：这孩子，尿人一身。

母亲晃着他，摇着他，抱他的手不由得重了。母亲的手上戴着一个顶针，那个顶针凉凉地顶在他的屁股蛋子上，有点像冰做的烙铁。母亲把他紧紧地揽在怀里，就像是抱着一把尚方宝剑。母亲把他抱出来，是要向人们宣布：我是有儿子的。

可他却尿了母亲一身。

当天夜里，关上房门，母亲解开襁褓，把他浑身上下都捏了一遍，她心里一遍一遍战战兢兢地说：儿呀，儿呀，你不会是个呆子吧？

也就是当晚，当母亲重又开门的时候，只见院子里站着几位奶奶。还是二奶奶开口问道：悔文睡了吗？

母亲说：睡了。

当奶奶们扭身回屋时，四奶奶说：这孩子多好，不哭。

夜里，母亲哭了。她哭了整整一夜，因为她的儿子不会哭。

二

康悔文依稀还记得，当他到了五岁一个月零九天时，他终于说出了一个字。他指了指屁股，说：疼。

这个字使母亲泪流满面！周亭兰一把抱住他，说：我的儿呀，你终于会说话了！

当时周亭兰正激动呢，她似乎没有领会这个字的意思。她只是一遍又一遍地重复说：我的儿呀，天神哪，土地奶奶啊，你不是呆子，你会说话。我儿会说话了！

母亲周亭兰哪里知道，他的感觉和领悟力都是超常的。在这五年一个月零九天的时间里，他感受最深切的是一个字：疼。

这个"疼"字是笑惹下的。没有人知道他为什么要笑，他的笑是天生的。那几乎是从娘胎里带出来的一种功能，每每睁开眼睛的时候，他的第一个表情就是笑。那时候，康家的老老少少，只要一见到他，就会发现，这孩子在笑。这仿佛是他独有的表情，那微笑是五官拼凑在一起的结果。他的笑容，曾让母亲常年处在怀疑之中，夜不能寐。母亲曾一直以为他是一个傻儿。

这副笑模样，也曾让奶奶们起过疑心。她们甚至认为他就是他母亲的报应。她们纷纷用针做些试探，看他到底是不是真傻。

从他记事起，当他刚刚会走路时，康悔文就饱尝了针的滋味。二房的人用绣花针试他；三房的奶奶用留长的指甲试他；四房的奶奶更绝，把针在油灯上烧红，扎了不流血……她们欺他语迟，欺他不会说话，于是就更加肆无忌惮。她们把对他母亲的仇恨都用在了他的身上，一切都是私下里进行的。她们一次次地吓唬他说：你哭。你怎么不哭？扎你的嘴！

是的，他不哭。他笑。他在各式各样的目光里微笑。她们的眼睛像是药水里泡出来的，放射出各种各样的疑问。那恨也是一脉一脉的，就像是含着光线的毒针。于是，在很小的时候，他就模模糊糊地明白了一个道理：母亲是犯了众怒了，而众怒是不能犯的。

在很多时候，他的头都是勾着的，他害怕那些眼睛。他只会笑，也只有笑。

母亲周亭兰是治家的女人，她用搜出来的银钱在镇上开了一家食宿饭店。生意慢慢红火了，她在家的时间就越来越少了。于是，他就掉在了几个女人用仇恨做成的陷阱里，度日如年。

在很多个日子里，他的天空只有一角。母亲不在的时候，他常常被单独撂在柴房里，他就那么一个人在柴房的筐箩里坐着。后来他才知道，这里曾是他死去的父亲读书的地方。尔后，当他看见什么让他害怕的东西时，他就笑。这已成了一种习惯。

不过，幼小的康悔文是有朋友的。他的朋友不是人。最早，那是一双让他恐惧的眼睛。那带"吱溜"声的眼睛是红色的，就那么滴溜溜地看着他，把他吓坏了。他先是吓尿了，而后，他看见了那像旗杆一样直撅撅的尾巴，那尾巴也是红色的。最初，他不知道这是什么，它的头很小，身子毛茸茸的，就像是一团飞来的火焰。有时候，它仿佛就贴在墙上，像是一幅画，朦朦胧胧的，在墙上变幻出各种各样的形状……"黄大仙"的事，他多次听奶奶们和母亲说过。时间长了，他也就不怕了。他很想摸一摸它，可他不敢。他曾听哪位奶奶在院子里说起，"黄大仙"就是"黄公公"，会显灵报恩。那时候，康悔文还不知道什么是报恩，可他笑了。他们就这么互相望着、望着……恍恍惚惚地，他看见它的眼睛说：孩子，你冷吗？你若是冷，就靠近些，让我给你暖暖。开初，康悔文还是没敢靠得太近。不过，康悔文看见，它眼光很和善，没有伤他的意思。

有一段时间，他每天都盼着它来，它是他唯一的朋友。那天，他看见它是飞过来的。它飞到了墙上，先是一片蓝色，而后那蓝色里就像幻化出了一个羽人……他看见它的影子又幻化了，黄黄的一片，又幻化成了原来的样子，毛茸茸地贴在墙上，对他摇了摇尾巴。

就在这时，柴房门外响起了脚步声，悄无声息地，"黄公公"不见了。

自从有了"黄公公"这个朋友之后，康悔文就不那么孤单了。有"黄公公"做伴，他心里渐渐生出了暖意。可是，在五月端午那天，他却挨了母亲的暴打。

也就是这天上午，当一家老小集中在上房祭祖的时候，突然发现供桌上摆的供品中有一个盘子空了——给先人上供的桃子不见了。立时，二奶奶沉下脸来：这是咋回事？太不像话了！

三奶奶说：我看见悔文"哧溜"钻进来了。——这孩子！

四奶奶也跟着说：就是，我也看见了。这可是祭祀先人的供品！

母亲有些诧异，说：不会吧？

就在这时，当着众人，四奶奶一把将他拖过来，把他的兜肚翻开。从他的衣兜里，掉出了三个桃核。他真的不知道谁把那桃核装在了他的小兜里……

几位奶奶都望着母亲，嘴里却说：小孩子不懂事，算了吧。母亲十分羞愧，盛怒之下，一把把他提溜到当院，一顿痛打。

就是在这一天，母亲才发现了他那些针扎出来的日子。这天晚上，母亲特意烧了一盆热水给他洗澡。在灯下，母亲发现了他身上的针眼。那针眼密密麻麻。母亲先是愣了一下，说你真脏啊，身上怎么这么多虱子？可她很快就发现，那不是虱子，那是一个一个的"疼"。

在母亲掉泪的时候，他又笑了。

第二天，他一个人待在柴房，昨天被母亲打过的屁股还很痛。迷迷糊糊地，他睡一会儿，醒一会儿。恍惚中，他又看见了"黄公公"，"黄公公"仿佛什么都知道。

隔天，三奶奶、四奶奶的嘴全烂了，肿得像烂桃，说话呜呜啦啦的，一个多月都没好。

这一次，康悔文又笑了。他笑得很不一般。

康悔文虽小，但心里已经知道，那恨是对着母亲的，他不过是母亲的替身。所以，他不说。这次，就在母亲给他洗澡的时候，他说了一串话。这些话又一次使母亲泪流满面。他说：娘，我会背《三字经》。人之初，性本善。性相近，习相远。苟不教，性乃迁。教之道，贵以专……母亲愣了。母亲说，你跟谁学的？他说：我没偷，拾的。

母亲说：拾的？

康悔文指了指天空，说：从墙那边拾的。

就是这句话，母亲一下子站起来了，她手里的毛巾"砰"一下掉进了水盆里。母亲抱住他，泪流满面地说：我的儿呀！

夜里，母亲一边摇着纺车，一边开始教他认字了。母亲用干树枝扎成一捆一捆的小棍棍，用那些小棍棍在地上给他摆成天、地、人、手、口……让他学着认。

他认得很快，每当母亲凝神沉思或叹气的时候，他就问：母亲，你是有什么难处吗？

母亲叹一声说：有。

他说：那怎样才能让你不愁呢？

母亲说：你能多识些字，我就不愁了。

他就在地上一个一个地把字摆出来，大声地把那些字念出来：天、地、人、手、口、大、小、上、下、左、右……

母亲听了，很难得地笑了。

三

正是那天上午发生的事情，使他的童年生活出现了转机。

邻家院落有家私塾，他常常听见有孩子在那里读书。"人之初"，就是他从那里听来的。那天上午，他偷偷溜出了院子。他很想看看那个地方，那读书声不知怎的，很有诱惑力。

可是，他刚溜出院子，就看见了三只大狗。一只黄的，一只黑的，一只灰的。那狗半人高，就在离他两丈开外的地方卧着。他刚一跑出来，三只狗忽一下就站起来了，一只只凶巴巴的，两眼泛着莹莹的绿光，就那么盯着他，不时发出呜呜的咆哮。

他对自己说：你别怕，走过去。你走过去。你只要走过去，狗们就退了。你喊一、二、三……

可是，当他在心里喊过一、二、三之后，他发现，他的裤子湿了——他又尿裤子了。他能感觉到尿水在裤裆里往下淌。他实在是吓坏了。尿水在他的裤裆里淌着，他的头发一点一点地竖起来。裤子湿了，他也不敢回去了，就慢慢退到了墙边，贴墙站在那里，一动也不敢动。有很长时间，他一直看着那狗，三只狗也看着他。他心里哀求说：狗啊，我想过去。你就让我过去吧。

黄狗的眼睛说：你有爹吗？

黑狗的眼睛说：你有爹吗？

灰狗的眼睛说：你有爹吗？

每当他动一动身子的时候，狗们就开始咆哮了。他很想有人走出来，把他带过去。可是，路上一个人也没有。他就站在那里，一直站在那里。他也不敢喊，他是偷偷溜出来的。有那么一会儿，他的神经就要绷断了。

突然，近处响起了脚步声，那三只恶狗呜呜咽咽地夹着尾巴跑远了。可是，他还站在那里，等着时间一点一点把裤子暖干。当晚，奶奶们告了他的状，说：悔文又尿裤子了。

这天夜里，他发烧了。母亲摸了摸他的头，久久地端详着他。有那么一刻，她甚至有些走神，像是望着久远的将来。而后，她叹口气说：儿呀，你的眼神不对。你眼里有寒气。

女人的心思可以在瞬间长成一棵大树。母亲像是有了什么主意。第二天早晨，她没去河洛口的饭铺，而是召来了一班匠人，说要重修家里的门楼。

重修门楼给康家长了脸面，她们不得不对她刮目相看。才几年的光景，康家所欠的债基本还上了。地里、家里，还有生意，一切都井井有条。现在她又要重修门楼。门楼剥蚀得不像样子了，这曾是康家唯一的体面。

周亭兰就站在大门处看着匠人们修门楼。她这一天格外郑重，头发梳理得一丝不乱，一手扇着手帕，一手牵着穿戴整齐的儿子，光鲜地在阳光下站着。

在河洛镇，有三大匠作，老蔡是其中一作的领头。听说是给康家修门楼，他亲自来了，指挥着徒弟们干活。他对这家的女主人十分恭敬，人家男人虽然不在了，可毕竟是做过"进士"的。他说：少奶奶，不瞒你说，这门楼是当年我师傅修的。基座还用青石吗？

周亭兰说：青石。

老蔡说：木雕还要吗？

周亭兰说：要。

老蔡说：还是青龙盘？

周亭兰说：青龙盘。

老蔡说：你放心，我得比师傅修得好。

周亭兰说：活儿要好。钱不用操心。

老蔡说：钱是你的事。活儿是我的事。

周亭兰说：我信你。蔡师傅，捎带着把上房屋也修了，那屋的房脊漏雨了。

这时候，二房奶奶跑出来说：兰哪，厢房的门也给修了吧，还有窗户。

周亭兰恭恭敬敬地说：好。

三房奶奶说：兰，我屋的床也该换了，打一张椿木的吧？

周亭兰说：好。

四房奶奶说：我屋里的柜子该漆了。

二房奶奶说：你看那门，破成啥了，要漆都漆。

周亭兰说：好，都漆。所有的门窗，全漆一遍。

她们从来没见过小媳妇说话这么顺从过，一个个都喜笑颜开的。二奶奶说：亏了兰儿，这家终于像个家了。

三奶奶说：可不，嘴一份儿，手一份儿。

四奶奶阴阴地说：那是，私房不都捐出来了吗？——虽然当初谁都不承认有私房钱。可现在日子好过了，家里有了盈余，那搜出来的银两，又都认为是自己的了。

周亭兰也不再翻旧账，只是笑着说：账面上都记着呢。

周亭兰在做这一切的时候，显得从容不迫。此时此刻，她的目光里有了一种很坚定的东西。她手牵着儿子，郑重地对三位婶娘说：从明天起，我要把他带到店里去。

二奶奶说：怎么了？

三奶奶说：你不是忙吗？那么一大摊子。

四奶奶说：咋，嫌我们待他不好？你问问他……

周亭兰说：不是。我跟人说好了，想让他学学算盘。

四

康家店就建在洛河边上，正对着仓署衙门。前边是两层临街的铺面，后边是一个供车马停歇的大院落。明眼人一看就知道，这位置好。

店铺一层是五开间的门脸，一拉溜的八仙方桌，这是客官们吃饭的地方；二楼是住宿的地方，有收拾整齐的客房。能来这里住店的，大多是一些押漕的官员和贩粮的商人。后边的院落，既能停放车马货物，也可让脚力们歇息。

院子两旁是车棚和马厩，后边有一孔一孔的窑洞。窑洞冬暖夏凉，那是大通铺。炕上铺着厚厚的麦草，这是给脚力们预备的。脚力分两种，一种是走河的纤夫，一种是推车的脚夫。

在河洛镇，来康家店的，也不光是做粮食生意的。还是为了这里的一道名菜"霜糖豆腐"，是别处没有的。

这道名菜，是周亭兰从娘家借来的。

康家自周亭兰接手后，就用凑来的钱开了这么家店铺。虽然正对着仓署衙门，但店铺初开张时，生意并不算太好。仓署收粮是季节性的，一阵儿一阵儿的，有时生意好些，有时生意淡些，很愁人。本儿已扎下了，周亭兰盼着生意尽快好起来，日日红火。

那日，周亭兰回娘家去了。她对周广田说：爷爷，我想跟您老借样东西。老毒药看看孙女，说：你是康家的人了。周亭兰说：我知道。老毒药斜她一眼，说：周氏霜糖的秘方传男不传女，是不对外的。周亭兰说：我知道。老毒药又看了看孙女，说：你要借，就借钱吧。你要多少？钱，我可以借给你。先说好，利钱还是要算的。周亭兰却说：我是康家的人了，我不借周家的钱。老毒药一怔：那你要借啥？周亭兰说：上次我给你说过，康家店就在码头附近，运输方便，我想把咱周氏霜糖和柿饼全包了。别人给多少钱，我也给多少钱，一分不少。另外，不管淡季旺季，赔赚都归我。您老就好好管园子，不用再操心买卖了。老毒药账上精细，说：脚力呢？周亭兰说：脚力自然也归我。钱，我照付。老毒药想了想说：兰儿，你是说，你给家里办了事，要换点啥？周亭兰笑了，说：正是。爷爷，您教我一道菜吧。

这时，老毒药也笑了，说：霜糖豆腐？

周亭兰说：我就要这道霜糖豆腐。

老毒药不以为意，说：这不过是道家常菜，自家吃的。

周亭兰说：我就要这道菜。你亲自下厨做，让我看一遍就是。

于是，老毒药就亲自下厨，一一给周亭兰演示了这道霜糖豆腐的做法。

自从康家店新添了这道霜糖豆腐，店里的生意就越来越好了。一些客商就是冲着霜糖豆腐来住店的。这道霜糖豆腐初看也没什么出奇的地方，就是一盘奶嫩水白的豆腐，上边是一些网状紫红泛蓝的细沫沫。可吃到嘴里就不一样了，它刚入口是绵的、嫩的、甜的，入口即化；但顷刻味就变了，那是麻的、辣的，直蹿鼻，忽一下七窍生烟，只觉麻辣顶喉，一肚子的火苗乱窜；到了这时，你只要慢慢吸上一口气，立时就会觉得口、眼、鼻一片冰凉，壶玉满怀，全身通泰，打上一个大大的喷嚏，好舒服！

周亭兰开店不光靠这道霜糖豆腐，她生意也做得活。对那些脚力，她仅做了一件事，就把他们的心给拢住了。比如那些推鸿车往陈州府运柿饼的，那些柿饼在陈州上船直接运往南方。以前他们都是单趟结账，现在是来回有进项。去时推柿饼，回来推粮食。她是拿柿饼换成粮食，而后再通过河洛仓的仓爷卖出去。这一来一回，不光挣了差价，住店的脚力们就挣了双份钱。对那些吃河饭的，周亭兰只是把以往洗脚的铜盆换成南方那种半腿深的木桶，这叫"木桶泡脚"。烧上大锅热水，一人一个木桶用滚烫的热水泡脚。木桶的热水里再滴上几滴柿子醋，能把那些船老大、那些纤夫给泡醉了——得劲哪！

那些船老大、纤夫喝上二两小酒，喜欢说些粗话、闹一闹。母亲里外张罗生意，太忙了，顾不上照顾悔文。这时候，他就会依在窑洞门旁，听他们讲一些神神鬼鬼的故事。他听见一个脚夫说：……"黄大仙"既报恩也记仇，它要对谁好，谁就管发大财。谁要惹了它，它会把人的魂儿吸走……这些话，康悔文听得半懂不懂。不过，他倒是不怕，他觉得"黄公公"是他的朋友。

一天下来，等到再晚些时候，周亭兰就出现了。她站在窑洞门口，一手牵上儿子，羽毛般地轻声说：各位爷，累了一天了，歇吧。于是，那闹声就住了。仿佛人们就是等着她出现呢，好暄一暄眼。

当地人都说，康家店的生意好，多亏了一个人，那是仓爷。

五

河洛仓原是明代建的官仓。到了清代，这里成了灾年的备用仓，也是"南粮北调"的中转站。河洛仓依岭而建，是一芠一芠的窑洞式廒仓。为防水淹，廒仓建在岭半腰处，地基是三合土夯筑，然后铺上白灰，再用临清大砖做地面，上加棱木，再铺松板，上有气孔，外有水道，每廒都有编号。一层一层的廒仓，按甲乙丙丁戊己庚辛壬癸顺序排列，十分壮观。

廒仓下边，是仓署的官衙。官衙正门进去，有官厅、科房、量房、签房，四角有警钟哨楼，那是库兵们住的地方。离官衙不远，还有专用的晒场、马厩。走过晒场，就是供漕运专用的码头了。

在河洛镇，没有人不知道仓爷的。

仓爷姓颜，名守志，是河洛仓的仓书。他因有一绺眉毛是白的，早年有人叫他"颜白眉"，再后就没人敢叫了，都叫他"仓爷"。人们更知道仓爷袖筒里有一只袖珍仓鼠，约半寸长，脊灰肚白，不时会把头探出来，"哧溜"又缩回去。这是仓爷的心爱之物，叫"白公公"。

仓爷虽只是河洛仓的仓书，算不上要员，但在仓署衙门里，却是一言九鼎的人物。仓爷有一绰号，人称"颜神算"。仓爷的两只手能同时打十二架算盘。一账算下来，从东到西十二架算盘噼里啪啦一阵脆响，声音圆润、节奏分明，就像是一支乐队。上边凡有查询，仓爷就是活账本。

仓爷早年曾做过铺廒，他的师傅是前任仓书。师傅在世时，把一手好算一笔好字留给了他。常年，他在仓房里跟老鼠斗法，一斗斗了很多年。鼠们一听见仓爷的脚步声，就会从"气眼"逃亡，可仓爷把"气眼"设计成了翻斗状，内附鼠夹，夹得鼠们叽叽乱叫。后来鼠们改走地沟，仓爷又在地沟里设了机关。就这么斗着斗着，斗出感情来了。而后，他就专门托人从南边买了这么一只"白公公"。

仓爷喜欢吃霜糖豆腐，连"白公公"也喜欢这一口。每天傍晚，仓爷都会到仓署斜对面的康家饭铺来，找一张靠窗的桌子坐下，要上二两好酒，一碟花生，一碟瓜子，一盘霜糖豆腐。小酌，慢慢品。另外，店家再送上一个小碟，碟里放两小片霜糖，那是专门给"白公公"的。菜齐了，少顷，"白公公"就从他的袖口里探出头来了，这时候仓爷就把一块霜糖弄成碎末，喂给"白公公"。

仓爷来这里吃酒，却从不付账。每次来，他都会坐在同一张桌子上，小二已得过老板娘的吩咐，每次都是老三样外加二两好酒。仓爷并无酒量，只喝二两，喝到脸微红时，他会说：哼，一窝老鼠。

说谁呢？没人知道。说了就了，而后扬长而去。

也有人说，仓爷天天来，是看老板娘的。老板娘虽素素淡淡，但也才二十多岁，一脸春风，的确是秀色可餐。可仓爷不像那些粗人，并不缠着打情骂俏，很自重的。碰上了，老板娘会恭恭敬敬地说：仓爷来了？请。

仓爷会说：有霜糖吗？

老板娘说：给你留着呢。

仓爷说：你家的霜糖真好。

老板娘说：要带吗？

仓爷说：好东西不可贪多，品品就行。

老板娘说：仓爷是懂的。小二，快给仓爷上茶。

仓爷就说：你忙，你忙。

也有客官借酒打俏皮，拍拍摸摸的，想吃老板娘的"豆腐"。这时仓爷会重重地"哼?!"一声，于是就没人敢造次了。即便仓爷不在，大约是碍着仓爷的面子，众人也只是说些酒话，并不敢胡来。有人私下猜测，这女子，莫非仓爷包了？

在河洛镇，一般人是不惹仓爷的。仓署里，连仓监大人都让他三分，因为仓爷知道的事情太多了。平日收粮时，仓爷动动嘴，秤高秤低、收与不收，就凭他一句话了。

康家饭铺开初是专对漕运的，车马食宿全管。所以，无论是漕运的官员，还是贩粮食的大户，大多认得仓爷。仓爷也常介绍些客商来住店。当然，有一桩事情是别人无从知晓的，仓爷在这里悄悄入了股。

自从仓爷喜欢上了这里的霜糖豆腐，周亭兰就格外看顾他。仓爷每次来，都是她亲自下厨去做这道菜。日子长了，成了习惯，仓爷天天都来。一天晚上，快打烊的时候，仓爷迟迟没走。等老板娘闲下来时，仓爷说：老板娘，有些日子了，该结账了。

周亭兰说：仓爷能来，就是关照小店了。

仓爷说：我吃了这么久，你从没收过钱，为什么？

周亭兰说：仓署的官爷，都是记账。

仓爷说：他们？哼。你听说过这样一句话——官仓老鼠大如斗吗？

周亭兰笑了。

仓爷说：我虽养着"白公公"，可我不是。

周亭兰说：我知道仓爷的为人。

仓爷说：我吃了这么多天，该多少钱，你算算。

周亭兰说：仓爷可是要入股？

仓爷说：入股？

周亭兰说：你要是入股的话，你就是本店的股东了。等你告老时，会有一笔足够养老的钱。

仓爷眼里一湿，说：难为你还想着我告老的时候，谢了。这，我不就成吃白食的了？

周亭兰说：也不是。仓爷，你是有名的神算盘。得闲时，你能否为小儿悔文指点一二？

仓爷正因为太孤了，才养了这么一个"白公公"，他当然是喜欢孩子的，所以痛快道：好吧，一口换一手，公平。我答应了。

于是，周亭兰把儿子叫出来，给仓爷磕了头，就算认下了。

临走时，仓爷从袖筒里顺出一张银票，说：难得你有这份心，我就入上一股吧。可有一样，这入股的事……

周亭兰很机灵，说：天知地知，你知我知。

仓爷说：很好。接着，仓爷又说了一句醉话：虽说我不是仓鼠，可要不沾一点荤腥儿，就没法在仓署里待了。醉了醉了……说完，站起就走，走得有些踉跄。

仓爷走后，周亭兰走到桌前拿起银票看了，竟是五百两银子的大票。

此后，仓爷再来时，就设了专座。那是店里最好的位置，可以临窗看河。每每坐在这里，仓爷都会用一个木制小勺一小口一小口地品着霜糖豆腐。这时候，小悔文就会蹒蹒跚跚地走过来，趴在凳子上，眼睛亮亮地说：

老师，我想看看你的"白公公"。

这时候，仓爷的脸像开了花一样，说：小哥，我教你的"小九九"会了吗？

小儿嘴甜，说：会了。一下五去四，二下五去三，三下五去二，四下五去一，五去五进一，六去四进一，七去三进一，八去二进一，九去一进一……

仓爷说：好。而后，仓爷用碟里放的小篾片铲起一些霜糖末，放在桌面上，那"白公公"就慢慢从袖筒里钻出来了。

小儿喊："白公公"——"白公公"——

仓爷说："白公公"，小哥叫你呢。

那"白公公"就抬起前肢来，作一揖，小儿就笑了。仓爷就说：记住，下次我还要考你。

小儿说：我能跟"白公公"玩吗？

仓爷说：跟我来吧。

于是，这一老一少就走出店面，到对面的仓署衙门里去了。

六

这年，夏粮入仓的时候，康家店的生意十分红火，简直有些应接不暇。从码头过来的鸿车在仓署里卸了粮后，一辆接一辆地歇进院来。那些从船上下来的船夫、纤夫，一帮帮地赶过来，在店后的大窑里住下，就等着吃那道霜糖豆腐了。

当然，店里还有好几道拿手菜，都是周亭兰琢磨出来的。比如那道清蒸鲫鱼，蒸时用苇叶铺底，鱼先在清淡盐、姜水里泡上半天，而后才上笼。上笼前，摘去内脏，鱼肚子用一竹节撑着，竹节里封有偏方做的作料，先大火圆气，而后改小火。做这道菜，把握火候最要紧。端出来鱼眼像是活的，清香无比。

还有一道红烧鲤鱼。将鱼剖洗干净后，先煎得两面焦黄，兑入事先勾好的调料，酱汁、香醋，还有自家用糜子酿的米酒。待入了味，再撒上辣椒碎、香葱叶、芫荽段，出锅。黄河鲤鱼肥大，肉质鲜美，红烧汁浓味厚，一条鱼吃完，食客连呼过瘾。

那些监漕的押运官、领运官，喜欢清淡的，有清蒸鲫鱼；口味重一些的，红烧鲤鱼正对他们的脾胃。待他们吃好喝足，已给他们一个个安排下了二楼的客房，再送上茶水、点心、霜糖……这一切，周亭兰都一一亲自过问。

这天晚间，忙乱过后，等一切安排妥帖，周亭兰才突然发现，儿子康悔文不见了。

最初，周亭兰并不着急。她以为孩子又到仓爷那里玩去了，也许是仓爷把他留下了也说不定。可是，当她打发人去仓署问了之后，马上就有了不祥之感。仓爷回话说，那边事忙，小哥早就回来了。

可是，人呢？

周亭兰以为孩子贪玩，又差人到镇街上、码头上去找。四处找遍了，仍是不见人。一直到午夜时分，店里打烊了，收拾铺面的小二发现，一张条凳的背后，粘着一张"帖子"，那帖子上写着：肉票一张，借银千两，一天之内，送上花家寨，人货两讫。

周亭兰一下子慌了。这年头，道上土匪很多，各有名头，谁知道是哪一伙呢？再说了，花家寨紧贴黄河滩里的四间房，是个土匪出没的地方。孩子还小，别吓出什么毛病来。

周亭兰有些后悔。她想，早知这样，还不如把孩子留在家里呢。这可怎么办哪！

就在这时，仓爷来了。仓爷一进门就问：听说悔文不见了？找着了吗？

周亭兰摇了摇头，默默地把那张帖子递了过去。仓爷凑到灯前看了很久，说：这花押我认得。此人断了一个指头，名号"断指乔"。凡他的帖子，后边都有一个断指摁的红印。

周亭兰惊恐地望着仓爷，说：他……会不会撕票？

仓爷说：此人干黑道时间不长，但心狠手辣。他喜欢给人送指头，如果到时不把钱送上，他就剁去肉票的一指。而后每拖后一天，再剁一指，一直到你把钱送上为止。

周亭兰听了，脸立时白了。

这时，旁边小二说：少奶奶，咱赶紧报官吧？

仓爷说：不可。若想收拾这股土匪，仓署的库兵就能把他们办了。可孩子的性命要紧，还是先把银钱预备下吧。

周亭兰愁上眉梢，喃喃说：店里的流水，满打满算只有几百两银子。他张口就要一千两，我只有回娘家去借了。

仓爷说：二更了吧？天到这般时候，怕是来不及了。这样吧，我那里放有仓署的银子，咱先暂借一下，回头还上就是。

周亭兰感激地说：仓爷，这叫我怎么谢你呢？

仓爷说：悔文是给我磕了头的，也算是门生了，我该管。明天谁去花家寨？

周亭兰说：我亲自去。孩子在他们手上，就是死也得去。

仓爷说：也好。这样吧，明日，我陪少奶奶走一趟。

第四章

一

隔着滚滚黄尘，陈麦子看见，那是一段废弃了的河道。

河套漫漫，沟壑纵横，杂草丛生。草丛中有一条条纵横交错的蚰蜒小路。路看上去平平的，可人一踩下去，荡荡尘尘的，全是沙土，汤一样，能把人淹了。河套四处长着一蓬一蓬的野棵子，那杂棵子里会冷不丁窜出一只野兔来，吓你一跳。再往前走，是水冲刷出来的丘陵沟壑。

河套的边沿，是一破败的村落。

这里村名花家寨，也没见一户姓花的人家，只是这么叫。只因临河，年年发大水，这里的庄稼是收一季淹一季。淹了的一季，水退之后，留下大量淤泥。这淤泥很肥，第二年就会收一季好庄稼。有收成时，一切还好；水来了，一切又都冲个精光。常常睡到半夜，连人带床都给冲走了。死人的事也不时发生。若是哪年不死人，反倒不正常了。家家户户的日子常年被水围着，没有指望，也就不着意置办什么了，过一日是一日。这里人家养的鸡都会上树，夜里是在树上宿的。还有的人家，把家中唯一的铁锅也挂在了树上。

后来，黄河滚来滚去，这里便成了一段废河道。废河道里是一望无际的蒿草和沙土，一刮风就是漫天黄尘。什么也不长的地方，那日子只有熬了。再往西，四五里远的地方，是一条官道，通商路，入潼关。人在地里，能听见商帮骡马、鸿车的铃声。远远地，还可见车上猎猎的小旗。

那个最早的土匪，是从韭菜地里走出来的。

那天，黄七原本要去割韭菜的。他家里有一老娘，娘病了，没钱治，干熬着，想吃一口韭菜。于是他带一筐一铲，就到地里来了。他是个溜光锤，不好好做活，却喜欢在河套里打兔子。他常年背一火铳，自己捣鼓些火药，后来却把自己给炸了，一条腿瘸着。他家也没有种韭菜，他是来人家地里割韭菜的，不算偷。

那年月，韭菜是鲜口，平常人家种韭菜的不多。他的鼻子很灵，就在地里找，找来找去，找到了官道的附近。这块地里有两畦韭菜，不知是谁家种的。黄七就弯下腰割了几把，可割着割着，不小心把手割破了，流了血。他有些懊丧，抓把土按住伤口，可血还在流，捂上的土洇成了酱色。这时候，他抬起头来，看见了官道上的那个人。他说：妈的。

黄七看见的这个人，穿一件青布长衫，背着一个褡裢，像是商铺的站柜，从城里回来的。他脚上穿着一双新的和尚脸千层底布鞋，那鞋面是黑的，白底。黄七先是看上了这双鞋，那鞋晃眼。于是，也就是一念之间，黄七就把手上的血泥糊脸上了。他三蹿两蹿到了官道边，就势坐在路旁的一块石头上。待那人走近时，他亮出了血糊糊的铲子，喝一声：站住。

那人站住了。

黄七说：还用我站起来吗？我一站起来，你就没命了。

黄七又说：老子……刚做了一个。

那人看他脸上血花花的，像是刚杀了人，再看四周一个人也没有，就有些哆嗦。他"扑通"往地上一跪，说：大爷，你饶了我吧。

黄七说：饶你？也罢，老子一天只杀一个，今儿算你命大。把鞋脱了，东西放下，滚蛋吧。

那人吓坏了，不敢正看，只抬头瞟了一眼。

黄七用手鏊了一下铲上的刃，说：咋着，想试试我的飞铲？

那人慢慢地解下褡裢，撂在了地上。

这时候，黄七又说：鞋！鞋脱了。

那人又蹲下来，把鞋脱了。

随后，听到一声"滚"，那人撒丫子就跑，腾腾腾，黄土漫起，就看不见人影了。

错午了，日头晃晃的，黄七却站不起来了。他的心揪到喉咙眼了，腿是软的，一脸的汗。他看着撂在地上的那个褡裢，那双鞋——新鞋，就像是虚脱了一般，眼睁睁地看着那些东西在官道上放着，几次想拿，就是腿软，走不成路。黄七对自己说：胆儿是撑大的。

一袋烟的工夫，当黄七能站起来的时候，他先是试了那鞋，穿是穿进去了，鞋后跟却提不上。他骂了一声：妈的，小了。而后挎上褡裢，把鞋撂在筐里，一蹭一蹭地下河滩了。

等黄七回到家，娘已咽气了。她到底没吃上那口韭菜。

黄七是个孝子，他不但给娘置办了棺木，连丧宴都办了。这让一村人惊讶：一个溜光锤，他哪儿来的钱？又见他趿拉着一双新鞋走来走去，样子很跩。大伙儿像是明白了什么，又像是很不明白。操，他不过是一个瘸子！

就此，黄七的胆子越来越大。他接连做成了几个"活儿"，眼里有"霜"了，手面也大了。有一次，他回到村里，从怀里掏出一面小圆镜子，在阳光下晃了晃，那东西能把阳光反射在脸上，让人一烫。众人像活虾一样四下跳开，乱哄哄地问：乖乖！这是啥？

黄七得意扬扬地对那些围上来的人说：宝器。南洋的。见过吗？老子今儿个上了花船了。

溜光蛋们很羡慕地望着他，一边搔着痒一边问：花船？

黄七问：睡过女人吗？花船上的女人。

一伙人都愣愣地望着他。黄七说：可香。

黄七又说：没见过吧？搽的是官粉。

再后，有一天，黄七真的领着一个女人回来了。这女人瘦瘦的，乖得像猫，只是没搽官粉。人们问他，他笑笑，说：捡的。

黄七的话太馋人了。他不过是一个瘸子。那些话在溜光蛋们的心里烧起了一蓬一蓬的野火。于是，人们都服气他了，就说：七哥，我们跟着你干了。

就这么一来二去，黄七成了杆子头，名声越来越响了。在不到三年的时间里，他的名字声震三县，有人叫他"亮铲黄七"，也有叫他"黄瘸子"的。

黄七是三年后在花船上被官府捉住的。他先是被囚在县衙门前的木笼里，站枷示众，而后因身负命案，上报朝廷后判了斩监候。

在黄七站枷示众的那十日里，每天都有一女子提着篮子给他送饭。这是他从花船上带回的女人。女人已怀孕了，大着肚子站在枷前一口口地喂他吃。

最初，黄七经不住刑，尿裤了。裤裆里的尿水一滴一滴往下流，那女人来的时候，他眼看就站不住了，成一摊泥了。女人望着他，说：当家的，你是个男人，吃也吃了，喝也喝了，就是走，也要体面些。

这时候，黄七慢慢睁开眼，说：叶儿，你跟了我，不值。

女人说：我是你救下的，值。

黄七说：再走一步吧。

女人说：咱有孩子了。

女人说：张开嘴，把饭吃了，你要像个爷们儿。

女人又说：放心吧，走的时候，我会给你收尸，让你体体面面的。以后，我年年领孩子给你烧纸。

于是，黄七一点一点地站直了。

康熙五十一年，过了霜降，秋决问斩的日子到了。黄七被捕快们五花大绑拉到了离县衙不远的大集上，当他被绑到刑架上的时候，赶集的人们"呼"一下全拥上来了。这时，黄七拼命眨着眼，像是看见了什么，于是大喊：老子——吃了，喝了，嫖了，我黄七值了！二十年后又是一条好汉！

此时，就见那刀斧手勒了勒腰里的板带，口里含着的酒"噗"一下喷在了那把鬼头刀上，就势侧过身来，一手揪着黄七的辫子，一手扬起鬼头大刀，只听"噗嚓"一声，那头便"日儿"地飞出去了，人们吓得四下乱窜。只见那头飞出有一丈多远，落在地上又骨碌了两下，嘴还张着。再看那刑架上的身子，头没了，脖子上的骨茬先还白白地梗着，旋即血就冒出来了，喷泉似的，再看那身子，就像散捆的麦草，歪歪地斜了。

这时候，就见那个叫叶儿的女人，挺着肚子从人群里走出来。她先是走到刑架前，把黄七的尸身从刑架上卸下来。又一笨一笨地去捡回黄七的头，一屁股坐在那刑架旁。先是取出香表，祭了；而后从提来的篮子里拿出一枚穿了麻线的大针，很从容地，一针一针地把他的头给缝上了。

关于黄七，民间有许多传闻。都说，黄七这辈子值了，只是那女人不值。此后，这女子生了一个女儿。据传，这女儿后来成了唱戏的，就是名震开封城的"一品红"。

有样儿学样儿。花家寨的人日子过不成，干脆就学了黄七。那些村邻，因为"隐匿不举"，一个个挨了官府的杖刑。接下来，这里竟冒出了十几伙专劫官道商旅的杆子。他们白日里照常下地干活，一人戴一顶草帽，扛着锄，看不出谁是匪。一入夜，这里就成了强盗出没的地方。他们以口哨为号，只要一打呼哨，就有人黑风一般从各处跳了出来。后来，"活儿"越做越大，杆子越拉越大，花家寨就成了让人闻风丧胆的土匪窝了。

二

断指乔开始做"大活儿"的时候，只有十七岁。

民间曾有传闻，说断指乔就是黄七的后代，其实不是的。不过，断指乔倒是枕着黄七的传说长大的，因为他姥姥家是花家寨的。

断指乔小名千岁。没人知道他为什么叫"千岁"。在中原的乡村，"千岁"有"祸害"之说，大约是命硬的意思吧。他三岁时，母亲就死了，也有人说是被他克死的。他从小是跟着姥姥长大的。

那年七月，骄阳当头，当姥姥背着一捆红薯秧，带他到地头的一棵梧桐树下乘凉的时候，一位算卦的瞎子刚好从这里路过。瞎子走累了，想讨一口水喝。他说：大娘，寻口水。树下有井，姥姥让千岁在井里摇上来半桶水，又把一只蓝边碗递过去。千岁在木桶里舀了半碗水递给瞎子。瞎子刚要喝，姥姥说：慢。井水凉，走远路的，别把热肺喝炸了。说着，姥姥从地上捏了一点晒热的土末，顺着碗边丢了进去，而后说：晃晃再喝。瞎子说：谢了。

瞎子喝了两口水，突然抬起头，说：这娃几岁了？

姥姥说：七岁。

瞎子说：这娃一身罡气，倒是个做大事的。

姥姥苦笑了一下，说：一个没娘的娃，能做什么大事？

瞎子说：这娃太旺。不是官，即是寇。十三是一道坎。过了，你还能享他几年福呢。

姥姥听了，也没在意，只说：是吗？

瞎子喝了水就走了。可瞎子的话却在这个七岁孩子的心里留下了深重的烙印。这个潜藏的意识一直在他心里孕育着，就像是一个小小的芽儿，在花家寨的熏风里泡着泡着就长大了。

十三岁那年，乔千岁果然就做了一件不同凡响的事。他把当年黄七留下的一件宝器赢到手了。这件宝器后来证明是一件妖器，很邪的。

乔千岁赢来的这件宝器，就是那面能反光的小圆镜。它的背面是一个洋女人的画像，据说能勾魂。宝器最先是黄七在花船上盗来的，说是南洋货。黄七死后又倒了几个人的手，当它又出现在赌桌上的时候，乔千岁一眼就看中了。

乔千岁很小就玩弹弓，打麻雀是百发百中。后来就开始玩刀了。在一片罡气里，他不可能不玩刀。乔千岁的刀很小，刃特别薄，这叫柳叶刀，是他用半车红薯在镇上的铁匠铺里跟人换来的，为此挨了姥姥的一顿痛骂。

在花家寨，赌场几乎算是一个赃物交换处。就是说，有钱时可以押钱；没钱时，那些顺手抢来的东西也是可以赌的。那天，有一个叫木瓜的汉子，输钱之后掏出了那面小圆镜子，说我就押这个吧。

可是，当他把那面小圆镜放在桌上时，众人先是"呀"了一声，接着你看我，我看你，好久没人再押……停了一会儿，坐在赌桌上的三个人都站起来了。有人说：太邪。算了。

这时候，乔千岁刚好溜达到这里。他探头看了一会儿，突然说：没人押，我押。

木瓜瞭了他一眼，说：一个毛孩子，你押什么？

乔千岁本是袖着手的，天冷，还流着清鼻涕。他先是把那只左手从袄筒里伸出来，平平地摊放在赌桌上。而后，右手从腰里拔出了那把柳叶刀，在袄袖上璧了一下，只听"咯噔"一声，闷闷的，他把左手最长的那节中指给切掉了。

他下手太快了。一眨眼的工夫，那节中指像个小人儿似的，竟活脱脱地直立起来，"砰砰砰砰……"在赌桌上一蹦一蹦地弹跳着，所弹之处，是红鲜鲜的血，就像是盛开的点点梅花。顿时，一屋人都像傻了一样。

乔千岁把那节切下的指头在嘴里含了一下，而后又重新放在赌桌上，从容不迫地说：一指够吗？

这还是个毛孩子呀？众人小声议论说：邪！见血了。果然见血了。

木瓜的脸色变了，他的脸很大，白了好久……片刻，像萎了的倭瓜一样，终于说：我输了。

后来木瓜脸上有些挂不住，多次给人解释说，他不是怕。屌，他会怕一个毛孩子吗？他知道那东西邪性，勾人的魂，是故意输给他的。

自此，"断指乔"的绰号就喊出来了。

断指乔是靠着三把柳叶刀行走天下的。他原来只有一把刀，后来他把那个宝器押给了镇上的铁匠铺的伙计，又换了两把。这就怪了，那宝器刚到铁匠铺的伙计手里，第二天伙计抢大锤时就砸掉了三个脚指头！你说邪不？可当那东西重新回到断指乔手里的时候，他却安然无恙。

十七岁那年，断指乔独自一人做了一单"大活儿"——在三十里外的骆驼沟，他把往禹州贩药材的驮队给抢了。这就像是蚂蚁日大象，他居然成功了。

这也算巧了，他先是治住了那贩药材的掌柜。掌柜的正蹲在野地里拉屎，裤子褪在腿上，露着一个大白屁股。这时一把柳叶刀放在了他的脖子上，凉凉的。掌柜的说：别乱。

可是，当掌柜的扭过头时，看见的却是一张黑布蒙住的脸，还有那刀。那刀架在脖子上，寒嗖嗖的。断指乔说：提上裤子，跟我走。掌柜的就乖乖地跟他走，边走边说：好汉，有话好说。断指乔问：贩的啥？掌柜的说：药材，是大黄、连翘。断指乔说：要钱还是要命？掌柜的说：要命，要命。

那时候，驮队正在打尖，看见掌柜的提着裤子过来了，后边跟一人，正诧异呢，只听"日儿"一声，一把柳叶刀飞出去，正中那黑驴的眼，黑驴猛地一蹿，"訇"一声倒下了！

断指乔这一手已练了很多年。他对那掌柜的说：那黑驴就是榜样。你要是想活，就别让他们过来。

掌柜的摆着手说：别过来，都别过来。

断指乔说：告诉他们，把褡裢留下。药材我不要你的，赶紧走。等他们走出一里地，我就放了你。

掌柜的带着哭腔说：好汉，你说话可要算话呀！

断指乔用刀拍拍他的脖子，说：放心。

临分手时，断指乔再一次拍了拍掌柜的脖子，说：谢了。这坨好肉，你好好留着吧。——那掌柜的竟哭了。

断指乔这单活儿做得漂亮，虽然才挣了一百多两银子，但名声很响。他的胆子太大了，劫的是一个驮队。

从此，断指乔声名大振。那面小圆镜，他也从铁匠铺里赎回来了。人一出名，就有了追随者。断指乔从此就干起了结伙绑票的营生。

这块土地上，自古讲的是一个"孝"字。断指乔也是孝子，每次从镇上回来，他都会给姥姥捎上一兜用荷叶包的油煎包子。直到有一天，他吃了一次霜糖豆腐之后，就打起了康家店的主意。

三

从花家寨往上走，是一座丘陵，叫落凤台。落凤台上有一座小庙。

这庙时间长了，说不清来历，只有几间房，孤零零地建在风口上。敬的神也有些怪异，是敬"黄大仙"的，叫"仙爷庙"。传说，"黄大仙"是穷人的财神，它要是看上哪家了，会趁着夜色偷偷地往你家运银子。可能"黄大仙"不是正神，庙里香火不旺，就一日日凋敝了。

这地方本就有些偏僻，四处都是沟壑，如今只剩下一个空空的庙台，就成了土匪们交换"肉票"的地方了。

"肉票"康悔文就在庙台后边的地窖里关着。康悔文是半夜里从一个村子的牲口屋里弄过来的。他先是被蒙着眼，什么也看不见，当眼罩被摘去之后，又是"咕咚"一声，他就掉下来了。洞很深，屁股很疼。

睁开眼来，康悔文第一次觉得自己成了一只老鼠，而且是一只叫天天不应、叫地地不灵的老鼠。窖里很黑，黑得就像是脑袋里绷着的一根墨弦，那弦嘣嘣响着，眼看就要断了；又像是蠓虫，密密麻麻的蠓虫在眼前飞；还像是一团一团的黑火，那黑绿色的火苗在心里一蹿一蹿地烧着，烧出一股狐狸的气味。过一会儿，他饿了，很饿。可眼前却是一片漆黑。他斜靠在黑乎乎的洞壁上，前心后背饿成了一张饼……就这么想着想着，他睡过去了。

可当他睁开眼时，却看到了极为恐怖的一张脸。那不是"黄公公"，是一张薄荷脸。

在洞穴里，他仍然记得那天傍晚的情景，他刚从仓署里走出来，突然就被人拦腰抱住了，一只手还捂着他的嘴，很快他就被人装进了一个麻袋里，放在一辆独轮车上推走了。也不知走了多远，当他昏昏沉沉地被放出来时，已是深夜了。于是，他看到了这张薄荷脸。这张脸又凶又凉，像刀片一样。这人说：小哥，你家的霜糖豆腐很好吃。这人又说：不要怕，只要你家里肯出钱，你就可以回去了。康悔文很怕，可他没有办法。望着他，倒让断指乔吓了一跳：你还笑？其实，他没有笑。后来，这张脸给他留下了极为深刻的印象，真的把他吓出病来了。

这天，时近午时，仓爷和周亭兰骑着驴赶到了。两人在离落凤台一里远的地方被蒙上眼，而后被带到了仙爷庙里。

当两人被取下蒙在眼上的黑布时，就见一穿黑衣黑裤、脸上蒙着黑罩的人在庙台上的神位上坐着，这人就是断指乔了。

断指乔手里玩着那柄小圆镜子，趁着烛光，他手里镜子的反光——照在庙里扯着的一根绳子上，绳子上拴着一个个风干了的手指头。指头黑污污的，只有那指甲是亮着的。他说：看见了吗，这是吴掌柜的，这是孙掌柜的，这是马掌柜的……而后说：叶麻儿（钱）带了吗？

周亭兰不知道什么是"叶麻儿"，她愣愣地望着那些拴在绳上的指头。

仓爷接过话头，说：带来了。人呢？

断指乔说：爽快。接着，他刚要说什么，突然瞄了仓爷一眼，又一眼，说：是仓爷吧？

仓爷抬起头，看了断指乔一眼，心里诧异，应道：是在下。

断指乔说：我还知道，你养了一只"白公公"。

仓爷点点头，说：不错。

断指乔说：既然是仓爷，失礼了。我曾经得到过你的恩惠。

仓爷迟疑了一下，说：不会吧？

断指乔说：那年发水，我跟姥姥出来要饭。在仓署的晒场上，你给我一个馍，还记得吗？

仓爷想了想，摇摇头说：不记得了。

断指乔说：可我还记着呢。人说，滴水之恩，当涌泉相报。这样吧，当年仓爷的一个馍，就值五百两银子。既是恩人来了，赎银就减半吧。

仓爷忙说：谢了。难得这位爷仁义。康家店开张不久，您多关照。

断指乔说：这家的霜糖豆腐不错。

仓爷说：你也喜欢这一口儿？

周亭兰心里焦急，说：我的孩子呢？孩子在哪里？——可话说了一半，她赶忙又改口说：要早知道这位爷喜欢霜糖豆腐，我会给你留个座儿。

断指乔看了看周亭兰，不动声色地说：是吗？

周亭兰说：这位爷，开店的，来的都是客。

断指乔说：不会私下里报官吧？

周亭兰说：这一点你放心。生意人，不会往窄处走。凡进小店的，都是神。

断指乔说：这里是仙爷庙，没有正神。

周亭兰马上说：不管是哪路神仙，都会以诚相待。

断指乔说：好。一个女流，能说出这样的话，佩服。有你这句话在，有恩人在，这银子，算是我寄存在你那里的，可好？

周亭兰说：这位爷，你随时去。只要说一声仙爷庙的，我会亲自下厨。孩子呢？

断指乔一摆手说：够意思。小的们，起票吧。

后来，当"肉票"起走后，喽啰们说，当家的是喜欢上这女掌柜了吧？断指乔只是笑了笑，说：那口霜糖豆腐，真的好吃。

四

康悔文被赎回的当天，发起了高烧。

他一直迷迷糊糊的，不停地做着噩梦。在梦里，他总是看见一个蒙面人，手里拿着一根针，朝他扎来……一连换了三个大夫，吃了几服药也不见好。周亭兰急坏了，在他身边流着泪说：儿呀，儿呀，你快睁睁眼吧。

可康悔文却一直不睁眼。他觉得他的身子一直往下飘，就要沉到深渊里去了。真黑呀！无边的黑，在一片漆黑里，亮着一群一群的恶狗，狗眼里泛着绿莹莹的火苗，狗群眼看就要扑上来了，它们咬他的手指头……他哇哇大叫，可就是喊不出声来，就像谁捏住他的喉咙似的。

仓爷已来看过他好多次了。每次来，见他迷迷糊糊的，就劝慰周亭兰说：放心吧，会好的。

这天，仓爷又来了。仓爷问：悔文咋样？还不好吗？

周亭兰摇摇头，发愁地说：一直不醒。

仓爷沉吟片刻，说：怕是中邪了，给他喊喊魂吧。

周亭兰焦急地说：药都吃了好几服了，喊魂管用吗？

仓爷说：我小的时候也吓着过，三天三夜滴水不进，后来是我母亲拿着我的一只鞋，硬把我喊回来了。

周亭兰说：那就试试吧。要是孩子还不好，那匪人，我绝饶不了他！

这天夜里，周亭兰请了个神婆，来给康悔文喊魂了。

神婆先是在屋里的四角焚烧了香表，一番愿吁后，一手提着康悔文的一只鞋，一手拿着一把勺子，伏在床前喊道：勺子磕着床帮叫，远的近的都来到——孩儿，回来吧。

周亭兰站在门外，满脸都是泪水，大声回道：回来啦——！

神婆又提着那只鞋来到门外，喊道：勺子磕着门槛叫，远的近的都来到——孩儿，回来吧！

周亭兰远远地应道：回来啦——！

神婆拿着那只鞋又来到镇街上的十字路口，敲着石板路喊道：勺子磕着石板叫，远的近的都来到——孩儿，回来吧！

周亭兰一步一应地回道：回来啦——！回来啦——！

神婆的声音粗哑苍凉，而周亭兰的回应焦灼激越。她们就这样一声低一声高地喊着，一直喊到了洛河码头上。这天夜里，整个镇子都听到了那让人心悸的叫魂声。

深夜里，神婆累惨了，说：老天，邪气太重，怕是喊不回来了。周亭兰的喉咙都喊哑了，仍然说：喊，接着喊。

黎明时分，周亭兰跟着神婆又喊了一次，直到把红日头喊出来。

冥冥之中，康悔文像是听到了那撕心裂肺的呼唤。他的魂儿像是有一根绳系住了似的，在无边的黑夜里慢慢、慢慢地飘了回来。当他睁开眼的时候，他听见神婆说：老天爷，回来了！回来了！

周亭兰心疼地看着儿子：悔文，你可醒了。

可醒来的康悔文仍是怔怔的，那神情有些呆滞。更让人不放心的是，他的目光像是空了，看什么都似见似不见的，很冷。你给他说什么，他就听着，也不回话。只要听到一点动静，马上就吓得浑身发抖。再请先生来看，说是虚症，只有慢慢调养了。

然而，就在这天晚上，断指乔独自一人来到了康家店。夜半时分，断指乔突然出现在康悔文的病床前，把周亭兰吓了一跳。可周亭兰毕竟是见过些世面的，就说：要吃霜糖豆腐吗？我这就去给你做。

断指乔说：不忙。我听说这孩子吓着了，来看看。

周亭兰气愤地说：你！你就不怕我喊人抓你吗？

断指乔说：怕就不来了。走上这条路，过的就是刀口上舔血的日子。

周亭兰愤愤地说：你也是个人，就不能做一点善事吗？

断指乔冷冷地说：我三岁死了娘，五岁死了爹。房无一间，地无一垄，善从何来？这恶，是命里长出来的。

说着，断指乔从怀里掏出了那面小镜子：这是个宝器，可以驱邪。正当午时，你给这孩子照一照吧。

周亭兰听了他的话，怔怔的。片刻，她看了看那面小镜子，很精致的一面小镜子，迟疑着说：这……太贵重了，我能给你什么呢？

断指乔说：人。你给吗？

周亭兰听了，又恼又气，默声不语。

断指乔笑了笑说：我就知道你不会答应。看来，这善也是分人的。那好，东西就先放在这里，改天我来拿。

临走时，断指乔说：你这孩子将来了不得。我绑了他，他还笑。

周亭兰愣愣地站在那里。片刻，等她拿着那面小镜子追到院里的时候，已不见人影了。

第二天午时，周亭兰半信半疑地拿出那面小圆镜，把悔文抱到院子里的阳光下，给他照了照。孩子果然就说话了，他说：我看见指头了。

五

孩子被绑了肉票，现在又成了这个样子，周亭兰忧心如焚。可就在这个时候，康家又出事情了。

俗话说，好事不出门，坏事传千里。康家奶奶们很快就知道了悔文被绑票的消息。她们先是有些担忧，继而很快就有人想到了家产。是呀，她一个寡妇，又是掌家的，万一撕了票，孩子回不来，那家产会落到谁手里呢？况且，镇上又有些风言风语，说她开店，很有些不清不白呢。

于是，几个奶奶聚在一起，七嘴八舌地议论起来。三奶奶说，头几天她做了一个梦，很怪的一个梦，就请十字街算卦的算了。先生说，这一卦很不好——破财。

四奶奶说：就是，我说呢最近眼皮老跳，怕是不好。

二奶奶说：悔文叫人绑了票，这不就是破财吗？破财消灾，也对。

三奶奶说：算卦的可不是这么说的。先生说，今年是凶杀聚会，大耗。你听听，这不是一般的破财。

四奶奶说：可不。我说句不中听的话。她是掌柜的，钱多钱少，咱就像是在鼓里蒙着，啥也不知道。再说了，开店的银子是大家凑的，那会儿说是入了大账，三年归还。这都几年了？都五六年了，她也不说还。这贱人有心思。

三奶奶说：是有心思。老掌柜又不在家，咱不能不防啊。

二奶奶想想，说：不会吧？家里、地里、店里不全靠她嘛。

四奶奶接过话头说：嫂子，你可别这样说。靠她？万一她要是把咱给骗了呢！你想想，这一段自从带走了悔文，她回来过几回？

三奶奶说：就是，人心隔肚皮。有人说，她跟那仓署的官爷有染……

二奶奶一惊：真的？不会吧。

四奶奶说：这可难说。

三奶奶说：反正是路话，镇上都这么传。有的话，说得更难听，我都不好意思张嘴说，说那悔文，都、都不一定是……

二奶奶说：别说了，这话我不爱听。

四奶奶说：那就把她叫回来，试试她？

三奶奶说：试试她，看她跟咱一心不一心。

二奶奶说：咋试？

四奶奶说：那还不好说？就问她，生意这么好，入伙的钱啥时归还？这可是她说的。

三奶奶说：我还有个法儿。他二叔不是没成亲吗？让她跟老二算了。她要是不愿，那就是不一心！

四奶奶说：这好，这好。

于是，几个老妯娌一商量，就打发人把周亭兰叫了回来。

周亭兰一进门，就觉得有些蹊跷。四奶奶正站在门口迎她呢，这是从来没有过的。四奶奶手里摇着一把蒲扇，眉眼都笑着说：兰儿回来了？看把你忙的。

周亭兰说：四娘，叫我回来，有事吗？

四奶奶笑着说：去二奶奶房里吧。是有些事，想跟你商量。

待到了二奶奶的东厢房，只见二奶奶、三奶奶都在椅子上坐着，还有一把椅子，那不用说，是四奶奶的座了，留给她的是一张春凳，这很有点三堂会审的意思了。

周亭兰先是给三位长辈请了安，而后，她大大方方地在那张春凳上坐了下来。

众人都望着二奶奶，希望她先说。大奶奶不在了，她就是名义上的大媳妇。二奶奶说：这几天，我一直揪着心呢，悔文赎回来了？

周亭兰说：回来了。

四奶奶忍不住，问：要了多少赎银？

周亭兰不动声色地说：一千两。

四奶奶说：要这么多？柜上都支空了吧？

二奶奶说：论说，只要孩子平平安安的，花些钱就花些钱吧。只是你一个女人家，在外支撑这么一大摊子，也不是长法儿。

四奶奶又抢着说：就是呀。这柜上的钱，也是各房伙着出的。那会儿，你不也说过，伙用三年，三年后归还，是不是？

周亭兰听了这些话，顿时就明白了。于是，她说：看来，奶奶们有些不放心，我去把账本拿来吧？

二奶奶说：不用吧。

三奶奶也说：不忙，不忙。

四奶奶接着说：慢着。你二娘有个想法，也是替你想的。先给你透一下，听听你的意思。说着，四奶奶看了二奶奶一眼，说：二嫂，你就说了吧。

二奶奶看了看四奶奶，又看了看三奶奶，都在给她使眼色呢，只好说：说来都是命。咏凡走了这么长时间了，真是苦了你了。兰儿，你看咏仁咋样？一家子，也是忠厚人，要不你就随了他吧，也有个照应。你看那事，多吓人哪。

三奶奶接过话头，说：是啊，这都是为你考虑的。街面上有些传言，喊喊喳喳的，有说东有说西，时间长了，脸上也不好看。你说呢？

四奶奶一拍脑门说：咄，我怎么没想到？这多好啊，都是一家人，择个日子，就办了吧？

周亭兰听了，沉默不语。过了片刻，她说：我知道，奶奶们都是好意。奶奶们的好意，我心领了。不过，悔文还小，等他长大些再说吧。

二奶奶看看三奶奶，三奶奶看看四奶奶，她们就这么相互看着。屋里的空气闷了一会儿，三奶奶说：兰儿，看来你是不愿了？

周亭兰不语。

三奶奶又说：你知道街面上的传言吗？要是那啥，康家丢不起这人。你可知道，早年咱河洛镇有一个女人骑了木驴。你知道为啥吗？一个字：贱。

周亭兰仍不语。

三奶奶说：这可都是为你好。

终于，周亭兰说：既然奶奶们有这个意思，容我想想。

四奶奶说：这就对了。兰儿是明白事理的。一家人，亲上加亲，多好。

二奶奶说：也没人逼你，就是看你家里家外的不容易，才……

三奶奶说：给你三天时间，想好了就回个话。其实，大麦二麦，是一样的。

周亭兰虽然表面上应承了，可当天下午，周亭兰就吩咐人套车到县城去了。

镇上离县城并不远，也就是十几里路。等到了县城，拐过十字街口，在县衙后边的文庙里，周亭兰找到了当县学先生的康秀才。

在文庙的一个侧殿里，康秀才手里举着一盏老鳖灯，正在找一卷书。他回过身来，有点诧异地说：你咋来了？

周亭兰笑着说：爷爷，我来看看你呀。

康秀才说：你咋知道我在这儿？

周亭兰说：我要是连这点都做不到，还能做您老的孙媳妇吗？

康秀才笑着说：我说呢，铺子里老给我送小炒肉，是你安排的吧？我原以为是知县大人做的好事呢。说着，他摇了摇头，叹一声，说：我出来做这个县学，本心是自罚……家里怎么样？

周亭兰说：还好。爷爷，您还记得您说过的话吗？

康秀才想了想，说：是，我是说过，这个家交你管三年。

周亭兰说：现在已经六年了。

康秀才说：那……你的意思？

周亭兰说：我来，是接您老回家的。

康秀才摇了摇头，说：我不回去了。我说过，家就交给你了。

周亭兰说：爷爷，您必须回去，几位婶娘都等着我交账呢。我呢，也想交账了。

康秀才看着周亭兰，说：怕是遇上难事了吧？

周亭兰说：到了该分家的时候了，我想分家。

康秀才愣愣地望着她，喃喃说：分家？这……非得如此吗？

周亭兰郑重地点了点头，说：是您老把我接到家来的。我想，还是您送我走吧。

康秀才说：我知道，康家能撑下来，多亏有你。你还是留下吧。

周亭兰说：我说是分家。我还是康家的长孙媳妇。这家一分四份。我跟悔文，算是长门长孙，您老跟着我们就是了。所有的账目我都准备好了，每一笔都记得清清楚楚，您一看就知道了。

康秀才想了想，说：我明白了。既然她们执意要分，就分吧。

当天晚上，周亭兰就把爷爷接回了家。众妯娌一看老爷子回来了，纷纷拥上前问安。那些话都是用热糖熨出来的，一个个显得十分恭顺孝敬。这时候，周亭兰先是领着老爷子看了重修的门楼，又看了西院的牲口棚，再看东院存放粮食的地方，这些都是新添置的。接着，她又把地契、账目一一放在堂屋的桌上。最后，她又搬出一个上了锁的箱子，用钥匙打开了锁，把白花花的银子摆上桌面。

此时此刻，全家老老少少都看见了她这些年的不容易。这些东西都是摆在明面上的，是看得见摸得着的。尤其是那些地契，都是曾经卖过的，是她一张一张赎回来的。一个小女子，把一个家治成这样，你还能说什么呢？

周亭兰说：爷爷在这儿坐着，当着各位的面，我把账交一下。头一条，当年各房凑的银子，都在账上记着呢。现在连本带利还给各房，本钱一分不少，虽说利薄了些，但先前卖的那几十亩地全赎回来了。我给爷爷说了，除了各房的银子归各房外，家中所有的财产、地亩一分四份。爷爷、悔文算一份，二房、三房、四房各一份。如果你们愿意，现在就分了吧。

众妯娌早有分开的心，但谁也张不开这个口，一听这样的条件，倒有几分窃喜。二奶奶面善些，听了这话，倒有些不落忍，问：兰儿，你给家里出了这么大的力，你呢？

周亭兰说：我要说明，除了长门，就是爷爷跟悔文的这一份，我所有的家产都不要。悔儿的赎银，也是我从娘家借的。我呢，从今往后，就带着悔文以店为家了。

四奶奶问：这是为啥？

三奶奶也紧着问：是呀，家有家规，老爷还在这儿坐着呢。

周亭兰说：家中的所有房产、地亩都归你们。你们也知道，那店面是租人家的，得按月交租，所以店面还由我来经营。悔文有病，身上还有伤。这……我就不多说什么了，你们也是为了教他学好。我搬出去住，也是为了给孩子治病。

众人默然。对悔文，她们心里都是有些短处的。可三奶奶还是不忿，说：他二叔的事，你不是应下了吗？

四奶奶说：就是呀，说得好好的，你怎么变了？

周亭兰心里是早有准备的。她知道，她们是不会轻易放她走的。到了这时候，她脸一沉，突然说：各位叔伯，各位婆母，你们的心意，我领了。要我改嫁也行，但我有一个条件。

二奶奶说：你说。

三奶奶也说：你说。

四奶奶说：康家是讲规矩的，你说吧。

周亭兰说：我知道，家有家法，康家也是讲孝道的。我的条件是，谁能把我公公的尸身找回来，我就与他成婚。我说话算话。

众人听她这么一说，一时哑口无言，谁也张不开嘴了。

过了片刻，三奶奶又逼上来，开口说：听你这么说，如果找不回来，你就不嫁了？这可是你说的？

周亭兰说：是我说的。找不回来，我宁肯一辈子守寡！至于他二叔的事，我也想了。我另备了一百两银子，是专门给他娶亲办事用的。

此时，众人都望着康秀才，希望他发个话。康秀才拍了一下桌子，低声说：既然你们想分，就这样吧。

第五章 ···

一

黄河的鱼与洛河的鱼是不一样的。

黄河水浊，浪急，那鱼终日在浊浪里翻滚，在漩涡里淘生。每到汛期，浊浪排天，水声如虎。况黄河几乎年年改道，朝不保夕，那鱼每每要经历几场生死搏杀才得活命。况且，鱼们每年要逆流而上，以命相抵，去跃那龙门……正是这轰轰烈烈，造就了如此这般的黄河鲤鱼。

所以，黄河里的鱼头大脊黑，大多性烈，一条条亮着黛青色的脊，跳荡腾挪中鱼尾甩着一片亮红，两鳃如金，那汪着狡黠的鱼眼犹如黑夜里的两束红箭。在黄河上打鱼的人，一网撒下去，捞上来的大多是一条或两条，很少有大收获。黄河里的鱼性野，且狡诈多变，很难捕捉。只有六月天下暴雨的季节，骤然冷热相激，才会把它们从水里一群一群地激出来，这叫翻河。翻河时，鱼上下翻腾跳跃，似万镖齐发，俗称"鲤鱼爆镖"。每到这时，洛河两岸的人就像过年一样，汉子们全都赤条条地跳到水里，哇哇叫着捉鱼去了。

洛河水清，性也温和。一荡好水从陕西洛南一路走来，经卢氏，走洛阳，过崤山，一路上两岸土质偏硬，泥沙较少，且从未改道。所以，洛河里的鱼头小脊薄，鱼色偏淡，肚脐处白嫩如雪，两只鱼眼在清水里汪亮着一片羞涩，就像是生活在母亲的怀抱里，显得温文尔雅。水润鱼性，鱼就柔和，也就顺带三分的灵性和傻气。洛河里的鱼大多是一群一群游，打鱼人若是一网下去，碰上运气好的时候，就可打上百斤之多。夏日里，到了翻河的季节，一河白亮亮的，全是漂鱼，犹如一河美女亮起肚脐，俗称"鲫鱼晒脐"。这也是洛河两岸的女人们戏水的最好时节。

但洛河的鱼却从不与黄河里的鱼来往。它们每每游到河洛交汇处，掉头就回了，带着一副清高的样子，仿佛不屑于与那粗野交会。

黄河里的鱼也从不进洛水，大约是嫌水软风淡、无浪可凭，仿佛以此为不齿。黄河里的鱼性子骄横些，毕竟它们的命是在惊涛骇浪中挣扎出来的。

那年月，每到汛期前，河洛交汇处就会聚集大批的青壮汉子，他们都是来吃河饭的。河口的旗杆上升上龙旗，吃河饭的人就会从四面八方涌来。漕运是京城的命脉，加上黄河年年决口，治河投入巨大。每每汛期来临之前，圣旨一道又一道从京城发来，严饬河官查看河道，有淤积处，作速挑浚疏通，以防酿成大祸。因此一到汛期，水官们就格外小心。

龙旗升起，吃河饭的汉子们在河官们的带领下，分成十人小队，一队一队领牌上工。这时候，河堤上还会升起两种旗帜：一为"号旗"，相当于队伍的编号，十丈一小旗，百丈一大旗，领工的是河兵。一为"标旗"，是专用于施工时发号施令。施工到了紧要关口，若急需土方则升黄旗，需用木料则升红旗，需用柳条、蒲草则升蓝旗，夜间则改为三色灯笼。急迫时，锣声四起，号子如山岳，一排一排的人墙，与那滔天浊浪抗争。

那年夏天，端午过后，河洛口的大堤上，在蚂蚁一般的河工队伍里，出现了一个奇人。开初时，这人并没有什么特别打眼的地方。在赤裸着上身的汉子群里，他只是中等偏上的个头，看上去黑黑的，没言语。人也就三十来岁，一条辫子盘在头上，穿一件对襟的粗布汗褂，腰里扎一根毛蓝布带子，显得肩宽腰细，周正利落。若细看了，只是眉眼紧，走路轻些，别的就没什么了。

可一上工，干起活儿来，差别就出来了。同样是在河堤上运送木料，丈二的圆木，二里半的路程，别的河工两人抬一根还略显吃力，中途要歇上一会儿。他却不然，头一趟他就一人扛了一根。这倒还罢了，到了换牌子登账时，听河官说扛一根两个铜子，于是第二趟时，他左胳肢窝夹一根，右胳肢窝夹一根，竟然一人运两根！走起来，依然健步如飞。

顿时，一河的人都看傻眼了，说这人谁呀？好神力！

就这样，一趟两趟，一天两天，河工们见了他窃窃私语：谁呀？这谁呀？嘴里也不由小骂：这狗日的！

河上人多，眼杂，嘴也多。人们打听来打听去，才知道这人姓马，叫马从龙，是前不久从外乡流落到河洛镇的。

到了第三天，人们实在是看不下去了。这鸟人，怎么这样呢？人家两人抬一根，他一人扛两根。一个人就挣了四个人的钱，河上的钱都叫他挣了。这且不说，中午吃饭，发的黑白两掺的馍，他一串叉四个，两根筷子就叉八个，那是杠子馍，他一顿吃八个，操！

最先看不上的是洛寺村的人。洛寺村离河洛口最近，一姓的族人多，人头旺，也就霸道。他们常年吃河饭，看这狗日的一顿吃八个杠子馍，钱也都让他鳖儿挣去了，于是一个个躁躁的，嘴里骂骂咧咧，很有些气不忿。这些人先是你一言我一语地起哄，嚷着嚷着火上来了。河堤上人多，况且都是壮汉，经不住这么起哄架秧子，不知哪个愣头青先开了口：奶奶的，走，打他个小舅！

倏忽间，就见河滩上刮起了一股旋风，一时群情激愤，人们黑压压地涌过来了。挑头的自然还是洛寺村人，人群里有狗叨毛架鹰撵兔打哄哄的，有看热闹递小拳骂阵的，乱嚷嚷聒噪噪一片喊打声。

立时，就见河滩上尘土飞扬，唾沫星子四溅，荡荡黄尘里一片乱麻麻的黑脊梁，一窝蜂似的扑将上去，那胳膊犹如一片棍林，斜刺里乱马交枪像是长出了无数条铁腿……渐渐地，人就看不见了，只有一团一团的黄尘在河滩上滚来滚去！

有一袋烟的工夫，终于有人醒过神来，喊道：别打了！别打了！再打出人命了！

这时，有河兵跑过来，嚷道：干什么？干什么？想闹事啊?!

人们像是从梦中醒来似的，全都住手了。河滩上顿时静下来了。往下呢，往下就不敢想了——那人恐怕打死个球了，成肉酱了吧?

当管河工的千总带着护卫赶来时，人们才知道害怕，慢慢地往后退去，让出道来。黄尘慢慢散了，只见躺在地上的那个人，那个叫马从龙的人，已经被黄尘埋了。

过了片刻，又见那土末子慢慢往上冒、往上冒……人们小声说：动了，他动了。

又一会儿，一个人头渐渐地从土里冒出来了。马从龙先是慢慢坐起身子，"噗噗"吐了两口吐沫，继而爬起来了，还拍了拍身上的土。居然——他居然安然无恙?!

千总吃惊地望着他，说：喂，小子，你没事吧?

马从龙略略点了点头，嘴里又徐徐吐了一口气，说：不当紧。

有河兵把他架起来，说：走两步，走两步。

千总惊呆了，说：你……你真没事?

马从龙四下看了看，突然看见河滩上摆着一个夯土的石磙。他当着众人走过去，弯下腰，默默地吸一口气，"嗨"的一声，双手把那石磙举了起来!

一时，整个河滩静得吓人。人们默默地望向他。就此，再也没人敢找他的麻烦了。

二

分家后，周亭兰带着儿子，悄悄地搬到镇上住了。她先是在店铺后面一孔窑洞里凑合了些日子。在这些日子里，她一直在寻访能给儿子治病的人，找过几位中医先生，也请过神婆，扎针许愿，烧香上表，都不大管用。

没住多久，她就搬了。儿子看着她，那神情像是在问：刚刚住下，为什么要搬呢?

周亭兰说：儿呀，我怕伤了你的耳朵。

原来，店后面的窑洞里住的大多是走水路和旱路的纤夫和脚夫。他们卖苦力挣了些钱，可他们夜夜赌博，把好不容易挣来的散碎银子又输出去。况且这些人在输了银子喝了酒之后，会闹些事端，叫骂声、吵闹声不绝于耳，且一言不合，就打得一塌糊涂。

周亭兰说搬就搬，她带着儿子搬到不远处的唐家胡同。这是个很干净的小院，隔墙院里还种有花草。然而，住下没有几日，她又搬了。

年幼的康悔文不知道，这地方的后墙离常春院太近了。常春院白天里静静的，一到晚上，游蜂浪蝶，夜夜笙歌，成了一锅花粥。不时地有老鸨高喊：客，花俩儿吧！

那日，周亭兰从店里回来，康悔文突然说：娘，给我买只兔子吧。周亭兰一愣，说：这么晚了，哪有卖兔子的？儿子说：后边院子里就有卖的。老听人喊兔儿兔儿的，还问要大白还是小白……周亭兰一听，脸色陡然变了，厉声道：胡说！

然后，周亭兰二话不说，立刻又要张罗搬家。她说：儿呀，我是怕伤了你的眼哪。

河滩上闹事那天，周亭兰刚好带着伙计往河滩上送蒸馍。听河工们议论河滩的奇事，她心里寻思，这不正是她要找的人嘛。于是，她立刻托人打听了马从龙住的地方，第二天傍晚，提了两匣点心，她就到马家去了。

马从龙租住在镇子西边的两间柴房里，院子不大，收拾得很干净。院中间是一个大碾盘，一棚牵牛花，棚下有一石桌、两只木凳，靠墙放着一对石锁。

周亭兰领着儿子走进院子，打个问讯道：请问马先生在家吗？

马从龙在棚架下坐着，正用葛条编河工用的箩筐。他抬起头来，见是一小媳妇，有些诧异地问：您是……

周亭兰说：马先生，我是这镇上的。家里开一饭馆，每日里往河堤上送饭。河上的事，我都听说了。

没等周亭兰把话说完，马从龙就站起来说：掌柜的，对不起，我不收徒弟。

周亭兰笑了笑，径直走上前去，把提着的两匣点心放在了石桌上，说：

马先生，我也无心让儿子跟你学武。

马从龙愣了愣，说：那是……

周亭兰说：马先生，你别误会。我领儿子来，是让他见识一下，啥样的人是高人。

马从龙淡淡地说：你过奖了，我不是啥高人，就是一吃河饭的。实在抱歉，这点心你还是提回去吧。

周亭兰说：一个镇上住着，咋说也算是邻居了。这点意思，是我看望老人家的。听说老太太有病，最近可好些了？

马从龙有些不好意思了，说：谢了。我母亲只是受了些风寒，好多了。

周亭兰说：一点意思，不过……好了，我走了。说完，领着儿子出了院门。

周亭兰说走就走，把马从龙晾在了院子里。

过了两天，周亭兰又来了，仍然是一手牵着儿子，一手提着两匣点心，进门就笑着说：马先生，我搬过来了，就住在隔壁，咱们是邻居了。俗话说，远亲不如近邻。我来打声招呼，顺便看看老太太。老太太身子好了吧？

马从龙愣愣地看着她，说：你，住隔壁？

周亭兰说：是啊，刚搬来。

马从龙仍旧说：谢过好意。我说了，不收徒弟。

周亭兰说：我知道你不收徒弟。我是来看望老太太的，你不会把我赶出去吧？

马从龙无话说了。

从此，隔三岔五的，周亭兰就送些点心之类，自然说是看老太太的。这天，周亭兰又是一手牵着儿子一手提着食盒来了。可这次刚一进院，就被马从龙拦住了。马从龙说：掌柜的，对不住。我说过多次，不收徒弟。无功不受禄，从今往后，你不要再来了。

周亭兰说：我也说过了，我儿不是习武之人，我也没想让他当武状元，我是来看老太太的。我想认老太太做干娘，这总行吧？

马从龙说：掌柜的，你要我做什么事，你就明说。我娘说了，不明不白的礼，是不能收的。

周亭兰笑了，说：马先生，我会让你去杀人放火吗？只是听说你会治一些跌打损伤、疑难杂症……

马从龙这才看了康悔文一眼，迟疑片刻，问：这孩子伤在哪里？

周亭兰说：孩子从小失怙，身弱，胆小，又被土匪绑过票，眼里有寒气。你能治吗？

马从龙一怔，说：你说是寒症？那该找大夫看。

周亭兰只说：是吓着了。眼里有寒气。

马从龙摇了摇头，说：这……我治不了。

周亭兰说：你要治不了，就没人能治了。算了，我改日再来。说完，又要牵着孩子走。

这时，马从龙眼里闪出一丝亮，他说：慢着。你怎么认定我能治？

周亭兰说：在河滩里，上百人围住你，你能不还手。而且，还能不叫人打死。就凭这气度、功夫，我就认定你了。

马从龙仍然决绝地说：我已经告诉你了，我不收徒弟。我再说一遍，你不要再来了。

周亭兰说：马先生，我还要来，直到你答应为止。

马从龙从来没见过这样的女子。他望着她，可望着望着，他背过身去了。

三

马从龙在去河滩的路上被人拦住了。

拦他的，是些光脊梁的青皮后生，有二十来个。他们全是洛寺村的，就是那天最先出手打他的那些人。进河滩，洛寺村是必经之路。这些泼皮后生齐齐地在他面前跪下，一个领头的说：师傅，我们服了。从今往后，我们都愿跟你当徒弟，收下我们吧。马从龙站在那里，沉默了一会儿，说：各位请起，我不会武功，也从不收徒弟。

可是，这些青皮后生就是不站起来。那领头的说：我们是真服了。你就教教我们吧。

这时候，其中的一个泼皮觍着脸拍着肚皮说：你要不教我们，就把我们打死算了。

马从龙闷闷地站着，片刻，他二话不说，扭头就走。

第二天，马从龙起得更早些。可当他路过洛寺村时，再一次被拦住了。拦他的仍是那些泼皮。他们横在路上，又是齐齐地跪下，说：师傅，收下我们吧。

马从龙怔怔地站在那里，一时不知如何才好。这时候，就见一泼皮从怀里掏出一把杀猪刀，先是拍了拍肚子，就势在肚皮上划了一刀，那血线一样地流下来，见马从龙不语，他就又划下去，一连划了三刀！

众人齐声说：收下我们吧。

马从龙一抱拳，扭头就走，且越走越快。他心里清楚，从今往后，这河饭是吃不成了。

马从龙回到家里，在院子里默默地吸了一袋旱烟，而后他进了里屋，往母亲的病床前一跪，说：娘，咱还是走吧。

母亲问：怎么了？

马从龙说：这里不能待了。

母亲说：你又惹事了？

马从龙说：没有。

母亲说：儿呀，都怪我，不该让你习武。这躲到哪一天是个头儿呢？我怎么听说，你在河滩里被人打了？

马从龙说：唉，也怪我。本是想多挣几个钱，好给你治病……

母亲焦急地说：说实话，你没有还手吧？

马从龙说：娘，我谨遵母训，没有还手。

母亲说：不还手就对了。不到万不得已，千万不能还手。你要是再失手，万一伤了人，娘可怎么活呀？

往下，两人都不说话了。是呀，在河洛镇，还没有人知道他们的来历。这是埋藏在母子心中的秘密。

片刻，马从龙低声说：娘，你放心，我不会再给你惹事，只是……

这时，母亲从头上拔出一根银簪子，说：儿啊，你不在家的时候，那住在隔壁的饭铺女掌柜没少来看我，还专门请了先生来家给我看病、抓药，这份人情咱不能欠。拿去，把它当了吧，换成钱，置份礼。就是走，也要言一声，谢谢人家。

马从龙迟疑了片刻，说：好吧。

这天傍晚，马从龙推开了邻居的院门，他手里提着果品和两匣点心，站在院子里说：掌柜的在家吗？

周亭兰穿一高领蓝花短衫，下身是蓝碎花裙，人显得十分清丽。她笑盈盈地从屋子里走出来，说：我说怎么喜鹊叫呢，是贵客临门呀。马先生，快坐。说着，快步走上前，把院中丝瓜架下的木桌木凳全擦了一遍，说：马先生，坐呀，我这就给你沏茶。

马从龙把手里提的礼物放在桌上，说：不麻烦了。我是来告辞的。

周亭兰说：怎么，你要走？

马从龙说：是啊，我明天就走了。我来是特意谢谢你对家母的关照。听母亲说，你又是请大夫，又是抓药，实在是叨扰太多。谢谢，对不住了。

周亭兰问：不在河上干了？

马从龙苦笑了一下，默默地点了点头。

周亭兰说：听大夫说，老太太的病还要养些日子才好。你这么急匆匆的，是要到哪儿去呀？

马从龙无奈地说：顺河走吧，总会有用人的地方。

周亭兰马上说：既然没有一定的去处，那就不妨等老太太病好了再走。我知道，马先生，你不过是困在这里了，日后早晚有发达的一天。我要说雇你，是辱没你了。头前，听说县上缺一捕快，我正让爷爷给打听呢。你要是乐意呢，就再缓上几日，待有了准信儿，我就告诉你。时间不长，也就是三五天。你看呢？

马从龙听了，愣愣的，一时也不知说什么好了。

周亭兰又说：这边呢，我那饭铺，也需要一个挑水的。你一早一晚，给挑挑水，也算是给我帮帮忙。剩下的时间，给我儿子治治病。一个月，我给你五串钱，如何？

马从龙沉默了。他知道，一个挑水的，是挣不了这么多钱的。这钱比他做河工拿的都多。他想拒绝，但是，对这个女子，不知怎的，他心里产生了一种说不出来的好感。

周亭兰看他不语，又说：马先生，老太太的确需要调养一段时间。你要想走，随时都可以走。

马从龙说：谢谢掌柜的好意。不过，你怎么就认定我能治这孩子的病呢？

周亭兰说：我就认定你了，治不好也没关系。

马从龙说：你要我治到什么程度？

周亭兰说：眼里没有寒气。说着，周亭兰立刻招呼儿子：悔儿，快来，给师傅磕头。

这时，康悔文从屋里跑过来，怔怔地望着马从龙。片刻，他"扑通"往地上一跪，在地上"咚咚咚"一连磕了三个响头，而后抬起头来，望着马从龙，竟然说出了一句让马从龙震惊的话。

他说：我妈说，你眼里有光。

四

如果从出生地论起，马从龙的老家是河北沧州的。但要从根儿上说，他又是地地道道的河南人。

马从龙出生于武学世家，他的祖上曾是少林寺的子孙和尚。所谓"子孙和尚"，是家贫无依，一出生就被抱到少林寺恩养的孩子。马从龙的祖先曾在少林寺学艺十多年，法名"释慧根"，曾为少林寺武僧。只是后来连年战乱，少林寺多次被毁，他的祖爷爷流落到了民间，一路逃荒到了沧州靠开校场才落下脚来，此后才有了马家这一支人脉。

沧州是尚武之地，自古以来多慷慨悲歌之士。马从龙的爷爷马世昌，绰号"马蝎子"，自幼练的是蝎子功，尤其擅长蝎子爬——人趴在地上，蹿将出去，可达一丈多远。年轻时曾考过武举，只可惜功亏一篑，在比武的校场上摔断了腿，苦练一辈子的功夫也废了。此后，他的父亲马金旺改练螳螂功，一练三十年，当他就要成名的时候，却又折了一条膀子，成了"独臂螳螂"。马家人世代习武，原来一直练的是外功，但功夫总是只能练到八成以上，而后就不行了。再往上走，就会一而再、再而三地出事故。冥冥之中好像有什么东西在左右着马家，使马家一代一代都留下了遗憾。

马家从祖上开始，一直做着"武林第一"的梦，练的都是偏门绝活。虽说有走捷径的心思，但练得也很苦啊！从蝎子功到螳螂功，图的就是这门的天下第一。可经过一代代的努力，到了也没能如愿。马蝎子临死时，曾一再感叹：命，这是命啊！

到了马从龙这一代，马家人开始改练内家功夫了。

马从龙从三岁起就开始扎马步了，他自幼练的是易筋经。易筋经练的是气，讲的是洗筋伐髓、吐纳功夫。在大约十年的时间里，马从龙都在练心、意、气，然后才是功法。父亲在后院里给他挖了六个坑，又准备了六个水缸，先是跳坑，每天早、午、晚让他从坑里往外跳；跳出来后再运气打水；由小到大，一年一换，让他对着水缸练气。本来，父亲是执意要把他培养成武状元的。父亲把毕生的心血都用在他身上了，也曾带他拜过很多老师。为了让他开眼界，曾借走镖的机会带他上过武当山、青城山、泰山和少林寺。

可是，父亲突然就死了。父亲死得很蹊跷。那个夏日，马从龙的父亲从北边走镖回来，到一位伯父家喝酒，死在了回家的路上。这人跟马从龙的父亲是同门师兄，平日里情同手足。可是，当父亲跟情同手足的伯父喝了一顿酒后，却在回家的路上掉进河里淹死了。马从龙当然不信，父亲早年跟着爷爷练过蝎子功，平地蹿起，可达丈余。那条河并不宽，就是掉进河里，三蹿两蹿就可以到河边上，父亲怎么会死呢？

当马从龙和父亲的徒弟们跑到师伯家讨说法的时候，一言不合，两边就打起来了。那时候马从龙初出茅庐，血气方刚，跟师伯的儿子交手时，几个回合下来，他一掌拍在了对方的胸口上，师伯的儿子竟口吐鲜血，当场毙命。

马从龙本是无意杀人的。平时练功时，他都是对着一个大水缸练习。那水缸里的水有七成满，他只是练到了把水缸里的水推得溢出来而已。可练了这么多年的内功，他并不知道他的力量究竟有多大，一掌下去，竟失手把师伯的儿子给打死了。

事发当天，马从龙的母亲曾去求过师伯，求他不要报官。可师伯却说出了很绝情的话。师伯说：按江湖规矩，一命抵一命。

母亲说：马家就这一个儿子，你给留一条根吧。我下辈子结草衔环，也会报答你的。

师伯说：你能让我儿子复活，我就答应你。

母亲说：要抵命，我可以抵，只要你放过我的儿子。

可师伯摇了摇头，竟说：年轻时，你或许有机会，可你选错了人，跟了他。

这时候，母亲才发现，两家最亲近的人，其实早就结下冤仇了。师伯对母亲嫁二师弟的事一直耿耿于怀。如今，师伯要报仇，官府要拿人犯。就此，马从龙背着母亲连夜逃出了沧州。

他们一路东躲西藏，来到了河洛镇。

五

康悔文习武是从看星星开始的。

一天晚上，马从龙把他带到了黄河边，领他上了一条靠在河湾里的船。马从龙先是对船上的人说：老大，我借你的桅杆用用。

船老大是认识他的，笑了笑说：马爷，你可别伤了我的桅杆。

马从龙说：不会。我让这孩子练练胆。

船老大提起一盏马灯，说：这好说。要亮吗？

马从龙说：不用。

接着，马从龙蹲下来，把康悔文浑身上下摸了摸，觉得骨头太嫩，就说：孩子，跟我习武，要从练眼、练胆开始。你怕不怕？

康悔文的腿哆嗦了一下，却说：不怕。

马从龙说：不怕就好。你要是怕了，就叫我，我会把你放下来。

于是，马从龙从腰里取下一条带来的绳子，绾一活扣儿，把康悔文的两条腿套在两个系好的活扣儿里，而后又把那绳拴在桅缆上，就那么倒着把康悔文吊在了桅杆上，拉有一丈高的时候，马从龙把绳子系住，而后问：孩子，你告诉我，你看见什么了？

康悔文被倒着吊在那里，开始有些怕，只觉心慌意乱，也不知说什么好了，就说：星、星星。

马从龙说：好，你就给我数那星星。数到一千的时候，你再告诉我，你看见什么了。

大约有半个时辰，康悔文突然叫道：师傅，我头晕。

马从龙说：不要慌。你腰上用力——记住，是腰上用力。然后，他直起脖颈往上挺，挺起身后，抱住桅杆。

于是，康悔文就一次次地起身去抱那桅杆。终于，当他抱住桅杆的时候，只见暗夜里一片黑乎乎的，四周有斑斑点点像鬼火一样的绿光，夜气一抹一抹地从脸前流过，麻酥酥的。星星在天上一钉一钉亮着，那光蓝蓝的，越看越近，顿时就有了想飞的感觉。抹一把脸，全是汗。

三天后，那根吊康悔文的绳子又升了一尺，而后每隔三天就升一尺。这时候，那夜在康悔文眼里已有些明晰了。滔滔黄河像墨汁一样流动着，那浪一波一波地翻滚。在那黑丝绸一般的墨流里，有"扑哧、扑哧"的鱼跃声。一时，那河像是凝固了，泥泥地不动；一时，又翻动着荡荡的泥浪，一耸一耸地向岸边抓去。起风时，那涛声像是鬼哭，夜静时，四周的夜气又像是流动着的水。亮光一明一暗地从各处闪现，岸边草棵里的虫儿齐声鸣唱。暗夜里，天上的星星汪成了一条一条的河流，远的近的，像是水中的花儿一样开放。

整整两个月的时间，每天晚上，马从龙都把康悔文吊在桅杆上，先是一尺一尺，而后是一寸一寸地往上升，直到把他升到桅杆的顶端。当他能抱住桅杆头的时候，他发现整个河道和码头就在眼前。那灰墨色是一层一层的，夜气像鸟儿一样在这里那里飞。泥墨色的河流像是一道道丘陵，一漫一漫地广阔，没有动静，看不见任何动静，就像是死了一样。然而，在有风的夜晚，那浪一下子就起来了，就像是墨色的巨龙一跃一跃地去拍那堤岸，轰轰地发出巨响。那堤岸像是化不开的一道道黑门，有黑雪一样的东西一堆堆地在门前徐徐退去。

有时，那黑雾会一层层漫上来，先是鼻子湿，而后是全身，寒气就像铁钉一样扎在身上，一处一处都是疼。不知怎的，康悔文心里一酸，竟流出泪来了。他哭了，他会哭了。那泪有一点点咸。当他侧脸往下看的时候，会看见一星小火苗一明一明，那是师傅在吸旱烟。

有一天晚上，康悔文竟然抱着桅杆睡着了。他做了一个梦，梦见自己失手掉在了万丈深渊里。他大叫一声，却突然醒了。就在他吓醒的时候，他突然发现天亮了，天空无比广阔，河道无比广阔，那曾经汹涌的黄河水，就像是一个女人赤条条地躺在他的面前，平和而温柔。河道里帆樯林立，远处有纤夫的号子，天是那样的蓝，无边无际的蓝。水静了，就像一匹广阔无边的土黄色绸缎从天际挂下来，天边正有一轮红日升起，那橘红把天边烧出一片霞光。红日像火球一样在水面上荡荡地、轻轻地跳着，推出金光万道！

不知怎的，康悔文徐徐吐出一口长气，顿时一股热流涌上心头。他突然笑了，他笑着说：我看见了。

马从龙问：你看见什么了？

康悔文说：光。

大河上下的奇瑰景象，给康悔文留下了很深的印象。马师傅教给他的吐纳功夫，让他内心的淤积渐渐散去。他的心胸开阔了许多，浑身筋骨也渐渐强壮了。这一天，黎明时分，当他再一次抱着桅杆头远眺时，上游突然出现了山峰一样的水头。也就是吸口冷气的工夫，只听风声呜呜地响起，那水头像座山一样涌过来，而后重重地砸下去。接着是飓风一般的啸声，随着啸声浪尖像巨口一样高高地抛起一个木箱子，那木箱在空中炸开去，里边的东西一样样抛出来，就像是天女散花一般。水里滚动着木料、椽子、桌子……倏尔，就见岸上人头攒动，有人边跑边高声喊道：水下来了！捞河了！

捞河是发水财的机会。每当上游发水，下游两岸的人都会去抢河上漂来的浮财。就是这天早上，抱在桅杆上几乎惊呆了的康悔文，突然发现从上游漂下来了一个人。这人在水里一隐一隐地挣扎着，身上系着一个小包袱。此时，他仿佛听见有人在耳边说：救人。快救人。

他叫道：师傅，救命，水里有人！

随着叫喊，康悔文一急，竟解开捆在腰上的绳子，跳到水里去了。他刚抓住那人的胳膊，一个浪头打来，一下子把他卷到浪里去了。康悔文吓坏了，他根本就不会洑水。就这工夫，那人抓住了他的胳膊，死死地抓着。黄水劈头盖脸往他嘴里灌，眼看两人就要一同沉下去了，可突然之间，只觉眼前一亮，就像有什么在推着他似的，他吐了两口水，重新浮到了水面上。

马从龙三下两下爬上了桅杆，他从腰上解下布带，绾一个活扣儿，"唰"一下扔出去，正好套在康悔文的身上。只听那船老大叫道：好手段！船老大也出手相援，总算把他们拉到了岸边。

康悔文大口喘着气，惊魂未定。众人这才发现，救上来的竟是一个姑娘。

六

康悔文现在有了两位师傅，一个是习算学的仓爷，一个是习武的马从龙。

康悔文跟了马从龙几个月后，周亭兰惊喜地发现，儿子的眼风有些硬了。他看人的时候，目光已不似先前那么怯了。周亭兰对马从龙说：马先生，这孩子有些变了。

马从龙说：那是河风洗的。

虽然已经有了两位师傅，可周亭兰心里还揣着个念头。那天，周亭兰专门雇了一辆带圈席的驴车，去县里的文庙接康秀才了。

康秀才虽做了县学先生，可他早已心灰意冷。家已分了，他没了羁绊，只想着教教书，喝两口小酒，聊度余生。周亭兰这天来，知道他喜欢吃庆家的小酥肉，先把他拉到县里的庆家饭庄。她让庆掌柜给上了几样菜、一壶酒，坐下来一边吃着、喝着，一边说：爷爷，该让悔文识些字了。

康秀才拿起筷子刚夹起一块肉，正要往嘴里放，却像烫住了似的忙把筷子放下，说：我已说过，康家人不再读书了。

周亭兰说：为什么？

康秀才端起一杯酒，一饮而尽，说：你还不知道为什么？

周亭兰沉默了片刻，说：这是两回事。

康秀才叹一声，说：兰儿，字墨，是可以杀人的。不学也罢。

周亭兰说：我觉得，还是识些字好。

康秀才说：识了字，心里就更苦了。

周亭兰望着他。

康秀才说：那字墨，苦啊。字是量人的尺子，每个字都是一把刀。岳飞读书，换来的是催命的十二道金牌；孙膑读书，换来的是髌刑；屈原读书，换来的是投河自尽；商鞅读书，换来的是五马分尸；司马迁读书，换来的是宫腐之刑……一个个都生不如死啊！我儿读书……唉！还是不读的好。

周亭兰说：爷爷，人心里有把尺子，不好吗？

康秀才摇摇头说：不好。平常人，心里没有尺子，他不知道什么是好。可一旦有了尺子，他知道了什么是好，这就坏了。知善而不可为，就苦不堪言了。这就像是一把刀，不是伤人，就是自伤。

周亭兰固执地说：那也要识字。不识字就是个瞎子。

康秀才说：康家三代破产读书，却落了个家破人亡。瞎子？我宁愿他当个平平安安的瞎子。

接着，康秀才连喝了几杯。喝了酒，想起伤心事，不由老泪纵横，嘴里喃喃道：瞎子好，瞎子好……而后，踉踉跄跄，扬长而去。

周亭兰坐在那里，愣愣地望着走出饭庄的爷爷，一时竟不知如何是好了。

又过了些日子，周亭兰再次来到文庙，说：爷爷，我想了，还是不能让孩子当睁眼瞎。悔文是长门长孙，还是让他识些字吧。交给别人，我实在不放心。地方我已给你找好了，你要是不想教他一个，就开个蒙馆吧。

可康秀才依然故我，他说：你说破大天，我也不会跟你回去。家已分了，你好自为之吧。

周亭兰说：爷爷，你是不是怪我分家？

康秀才说：既然分了，就分了吧。天下事，分分合合，合合分分；合久必分，分久必合，不过如此。

往下，周亭兰不说了，康秀才也不语，就那么闷闷地坐着。过了一会儿，周亭兰忽然说：爷爷，不读书也行。可我不愿让我的儿子猪狗一样地活。我既生养了他，就得让他活得像个人。书，也是可以倒着念的。

就是这句话，把康秀才说愣了，他喃喃道：倒着念？书怎么倒着念？

周亭兰说：你把字背里的意思给他念出来，这不就是倒着念吗？

康秀才说：这话嘛，倒也不错。字背有字。那……不为功名？

周亭兰说：不为功名。

康秀才问：那为什么？

周亭兰说：活人哪。

康秀才说：活人不用书。

周亭兰说：活人是不用书，但要活得好，心里就得有一盏灯。书就是点在心里的灯，它是照路的。你老人家不也说，书里有尺子，那是量人的。就是苦，也要让他知道，什么是好，什么是歹。

周亭兰又说：至少，得让你的重孙子做一个明白事理的人。

康秀才沉吟了很久，终于说：这么说，还有点道理。你让我再想想。

第六章

一

陈麦子看见，那是一个孩子。

一个孩子，踽踽地在镇街上走着。

康悔文从家里出来，阳光下，只有他的影子跟着他，一晃一晃的，样子很愁。

自从马从龙治好了康悔文的阴寒之症，周亭兰就把孩子交给了老爷子。周亭兰特意给他寻了一处僻静些的房子，让他专门教康悔文读书识字。

可康秀才回到河洛镇，像是变了一个人。从前，他是羞于给人谈钱的。可这一次，他对孙媳妇说：你让我回来给悔文开蒙，我答应你了。可我人老了，嘴寡，不定想吃点什么。束脩怎么算？周亭兰说：爷爷，你说笑呢？饭就让店里送，你想吃什么，就让厨子做什么。若用钱，就从柜上支。这还不行吗？康秀才摇摇头说：不行。第一，每月一两银子，月初即支，要现钱；第二，我怎么教，是我的事，你不得干涉。周亭兰看爷爷认起真来，就说：行。我现在就让柜上给你把钱送来。康秀才说：我要零的，你且让人给我送十串钱来。

康秀才开馆第一课，是让八岁的悔文上街去买字。

他对重孙子说：从今天起，我要教你的"字墨"，其实是五个字，仁、义、礼、智、信。这五个字，我先要你从街上买回来。买回一个，我教你一个。若是买错了，或是买不回来，看见了吗？这是戒尺，打手十下。记住了吗？

康悔文愣愣地问：怎么买？

康秀才说：那就是你的事了。而后，他指了指桌上：拿上两串钱，去吧。

康悔文不明白这"字"该怎么去买。怔了片刻，想再问问，看老太爷绷着脸，也就不敢问了。

出了门，康悔文顺着镇街往前走。手里有两串钱，掂着不是，装又没地方装，于是他干脆套在了脖里，一路走一路四下张望，心想到哪儿去买字呢？

这是康老爷子给他上的第一课。

康秀才坐在屋子里，从窗口望着他重孙子孤单单的身影。

那时的河洛镇，虽不如县城繁华，但毕竟是水旱码头，镇街亦是热闹的。人气最旺的是十字交叉的二里长街，十字街南头是集市，挨着集市就是店铺了，一街两行都挂着招旗，头一家是给牲口看病的佑生堂，再接着是霜糖店、德昌鞋行、生泰元商铺、洪记薪炭行、范记馍店、王记铁匠铺……一家挨着一家。东西街则是各样的粮行、米市、典当铺、饭馆、剃头铺子、脚力行……一直通向码头。

集市上，店家伙计见这么一个孩子，脖子里套着两串钱在街上走，纷纷打招呼说：哎哎，这位小哥，你买什么？店里有糖果点心……

康悔文摇摇头，继续往前走。

饭铺的伙计拦住他说：小哥小哥，包子油饼胡辣汤，想吃什么随便点，你来尝尝？

康悔文不饿，又摇摇头，继续往前走。

一个摆地摊卖狗皮膏药的，看见他就喊道：小哥，一看就知道你是个孝顺孩子。来一帖？你瞧，你爹的腿疼往这儿贴，你娘的腰疼往这儿贴，来呀——

康悔文是让人绑过票的。他看那人腰里束着板带，一脸的横肉，不由警觉起来，加快了脚步往前走。一路上看见卖酒的，卖肉的，卖水果的，卖京广杂货、针头线脑的，卖酱牛肉、花生米的，就是没有卖字的。他先后走完了一条南北街，再走东西街，仍然不知道哪里有卖字墨的。就这样，他左顾右盼一直走到了码头。

码头上更热闹，远处帆樯林立，锣声不绝。近处有押宝的，玩皮影的，捏糖人的，挑担子的，扛包的，上船下船的，要饭的，吵闹声不绝于耳。可康悔文自小孤独惯了，是个不好热闹的主儿。人们见他脖里挂着钱，打招呼的特别多，他们一个个叫道：小哥，小哥，你来你来，赌一赔十……可康悔文就是不往前凑。

他一直牢记着要找一个卖字的。可不逢年不过节，哪里有卖字的呢？康悔文走得有些累了，心里还愁着。太爷爷说，要他买"仁义礼智信"，任何一字都行。这些字，母亲教过他，他认是认得，可又该如何买呢？于是，他缓步上了一座木桥，靠在桥头上发愣。

眼看到中午了，他的肚子也有些饿了。怎么办？无奈，看来他只好回去挨戒尺了。在很长一段时间里，康悔文一直觉得耳边有人在小声跟他说话。虽然跟马师傅练功后，耳根子清净多了，可每当感到紧张时，还会有声音出现。这时候，他就听见耳边有声音悄悄地说：往下看，你往下看。

于是，他低下头去。只见桥下站着一群插着草标的孩子。这些孩子是从发水的地方逃难来的，一个个破衣烂衫，脸上苦苦的、寡寡的，眼神很绝望。尤其是那个女孩，嘴里慢慢嚼着一节草秆，眼里含着泪，不停地说：娘，饿，我饿。这时，康悔文的心一下子动了。

此时，不由自主地，就像是谁拽着他的手似的，他机械地从脖里取下那两串钱，解开串绳，把铜钱从桥头上一把一把地撒了下去，一边撒一边还大声说：哎，一人两文，买个烧饼吃吧。

桥下就是人市了，人市不远处是牲口市。

那些插着草标的孩子，突然看见桥上有铜钱扔下来，"哄"一下全都跑上前来，一个个又是抢又是抓的，倏忽间扑倒一大片。有人高声喊道：撒钱了！桥上撒钱了！

那两百铜钱一会儿工夫就撒完了。可是，人市、牲口市上的人全都围上来了。人越围越多，康悔文手里已经没有钱了。于是就有人问：这是谁家的孩子？不会是个傻蛋吧？

还有人吆喝说：傻蛋，撒完了，回去拿。你家有钱！

于是，顷刻之间，一个镇上的人都知道了，康家的重孙子，是个傻儿。他从家里偷了二百钱，竟然跑到桥头上去撒钱玩儿。看来，这康家又要败了。当有人把这个消息告诉周亭兰的时候，她差点气晕过去。

周亭兰即刻让人把康悔文找回来，气冲冲地牵着儿子找爷爷去了。她把儿子牵到康秀才的面前，大声喝道：你给我跪下。

康悔文一句话也不说，默默地跪下了。

周亭兰拿过戒尺，说：把手伸出来。

康悔文怯怯地伸出了手。

周亭兰"啪、啪"地照他的手上打起来。

康秀才问：这是怎么了？

周亭兰仍然气不打一处来，说：毁了，毁了，这孩子毁了！

康秀才说：怎么就毁了？你说说。

周亭兰气得哭着说：我怎么养了一傻儿！他、他跑到人市上撒钱去了。你说说？

康秀才听了，先是一愣，继而仰天大笑，他笑得眼泪都出来了。

周亭兰埋怨说：爷爷，你、你还笑？

康秀才却说：苍天有眼啊！成了，成了！可喜可贺，这孙儿成了。

周亭兰气呼呼地说：成什么了？这不是一傻子吗？

康秀才说：你错了。你猜我让他干什么去了？我给了他两串钱，让他去给我买一个字。你要知道，这世上的人，凡成大器者，都必须具备这五个字，"仁义礼智信"。这五个字当中，"仁"字当先，他居然给我买回来了。

周亭兰怔怔地望着康秀才，说：你、这……

康秀才：我之所以回来，就是听了你的一句话。你说，书是可以倒着念的。我觉得有道理。人生无常，字背有字。至于怎么教，那是我的事。我不过是试试他，可我没想到，他的悟性这么好。你去吧，我要给孩子详解这五个字。

周亭兰还是有些不放心：爷爷……

康秀才说：放心，放心去吧。这孩子有慧根，有善念，又毫发无损地回来。这孩子能成。我会用三年时间，给他细细地批讲这五个字。

二

三个月后，康秀才又差悔文上街去了。

这一次，他吩咐康悔文上街去借钱。他说：孩子，你上街去给我借钱。十两不多，一文不少。记住，不准找亲戚借，不准偷人家的。去吧。

康悔文又被难住了。他从街东走到街西，从街南走到街北，一直从早上走到中午，却没有借来一文钱。

路上，他曾碰上他的老外公周广田。老毒药在一个卖胡辣汤的铺子里喝胡辣汤呢。周广田看见了他的重外孙，就招呼说：悔文，来，你来。老外公问他：你吃饭了吗？他说：吃过了。老外公看他的眼一直瞄着餐桌上的几文铜钱，那是饭铺刚找给他的，就说：去，拿去吧，买糖吃。可康悔文却暗暗地咽了口唾沫，很认真地说：我不要。太爷爷是让我出来借钱的。周广田说：借钱？让你出来借钱？他老糊涂了吧？借多少，我给你。康悔文很诚实地说：他不让借亲戚的，也不让借熟人的。周广田说：这老东西，净出幺蛾子。

可是，康家店里的熟人不能借，亲戚也不能借，他该向谁去借钱呢？于是，每走进一个铺子，他都会停下来，想大着胆子向铺子的掌柜借钱。可每每当他要张口的时候，脸就先红了。人家问他：小哥，你买什么？他摇摇头，扭身退出去了。

此时此刻，他才明白，撒钱是容易的，若借钱，可哪怕跟人借一文钱，也是很难很难的。

终于，康悔文大着胆子站在一间杂货店的门前。他在门前已站了很久，看那个卖杂货的胖女人面善些，人也活泛，总笑眯眯的，就硬着头皮走进去说：大婶。胖女人看了他一眼，说：哟，小哥，买点什么？康悔文说：我什么也不买，我想跟您借一串钱。那胖女人又看了他一眼，说：你是谁家的孩子？这一眼看得他心慌了。康悔文刚想说自己是谁家的，却又忍住了，只说：大婶，我就借您一串钱。要不，借一文钱也行，我会还的。那胖女人的脸原本还是桃花一朵，可马上就变了，说：捣什么乱？滚，滚，滚。你是谁呀？你是官爷？康悔文很窘迫地站在那里，一时有些慌乱。他刚想解释些什么，可那胖女人根本不听他的，只说：去去，别耽误我做生意。小小年纪，怎就不学好呢？

康悔文红着脸退出来了。他很惭愧地在街边站着，一时不知道该怎么办了。他站在那里，想了很久很久，终于又想出了一个办法。

快到中午的时候，康悔文又一次来到了人市上，站在了流民群里。他从地上拾起一根草标，学着别人的样子插在了脖领子里，要自卖自身了。可是，那些逃水人家的穷孩子，看见他往跟前凑，就赶忙往旁边再挪挪，谁也不跟他站在一起。这时，一个稍大一点的孩子走过来，拍拍他：你卖多少钱？

康悔文就说：我卖一、一文钱。

一时，那些穷人家的孩子都笑了。一个孩子指着他说：我认得他，他前些天还在桥上撒钱呢。这是个傻子。

此刻，又有一群孩子围上来，嚷嚷说：就是他！呆子，呆子，快回去拿钱，还来撒呀。

这么一嚷嚷，围的人更多了。康悔文再也没脸在那里自卖自身了，他把那草标从脖领上拽下来，红着脸走了。

中午了，康悔文很沮丧地回到了蒙馆里。他来到太爷爷的房里，伸出手来，一声也不吭。

康秀才看着他，问：钱借来了吗？

康悔文不吭。

康秀才说：上次你撒了两串钱，我没有指责你。你知道为什么吗？那叫给予。在这个世面上，你记住，给予永远是高高在上的。而借，凭的是信誉。人无信不立，记住了吗？

康悔文说：记住了。

康秀才说着，从桌上拿起一张条子，递给他：再去，到对面的点心铺。就说我让你去的，借一串钱回来。

于是，康悔文就再一次走出门，来到斜对面的点心铺子。他把条子递给掌柜的，说：老伯，我太爷爷让我来借一串钱。

那掌柜的拿过条子看了一眼，什么也没有说，就从柜上拿出一串钱，挂在了他的脖上，说：小哥儿慢些。

康悔文脖上挂着那串钱，慢慢地走回来。他把钱放在桌上，再一次伸出手来。

康秀才在他手上重重地打了十下，而后说：知道你为什么借不来钱吗？因为你还小，缺的是一个"信"字。将来有一天，这个"信"字就是你的依托，你要牢牢记住。好吧，我现在就给你讲这个"信"字，你知道什么叫"一诺千金"吗？

三

到了十二岁这一年，康悔文突然干出了一件让全镇人都吃惊的事。这件事太出人意料了，连考他的太爷爷都惊叹不已。

这时候，康悔文已经长高了，人也壮了，那模样已是个结结实实的半大小伙子了。现在他身边有了三位老师：早上，马从龙教他习武。上午，他跟太爷爷康秀才学文，太爷爷给他讲的每一个字，都是与历史有关的。到了下午，他才到仓署去，由仓爷教他算学。

按乡俗，到了十二岁，就该行成人礼了。到了康悔文该行成人礼的这一天，太爷爷又给他出了一道难题。这天，康秀才郑重地告诉他说：悔文，你已经长大了，该行成人礼了。我现在给你五两银子，你把仁、义、礼、智、信这五个字全给我买回来。孩子，我给你三天时间。如果你花了钱，能把这五个字买回来，就算你及格了。如果不花钱，也能把这五个字买回来，那么，你就学成了。从此，我就没什么可教你的了。

康悔文看了看放在桌上的银子，愣了很久，说：那，我试试吧。

第一天，康秀才好像听到里屋有动静。进去一看，却见康悔文正躺在床上发呆。

太爷爷问他：笑什么？

他说：我没笑。

第二天，屋里仍没有动静。太爷爷走进去一看，康悔文仍是在床上躺着发呆。

太爷爷又一次问：你笑什么？

他仍然说：我真没笑。

只是到了吃饭时，太爷爷问他：怎么样，想好了吗？

他摇摇头，低声说：太难了。

往下，太爷爷就不再问了。

到了第三天早上，康悔文一早起来就出门去了。他先是来到了集市，站在街边上候着。他在等老外公周广田。老毒药有个习惯，每天早上来喝歪脖家的胡辣汤。这对他来说，是最大的享受，也是他最高兴的时候。等周广田大声咳嗽着走过来的时候，康悔文走上前去，恭恭敬敬地叫了一声：老外公。周广田见重外孙如此有礼，心头一喜，就说：走，陪我喝碗汤。

康悔文就陪他去喝胡辣汤。两人在桌旁坐下来，康悔文一次次起身端汤、拿筷，周全得体。周广田就问：孩子，你有事吗？康悔文说：老外公，我想跟您老商量点事。周广田说：你说。康悔文说：我想出二两银子，买咱家的一堵墙。你看够吗？

周广田怔了。他望着外孙，说：王八羔子，你不发烧吧？康悔文笑着说：我不发烧。周广田也笑了，说：那你买墙干什么？不会是上房揭瓦吧？康悔文说：我自有用处。你看二两银子够吗？周广田仍以为是玩笑，说：这孩子，只要不上房揭瓦，你要哪堵墙就给你哪堵墙。康悔文即刻从褡子里拿出二两银子放在桌上，而后又从袖筒里掏出准备好的字据、笔墨，一一摊在桌上。周广田看他真的把银子拿出来了，吃惊地说：王八羔子，你当真吗？康悔文说：当真。这是字据，我已经写好了，你画个押、摁个手印就行。周广田想了想说：又是康秀才出的幺蛾子吧？康悔文说：是。周广田没有多想，就说：既如此，你可不要后悔。二两银子，你就是把墙给我扒了，再修也够了。说着，当面签字画押。

等周广田摁上指印后，康悔文说：老外公，墙是我的了。周广田笑着说：对对，墙是你的。不管要哪堵墙，来扒就是了，啥时想扒都行。

可是，周广田出了饭铺的门，却连连摇头，叹一声说：这孩子呀，怕是落下病根了。

天半晌时，康悔文来到了那个曾因借钱碰了一鼻子灰的杂货店。他对胖女人说：大婶，你还认识我吗？那胖女人看了看他，说：面熟，面熟。你是……康悔文说：我是这镇上康家的孙子，周广田的重外孙，我叫康悔文。那胖女子拍着腿，很爽快地笑着说：知道，知道。你不就是那……在桥头上撒钱的那个……她及时地咽下了"傻儿"两字，说：你想要啥，你说，我都赊给你。康悔文说：我来是想告诉你，在咱镇上，有堵墙是甜的。你信吗？胖女人"吞儿"一声笑了，说：这孩儿，去去，我不信。

这时，康悔文拿出一串钱来，"啪"一声放在了桌上，说：我要是给你一串钱，你信吗？

胖女人俩眼瞪得溜圆：这钱是给我的？

康悔文点点头：是，给你的。

胖女人拿起那串钱看了看，没看出什么破绽来，说：真是给我的？

康悔文说：给你的，只要你信。

胖女人说：好好，我信我信。你说那墙是甜的，就算是甜的。

康悔文认真地说：那墙真是甜的。

胖女人说：甜的，甜的。说着，自己竟笑起来了，笑得前仰后合，差一点笑岔了气。可她刚要拿钱时，康悔文却用手按住了那串钱。

胖女人一手拽着钱，说：怎么，你反悔了？

康悔文松了手，说：我只是想问问你，你是真信还是假信？

胖女人手抓着钱，连声说：我信我信，真信。

康悔文说：大婶，钱你已经收起来了。你放心，我不会再要回去了。不过，我还是想问问你，你是收了钱，才说信的，对吧？

胖女人说：这孩子，你不就是玩玩嘛。你看，你让我说，我说了。信又如何，不信又如何？

康悔文说：可你心里不信，是吧？

胖女人说：反正你让我说，我也说了。说白了，我没工夫跟你磨牙。对，我不信，我就是不信。这世上，哪有墙是甜的？你还不如说煤是白的呢。

康悔文说：你说得有道理。可这世上，就有一堵墙是甜的。你看这样行吗？你现在就跟我去，再叫上些人，去看看那堵墙。到时候，我让你亲口尝尝。如果不是甜的，我再给你一串钱。说着，康悔文又拿出了一串钱。

这时候，那胖女人大叫一声：天爷呀，你怎么傻得不透气呢？好了，你这钱我也不要了，省得挨骂！走走，我就跟你去。我倒要看看，这世上哪堵墙是甜的？

于是，那胖女人朝后面吆喝一声"他爹，给我看着店"，跟着康悔文就出了店门。待两人来到了大街上，先是叫上了几个要饭花子，可走着走着，这嘴碎的胖女人实在是忍不住了，逢人就吆喝说：你们听听，这孩子实在是傻得不透气了。他硬说有堵墙是甜的！谁信呢？你们信吗？

众人一听有这稀罕事，也都跟着七嘴八舌地议论起来。有的说：墙是甜的？没听说过。有的说：瞎日白。我说屁是甜的，你也信？有的说：打赌是吧？赌什么？我跟他赌！一时，人们虽然都不信，但跟着看稀奇的人越来越多了。

康悔文也不跟人解释，只管领着人往前走。这胖女人本就是个碎嘴，裤裆里夹不住半个屁，每到街口拐弯时，她都要停下来，一边跟人打招呼，一边张扬着嚷嚷一番，这就更挑起了人们的好奇心：墙是甜的？谁说的？走，看看去。就这么嚷嚷着，一会儿工夫，半条街的人都跟来了。

康悔文领着众人来到了老外公周广田家。他领人走过周家的朱漆大门，顺着院墙绕过一个弯，把人领到了周家晾柿子的晾房前。周家是卖柿饼和霜糖起家的，晒房前是一个大院子，康悔文到了院子的西墙边。这道墙初看是垛起来的土墙，再看是赭黄色的，墙有一尺厚，倒也没什么出奇的地方。这时候，人们才发现，那墙的前面已拉起了一根绳子，康家店里的两个伙计在绳前站着，墙上还挂着一个纸做的牌子，牌子上写着：凡逃荒要饭的，任人索取品尝，一文不取。凡本镇人士，尝一口，两文钱。

康悔文指着这堵墙说：大婶，你该信了吧？就这堵墙，它是甜的。

胖女人的嘴一下子张大了，她吃惊地望着那墙，惊讶地说：我的妈呀，真的呀？俩钱就俩钱，让我尝尝。

这胖女人说着，就从兜里摸出两个钱，丢在了一个瓦罐里，而后她走到墙前，小心翼翼地掰下一小块，放进了嘴里，突然她哇哇大叫：妈呀，我的妈呀！真是甜的！我服了，我服了。我服服在地。

一时，这里成了个集市。每个人都忍不住要进去尝一尝，尝过之后，一个个都说：甜的，没有假，果然是甜的！

听见西墙边乱哄哄的，周广田和家里人都赶过来了。周广田一看，一下子就傻眼了。这本是周家的一个秘密：周家常年做柿饼，这堵墙是从柿子上旋下的柿子皮掺了麸皮垛起来的。柿子皮本无用，但周广田是个精细人，他舍不得扔，就挂起来晒干后拌成了柿糠。因年数多了，一年又一年，堆成了一道柿糠墙。原是备着万一到了荒年救急用的，不料，他这个重外孙，竟然把周家的这个秘密给捅开了。

可周广田又实在是无话可说——这墙，他是卖过的。

这时，就见康悔文对众人说：各位叔叔伯伯、婶子大娘，我让大家来，只是为了告诉大家，这里有堵墙，它是甜的，可以吃。我还要告诉各位，这堵墙是不卖的。它可以尝，但不卖。这墙是我老外公备荒年用的。今天，我告诉大家，我老外公周广田是积德行善之人，他已经把这道墙捐出来了。凡逃荒要饭的，可任意取食，分文不要。说着，他从袖筒里拎出了那张字据，说：空口无凭，此据为证。

人们先是乱哄哄的，但这一刻，突然就静下来了。他们发现，站在他们面前的，还只是一个十几岁的孩子。可这个孩子，竟然把半个镇子的人都带来了。而且，没有人不信，你不能不信。

周广田望着他的重外孙，也禁不住说：这孩儿，仁义。

这天晚上，经了那些叫花子的渲染，全镇的人都在议论小小年纪的康悔文。从此，没有人再说他傻了。

当天晚上，康悔文回到了太爷爷的住处。康秀才问：回来了？

康悔文说：回来了。

康秀才说：听说你卖了一堵墙？

康悔文说：是，卖了一堵墙。说着，从怀里掏出那五两银子，放在了书桌上。

康秀才说：你挣的钱呢？

康悔文说：除了本钱，净挣了二百钱，我给那两个伙计分了，一人一百。

康秀才一怔，说：那么你挣了什么？

康悔文说：我挣了五个字。

康秀才半天不语，过了一会儿，他说：孩儿呀，你长大了。

几天后，镇上又涌来一批灾民。有好事者把他们领到了这堵柿糠墙跟前，告诉他们，这墙是可以吃的。于是，就有一群一群的灾民涌到这里来。从此，它被镇上的人称作"仁义墙"。

四

这一年八月，在仓署干了三十年的仓爷，肩上扛着他的行李卷，左手提着一只木箱子，右手托着他的"白公公"，缓缓走出了仓署大门。

他是被人赶出来的。前些时，仓署结算时，为了一笔烂账，他与仓监大人发生了口角。他没有想到，这笔烂账是仓监与仓场侍郎共同做下的。他们私下里盗卖了三个仓库的粮食，却以霉变的陈化粮充数。待做账时，仓爷说：这事太大，我不做。仓监大人却毫不隐讳地说：你不做谁做？老鼠是不分大小的。可仓爷执意不做。仓爷说：我说过了，这样的假账，我不做。

于是，第二天仓监就报与侍郎大人。两人私下嘀咕了一番，突然就把仓爷管的账房钥匙给收了，而后以账目不清为名，找了个借口，就把他给打发了。

傍晚时分，仓爷缓步走进了康家店。进门后，他把箱子和铺盖卷放在墙角处，手里托着养"白公公"的笼子，走到他常坐的那张桌前，说：小二，过来，把行李给我送到客房。

店里的伙计见是仓爷，慌忙跑过来，一边擦桌子一边招呼说：哟！仓爷，怎么行李都带来了？还是老三样？

仓爷说：老三样。这时，小二用眼瞟了一下墙角，仓爷说：不要叫仓爷，从今往后，我就是庶民了。这口福，怕也是最后一次了。

小二说：那还让掌柜的亲自做？

仓爷想了想，说：也好，反正是最后一次了。小二，你把我的徒弟给叫出来吧。

这年，康悔文已经十八岁了，他跟着小二匆匆赶来，看见仓爷在那个靠窗的桌前坐着，两眼望着窗外的洛河。康悔文躬身道：老师，您来了。

仓爷扭头看了他一眼，说：把柜上那算盘给我拿过来。

康悔文走到柜台前，把算盘拿过来，放在了仓爷面前的桌上。这时，仓爷站起身来，从行李包里取出一只七寸长的袖珍小算盘，这算盘是玉做的，上边的戬子却是金的，看上去晶莹剔透，十分精美。仓爷说：让老师再给你上最后一课吧。说着，他把两手放在大小不同的两只算盘上：报数吧。

于是，康悔文随口吐出了一串串数字。康悔文说得快，仓爷打得快。只听那大小两只算盘一阵噼噼啪啪，先是加减而后又是乘除，只见仓爷的两只袖子像吃了风似的鼓起来，两手如弹奏一般在算盘上跳跃舞动，那算盘珠上下翻飞，让人看得眼花缭乱。半炷香的工夫，那大小两只算盘上的数字都奇迹般地回归到了一。这就是仓爷教他的"九九归一诀"。

仓爷演示完毕，徐徐地吐了一口气，问：记住了？

康悔文说：记住了。

仓爷说：悔文，我要走了，叶落归根。这玉算盘就送给你了，做个念想吧。

康悔文说：怎么，老师要走？

仓爷说：少小离家老大归，也该回去了。

康悔文说：老师，那你家中还有人吗？

仓爷摇摇头，说：两位高堂，早就不在了。离家年数多了，怕是乡邻也都认不得了。

康悔文说：老师，既然家中无人，还是不走吧。

仓爷再次摇了摇头，说：三十年了，也该回去看看了。

这时，周亭兰匆匆从里边走出来，说：怎么，仓爷要走？

仓爷笑了，说：是啊，就再吃一次霜糖豆腐吧。

周亭兰说：好，我马上给您做。回去多长时间？什么时候回来？

仓爷说：这一走，怕就不回来了。

周亭兰一愣，说：那为什么？

仓爷说：一言难尽。我被解职了。

一时，周亭兰不知说什么好。她说：仓爷，柜上有您入的股，我这就让人给算算。

仓爷说：不忙。路上不平安，先支五十两，其余的回头再说。不过，我还想托付你一件事。

周亭兰说：您尽管说。

仓爷说：这"白公公"跟我有段时间了。我要走了，路上不方便，就留给悔文吧。再说了，它也喜欢霜糖。

周亭兰说：也好。银子我马上准备。

仓爷说：不忙。

周亭兰说：稍等，我这就去给您上菜。又说：悔文，先生于你有培育之恩，好好陪陪先生。

康悔文忙说：是。

仓爷说：哪里话，这是个好孩子，能教他是我的福分。

待菜上齐时，仓爷美美地尝了一口霜糖豆腐，叹道：真好。

第二天一早，仓爷走时，周亭兰特意给他雇了一辆带有圈席的马车，并吩咐儿子康悔文，要他把仓爷一直送到老河口，等人上了船再回来。

然而，想不到的是，这辆马车在东去的官道上刚走出三十里，到了芦苇荡边，只听一声呼哨响起，土匪围了马车。

芦苇荡一望无际，白色的芦花在风中簌簌抖着，夕阳下像飘飞的血。土匪们像是从血海里冲出来似的，一个个脸上蒙着黑布。

仓爷掀开车篷的帘子，只见一个脸上蒙着黑布的汉子站在马车前，说：是仓爷吧？小的已恭候您多时了。

仓爷说：是我。

汉子说：在下断指乔。听说仓爷发了大财，特意来送您老一程。

康悔文为送仓爷一路相陪，不承想遇到劫路的。他跳下了马车，冲上前说：你们想干什么？他跟着马从龙学了十二年的武，正是血气方刚的年纪，很想跟人比试比试。

断指乔看了康悔文一眼，并不回话，手一伸，只见一把飞刀"嗖"的一声，正钉在康悔文头上的车横木上。而后，他冷冷地说：仓爷，请下车吧。

仓爷说：咱们无冤无仇，这是为何？

断指乔说：明说了吧，有人出钱买你的人头。不多，三千两银子。

仓爷叹道：本想一走了之，没想到竟如此之难。

断指乔说：仓爷，欠你的馈情，我已还了。道上有道上的规矩，拿人钱财，替人消灾。不然，我和兄弟们就得喝西北风了。

仓爷说：既然是我的事，你就放了他们吧。

断指乔说：好说。

仓爷回过头，对送他的康悔文说：悔文哪，你回去吧。快走！

康悔文正欲迈步，突然转身说：纵然是黑道，也要讲信义。你收了人家的钱，就要办事，对吧？

断指乔看了他一眼，说：对。

康悔文说：三千两银子？

断指乔：不错。

康悔文说：区区三千两银子，就要杀人吗？

断指乔说：区区？哼！

康悔文说：那好，我拿三千两银子，赎回我老师。行吗？

断指乔笑了笑：小子，我知道你家的霜糖豆腐好吃。你要再不走，可就走不了了。我还告诉你，我这是替天行道。有人说，这位仓爷是仓署里的大老鼠。这次，他带走的银票就不下三万两。既然是赃银，我为什么不能借来用用呢？

仓爷说：你听谁说我带走三万的银票？

断指乔说：这就不要问了。

仓爷说：是仓署里的人告诉你的，对吧？好汉，你上当了。

断指乔说：此话怎讲？

仓爷说：我哪里有三万银子？我不过是不愿与那些人鼠同流合污罢了。若不信，你尽管搜。

断指乔想了想，说：也好，死也要让你死个明白。来人，上车给我搜。

几个喽啰上车翻腾一阵，抬下来一个木箱，打开一看，只有几本书和日常穿用的一些衣物。

断指乔怔了怔，说：仓爷的手脚很干净呀。

仓爷说：也不那么干净。说实话，我平生的积蓄，确有五百两银子。只是我喜欢吃口霜糖豆腐，入了股了。不瞒好汉，我遭人暗算，正是不愿当人鼠的结果。

断指乔说：如此说，是我错怪了仓爷？

一个喽啰赶忙上前对断指乔说：乔爷，他已认出你来了，不能留活口啊。

断指乔说：无须多说，放行。

仓爷说：一个蒸馍，换来了如此的大恩，我却无以为报。好汉的恩典，待我来世再报吧。

康悔文说：老师，你放心，欠下的人情，我会还的。

这时，断指乔说：小子，口气不小啊。你记住，三千两银子，这话可是你说的。

康悔文说：是我说的。

断指乔说：小子，一言为定。

五

沿黄河故道往下走，有一地方，叫四间房。

四间房不是只有四间房子，那是隐在河套里的一个流民村落，很小的村落。

没人记得四间房的来历。这里曾是一段旧河道。黄河改道后，干涸的河道里长满茅草。茅草长得深，刮风的日子，那茅草就像是一群群披头散发的女鬼，带着凄厉哨音，很瘆人。由于茅草多的缘故，这里的土坯房均以茅草苫顶，很凑合的。

住在四间房的人，大多来路不明，有逃荒的，有躲债的，有作奸犯科杀了人的……马从龙最初就在这里躲过一些日子。早些年，牢靠些的住户，会开上一片荒地度日。也有人在黄河以打鱼为生，更多的是些流民，熬到汛期去出河工。经年累月，这里就成了个小村。

如今，这里住的多是吃河饭的。汉子们十有八九在外拉纤、当船夫。他们从外面回家，乘的都是小瓜船或是木筏子。不知从何年何月始，人们在黄河边挖了条浅些的引水道过来，纤夫、船夫们来往就方便多了。渐渐地，这里就成了个民间摆渡的小渡口。

芦苇荡劫后余生，仓爷决定改走水路。走水路也不敢走大码头，于是就想到了四间房。仓爷当年曾周济过一些难民，有个老闫就在四间房摆渡。芦苇荡离四间房只有七里路，除了纤夫，很少有人从这里上船。从这里走，不会为外人注意。

康悔文送仓爷到四间房渡口时，看到一只摆渡的瓜船在河边停着。仓爷见一人身披蓑衣蹲在船头，心中暗喜。远远地，仓爷问一声：是老闫吗？只见那人应声站了起来。两人快走几步，待到近前，仓爷发现，这人蓑衣后露出腰刀。仓爷叹道：又错了！

那人扬声说道：不错。奉县太爷令，缉拿盗卖皇粮的重犯。

说话的人，是已当了县衙捕头的马从龙。而那平日摆渡的老闫，早已被捆了个老婆看瓜，在瓜船里趴着呢。

马从龙当上县衙捕头不到一个月，就领下了这道抓人的密令。

仓爷叹了口气，说：我怎么没想到呢。既然旱路不保，那水路自然也难脱身。

马从龙说：仓爷，对不住了。实话说，你是插翅难逃。无论旱路、水路，各个码头，都有县衙的捕快守候。

康悔文赶上前来，惊讶地问：师傅，你怎么在这儿？

马从龙说：我是本县的捕头，自然要来缉拿朝廷要犯。

康悔文说：师傅，弄错了吧？仓爷怎么成了朝廷的要犯？

马从龙说：仓署里下了加急文书，有人告他倒卖国库皇粮。仓爷，对不住了。我只是拿人，案子的事，不归我管。

仓爷叹一声：本想一走了之。看来，真是走不成了。

康悔文忙说：师傅，仓爷是被人陷害。刚才在路上，他已被土匪们劫了一次。仓署里的人，要花三千两银子买仓爷的人头！如今，真成官匪一家了？

马从龙一怔，说：官匪一家？这话过了，还是跟我到县衙归案吧。你确有冤屈，可以对知县大人说。

仓爷说：马先生，我一向很敬重你。你看我像个贪赃枉法的人吗？

马从龙说：仓爷，我知道你的为人。可如果我放了你，我在县衙也难待了。

仓爷抖着两手，悲愤地说：我冤哪！你可知他们为何要置我于死地？正是他们狼狈为奸，盗卖国库粮食。有谁知道，那么大的国库，有四个太平仓，装的都是满仓黄土啊！

马从龙一惊，说：真有此事？

仓爷说：马捕头，我知道你吃的是官饭。实话告诉你，他们这是要杀我灭口！你记住，8、11、13、15都是空仓。那上边盖的是麦糠，下边是黄土。我的话若有一字虚言，天诛地灭！此话撂在这里，我跟马捕头走就是。

仓爷说出实证来，马从龙不能不信。他迟疑片刻，说：等等。仓爷，我就是放你走，你也出不了县境啊。从昨天晚上起，凡进京上省的人，无论水路旱路，都要严加盘查。

仓爷长叹一声：我上天无路，入地无门，不就是一死吗？！

马从龙手握刀把，沉思良久，犹豫再三，终于说：跟我来吧。

马从龙领二人来到一小树林，解开一匹马说：走，赶紧走。先往西，绕过大路，再往北。

仓爷愣了，说：那你呢？

马从龙苦苦一笑，说：放了你，这捕快我也就不做了。

仓爷俯下身去，一揖到底。

第七章 ·······································

一

陈麦子又笑了，他看见了一对石狮子。

当然，人人都会看见那对石狮子。却没人知道，那石狮子的底座上，还镌刻着一个人的名字呢。

在河南巡抚衙门的大门口，有两尊张着大口的石狮子。

表面上看，这两尊石狮十分的凶猛威武。但若细看，这两只卧狮，却与别处的石狮子不一样。它一眼大睁、一眼微合，且左边那只眼往右边瞄，右边那只眼往左边睨，这就生动了许多，端的是有些笑看天下人的意思了。

那狮子当然也看见了这两个人，那是一老一少。这一老一少正在衙门前苦苦哀求呢。

当仓爷决意要与"鼠辈"们斗一斗时，他和康悔文没有直接进京。他们走小路奔东，来到了开封府的河南巡抚衙门。仓爷知道，新上任的河南巡抚出自工部，此人姓于，原是主管治水的工部大员，朝廷派他任职河南，是为了治河所需。京杭大运河是漕运的命脉，流经河南的黄河河道，年年出事。所以，主政河南的这位巡抚大人，还兼着一省的河务总督。

仓爷在官仓几十年，朝廷的事多少也明白些。他知道，长期以来工部与户部的官员一向不睦。除了见解分歧、利益冲突，人与人之间总还有性情的差别。由此，导致言语行为各异、待人接物不同、处理公务有别。年深日久，积怨日深。官官相护的年代，仓爷想，他能借用的，也只有这一个机会了。

可是，当康悔文和仓爷来到巡抚衙门时，连门都进不去。

仓爷当然明白，进巡抚衙门，是要花银子的。他已事先做了准备，把手头的五十两银子换成了碎银子。本是想疏通门子的，可谁知道巡抚衙门深似海，一道一道的门禁，为打发那些兵丁禁军，他几乎是一步一银。可是，银子花了，连个带顶子的官都没见上。

怎么办呢？开初，仓爷本想击鼓喊冤，可是连鼓槌都没摸着，他们就被禁军赶走了。康悔文也犯了愁，他问仓爷：这门怎么这么难进呢？仓爷说：自古以来，衙门深似海呀。康悔文说：老师，还有别的门路吗？仓爷叹了口气说：先住下，再想办法。

当晚，两人在鼓楼街背面的一家小店住下。仓爷沉思良久，说：我想起来，巡抚衙门里有一姓吴的师爷，与我算是乡党。如果能见上他，或许可以把状子递上去。

康悔文问：这吴师爷住哪里？

仓爷摇摇头说：只是听人说起，连面都没见过，哪里知道。

康悔文想了想说：老师你先歇着，我出去打听一下。

仓爷看看他，说：也好。只是你人生地不熟，要处处小心才是。早些回来，免我担心。

康悔文点头说：你放心。

此时，已是傍晚，康悔文独自一人走上了开封街头。这里当年曾是宋朝的国都，如今仍算是繁华地界。大街上酒楼茶肆一家挨一家，卖各样杂货的吆喝声此起彼伏，各样小吃摊更是香气扑鼻。时值八月，天已转凉，街面上有人拉着一车车的菊花在叫卖。

康悔文转着转着，又来到了巡抚衙门的大门前，他试着往门口走了两步，立时被人拦住：干什么的？

康悔文先是施了一礼，说：官爷，我想跟您打听个人。

一个带刀的禁卫看了他一眼：找谁？

康悔文说：找一位姓吴的师爷。

带刀的禁卫说：想见吴师爷，好大的口气。你是他什么人？可有书信？

康悔文一怔，只好说：我老师跟他是同乡。走得匆忙，忘记带了。

禁卫看他知礼，倒也算和气，说：去，一边等着吧，兴许一会儿就出来了。

康悔文就老老实实地站在一旁。过了一会儿，只见一顶青呢小轿从巡抚衙门里出来了。

禁卫努了努嘴：看见了吗？吴师爷坐的就是这顶轿子。

康悔文赶忙说：谢过。

而后，他就悄悄地跟着这顶轿子走。跟了两条大街，那轿子来到一条小街，停在一个院子门前。康悔文紧走几步，待要上前时，那师爷已下轿进了院子。

只听大门吱扭一声，关上了。

康悔文站在大门外，急得直搓手。片刻，他突然快步离去，在大街上找到了一个代写书信的小摊。他拍出几文小钱买了两张纸，疾速写了几个字，揣在怀里，再一次来到了师爷的门前，用力敲起门来。

门开了，一个门子探头看了他一眼，说：找谁？

康悔文说：我要见吴师爷。

门子冷笑一声：口气不小。天晚了，老爷不见。说着，就要关门。

康悔文说：等等。说着，他从怀里掏出一张纸：你只要给我通报一声，给你纹银二两。

那门子四下张望了一下，迟疑着接过了那张纸，只见上边写着：通报一声送纹银二两。康悔文。

见只是一张薄纸，那门子气不打一处来，喝道：你诈到老子头上来了？滚！

康悔文说：这怎么是诈呢？我的名字写在上边。只要你通报一声，三日之内，定有银子奉上，我决不食言。

那子根本不听，照着那张纸啐了一口，随手丢在了地上，说：呸！

滚，快滚。再不走，你就是想走也走不了了。

康悔文却又从怀里掏出一张纸，说：这样，你不信我，你家老爷会信的。你把这张给拿进去。

那门子怔怔的，迟迟疑疑地又接过一张纸，只见上面写着：案情重大，冤深似海，请师爷代为同乡引见巡抚大人，下欠纹银五十两。颜守志、康悔文。

在门子发愣的当儿，康悔文又说：只要你家老爷见了"颜守志"三个字，他会见我的。

门子看他一眼，又看一眼，见此人也算体面，一时摸不清他的来路，又怕万一真是什么故旧，落师爷的责罚，于是缓声说：等着吧。"啪"一声把门合上了。

吴师爷回到家，刚喘口气，净了手脸，待要吃饭，见门子拿了一张纸进来，一一报说。他听了，哼一声：颜守志？正想说不见，可转念一想，不知有哪路"神仙"隐身其后，迟疑片刻，他说：你让他进来吧。

康悔文跟着门子进了师爷家的大门。这是个两进的院子，当他来到二门时，却见这位师爷就在堂屋门前站着，手里拎着他写的那张纸。师爷见是个年轻人，"哗哗"抖着手里的纸，喝道：大胆刁民！这是你写的？

康悔文说：是。

师爷说：你是何人？家住何处？就凭一张纸，也敢来见官？

康悔文说：那上边不写着嘛，我姓康，名悔文。我的父亲康咏凡，祖父康国栋，河洛人氏。我的老师颜守志，跟您是同乡。因案情重大，刻不容缓，所以才求到您的门下。

师爷说：就凭这张薄纸？哼。

康悔文说：那不是一张纸，那是一个"信"字。我纸上写的，三天之内，一准儿兑现。

吴师爷"吞儿"笑了，说：那好，你要见巡抚大人，是吧？你说这张纸就是一个"信"字，你还说你是康国栋的孙子，对吧？

康悔文说：我就是康家的孙子。

吴师爷很不屑地抖着手里的那张纸，但他到底是见过世面的。他上下打量了康悔文一番说：好吧。本师爷从不受人贿赂，更不会受你一个毛孩子的要挟。既然你说你是康家的后人，这样吧，只要你有胆量，我就给你出个主意。

吴师爷说：明日午时，是官府设粥赈济的日子，巡抚大人会到大相国寺去面见灾民、进香祈福。在巡抚大人进寺之前，你只要能把大相国寺那口大钟撞响，我就会引你见巡抚大人。

康悔文一愣，说：这……

吴师爷说：你不是送我一个"信"字吗？我说的也是一个"信"字。送客！

等康悔文走后，那门子追着师爷说：老爷，老爷，那、那那……

吴师爷扭身看了他一眼，说：何事？

门子说：这人……有诈。你真要帮他？

吴师爷重重地"哼"了一声。

二

在大相国寺大门的两边，一左一右，各摆着六盏佛灯。

那十二盏佛灯约有一人高，人人可随时添油。添油即添福，故此，大相国寺门前的灯油从未缺过。

大相国寺地处开封府闹市，是一座有名的古刹。北齐年间初建，天保六年改为寺院，更名"建国寺"。岁月更替，多年战乱，古刹多次毁于战火，后经唐睿宗更名为"大相国寺"。北宋年间，大相国寺一度成为皇家寺院，僧人众多，香火日盛。论起来，这里的天王殿、八角琉璃殿、藏经楼，加上重达万斤的"相国霜钟"，均堪称镇寺之宝。

大相国寺不同于别处的寺院，平日里，这里的民间烟火气极重。寺前日日都是庙会，小贩与香客混杂，终日川流不息。扛串卖糖蘸山里红的，挎篮子卖烧饼的，卖糖人儿的，卖膏药的，斗鸡的，扯幡占卜的，玩杂耍的，卖烧纸香表的……他们各自圈出一个个场子，高声叫卖，寺院周围一片嘈杂的市井之声。

每到金秋十月，这里要举办一年一度的菊花观赏大会，每年都会选出"菊王"。曾有一盆墨色"菊王"，居然拍出了千两银子，一时传为佳话。到了正月十五，这里还会举办元宵灯会。那时候，寺前的街道挂满花灯，人头攒动，摩肩接踵。

虽说市井之声不绝于耳，后院的佛殿却也安详。据说，曾有位一品大员来到这里，问方丈：这也是佛家净地？周遭乱哄哄的，如何修行？方丈说：施主，佛家有句偈语，你可听说？这位大学士问：何偈？方丈打一问讯，说：随众。大员默然。

这日午时，大相国寺人流涌动，熙熙攘攘，官府设在寺内的粥棚即将开施，突然之间，那口重达万斤的大钟被訇然撞响了。那"嗡"的一声巨响，震动了整个开封城。

设粥当日，开斋之前，这"相国霜钟"被突然撞响一事，民间曾有多个版本的传说。每个传说都活灵活现，不由人不信。

一说是，那康悔文是武林高手的徒弟，武功了得。那日，仓爷和康悔文装扮成灾民，混在吃舍饭的队伍里。当巡抚大人在身穿红袈裟的方丈和藩台、臬台等一众官员的陪同下，进到二门时，就见那扮成叫花子的康悔文两腿往下一弯，身子已蹿将出去。只听有兵士喝道：拦住他！可他的身形已像燕子一样飞起来了。他就这么一蹿，竟蹿过了一排禁军的头顶，两脚落在了钟楼的第一级台阶上。而后他身子再次跃起，斜插着绕过守在钟楼旁的一个禁军，七步之外，只听"咚"的一声巨响，康悔文的头已撞在了大钟上。与此同时，站在舍饭队伍里的仓爷突然从怀里取出状子，高高举起，"扑通"往地上一跪，大喊：冤枉啊——！

二说是，有"大仙"助康悔文撞响了大钟。当时大相国寺警卫森严，五步一岗十步一哨，康悔文站在吃舍饭的队列里，根本就过不去。有人亲眼看见红光一闪，那康悔文自己还不明白是怎么回事，身子已被"大仙"提溜起来了。他就这么一蹿，竟蹿过了一排禁军的头顶，两脚落在了钟楼的第一级台阶上。当他忽然明白这是要去撞钟时，手里却只有一只破碗。卖糖葫芦的二狗说他亲眼看见，那只破碗脱手飞起，亮闪闪地罩在了康悔文的头上。只听"咚"的一声巨响，康悔文的头已撞在了大钟上。这哪里是什么破碗罩着，分明是"大仙"罩着，他才能安然无恙地撞响大钟。与此同时，站在舍饭队伍里的仓爷突然从怀里取出状子，高高举起，"扑通"往地上一跪，大喊：冤枉啊——！

三说是，康家私下里买通了当值的监院和鼓头，鼓头就隐在大钟的后边，到了午时，鼓头用一木杠撞响了大钟，而后就躲起来了。

还有一说是，巡抚衙门的师爷跟那告状的颜守志是同乡，当年有过私塾之谊。是他从中斡旋，才有了巡抚大人亲自问案这一说。当然，师爷也是收了银子的。

人们说，这场法事，本是巡抚大人代皇上为灾民祈福的，自然也是要上报朝廷的，没想到被两个贱民给搅和了。巡抚大人表面上没说什么，心里却非常恼火。但下民当众喊冤，他就不能不问了。

接下来的事情就不是传说了。

仓爷和康悔文两人被五花大绑带到了堂上。两人跪下，只听巡抚大人说：知道大相国寺是什么地方吗？佛门净地，岂容你们撒野？来人啊，给我打！

伏在地上的仓爷直起了身子，大声说：巡抚大人，小人确有冤情！小人是河洛仓的仓书，因不愿与仓场王侍郎同流合污，私吞国粮，被奸人一路追杀，万般无奈才出此下策，请大人明鉴。

高高在上的巡抚看了仓爷一眼，说：你空口无凭，居然敢搅扰国家法事，胆子也忒大了吧？

仓爷忙说：我有证据，铁证如山。

巡抚大人说：慢着。证据呢？

仓爷大声说：河洛仓的 8 号仓、11 号仓、13 号仓、15 号仓全是空仓，上面盖的是麦糠，下边全是黄土！

巡抚大惊：黄土？

仓爷说：正是。大人可派人速查。

巡抚大人迟疑了片刻，又瞥了康悔文一眼，说：你是干什么的？

康悔文头晕腾腾的，语无伦次地说：我……背老师上京告状。

巡抚大人又一惊，说：你们……还想进京？

仓爷说：若是巡抚大人官官相护……

这时，站在一旁的师爷喝道：大胆！

巡抚再问：你是哪里人？叫什么名字？

康悔文说：我是巩县河洛人，名叫康悔文。父亲康咏凡，爷爷叫康国栋。

巡抚大人怔了片刻，说：你……果真是康家后人？而后用目光逼视着仓爷：是你把他带来的？

仓爷说：是，学生背我来的。

不料，巡抚大人却说：奸人！你心机用尽。就凭这一点，即可断定，尔等绝非好人。来人哪，给我押进死牢！

三

两人被关进大牢，仓爷万念俱灰，连话都不想说了。

康悔文劝道：老师，该做的咱们都做了，我想，证据已提供给他们，上头不会不过问的。

仓爷叹一声：是我把你害了呀。

康悔文安慰说：老师不用急，也许还有活路。

仓爷摇摇头，不再说什么了。

康悔文说：老师，敲钟喊冤，不至于就是死罪吧？

仓爷说：难说。他们是要杀人灭口啊！贪赃枉法之事，官场古之常有。假如他们官官相护……

然而，两人做梦都想不到，第二天傍晚，竟有人来探监了。来探监的是马从龙。他是带着一个食盒进来的，食盒里装有四碟小菜、几个蒸馍，还有一份仓爷爱吃的霜糖豆腐。可仓爷一口也吃不下去。

康悔文看见师傅来了，先是一愣，说：师傅，你怎么追来了？

马从龙朝外看了一眼，小声说：还好吧？是大奶奶让我来的。

康悔文说：让母亲操心了。

仓爷连连作揖，说：马爷，真是对不住了。因为我，害你把差事都丢了，如今还来这死牢里……

马从龙说：客气话就不用说了，拣紧要的吧。

康悔文一下子清醒了，赶忙说：师傅，你快去巡抚衙门的吴师爷那里，我欠他五十二两银子。门子二两，师爷五十两，我说三天之内送上。

马从龙点点头说：放心吧。还有要交代的吗？

康悔文又说：仓爷这里有一张状子，师傅也一并转给他。

仓爷喃喃地说：这不是做梦吧？说着，他从怀里掏出了那张状子，却又摇摇头说：也许，没什么用了。

于是，当日傍晚，马从龙一路打听着来到了吴师爷家。门子见来了一位十分魁梧的汉子，目光如炬，忙恭敬地问：先生，找谁？

马从龙说：这是吴师爷家吗？

那门子说：是啊。

马从龙说：我是送银子来的。一个叫康悔文的，说欠你二两纹银，爷请收好。说着，他递上了银子。

那子看着马爷，觉得这人虽平平常常，身上却似有一种凛然不可侵犯的东西。他一时张口结舌，不知该说什么好了。待接过银子，咬了一下，是真的。他呆呆地想：天下还真有这样的信人？

那门子说：那条子，我……已经丢了。

马爷说：丢了就丢了吧，快引我去见你们师爷。

门子一溜烟地跑去通报了。马从龙见了师爷，奉上五十两银子和那张状子。师爷心中诧异，大相国寺的事已让他后悔不迭，现在又有人把银子送来了。来人虽衣着素朴，却也看得出来，此人断不是一般人。再说那康公子，说到做到，也非同小可。又想那颜兄，毕竟跟他有同乡之谊。师爷本就是个见风使舵的人，他说：你替我给康公子带句话，恕我吴某人有眼无珠，失礼了。请你务必转告他，我不是为了这五十两银子，我也是为一个"信"字。你让他放心吧。

马从龙说：公子交代之事，我已带到。告辞。

第二天，在巡抚衙门后堂，吴师爷对巡抚大人说：于大人，当众喊冤一事，还是不可草率。且不说那康国栋跟大人有同门之谊，我刚听说，臬司的人已经知道了。也许，内务府那边已经上报朝廷了。

巡抚大人不语。片刻，他突然问：这么说，那年轻人真是康国栋的孙子？

吴师爷说：我已让人查问过了，的确是。

巡抚大人沉默了。很久，他一句话也不说。而后，他开口道：当年，我与他爷爷同朝为官，我们是最好的棋友，可惜呀……

吴师爷说：大人，我看了状子，看来盗卖皇粮一案定有隐情，否则借他一百个胆子，他也不敢搅扰皇家法事。

巡抚大人说：不管内情如何，这事都棘手……真要是办，就更棘手。此案查办下去，牵连着一众官员的乌纱和人头啊。

查与不查，巡抚大人拿不定主意。河洛仓虽在河南境内，属地由他辖制，但官仓又由户部管辖。户部主管钱粮，与各省巡抚衙门常年打着交道。一旦结下仇怨，日后的各种事端很难预料。

但前来告状的，偏偏又是康国栋的孙子。当年，康国栋与他同为进士出身，同为工部的官员，可以说有同门之谊。何况，来人在大相国寺当众喊冤，市面上已传得沸沸扬扬，内务府的密探只怕早就上报了。

吴师爷自然洞悉巡抚的心态，他说：大人，卑职以为，事到如今，此案该查。若是查了，得罪的是户部；若是不查，得罪的可是朝廷啊。大人，箭在弦上是不得不发呀。

巡抚大人思忖良久，终于下了决断。他派人叫来了臬司的徐大人，商议后，由徐大人亲带按察使司得力干员，率二百禁军押送颜守志、康悔文二人，即刻动身赶往河洛仓，封仓查库。

四

两人从黑牢里出来，虽仍被官兵押着，但康悔文一路上都有重见天日之感。

他觉得，他陪着老师已经打赢了这场官司。但在坐船返回时，却见仓爷一路都愁眉不展。康悔文对仓爷说：老师，你该高兴才是。

仓爷却摇摇头，什么也不说，只是长长地叹气。

船到河洛镇，臬司的徐大人把仓爷叫到了船头：我再问一遍，你听好了，这可是掉脑袋的事情。盗卖皇粮，此话当真？

仓爷再一次保证说：句句属实。

徐大人默默地点了一下头，手一挥说：走。

然而，当徐大人带兵围住河洛仓之后，仓场的王侍郎也赶到了。匆匆坐轿赶来的仓场侍郎拦住众人，说：且慢。徐大人，河洛仓是归户部主管的，是国仓重地，这与你地方官没有什么干系吧？

徐大人说：我要说大有干系呢？我是奉了巡抚大人之命，查处盗卖皇粮一案，我有人证。

仓场侍郎说：那，你的证人呢？

徐大人说：带证人。

在兵勇的簇拥下，仓爷和康悔文被带到了仓场侍郎面前。仓场侍郎喝道：颜守志，果然是你。好，有种！你竟然去巡抚衙门诬告本官！徐大人，他的话你也信吗？这宵小是一只真正的仓鼠，是被本官开销的仓鼠！你尽管查去，我倒要看你怎么收场！

听仓场侍郎如此言之凿凿，徐大人禁不住有些半信半疑。他望望仓场侍郎，又看看仓爷，底气不足地说：再说一遍，几号仓？

仓爷说：8 号，11 号，13 号，15 号。

徐大人说：那好。王大人，开仓吧。

仓场侍郎说：我再问一遍，如果是诬告呢？

徐大人冷冷地说：那还用说吗？死罪！

仓场侍郎说：好。仓监，开仓！

这时，两个仓监走上前去，一人拿出一串钥匙，取出一把，各自开了锁。仓房的门开了，一股土腥气迎面扑过来。一个统领带着两个兵勇走了进去，也就是一会儿的工夫，三个人走出来报告说：满仓粮食。

徐大人一愣，说：看仔细了？

统领说：粮扦一通到底，一个个都查了。

徐大人问：扦样呢？

统领一挥手，两个清兵把包好的扦样一卷一卷地捧出来，放在了徐大人的面前。

顿时，徐大人心里没底了。他疑惑地看了仓场侍郎一眼，径直走进了 8 号仓，拿起长长的粮扦，亲自试了试，连捅了两个囤，结果都是满仓小麦。

徐大人沉着脸从仓房里走出来，一脸的乌云。可他既已开了头，不能不硬着头皮查下去了，只说：再查！11、13、15 号，统统打开！

待 11、13、15 号仓门打开后，徐大人亲自带人进仓验粮，一扦一扦地插下去，仍是满仓的粮食……

徐大人从仓房里走出来，满脸的黑气。这时，只听王侍郎质问道：怎么样啊，徐大人？

徐大人只觉七窍生烟，手一指：来人，把那诬告的宵小给我捆起来，就此正法！

不料，王侍郎说：慢，慢。我这是粮仓，不是杀人的地方，你还是把他带出去正法吧。想不到，堂堂的臬台大人，一省的按察，竟如此的鲁莽。哼！

徐大人张口结舌：你……告辞。

王侍郎一拱手：不送。

此时此刻，再看仓爷，脸都白了。他两眼一闭，再也不说什么了。

徐大人带着兵勇押着两人刚走出仓署大门，却被两名女子拦住了，这两名女子是周亭兰和念念。周亭兰一手举着一个"冤"字，一手托着那个装有"白公公"的鼠笼。她跪下对徐大人说：大人，我的儿子是绝不会说假话的，他的老师更不会说谎。徐大人，这里边定有缘由。

徐大人也觉得此事蹊跷，谁会拿自己的性命开玩笑呢？可是……

周亭兰说：如果是查不到，那只有一种可能，仓署里的人，连夜调仓了。

徐大人当然明白，如果走漏了风声，调包调仓是很有可能的。但他不可能把整个河洛仓翻一遍。国仓重地，如此多的仓房，那动静就太大了！

徐大人说：你是要我带人遍翻河洛仓吗？哼，笑话！

周亭兰说：不用翻仓。一天之内，他也来不及有大动作。如有可能，肯定是就近调仓。这只白鼠是仓爷精心调教的，只要让它闻一闻扦样，它会把你领到曾经调过仓的地方。

这时候，站在一旁的统领说：此话当真？——他早就对仓场侍郎的傲慢无礼不满了。

周亭兰说：绝无虚言。

徐大人瞪了统领一眼，说：我这时候如果折回去，就把我臬司的信誉押上去了，甚至把巡抚大人也押上去了。这不是胡闹吗？！

周亭兰说：大人，事到如今，如果你不查个水落石出，你臬司的信誉就能保得住吗？

徐大人沉默良久，说：把那俩人给我带上来。

兵勇们把捆得像粽子一样的仓爷和康悔文推到了徐大人面前。徐大人怒视着仓爷：你死到临头了，我再问你一遍：你说的都是实话吗？

仓爷说：句句是实。

徐大人说：那好。你告诉我，你所说的 8 号、11 号、13 号、15 号仓，都有满仓的粮食是怎么回事？

仓爷说：只有一种可能，他们连夜调仓了。

徐大人说：那又如何去查？你的这只白鼠，管用吗？

仓爷竟有些迟疑了，他说：平时，它是可以嗅出来的。只要让它闻过扦样，它一准能找到地方。

周亭兰说：大人，昨天夜里，镇上许多人都看见仓署里起了烟尘。

徐大人心里也觉得窝囊。他从头上取下了乌纱顶戴，说：既然如此，我也豁出来了。回去！

一班人重新回到了仓署。侍郎看见人又回来了，立时脸色大变，说：徐文茂，看来你是存心跟户部过不去了！

徐大人手托官帽，说：王大人，《诗经》里有篇《相鼠》你读过吧？秦朝的李斯说，谷仓的老鼠与茅厕的老鼠是不一样的。就看它是生活在茅厕里，还是生活在谷仓里。今天，咱们就见识一下吧。

王侍郎暴跳如雷，吼道：你？与户部为敌，是绝无好下场的！

徐大人说：大人别急。把那位"白公公"请出来吧。

这时，只见那只小白鼠从笼子里放了出来。先是让它闻了闻扦样，然后，把它放在了仓门前的地上。就见那"白公公"像是通人性似的，它先是一路走一路闻，到了 9 号仓的门前回了一下头，到了 12 号仓的门前，又回了一下头，而后又在 14 号仓门前停了下来。

当"白公公"又要往前跑时，王侍郎突然疾步上前，只听"叽"的一声惨叫，他一脚踩死了"白公公"。

王侍郎脚踩小白鼠喝道：库兵何在？国仓重地，难道成了鼠辈的天下吗？

立时，众人默然。

徐大人却叫道：说得好！

仓爷嘶声道：大人，确实调仓了。9 号，12 号，14 号，还有 16 号，我以人头担保！

徐文茂大喝一声：打开！

正在这时，两个拿钥匙的仓监，一个呆若木鸡，一个竟然倒在地上，吓昏过去了。

到了此刻，徐大人才心里有数了。他喝道：把他架起来，开仓！

仓门打开了，统领带着十几个兵勇冲了进去。片刻，统领大声喊着跑出来：大人，果然是满仓黄土！

再看那王侍郎，他一屁股坐在地上，再也起不来了。

五

河洛仓"盗卖皇粮"一案，是惊动了朝廷的。

那王侍郎被押解进京后，受不住酷刑，竟一口咬出了户部的十三个官员。整个户部人人自危，再没有了过去的嚣张气焰。这一案，河南臬台徐大人是立了功的，皇上亲赐了黄马褂，并荣升为二品大员。仓爷因检举有功，本是可以留任的，但仓爷已决意不干了。"白公公"被踩死在仓场大院，他说什么也不愿再回到那个伤心之地。

与此同时，康悔文因参与河洛仓一案，其祖父和父亲的冤情也由此得以昭雪。朝廷自然不愿认错，只是在工部的奏疏上批了康国栋、康咏凡"其情可宥"，免去罪责，并重新给了谥号，一为：忠节；一为：忠烈。

于是，康氏家族，重开祠堂。康老爷子换上了新做的蓝布长衫，带着长孙康悔文进了祠堂。祠堂里早已摆上各样供品，康悔文手捧爷爷和父亲的牌位，郑重地将两位先人请进了祠堂。康家老小焚香祭祀，也算是告慰了死去的先人。

康老爷子更是仰望先祖，眼含热泪，带领一众族人行了三跪九叩大礼。

正是仲秋时节。八月十五，月圆之夜，一轮明月在幽蓝的夜空犹如银盘一般。周亭兰关上店门，摆了香案，祭拜了公公和丈夫。她还特意做了一桌酒菜，一是为仓爷洗清冤情祝贺；二呢，也算是替康悔文摆的谢师酒。所以，一同请来的还有康老爷子和马从龙先生。

酒过三巡，仓爷站起来说：我颜某劫后余生，全仗各位帮衬，谢了。说来，往事已不堪回首。今日一别，从此天各一方。罢罢罢，不说了。我要敬各位一杯。这酒，我要一个一个地敬。论辈分，我首敬康老太爷，您老学养好，一门教出了两位进士，这就不说了。您教给悔文那五个字，悔文仅用一字，就救了老夫的命。一个"信"字，就是立身之本哪！我敬老爷子一杯。

提起过去，康秀才不免内心苍凉。他颤手端起杯说：一儿一孙，虽说冤情得以昭雪，但今夕何夕呀！说着，他低眉吟道：月明星稀，乌鹊南飞。绕树三匝，何枝可依……仓爷，请了。

仓爷接着说：往下，我就不论辈分了。这第二杯，我要敬我的学生。悔文，为老朽，你小小年纪为师申冤，又一起经受牢狱之苦，怎一个谢字了得！请了。说着，又是一饮而尽。

康悔文赶忙站起来，说：老师，不敢。

接下来，仓爷又端起酒，说：马先生，颜某不才，连累马先生丢了饭碗。如此大恩，颜某不知何年何月才能报答。请了。

马从龙赶忙站起说：仓爷，您的为人，我早听掌柜的说过，也就不必客气了。请，请。

仓爷再一次倒上酒，郑重地说：少奶奶，若不是你及时拦住徐大人，颜某已命丧黄泉。我欠少奶奶的啊！

周亭兰说：仓爷，可不敢这么说。是"白公公"救了你，唉，可怜那"白公公"……

说到"白公公"，仓爷又满斟一杯，扬手洒在了地上，含泪说：白兄，你与颜某相伴多年。可颜某不才，害你惨死……唯愿你早死早托生！

仓爷连饮数杯，已有些不胜酒力。话说到兴头上，敞开了心扉：李太白曰，仰天大笑出门去，我辈岂是蓬蒿人？可惜我颜某一身本事，无处可用啊。人们都以为我与"白公公"为伴，是太孤独。其实错了。身为守仓人，老鼠本是天敌。我养一天敌，为的是了解鼠辈的习性。坦白说，我最喜欢的，还是粮食。麦子从手里流过的感觉，是天下最美妙的感觉。麦粒从仓里进进出出，哗啦啦像是在笑。麦子的干湿度，我一眼就能看出来。还有豆子，豆子嘎嘣脆的响声，是真正的乐音……谁要是做粮食生意，我可保他发财。江南的稻谷一石九钱九，经江淮溯运河而上，汇集怀庆、开封二府，由三门峡过潼关可卖银一两二；河南的小麦每石一两一，经水路运往山东临沂可卖银一两五；奉天大豆海运上海，可卖银一两六；汉口的谷子，经汉水运陕西，可赚差价三钱三；安徽、江西的稻谷，经水路运往江浙一带，可赚差价六厘六；湖南、四川稻谷经长江运江苏，可赚差价七厘四！麦分三级，稻分五等，豆谷分四类……有时候，坐在仓署里，我能听到哭声。真的呀！

这时，周亭兰突然感慨道：可惜呀，可惜我一介女流，不然的话，我就带船出河了。

康悔文说：娘，我已经长大了，让我试试吧。

周亭兰说：让你试试也行，但我有两个条件。

康悔文说：啥条件？

周亭兰看着众人，说：一是仓爷、马师傅都要参与进来，作为人头入股，金股为七，人股为三；二是终身参与，生养死葬，永不辞身。说完，她望着仓爷和马从龙。

几句酒桌上的话，其分量却极重。历史上，在中国的历史上，打这儿开始，由康氏家族首开了资本经理人制度。

当时，交易双方的代理人在商界被称作"相与"。而这些有一定管理决策权力的"经理人"，则被称作"相公"。多年后，康氏家族的生意越做越大，管理制度也不断地完善。"相公"则分为三等：大相公，二相公，小相公。当然，这已是后话了。

酒至微醺的仓爷听了，满眼是泪地说：这、这……少奶奶，我已无话可说。

马从龙站起来说：掌柜的，这份情太重了，马某实在是受之有愧呀！

周亭兰说：应该谢的是你们。我请你们留下来，也是为了我的孩子。有你们几位给他帮衬着，我方能放心。

康悔文高兴地说：那第一步，咱就是造船了？造大船。

周亭兰说：不忙。听说仓署要补仓办粮，我已跟新任的仓场侍郎大人说好了，这次运粮，由咱们来办。我还刚刚得到消息，说如今朝廷开了盐禁，允许商家用盐换粮了。你先跟船押运，走一趟试试水吧。

康秀才心里高兴，却很矜持地说：你看那月亮，真圆啊！

六

酒至半酣时，康悔文借个由头，拿了两个月饼，悄悄地从店里溜了出来。

八月十五的夜晚，天上是一轮满月，地上一片灰灰的银白。当他从后门来到河边，只见水面上荡着一印皱皱的水月。那月儿在水面像小船一样荡漾着，天地间一片白蒙蒙的雾岚，远处船上的灯一星一星地亮着。在河边，他看见了念念。念念在水边坐着，手里拿着梳子，像是刚刚洗过头。那飘飘的影儿映在河面上，像是一幅水墨画。

康悔文心里一直念着一个人，这个人就是他和马从龙一起从河上救回的小姑娘。

这姑娘很少说话。她闲时喜欢坐在河边，睁大眼睛呆呆地望着河面。也不知为什么，康悔文怕看她那双眼睛。她的眼睛里，有一种让人心碎的东西。

当年，她从河里被捞上来时，周亭兰之所以愿意收留她，也是被她的眼神打动的。最初，周亭兰想把她当烧火丫头用。但看她身子单薄，两眼像惊鹿似的，怕她受人欺负，就让她每日里给老爷子送饭，捎带做些浆洗的活儿。这姑娘无论做什么都是默默的，连跟着她的风都是无声的。她让康悔文一下子想起了自己的童年，那些孤寂的日子。所以一有机会，康悔文就想陪她在河边上坐一坐。但也只是和她一起坐着，没有话。

时间长了，他知道了这女孩的名字，她叫念念。她本是跟她母亲一块儿逃难的，却被大水冲散了。

如今的念念已长成大姑娘了。隔着一段木制的河栏，康悔文小声叫道：念念，念念……

念念抬起头来，看见他，居然笑了。在康悔文的记忆里，自从河上救起她那天起，很少见念念笑过。多少年了，她眼里一直有挥之不去的忧郁，那忧郁像是种在了她的眼睛里。可她今天笑了。

康悔文说：念念，我给你带了月饼，是冰糖五仁的。

念念说：谢谢悔文哥。

康悔文把用草纸包着的月饼递了过去，说：吃吧。

念念轻轻地把一块月饼掰成两半，说：悔文哥，你也吃。

康悔文说：你吃吧，我已经吃过了。接着他又说：念念，听师傅说，你非要跟师傅去牢里探监，被母亲劝住了。

念念说：悔文哥，是你和义父把我从河上救起来的。我是……

这时候，慈云寺的钟声响了。望着远处的灯火，念念默默地吟道：月落乌啼霜满天，江枫渔火对愁眠。姑苏城外寒山寺，夜半钟声到客船。

康悔文不禁说：念念，你吟得太好了，我都醉了。

念念说：是雾好。雾真好，它让我想起了许多往事……我是吃过月亮的。

康悔文有同感，说：有一年，我也吃过月亮，真的。

念念说：是吗？

这时，不知怎的，康悔文突然有了倾吐的欲望。他在念念眼里看到了那种很寒的东西，他现在明白了，那叫——岁月。

于是，他说：念念，你见过"黄大仙"吗？

念念望着他，那目光在让他说下去。

康悔文说：小的时候，母亲在店里做生意，我常常一个人在柴房里的箩筐里独坐着，总是很害怕。那时候奶奶们常说一些"黄大仙"和鬼怪的故事，有时是吓我，有时是她们聊天。后来，就真有"黄大仙"进了屋子，嘴巴尖尖的，尾巴长长的，眼睛红红的，最初我吓坏了。我看着它，它看着我。看着看着，我就不那么怕了。我一个人常常自说自话，它就听着，后来时间长了，隐隐约约的，我老是会听见"黄大仙"在跟我说话。有一回，我好像还摸过它呢，毛茸茸的，真的。

念念说：那是你太孤了。我也有过。小时候生病了，一个人看着墙发呆，就看见墙上一会儿有仙女的模样，一会儿有鬼怪的模样……

康悔文说：记得七岁那年，有一天晚上，我睡着睡着，突然被尿憋醒了。我闭着眼从床上爬起来，还光着脚，往外走。可当我睁开眼时，只见四周一片漆黑，四下一摸，我竟然是在一个砖砌的坟墓里！我吓坏了，就摸着墓道想出去，可转了一圈又一圈，怎么也找不到出口。当我吓得浑身炸毛的时候，我大喊：黄公公救我！黄公公救我！那会儿，我也不知道为什么喊"黄公公"。可我喊了后，你猜，就听见耳边有声音说：尿，你尿。于是，我就对着那墓道尿了，紧接着那魔怔消失了。从此，晚上睡不着觉的时候，我就老是听见"黄大仙"在跟我说话，它叫我"小哥儿"。它说：小哥儿，小哥儿，你冷吗？——真的。你信吗？

念念说：我信。我小时候也有过。

康悔文说：那时候，母亲见我常常自言自语，吓坏了，请大夫看了，说我是阴虚之症，被什么扑上了。吃过很多药，扎过很多针，也不见好。还是跟马师傅练功后，才渐渐听不到那些声音了。不过，偶尔还会有。这事，我谁都没告诉。

念念说：悔文哥哥，我会给你保密。我小时候，总听见有人在耳边说：快跑，快跑……说着，念念落泪了。

夜凉如水。两人心里却觉得从未有过的近和暖。

夜半时分，当慈云寺钟声响起的时候，一个黑影悄悄地潜入了康家店的后院。

从远处青龙山传来的寺院钟声，在静静的夜空里回荡着，显得悠远而苍凉。那余响回返往复，带着空山回声，由绵绵延延的轻风送来，似有吐不尽的人生憾意。店铺早已关张，四处的灯火也已熄过。送走客人，周亭兰独自回到屋里，斜靠在床边。今晚她也饮了两杯酒，头微微有点晕，热闹过后，更觉得分外孤寂。

就在这时，只听窗外有人轻轻地弹了一下窗纸，继而有一声呼哨响起。声音虽不大，却也吓了她一跳。

她说：谁？

窗外有人沉声说：一个故人。

周亭兰顿时一激灵——这是那个土匪，是断指乔。天哪，这可怎么办？她心里怦怦直跳，可她还是说：客官，不管你是谁，天色已晚，要吃霜糖，明天来吧。

断指乔说：你说过，不管什么时候，你都会接待。

周亭兰说：我是说过，可……天太晚了。

断指乔说：你要食言吗？

周亭兰迟疑了一下，说：既然你把话说到这份儿上，你到前厅去吧，我马上就来。

不料，断指乔说：不必了。有句话就行，我就要你这句话。

周亭兰说：抱歉，你来得太晚了。

断指乔说：吃的就是这碗饭。

周亭兰说：码头上贴的有告示。你……还是小心为妙。

断指乔说：你怕啥？要是怕受牵连，不如跟我走吧。

周亭兰一下子闷住了，片刻，她才说：各人有各人的命。这都是命啊！

断指乔说：我不会勉强你，想想吧。

周亭兰不语。隔着一扇窗，周亭兰倒有些不落忍了，说：这样吧，你来一趟不容易，我给你做个豆腐吧。我把火捅开，也快。

断指乔低沉沉地说：不必。告诉你，你早晚是我的人！告辞。

等周亭兰开了门，只见院子里静静的，月光如水。当她转过身来，却见窗台上放着什么东西。她走过去，拿起一看，又是一面红绸包着的镜子。

周亭兰心里一凛，这人不能不防了。

多年后，康氏家谱曾对康悔文冒死撞钟救仓爷颜守志一说，有很含糊的记载。仓爷究竟如何得救，还有念念的身世，直到今天，也无人能说清楚。

第八章

一

当开船的锣声响了的时候，那船老大还在岸上呢。

这还是个人吗？在一般人眼里，他个子矮小，肩膀一高一低，且一板一板走，那姿势就像是一只喝醉了酒的鸭子。看他的脸相，却很像是一块在油里炸过的黑姜。他仅穿一件大裤衩子，全身炭乌乌的，像是一条泥鳅。他的黑分明是在阳光和水汽里蒸腾出来的，黑得润，黑得滋腻。两只猿一样的长胳膊，泛着釉亮。可他嵌在杂乱眉毛下的眼神却是狡黠的，间或还带着一丝凶狠、两分霸气。他几乎就像是一个动物，水里的动物，或者是水中的精怪。在船上，他如履平地。当河水溅到他那乌黑的脊梁上时，竟发出"哧儿、哧儿"的响声，很快就烟化了。

然而，要是称一称他的命，却又是贱到了底的。一个船工，按官家的规矩：水远无途，归期无定，若是命丧黄泉，无尸的雇主只需赔六两银子，有尸的给银三两加领棺木一副。

这是一条旧船，船长约六丈三，中间宽九尺五，船深四尺八，是一条双桅中型运粮船。船是济南府隋家的，船上有一哨子旗，旗上写有醒目的"隋"字。这船老大却是雇的，他姓陈，因船上忌说这个"陈"音，于是一直被人称为"泡爷"。开船的锣声响了两遍，他还在码头上不紧不慢、一跛一跛地走着。

眼看锚已起出，船已离岸，搭在岸上的跳板也早已卸去，泡爷却仍是不慌不忙。到了岸边，他把烟吸完，烟杆插上腰带，就见有船工推一根长篙过来。泡爷抓住篙竿，那篙就像是风中柳枝一般，即刻弹弹地弯成了弓形。只见泡爷就那么撑竿借势一跃，猴儿般轻盈地落在了船尾。这一手绝活，就是让人看的。

当他在船板上站定，见众人都望着他，就拍了拍裤裆，说：屌还在。

船上的人都知道，泡爷好赌，看来是又输光了。大凡输光了的时候，他就是这个德行。于是，船工们都笑了。

这时，泡爷却黑着脸问：货主呢？

康悔文第一次登船，虽然已见过了船东派的领船，可这位船老大还是第一次见，于是就揖手示礼道：在下康悔文。

没等他话说完，泡爷瞥他一眼，用不屑的口吻说：姓康啊，毛长齐了吗？

康悔文仍是很恭敬地说：泡爷，我年轻，第一次跟货，不周之处还望老大多多点拨。

泡爷却说：一边待着吧。等你鸭娃长硬的那一天，再跟我说话。而后，他吩咐船工说：水装满了？

二船说：满了。

泡爷又问：货齐了？

二船说：齐了。

泡爷手一挥：起篷。

船工们奋力拉起了篷帆。当那大帆张起来的时候，泡爷往舵前一站，小小身量陡然像长了个儿似的，顿时有了几分神武。船往东去，一路顺水。待过了闸口，交了官凭，一进入黄河，那水流就急了。长天一阔，满眼都是黄腾腾的浊浪，涛声一阵一阵，下边有湍流涌动，泡爷手里的舵就显得吃力多了。只见他一手操舵，一手从腰里拿出一个葫芦，仰脸喝了一口，而后对一船工说：看见了吧，洛河行船，只不过压三道浪；走黄河，得压住五道浪。没有这本事，就吃不了这碗饭。

那船工说：那是，谁不知道泡爷？连河神都让你三分。

不料，泡爷的脸色即刻变了，喝道：狗日的，掌嘴！接着，他说：有一年大年三十，我一个人在船上，半夜里突然从水里伸出一只手，问我要肉吃，给了他，还要。我一恼，就把一锅肉汤泼下去了。你猜咋着？只听"吱哇"一声，我往水里一瞅，妈的，是一根枯树枝子。

康悔文第一次出远门，自然有许多稀罕想看。他看远处大河平阔，一望无际，船来船往，白帆点点。岸边，走上水的纤夫们喊着号子，一声声高亢激越……他禁不住从舱中出来，四下里溜达。在船上转了一圈后，他站在船头，伸手一指，对站在身边的伙计说：哎，帆，你看那帆，歪了。

谁知，一语未了，惹恼了那泡爷。只见泡爷抄起手边的长篙，一篙把康家大少爷抡水里去了！

伙计和船工大惊，叫道：泡爷，这可是货主哇！

泡爷黑着脸，骂道：货主？操，货主就不说人话吗？让他喝两口黄河水，看他还敢胡呲？

康悔文本不大会水，一竿子被打进黄河，水流横冲直撞，他还真是连喝了几口黄河水。不过他到底年轻，身强力壮，一阵扑腾，倒也扑叉着露出了头。他往前扒着扒着刚扑腾有十来米远，就掉进了一个漩涡。下边水流湍急，就像是一个无底洞似的把人往里吸，越挣扎陷得越深，没来得及"呀"一声，人就没了顶。就在他惊慌失措的当儿，慌乱之间，只觉得脚下一烫，突然两条大鲤鱼从他脚下蹿将出来，接着犹如神助一般，冥冥之中借着这股蹿动之力，就像被什么托了一把似的，他一下子扑出了漩涡，再次从水里冒出头来，喘了一口气。

很多年后，康家的后人曾一次次给人们讲述，康家先人被鲤鱼搭救的奇迹。

那时，有船工担心道：泡爷，你看，可别出人命啊！

康悔文跃出水面后，在水中拼命挣扎。就在他几近绝望的当儿，只见泡爷哼了一声，从船上解下一根缆绳，顺手绾了一个绳套，一扬手甩了出去。只听"嗖"的一声，不偏不倚，刚好套在了康悔文身上。泡爷把绳子往桅杆上一拴，大咧咧地说：狗日的，让他再喝两口。

身上有了根绳子，康悔文不那么害怕了。他在水里胡乱扑腾着、挣扎着，浪头一赶一赶地打过来，浑浊的河水不停地往嘴里灌。天已入秋，水凉刺骨，康悔文觉得身上的气力已快要用尽。可渐渐地，他觉得身子有了浮力。

那船顺风顺水，行了有一里多地的光景，跟着康悔文押船的伙计再三央告泡爷，泡爷这才从二船手里拿过长篙，稳了船，使个眼色，众人忙拽着绳子，把康悔文从水里捞了出来。

待抓住船帮，康悔文已是精疲力竭。船工把他像死狗一样拽上来，往船板上一扔，不管了。康悔文就那么躺着，一声声往外呕，吐着满嘴沙土。

这时候，伙计拿过一条热毛巾，给康悔文擦了把脸，小声说：少爷，船上忌讳多。你犯了人家的忌了。

康悔文长长地吐了口气，两眼翻白，说：我……知道了。

这会儿，泡爷大咧咧地走过来，看了看他，说：康家少爷，黄河水好喝吗？

康悔文勉强爬起身，浑身淌水坐在船板上，狼狈地说：领教了。

泡爷哼了一声，说：比你家霜糖豆腐如何？

康悔文说：别是一番滋味。

泡爷说：好，倒还有些气概，合我的脾气。说着，他从腰上抽出一个扁葫芦，丢过去，说：喝口吧，驱驱寒气。

康悔文接在手里，说：啥？

泡爷说：好东西。

康悔文愣了一下，只觉得身子一阵阵地发寒打战。他说声"谢了"，拔了木塞，猛喝一口，一股热辣直抵肺腑，再喝一口，就有了一种回肠荡气的感觉。

当康悔文抬起头时，却见泡爷正狡黠地望着他：喝了几口？

康悔文说：三口。

泡爷突然说：一口一两银子。

康悔文怔了一下。

泡爷说：你笑啥？这是船上的规矩。

二

天擦黑时，船刚刚驶入蛤蟆滩附近，风向就变了。天突然下起雨来，那雨先还下得小，毛刷子一样，刺刺的，继而越下越大，大河上下，黑沉沉一片，波滚浪翻。

再往前，只见河北岸一拉溜停了有十多艘船，船上人在雨中打着灯笼，冲着来船大声吆喝：喂，是泡爷吗？泡爷过来了吗？

泡爷站在船头吆喝一声：操，咋了？

对面船上人惊喜地喊道：泡爷，真是泡爷呀！前边就是蛤蟆滩了，就等你泡爷领航哪，走不走啊？

泡爷不语。泡爷蹲在船头上，从腰里抽出烟袋，点上一锅烟，吧嗒吧嗒地吸起来。

行船的人，最怕过蛤蟆滩。之所以怕蛤蟆滩，是因为蛤蟆滩有一"嚎月石"，民间也有叫"狼哭石"的，这块巨石就立在蛤蟆滩的滩口处，这里水流湍急，行船至此，稍有不慎，就会撞上这"狼哭石"，船毁人亡。

"狼哭石"的稀奇险难，在于船过蛤蟆滩时，必须把舵对准"狼哭石"前行，船才能在水流的冲击下，刚好偏身而过。若有船老大掌舵不稳，心慌手软，稍稍偏上一线，船就会被水流冲得横过来，拦腰撞上巨石，粉身碎骨。

故而，大凡船到蛤蟆滩，只要天色一晚，都会在此歇船，等上一夜，等第二天天亮再走。可船工们都知道，泡爷可以夜闯蛤蟆滩。传说泡爷有一绝活，在月明星稀的夜晚，只要他用篙尖对一对月亮，那船直得就像墨线绷出来的一样。

可是，今夜没有月亮。

然而，老天却不等人。先是风里渐渐有了寒意，接着西北风突然就"哨"起来了。顿时，天空先是亮了一半，接着是一条银龙炸出了天庭，只听"咔嚓"一声，天地间便是一片汪洋。那雨像鞭子一样唰唰地抽打着，黑黑的浪头山一样扑来，一波一波地啃着船帮，像是陡然长出了牙齿一般。船开始颠簸起来，船体吱吱呀呀地响着，发出了痛苦的呻吟。那刚靠上的岸顿时不见了，只见波涛汹涌，一片汪洋。这时，船下的锚已经不起作用了。若是不走，那船就有相撞或被搁浅的危险。

就在这时，泡爷大喝一声：起锚！立时，两个船工疾跑过去，奋力推着绞把，把锚从水下绞上来。接着，那船一下就被抛在了浪尖上。这当儿，只听泡爷一声喊：绳来！

转眼间，船工们三下两下就把他绑在了舵把上。而后，一个个连滚带爬地进了船舱。

此时此刻，天地间仿佛只剩下泡爷一个人。他赤条条地站在舵前，随着船的颠簸一会儿被抛上了天，一会儿又被卷进了浪底，那浪一山一山地从船上滚过，发出瘆人的恶虎一般的吼声！也是怪了，浪打到泡爷身上时，就像是水遇上油一样，油永远都在水的上边。此刻，泡爷竟喊起了闯滩号子。只见他一手掌舵一手执篙，大声地吼道：

秀女八百个——爷的蛋啊！

床上见功夫——爷的蛋啊！

龙翻九十九——爷的蛋啊！

凤颠八百八——爷的蛋啊！

一瞬间，泡爷的号子得到了各船的呼应，那关于"蛋"的号头声声激越，豪气冲天！继而，由泡爷领头，靠岸的那些船只也拉开距离，一艘一艘跟上来，陆续闯滩了。

在康悔文眼里，这个夜晚是惊心动魄的。那船在急流冲击下，颠簸得像是一片树叶，忽然就栽下去了，忽而又冒出来。那浪在船的四周飞溅着，白瘆瘆的，像是一堆堆炸开的雪。一时，天突然就墨下来了，黑得像锅底，船

"吱吱"响着，就像是在一锅沸水里翻腾。突然之间，号子戛然而止，像噎在了喉咙里。就见泡爷立在浪里，牙帮骨紧咬着，身子已弯成了一张弓，那腰眼死顶着篙头，就像是一堆燃尽了的枯木。此时此刻，你仿佛能听见船的哭泣声。

渐渐，船离"狼哭石"越来越近。这时的船就像是脱了缰的野马，几乎要在水流的冲击下飞起来了，它直奔"狼哭石"而去，眼看就要撞上浪中巨石了，可就这一刹那间，泡爷一篙点去，随着水下一股涡流泛起，那船像是颤抖般磨了一下，也就是一指宽的距离，"吱呀"一声，它就过了"狼哭石"，随即一下子冲过了蛤蟆滩。

正是在头船的带领下，后边的船也陆陆续续地跟着泡爷，一艘艘小心翼翼驶过了蛤蟆滩。这时，船灯又一盏一盏地亮起来，也有人敢对着河撒尿了。

后半夜时，风停了，雨也住了。河道上空出现了一弯新月，云四散而去，星星像是刚刚被雨水洗过一般，一颗一颗熠熠闪着碎银般的光芒。

船驶出了蛤蟆滩，进入豫东平原时，水在高处，更显得夜平天阔水长。那汹涌的水势渐渐缓了下来，河道里亮着一股一股墨缎一般的潜流，不时有"泼啦、泼啦"的鱼声从水中响起，虫儿齐声鸣唱。

这时的泡爷，早已躺在船板上睡着了。他鼾声如雷，身边扔着一个扁扁的酒葫芦。

三

半月后，船到了山东的兰水城。

兰水城是鲁东南有名的水旱码头，又是通往苏杭的水上门户。这里沂河水环城而绕，像游龙摆尾一般，把个兰水城弯成了半岛的样子。远远望去，一荡好水似万顷碧波自西而来，烟波浩渺，一望无际。岸边上樯桅林立，停靠着大大小小装货、卸货的船只。有小船在大船间穿梭般摇来摇去，不时还有锣声响起，"咣、咣、咣"三声锣响，那是又有商船靠岸了。

码头上，挑担、推车的脚力你来我往，乱哄哄的蚂蚁搬家一般。临街处，招幌飘飘，商铺一家挨着一家。水边的酒楼上，弹唱之声不绝，不时有油头粉面的女子探出头来向外张望，还有的竟朝船上招呼：客官，来歇歇呀！

上了岸，康悔文一踏上兰水城，就觉得心情顿时好了许多。在水上漂泊了这许多日子，曾几番呕吐，现在猛一下踏上石板路，就觉得脚下稳了，一颗悬着的心也落了定。

走过码头就是一条长街，各种叫卖声不绝于耳。又见凡从酒馆、茶肆里出来的人，一声声叫道："二哥，走好。"人人见了面都是"二哥"长"二哥"短的。康悔文先还有些诧异，继而就释然了。他曾听太爷爷讲过，在山东地界，"二哥"是一种尊称。隋末唐初时有位义薄云天、仗义疏财的好汉，排行老二，后来成了"门神"，那就是秦琼秦叔宝。《水浒》中的好汉武松原籍山东人，也行二。所以，山东人都以"二哥"为高称，传递出含了敬意的客气。于是，康悔文记住了这个称呼，此后见了同辈分的人，也跟着叫起"二哥"来。

在船上，吃的干粮一半都吐出去了，上了码头，顿觉肚子咕咕乱叫，着实是饿了。康悔文带着伙计一路吃去，先是吃了兰水城有名的"肉糊"。这是一种用肉末做成的汤羹，也叫"糁"，里边掺有八大仁，如麦仁、红豆、稻米、果仁等，和肉末、香菜、大料放在一锅熬。"糁"又分为牛肉糁、羊肉糁、鸡肉糁三种，味道鲜美，香辣可口，再配上当地有名的酱玉瓜和薄如纸的千层饼，一连三大碗，喝出了满头热汗，真真是痛快淋漓。

此后一路走来，又分别尝了沂河刀鱼、兰水苗蛋、光棍鸡、老回回羊肉汤、魏家气肚蛤蟆……特别是那苗蛋，外皮淡绿，剥开蛋皮淌油，蛋黄红润，尝一口沙瓤瓤的，余香满口。就这么一路吃下来，吃得肚子胀胀的，好一个饱。刚拐过一个路口，又见街头墙上钉一木牌：洗砚池街——好名字！怎的就叫洗砚池街呢？

当康悔文仰头看那"洗砚池街"几个字时，本是站得稳稳的，莫名地像被谁推了一把似的，一不小心撞在了一个姑娘身上。这姑娘打扮得清清爽爽，手里提着个篮子，篮子里装有香表、供品，像是要去上供的样子。可那篮子却被康悔文碰翻在地上。姑娘瞪了他一眼：你，眼长头顶上了？康悔文赶忙道歉说：对不起，实在对不起，这位小姐，我、我我……说着，赶忙蹲下身子，去捡那香表。这位小姐看他还是个晓事的，就说：算了，忙你的去吧。康悔文看那块祭祀用的方肉掉在地上，弄得脏污污的，再一次道歉说：小姐，你看实在是不好意思，这祭品……我赔了。说着，就要掏钱。这姑娘看他诚恳，就说：算了，谁要你赔？好好走你的路吧。康悔文说：这不好。祭祀的东西，更要洁净些才是。说着，他从怀里掏出了一串钱，递给跟在身后的伙计，说：赶快去另买一块。趁着伙计跑去买肉的工夫，康悔文问：小姐，这洗砚池街，莫非是书圣王羲之的故居？这女子说：怎么，你是从外地来的？康悔文说：是。我是从中原来的，刚下船。这女子说：哦。这里就是王羲之的故居，过去整条街都是王家的。

康悔文听了，高兴地说：大名鼎鼎的王羲之故居，就在这条街上。这下可饱了眼福。

待伙计回来，康悔文把肉递上，再一次道了歉。分手时，那女子不由得多看了康悔文两眼。可康悔文的心思，已转到了书圣王羲之那里。

洗砚池街的王羲之故居，已成了兰水城的文庙，文庙后是书圣祠。

走进书圣祠，上了香表，站在《兰亭序》碑刻前，康悔文观赏良久，那王羲之字行云流水，翩若惊鸿，婉若游龙，浑然天成。漫步后院，只见院里确有一大藕池，荷已败了。时过境迁，说这是洗砚池不知真假，水倒真是有些乌青色。想那王羲之，为了把字练好，竟洗出一池墨色。看来，做什么都不易呀。

一路走一路看，先是饱了口福，后又过了眼瘾，从书圣祠出来，康悔文更是喜欢这个地方了。

绕过一条街，竟是卖布匹的市面。只见市面上来往都是布车，卸货的、拉货的人来人往。康悔文接连进了几家店面，一个个问了，才知这里纺织品交易量极大，来自各省的布匹都有销售。南边的松江布、常熟布、无锡布，北边的乐亭布、南宫布、历城布，河南的孟县布、正阳布，湖北、湖南有麻城布、浏阳布……真让他开了眼界。

当晚在客店住下。第二日，康悔文原本要去拜访几位当地商家，他带有仓爷的书信。可刚出店门，几个船工拦住了他。

一个船工急煎煎地说：少爷，出事了。

康悔文说：出什么事了？

那船工说：船上的货，被人……扣住了。

康悔文一怔，说：谁扣的？凭什么？

那船工说：是……是泡爷惹下人家了。

康悔文仍是不明白，问：泡爷？泡爷怎么了？

那船工说：夜里泡爷在码头上赌钱，连酒葫芦都押上了。最后，他又押上了走这趟船的工钱。结果，人家说他出老千，把他打得半死。

康悔文一听急了，说：人呢？

船工说：这会儿还在赌场门口绑着呢，血糊糊的。

康悔文说：快走，看看去。

四

谁也想不到，泡爷在水里是蛟龙，但只要一进赌场，他就成了小虫儿。据说，连这"泡爷"的绰号，也是在赌场上得的。

泡爷光棍一条，嗜赌如命。每次走船，只要船一靠岸，他一头就扎进赌场里去了，常常一赌就是一天一夜，吃喝拉撒都在赌场里。每次出了赌场，他都会说：屌还在。

可这一次，他过不了这一关了。是呀，屌还在，可他的腿让人给打断了。

　　码头上这家赌场，是一姓崔的泼皮开的。那年月，大凡能开赌场的人，都是些"滚刀肉"，且在地方上有些势力。这姓崔的名叫崔福。为人且不说他，长处倒有一条，喜欢让人称他"二哥"。只要在兰水的地面上，尊他一声"二哥"，自然是好吃好喝好招待，临走说不定还会送你盘缠。但这人忌讳也多，若是你叫他一声"大哥"，说不定大耳刮子就扇你脸上了。

　　不仅在兰水，全山东境内，一般跟人打招呼是不叫"大哥"的。"大哥"暗指两个人：一为"单雄信"。单雄信什么人？反复无常、忘恩负义之人也。二为"武大郎"。武大郎什么人？被戴"绿帽子"的窝囊货。当然，这些话不说出口，是含在心里的。就连酒馆里"小二"的称呼，也是先从山东喊出来的。

　　再说这泡爷，虽嗜赌，却没有赌运。进了赌场，他一晚上没开和。开始是掷骰子，他押大，庄家开小；押小，庄家又开大。押着押着，那几两银子，不到半夜就输光了。而后又去打雀牌，他把酒一口喝光，酒壶押上，又赊了三两银子。本想先把本儿给捞回来，没承想坐下不到一个时辰，先还和了两把，往下就又是连连走背字，输了个精光。按说到了这时候，他就该收手了，可他心有不甘，站起身时一扭脸，刚好看见在赌场里巡视的崔福。再往下，他就是"指山卖磨"了，他信口说：老大，你再赊我十两银子，我把走船的工钱押上，如何？

　　崔福乜了他一眼，又看了看他的脚，丫叉叉的，问：哪条船？

　　泡爷大咧咧地说：济南府隋家，码头上一船粮食还没卸呢。

　　崔福说：好。给他。

　　泡爷说：谢了，老大。

　　泡爷在船上是"船老大"，他当"老大"当习惯了，所以他一口一个"老大"。这崔福听了就像是骂他一样，可他却笑了笑说：好好玩儿。崔福转身回到账房，吩咐说：给我看住那人。

　　牌打到后半夜时，泡爷的手开始抖了。他有些后悔，觉得不该说那大话，那船是隋家的，粮食却是康家的，于是心气先就弱了许多。出牌越来越慢，犹豫再犹豫，总想和把"清一色"什么的，可次次都不如意，不是单吊，就是缺张。终于等到停牌了，这次的确是"清一色"，但就是"局"不好，单吊"五饼"——而"五饼"已打出去三张了。这时候，对家起牌时不小心把牌撞翻了几张，露出一个"窟窿"，可这张牌又不轮他起，也许是人家故意卖的破绽，可他太想要这张牌了，有了这张牌，他就可以把"东风"打出去，吊一、四、七、九饼，有四张可赢，而且还是"一条龙"。这把牌和了，那钱就全赢回来了。于是，他把心含在嘴里，牙关紧咬，用袖子遮掩，偷偷地摸了那张牌。可就在这时，他的手被按住了：狗日的，你敢出老千！

立时，泡爷头上冒汗了。他惨笑着说：对不住，老大，摸错床了。看着白，却是人家女子。

赌场上的人笑道：常走水路吧？

泡爷掩饰说：手臭，摸一白板。

赌场的人说：人家女人你也敢摸，怕不是一回吧？

泡爷求饶说：头一回，平生头一回。各位爷，我是吃河饭的，常来常往，下不为例。请各位高抬贵手。

赌场上的人说：既然是老手，你不知道赌场上的规矩吗？

泡爷说：认栽，我认栽。

忽然，只听身后有人恭敬地叫：二爷来了！二爷，这王八蛋出老千。

只见那崔二爷走上来，拍了拍泡爷，说：浑身剔不出四两净肉，也敢出老千？你是活得不耐烦了吧？

泡爷说：老大……

崔福勃然大怒：我一看你就是个戴绿帽子的货，你他妈才是老大呢！说吧，要胳膊还是要腿？

泡爷忙改口说：是我昏了头了。爷，那是我吃饭的家伙，能不能给我留着？

崔福说：要的就是你吃饭的家伙。给我打断他一条腿，扔出去绑在大门外，让人好好看看，这就是出老千的下场！

泡爷再次说：爷，河边蚊子多，给我留张脸吧。

崔福说：怎么，你还要脸？那好，跪下，叫一声"二哥"，就给你留着这张脸。

泡爷仍脱口说：老大……

崔福说：给脸不要脸，给我打！

于是，打手们一哄而上……泡爷不躲不藏，干脆四仰八叉地往地上一躺，任人宰割了。

五

泡爷是五更天出的事，康悔文赶到时，已认不出他了。

他被人绑在赌场门外的一棵槐树上，脸已肿成猪头样，上边黑麻麻的，趴着一层花脚蚊子。虽说是秋后了，蚊子们临死前算是又吃了次大餐。

康悔文走进赌场，赌场已经打烊。那些打手、做庄的伙计一个个打着呵欠正收拾桌椅，准备睡了。康悔文两手抱拳，一拱手说：各位，能不能通报一声，就说河南客商康悔文求见崔二哥。

众人怔了一下，见这人气宇不凡，是个买卖人，于是通报了楼上的崔福崔二爷。崔福披件袍子打着呵欠从楼上走下来，看是一位书生模样的年轻人，就说：怎么着呀？没看我这儿打烊了吗？

康悔文再次拱拱手，说：崔二哥，在下河南康悔文，初到此地，带了一点家乡的土产，不成敬意，还望二哥笑纳。说着，他招了招手，跟在后边的伙计把两包封好的霜糖、两篓柿饼放在了一张圆桌上。

崔福听人尊他为"二哥"，还带了礼物，心里有几分高兴，可架子还端着，说：客气了，坐。

康悔文在一把椅子上坐下来，说：二哥，一到兰水地界，就觉得这是个"义"字为先的地方，所以我是拜码头来了，还望崔二哥多多关照些。

崔福说：好说，好说。看茶。

康悔文说：二哥，我的粮船在码头上靠着，听说你还特意派人看护，兄弟我十分感谢。这样吧，已入秋了，算我给兄弟们打壶酒，驱驱寒气。说着，他从怀里拿出二两银子放在了桌上。

崔福笑了笑，说：爽快。不过，你把银子收起来吧，有话就说。

康悔文两手一抱拳，说：二哥，我也是刚刚听说，船上有位兄弟在赌场里犯了规矩。我代他向二哥赔罪，求二哥原谅他这一次。说着，他又拿出了五两银子。

这时候，崔福哈哈大笑。笑过了，说：兄弟，果然是河南老客，够仗义的。可你知道这是什么地方吗？

康悔文说：知道。

崔福说：知道就好。我也不要你的赎银，既然进了我的赌场，赌一把如何？

康悔文再次拱拱手，说：还请二哥原谅，我祖上有规矩，是不沾赌具的。

崔福什么人？他见是一"肥羊"，岂能轻易放过，就说：那就不用赌具，我们俩赌一个意念，如何？

康悔文一怔，说：意念？

崔福说：其实很简单。待一会儿，听见锣响，那是又有船进港了。咱就赌那船的桅杆，看是双桅还是单桅，这公平吧？

康悔文迟疑着，说：二哥，非要赌吗？

崔福说：你说呢？只要进了我这个门，没有不赌的。

康悔文说：这……

崔福说：若是你赢了，人你带走，银子也带走，咱们交个朋友，以后在兰水的地面上，你就是我兄弟了。若是输了，不客气，留下这船粮食，也叫你花钱买个教训。你觉得公平吗？

康悔文沉吟片刻，说：不公平。

崔福说：嗨，那你说，怎样才公平？

康悔文也豁出去了，说：既然非赌不可，一船粮食，一千多里水路，要押，就押你这个赌场吧。

崔福说：口气不小啊！也好，既然是大押，我还有个条件，猜过了单、双，再比一比功夫，如何？

康悔文说：怎么比？

崔福说：你出一人，我出一人，从这赌场里打出去，只要能走出大门，就算赢。

康悔文说：倒也公平。不过，我也有个条件。

崔福说：说。

康悔文说：不管输赢，我都要带走泡爷。

崔福说：一言为定。

接下去，就是等待锣声了。

康悔文坐在那里，可他心里确实没有底。虽说论武功，他已跟马师傅学了很多年，却一直没有机会试试。他心想，对方虽然是泼皮，倒也讲些道理。若是输了这船粮食，他也只有打道回府了。回去虽然无法交代，但不管怎么说，他救了一个人。用一船粮食，换一个人，这就不是值不值的问题了。

崔福是必赢的，所以他很兴奋。宰一头"肥羊"，会给他带来多少快乐呀！他觉得这个赌局设得很有意思，很刺激，他已很久没这么玩过了。他高兴地搓着两手，高声喊道：换茶换茶，把我的大红袍沏上！

有半炷香的工夫，码头上的锣声响了，而且是响了两遍，那就是说，一前一后有两艘船进来了……这时，崔福和康悔文同时站了起来。崔福说：你是客人，你先押，单，还是双？

康悔文说：客随主便，况且，我实在是没这个兴趣。

崔福说：怎么，反悔了？

就在这时，康悔文抬起头来，他突然发现二楼的走廊上立着个女子。巧的是，这女子正是在洗砚池街口相撞的姑娘。只见那女子的两个手指轻轻动了一下，像是在给他示意。

他顾不得多想，就说：既然到了这份儿上，就押个"双"吧。

崔福说：那我押"单"。说着，他伸出手来，两人打手击掌，"啪"一声，这局就赌定了。

而后，崔福一伸手说：请吧。

于是，二人一块儿走上了二楼，站在了二楼临河的窗前。太阳已经出来了，阳光照在水面上，映出了一道道霞光。就在这时，远处冒出了帆影，那船慢慢近了，而后越来越近，两人都看得很清楚，那是单桅船。

崔福嘿嘿一笑：老弟，你输了。

康悔文什么也没说。突然间，他有些懊悔：这事太荒唐，也太莽撞。他出来是做生意的，跟人赌什么呢？一船粮食，千辛万苦运到这里，就这么说没就没了，回去怎么交代呢？

然而，就在这时，他的眼往西边瞭了一下，只见一艘双桅的大船从西边开来，那船像吃了风，仿佛一眨眼的工夫，这艘双桅船竟抢在前边进了港。

康悔文指了指，说：二哥，你看西边。

崔福的脸色一下子变了。他沉默了一会儿，说：嗨，嗨嗨，奇了怪了，看来，今儿我真是遇上对手了。

康悔文说：算了，我说不赌，你非要赌。到此为止吧。

崔福说：慢，这才一局嘛，还有第二局呢。请，这边走。

下了楼，两人刚一坐定，那崔福就高声说：来呀！

只一声，只见十个一身短打扮的保镖分两排站在了两边，一个个看上去恶煞煞的。崔福伸手一指：我说过了，你只要一对一打出去，你就赢定了。

康悔文说：你不是说一个吗？

到了这会儿，崔福的泼皮相露出来了。他说：我说的是，你出一人，我出一人，这叫一对一。大街上有的是人，你也可以叫人嘛。

这时，康悔文才明白，他上当了。看来，他是输定了。康悔文愣了片刻，慢慢地站起身来。

谁也没想到，就在这时，一个头戴草帽、肩上搭着破褡裢的人走了进来。进门后，他取下草帽，在脸前扇了两下，说：少东家，还是我来吧。

康悔文一时惊得说不出话来，呆呆地望着来人。他的师傅马从龙，竟然出现在面前。

康悔文刚要说什么，只听马从龙沉声说：少东家，你、坐、着。

后边这三个字，马从龙是一字一字说出的，分量很重。

那崔福一愣，虎着脸说：你又是哪块地里的葱？

马从龙两手一抱，说：我是跟少东家一块儿来的，在下马从龙，初到兰水地界，还望多关照。

崔福说：马、马什么？好，人物，你够人物。你戴一破草帽，就敢来踢我的场子？

马从龙说：不敢。我是来接少东家的。

崔福说：我倒要看看，你走得出去吗?!

马从龙说：试试吧。你们，一个一个来，还是一齐来？

崔福说：你们、你们这些河南老客，怎么个个嘴大？说着，他使个眼色：那就陪他玩玩吧。

于是，那些护场子的保镖摩拳擦掌，一个个摆开架势，把马从龙围在了中间。

赌场里先还乱哄哄的，一片喊打声，继而静下来了。谁也不知道马从龙是怎样走出去的，几乎没有人看清马从龙怎样动的手，就见那草帽还在头上戴着，褡裢也在肩上，可他却走出去了。快走到门口时，他又回过头来，说：要不要再走一趟？

只见那冲上来围住他的十个人，有七人躺在地上，三人蹲在地上"哎哟"不止……

大凡赌场开到这份儿上，都是见过些世面的。今天，崔福算是见到"真人"了。他怔怔地坐在那里，人像傻了一般。他嘴张得像个小庙，只剩下哼哼了。那笑就像是贴在脸上碎成了八瓣的金叶子，汗珠子顺脸淌。

康悔文也愣住了。自学武以来，他从未见马师傅跟人交过手。也只是在今天，他才真正见识了师傅已臻化境的武功。

赌场里很静，静得能听见人的呼吸声。片刻，只听楼梯上一阵碎步响，从上面走下一位年轻的女子。这女子正是康悔文在街头见过的，也是暗中给他示意的那位。她虽个子不高，倒还秀气。她站在楼梯最后一级台阶上，噘着一张粉脸，拍着巴掌说：好，太好了！平日里一个个横行霸道，不听说不听劝的。这倒好，让人教训教训，也好让你们知道天外有天。

接着，这女子对崔福说：哥，你要还是个汉子，就说句汉子该说的话。

崔福这会儿才像是活泛过来，硬撑着说：输就输了，我认。妹子，你就别再说风凉话了。

不料，这女子说：我在楼上听得明明白白，人家赢得磊磊落落，那你还坐着干什么？把钥匙交给人家，卷铺盖，走人！

那崔福一时张口结舌，那脸青了又白，白了又青，终于说：这面儿，我算栽到家门口了。两位好汉，这赌场是你们的了，我交钥匙。说着，他从腰带上取下一串钥匙，放在了面前的条几上。

就在这时，康悔文说：慢。二哥，这位妹子，我康氏有家训，是不准开赌场的。我也就是陪二哥玩玩，你说过，从此以后咱们就是朋友了。

崔福暗自松了口气，却说：事已至此，我不能丢了"义气"二字，也不能让天下人笑话，这赌场是你的了。

康悔文说：万万不可。我说过了，这是祖训，我不能违背。这样吧，我出十两银子，烦二哥就近给我租一门面。再来时，就有落脚的地方了。做生意的，以后劳烦二哥的事情多着呢。

那女子听了，叹道：哥，人家康公子话都说到这份儿上了，还不谢恩。

崔福从未如此狼狈过，他站起身来，双手一拱：康公子，马师傅，今天中午我在小角楼摆酒，给两位接风洗尘，也算是给两位赔罪了。这赌场嘛，我先替你们管着。不论什么时候，只要康老弟说句话，随时可收回去。

待两人出了赌场，康悔文长出了一口气，悄声问：师傅，你怎么来了？

马从龙说：掌柜的有些不放心，我是赶另一船来的。

康悔文感慨地说：师傅，要不是你及时赶到，我可就丢大人了。

马从龙看了一眼绑在树上的泡爷，皱着眉头说：这船老大，也太过分了。

康悔文正惦着泡爷，听师傅一说，他赶紧过去把泡爷从树上解下来，背上就往保生堂跑。

六

第二天晚上，天黑之后，赌场老板崔福的妹妹，那个名叫崔红的女子，披一件红色丝绵斗篷，手里提着几包点心，走进了三江客栈。三江客栈的掌柜忙不迭迎上去，赔着小心说：小姐，您怎么来了？有什么吩咐，您尽管说，还劳您跑？请请。

崔红往楼上看了一眼，说：有位姓康的河南客商，是不是住在这里？

掌柜的忙说：是，是，就住在楼上东厢房。您……

崔红也不答话，径直上楼去了。她来到东厢房门前，轻轻地拍了两下门。门开了，康悔文一怔，说：崔小姐，我还没登门致谢呢。你怎么来了？

崔红微微一笑，说：哪里话，是我该谢谢康公子。康公子大仁大义，我和我哥都不会忘记。

康悔文给崔红让了座，说：不，不，我知道，是崔小姐暗中帮了大忙，要不那船粮食……

崔红说：你知道，我为什么要帮你吗？

康悔文摇了摇头。

崔红说：明明是个坑，逼你往下跳，你却笑了。我想，这个人一定不是凡人。

康悔文说：我笑了吗？那会儿，我倒真是担着心呢。

崔红说：是呀，那会儿我正替你急呢，你却笑了。其实，我哥是给你下了一个套儿。

康悔文说：是吗？我也想到了。不过，泡爷是我船上的，我救人心切，也顾不得这许多了。

崔红说：那船老大好些了吗？

康悔文说：已让保生堂的大夫给看过，骨头是接上了，用竹板固定着，只是得将养些日子。

崔红说：噢，那就好。

康悔文心有不解，问：崔小姐，那单和双……

崔红说：不瞒你说，信号是我放出去的，两只鸽子。

康悔文吃惊地说：噢，明白了。可赌注这么大，你就不怕……

崔红说：开赌场，名声太坏，我早就不想做了。也劝过我哥多次，可他不听我的。不过，说实话，我就是有心想帮你，也不会让自家输得这么惨。我要的是一个平局，可没想到，天外有天。

康悔文忙说：还是要谢谢小姐。我们外地客，初到此地，人生地不熟，若不是小姐帮助，还不知会怎么样呢，实在是感谢不尽。

崔红说：也许是天意吧，康公子有这样的气度，真是让人……哦，你知道我哥为什么会认输吗？

康悔文摇摇头。

崔红说：父母都不在了，家里只剩我们兄妹二人。这赌场的本钱，是当初父母留给我的嫁妆。在外，是我哥说了算。在内，是我说了算。赌场生意，风险大，动不动就要打打杀杀的，名声也不好。我一直想，碰上个合适的机会，就……明说了吧，我跟我哥有个约定，要是我碰上了合适的人，这赌场就……就还是我的嫁妆。

康悔文怔怔地望着她，一时不知说什么好。他连声说：这、这……

崔红是个晓事的人。她看康悔文言语有些迟疑，即刻改口说：康公子，你别多心。我说这些，并没有别的意思。我知道你是做正当生意的，我看中的是你的为人。所以，我今天来，是要告诉你，你要租的店面，已经给你找妥当了。

康悔文说：那太好了，多谢多谢。

崔红说：另外，我还要告诉你，在兰水，你若是运粮食来，回去可运些布匹，这样一来一回，赚头就大了。

康悔文很感兴趣，说：噢，是吗？

崔红说：不瞒你说，我父母早年是做布匹生意的。只是有一年在水上碰上了盗匪，一船货被歹人抢走，父亲也被土匪害了……不说这些了。

康悔文说：噢，原来你祖上是做布匹生意的。昨天我看了布市，这里的市面不小啊。

崔红说：是啊，这里的布匹市场很大。往南，有松江布、常熟布、无锡布。往北，有乐亭布、南宫布……松江布质地优良，无锡布着色最好，常熟布结实耐用。另外，西边的棉花如果运到这里，赚头更大。

康悔文说：崔小姐，听你这么一说，你也有心做布匹生意？

崔红说：我一个小女子，出不得门的，只是给公子提个醒儿。

康悔文说：小姐的恩德，在下铭记在心。你看这样好不好，以后凡布匹生意，我负责运，这边就由二哥代理，利润五五分成。你看如何？

崔红说：此话当真？

康悔文说：绝无虚言。

崔红说：好。我就知道你仁义。接着，她想了想，突然说：康公子，我有个请求，你能答应我吗？

康悔文说：小姐请讲，只要是我能办的。

崔红说：你住的这间客房，我想劳烦你调换一下。

康悔文怔了一下，说：这……

崔红说：有一位熟客，常来常往，住惯了这间房子。

康悔文一口答应：这好说，我马上就搬。

崔红说：谢过。我这就让掌柜的上来给你调房。

之后，崔红告辞。康悔文虽然有些不解，但没有多想，也就在新换的房间睡下了。

早上起来，康悔文见客店掌柜的神色慌张，问他出什么事了，掌柜的说，昨天半夜，有间客房进了一伙歹人，好在房里没人，要不然就出大事了。康悔文听了，心里明白，也不便多说什么，只是在心里暗暗感念那位名叫崔红的姑娘。

第九章

一

遥遥地，陈麦子看见，一个七品知县，正在堂上补官服呢。

近些日子，刘知县常问的一句话是：内务府的官差到了吗？

报子再一次回道：禀老爷，还没呢。

刘知县坐在后堂上，一直在缭那件绣有鸿鹄的蓝色官服。

只是如今的他，早已没有当年的"鸿鹄之志"了。

身为七品知县，官职低微，俸禄微薄，全年只有四十五两。每年迎来送往的应酬如此之多，南方的父母家小尚需接济奉养，这都是要银子的。当然，即便是捉襟见肘的时候，也绝到不了置办不起官服的地步。刘知县不贪，再不济，本县范围之内，他还可以赊账。不过，寅吃卯粮，在当朝的官员中已是不成文的惯例。

官服嘛，他有三套，本可以替换着穿。但几年的案牍劳形，其中一套的领子、袖口已磨烂了。另一套则在一次打茶围、喝花酒时，被醉酒同僚洒上酒菜污渍，洗之不净。第三套还有八成新，一直在柜子里放着，那是为皇上召见或是接驾逢迎来往大员等重大场合预备的。提起喝花酒，他私下有些不好意思。偶尔逢场作戏，也只是应酬。

七品知县自己补官服，听来像是作秀，但确系实情。刘知县乃苏州人氏，祖上几代均为织造行的匠作，知县本人亦嗜好缝纫。况家眷不在身边，那一针一线，补的是心思，织的是惆怅。每有烦心事，他总要织补一点什么才会心安。

十日前，县衙接到一封内务府的密牒，说是在开封、洛阳一带的当铺，发现了两件前明王宫的饰物，一件为盘龙玉镯，一件为九凤金钗。谍中严令各地，一要密查这些前明宫中物品的来龙去脉，二要密查是否还有前明漏网之余党，并特示：上方会派员密查此案，此事不得张扬。

刘知县接到密牒后，很有些紧张。大清有"连坐法"，事关前明余孽，这不由得让他心惊肉跳。他不知内务府的密探何时造访，恐有不周之处，他无论如何吃罪不起。想他十二年苦读，三年候补，熬来一个七品知县，实为不易。

刘知县还听说，河洛仓那边的仓署官员中，有人可以直达天听，有专折密奏之权。这人是谁？新来的杨侍郎？吴仓监？或是黄……刘知县摇摇头，他实在是猜不出。可这又是不能不防的。万一那人得到什么风声，抢先上奏朝廷，岂不是他的失职？

那么，该如何是好呢？刘知县一边补着官服，一边想着心事。一针一线，拉得很长。

冬日的阳光钉在签押房的兽头上，溢出些许暖意。庭外那株蜡梅开得正好，可围着火盆独坐的刘知县心里却很凉。终于，他想起一个人来，他要请这个人吃火锅。

他要请的是河洛镇的康秀才。如今的康秀才已是当地的名儒，且不说他家中曾先后出过两个进士，在官场上有些根基，仅就他在当地的家世声望，已足以让他这个七品知县待为上宾。前任知县八抬大轿把他抬到文庙，聘为县学，可他说辞就辞了。府学一请再请，他竟坚辞不就。可见，此人不看重俗世功名。

官轿把康秀才抬来，已近午时。刘知县亲自到县衙大门迎接，一口一个"老太爷"，作揖打拱地把老人家请到了官衙的后堂。

康秀才步入后堂，见花窗前的铜火锅早已摆好。炭是孙记炭薪行不冒烟的上等好炭，炭火红通通的，火锅中水已煮沸，几样小菜和口外的切片羊肉都已备下。刘知县特意介绍说，酒是从家乡带来的"女儿红"。

雪后初晴，透过菱形的格子花窗，只见漫天皆白，唯有院中那株蜡梅，在一片琉璃世界中如粉雕玉琢。

两人一番寒暄，刘知县再三谦让，终还是坐了主位。待康老爷子坐下，知县大人端起酒杯说：老爷子，下官今天能把您老请出来，赏雪品酒，实乃一大快事呀。请，请。

康秀才说：承蒙知县大人抬爱，老朽谢了。晚来天欲雪，能饮一杯无。好雪好酒好雅兴，老朽愧领了。知县大人请。

刘知县说：您老能来，是下官的造化。正可谓"身无彩凤双飞翼，心有灵犀一点通"啊。请，请。这口外的羊肉，一点也不膻，您老尝尝。

三杯酒下肚，康秀才说：知县大人，定是要问进士及第的事吧？唉，不提了，不提了。

刘知县说：那是，那是，下官正要请教。一门两进士，康家当年可是轰动一方啊！耕读传家，书香继世。那个……啊？

康秀才慨叹道：实话说，宋代以前，中原才子数不胜数，可圈可点，不是有这一说嘛，"江南才子真才子，中原才子压三江"。可此后嘛，那就是麻绳穿豆腐，提不起来啰……

刘知县说：是呀，那时的开封、洛阳都还是万邦来朝嘛。唉，不管怎么说，您老一门两进士，毕竟名扬天下，给本县争了大光。

几杯酒下肚，往下不等知县大人再问，康秀才就又把往日的故事讲了一遍：说起来，我那一儿一孙，十年寒窗，苦啊。那笔头生花之事，倒真还遇上过。那夜三更，你猜怎么着，孙子打瞌睡，那笔头伸到了油灯上，"轰"一下竟起了火……康秀才虽然酒已上了头，飘飘忽忽，可心头并不糊涂。讲着讲着，他见知县大人"啊啊、嗯嗯"，似无心听这些陈谷子烂芝麻，话到嘴边就又咽下了。他转口说：知县大人，这酒我已喝出点味儿了。好酒，真是好酒啊。

刘知县说：雪天温黄酒，最是养心怡情。我家乡这"女儿红"，绝不伤身。老爷子，今天来个一醉方休，请。

康秀才心里有数了。他用筷子夹了一片白莲藕，细细地在嘴里嚼着，说：酒，喝得正好，只是不知大人有何见教？

刘知县说：喝酒，主要是喝酒。今天把老爷子请来，一呢，是请老爷子品酒赏雪；这二呢，本县确有些民情方面的事体，要向老爷子讨教。

康秀才暗暗吸了口气，说：请讲。

刘知县说：我听说，您老德高望重，名声大得很哪！我的前任，原本聘您老为县学，您老辞了；后来府学又请，您老仍坚辞不就。这是为何呢？

康秀才说：不敢，那是大人们高抬老朽了。老朽不才，虽说一门出过两个进士，那也是皇恩浩荡。况且，我已衰朽，是怕误人子弟呀。

刘知县"噢"了一声，说：您老过谦了。别说是县学，就是太学，那也是当之无愧的。接着，他突然低声说：近日，内务府有人下来私访的事，老爷子可曾听说？

康秀才说：噢？噢。内务府？

刘知县小声说：内务府。

接下来，刘知县压低声音说：查的可是大案子，说是前明王府的什么贵重物什流失出来了。您老恐有耳闻吧？

康秀才一惊，吸了口气说：民间亦有风言风语……真有这等事？

刘知县说：不瞒老爷子，上边已派人下来了，正在密查。河洛镇的码头上，船来船往，难道说，老爷子一点消息都没有吗？

康秀才说：老朽两耳不闻窗外事呀。这等事情就是有，也到不了咱这种小地方吧？

刘知县说：不然。两河交汇之地，河上八方风云，风吹过来，落下一两片叶子，也不一定啊。你说呢？

康秀才说：那倒也是。既是前明王宫里的物什，一般的人也不容易见啊。

刘知县又问：仓署那边，老爷子可曾听说些什么？

康秀才道：我只是闲时跟他们下下棋，倒也没听说过什么。

这时，刘知县很知心地说：老爷子，像我这种七品小官，头皮薄呀。老爷子若是有什么消息，一定要知会下官一声。下官这边，先谢过了。

康秀才的酒这会儿全醒了。他故带醉态地说：知县大人放心，如有消息一定告知。三十功名尘与土，八千里路云和月……都不容易呀。

刘知县见没问出什么端倪，有些失望，就说：吃酒，吃酒。——加炭。

二

这天，日夕时，康秀才坐着轿回来了。

一进家门，他立刻把周亭兰叫到了他的书房，然后问：兰儿，近些日子，你在镇上可曾听到什么风声？

周亭兰见爷爷神色凝重，就说：没听说什么呀？哦，码头上又贴了一张告示。

康秀才说：告示？写的什么？

周亭兰说：是通缉犯人的。新贴的这一张，说是逃出来的前明余党，还有画像呢。那像看上去很年轻，文秀的模样，倒也不像是坏人。说是凡举报者，可奖官银百两。

康秀才"噢"了一声，说：可有名有姓？

周亭兰说：没有。上边只说了身高、年龄、长相……

康秀才长叹一声，说：嗨，我有些担心哪。

周亭兰诧异地说：爷爷，你担心什么？

康秀才迟疑了片刻，说：有些话，出了门是不能说的。前些日子，念念央我出面，买了些木料，说是给梅文造船用的。当时，我问她银钱来自何处，她说是把祖上留给她的饰物当了。唉，当时我也没多想，就觉得她来康家这么久了，也是一片心意，就应下了。

周亭兰问：那木料呢？

康老爷子说：在叶岭上呢。

周亭兰迟疑了片刻，说：姑娘是好姑娘，只是这来路不明的钱……爷爷，你看呢？

康秀才摇摇头，长叹一声，说：应了，到底还是应了。

周亭兰问：什么应了？

两人刚说到这里，只见康悔文兴冲冲地走进来，他也是刚刚下船，赶着给老爷子报兰水城的喜讯。一进门，见两人神色凝重，忙问：怎么了？出什么事了？

康秀才低声说：把门关上。

关上门，康秀才很久没有开口说话。末了，他先讲了念念托他买木料造船的事，而后沉着脸说：今天，知县大人请我吃饭，说是接朝廷密牒，在开封、洛阳两地，发现了从前明王宫流出的两件皇家饰物，一为盘龙玉镯，一为九凤金钗，内务府的人正在密查。

周亭兰一脸惊诧，说：爷爷？

康悔文也吃惊不小，说：不会吧？哪会这么巧。

在康悔文的心里，只觉得念念不同于常人家的姑娘。念念语贵，她的话就像是药一样，当用时才用。她的衣裳虽不时新，但穿在身上就显得与众不同。哪怕是一方小手帕，只要是她用着，那帕子就灵泛泛的。还有那双眼睛，她的眼睛里像是存了太多的水，很多的话语都藏在潭水般的眼睛里，偶尔泛一两个涟漪，你只能去猜。

很久了，康悔文还发现，念念身上总是飘着郁郁淡淡的暗香。没见她施粉，也从不戴什么饰物，但那脖颈处仿佛天然有一道环痕。那一头秀发只要在水里漂那么一下，甩出来的水滴都是带香气的，那香气似有若无，叫人怎么也想不出，那是什么熏染出来的。

念念她……

康秀才长叹一声，接着便老泪纵横。他说：咱们康家是吃过大亏的，一门两进士……苍天哪！

康悔文愣了片刻，猛然醒了似的，"扑通"往地上一跪，求道：太爷爷，不能把念念交出去。念念她……她有什么罪呀？

康秀才在房里来回踱着步，迟疑着说：知县大人特意请我吃饭，难道说，他是听到了什么风声？是故意试探我？不像呀。可这件事，如果传出去半个字，就是灭门之灾，你们可要想好了。

周亭兰想了想，说：爷爷，康家不能做这种不仁不义的事，况且，现在说什么都晚了。要不，送她走？

康悔文说：娘，她一个姑娘家，你让她到哪里去呀？

康秀才说：不可，万万不可。这时候让她走，等于不打自招。

周亭兰说：那，让她赶快嫁人。这，总不会有人说什么吧？

到了此时，康悔文把藏在心里的话说出来了。他跪在地上求道：娘，我俩从小就在一起……

康秀才斟酌再三，终于说：是福不是祸，是祸躲不过。悔文，你起来吧。这件事，永远不要再提了。如果上天要灭康家，那就让它灭吧。如果上天不灭康家，那就是你们的福分。另外，造船的事，我看暂且先放一放吧。

周亭兰仍有些担心，说：爷爷，康家已经受不起了……

康秀才说：兰儿，这件事是有些凶险。不过，"信义"二字还是要讲的。悔文哪，你去把念念叫来，我跟她说说话。

当念念进了康秀才书房的时候，康秀才两眼是闭着的。很长时间，他的眼睛才慢慢睁开。他默默地打量着念念，说：孩子，你心里有苦意呀。

念念却说：太爷爷，我已经不苦了。

康秀才说：为何？

念念说：我心中有了可以念诵的人了。

康秀才说：你喜欢悔文？

念念说：我的命是他救下的，我会一生一世对他好。

康秀才点了点头，说：那么，伯夷叔齐的故事，你听说过吗？

念念说：听说过。

康秀才说：虎符的故事，你听说过吗？

念念说：听说过。

康秀才又说：那范蠡全身而退的故事呢，你知道吗？

念念说：知道。

康秀才又闭上眼睛，停了片刻，说：那就好。江河横流，日月更替，这也是常有的事。人生如戏，上一场与下一场是不同的。轰轰烈烈也罢，平平淡淡也罢，凡演过去的，就不再是你的角色了。

念念说：我知道。

康秀才说：念念啊，祸从口出。若是你做了悔文的媳妇，那过去的事，就要忘得干干净净。不可说，不能说，也不必说。

念念说：太爷爷，我记下了。

康秀才又提醒说：还有一条，你是个知书达理的女子，从今往后再也不要独自出门了。

念念点点头，说：我懂了。太爷爷，放心吧。

这时，康秀才倒有些不落忍了。他叹口气说：孩子，你要是忍不住，你要是心里有苦水，就在这里倒一倒。仅此一次，出了这个门，就得烂在肚里了。

念念眼里顿时涌上了晶莹的泪珠。

外面没有人知道康秀才和念念说了些什么。康家的后人也一直守口如瓶。人们只知道，只有康秀才一人看了那个首饰匣子，匣子是宫里的式样，有龙有凤。后来，这个匣子就下落不明了。

三

康家上上下下正忙着办喜事时，一个人悄悄来到了河洛镇上。这人是兰水城的崔红。

崔红是坐船从兰水来的。路上，她特意换了男装，把自己装扮成年轻公子的模样。她先是在开封的汴河渡口下了船，顺便逛了开封的街市，买了些当地的特产，而后搭船西行，来到河洛镇。

喜欢一个人是不需要理由的。自见到康悔文后，崔红心里就再也放不下这个人了。一天，当沂河码头的锣声又响起时，她坐立不安，一时心慌意乱。她立马收拾行装，决意去往河洛镇。她对自己说：只是去看看那个人，哪怕只见上一面，她也就死心了。

然而，她万万想不到的是，她刚进开封城，就被内务府的密探盯上了。这密探盯上她是有缘由的，一是她出手阔绰，二是她长相清秀，且跟告示上通缉的嫌犯年龄相仿。就此，密探一路跟她到了巩县县城。一到县城，这姓宋的密探即刻去了县衙，拿出身上的腰牌晃了一晃，吓得知县大人马上吩咐县衙的捕快，一切听从宋爷的差遣。

这一切崔红浑然不知。她在河洛镇码头下了船，一路打听来到康家客店。她并没有急着打听康悔文，而是在店里先开了间客房住下。待她洗漱一番，刚刚恢复了女儿模样，就有人敲门。

这时，崔红已来不及改换男装了。她一开门，只见门口站着四个带刀的捕快。她赶忙退后一步，说：你们……这是干吗？

站在门口的四个捕快一声不吭，就那么虎视眈眈地站着。只听外边昂扬地响起了一声咳嗽，而后，一个身穿锦袍、外罩青缎马褂的男子背着手走了进来。他就是内务府的密探宋海平。虽说他仅是臬司衙门的小吏，但他的密折可以直达天听。这人站在崔红面前，嘿嘿一笑，慢声说：原来是位小姐，莫非我走错门了？失礼，失礼。

崔红瞪了他一眼，正欲关门。这时，宋海平一眼就看见了床上刚换下的男装，说：慢。原是女扮男装的小姐。你到河洛干什么来了？

崔红说：我是做布匹生意的，怎么，不能来呀？

姓宋的笑了笑，说：一个女子，跑出来做布匹生意？我还是头一次见。嘿嘿，带走。

捕快们立时拥上来。崔红大声说：敢？凭什么抓我？

姓宋的说：拿出来，让她看看。

一个捕快手一扬，那幅带画像的告示就展开在崔红的面前。画像上的人也身着男装，但清秀之态犹在。粗一看，跟崔红的神态确有几分相似。

崔红说：我是从兰水来的，你们一定是弄错了。

姓宋的说：错了？你分明是前明余党，朝廷缉拿的重犯。别的且不说，女扮男装，定有图谋。有话到衙门里说去吧。

当众捕快押着崔红下楼时，崔红急了，大喊：你们弄错了！我是来找康公子康悔文的。各位乡邻替我告知一声，我是山东临沂人，我叫崔红，我是来找康悔文的。各位务必，让他来保我！

风闻官府抓人，康家店大门外一下子围了许多看热闹的。人们都听到了这女子的喊声，一时议论纷纷，一个伙计慌忙跑到后院找大奶奶去了。

当周亭兰追出来时，人已经被带走了。

四

傍晚时分，康悔文刚从县城回来。

甫一进院，他就觉得气氛不对，伙计们三三两两在嘀咕些什么。一个伙计迎过来说：少东家，赶紧吧，老爷子、大奶奶都等着你呢。

康悔文问：怎么了？

那伙计小声说：出事了。

康悔文不再问，疾步进了上房。谁知，刚一进门，就听见一声断喝：跪下。

康悔文抬头一看，太爷爷和母亲都在，且一脸的肃然。他虽不知发生了什么事，也只好跪下了。

康秀才沉着脸说：康氏家训，你还记得吗？

康悔文说：记得。

康秀才说：你马上就要大婚了，你知道吗？

康悔文说：知道啊，我不是去……

康秀才"哼"一声说：知道？那你说说，你在山东造了什么孽？

这时候，周亭兰忍不住问：一个叫崔红的女子，你认识吗？

康悔文忙说：认识啊，她还帮咱不少忙哪。怎么了？

周亭兰一脸愁容，说：如今这女子已经追过来了，说是找你的。

康悔文忽一下站起身来，惊喜道：崔红来了，她在哪儿？

康秀才喝道：跪下。

康悔文忙跪下，把在临沂的事情一一相告，见两人谁也不吭声了，便又问：到底怎么了？

周亭兰说：悔文，不是娘埋怨你。这边正办喜事呢，那女子追来找你，还女扮男装，住进店里。如今，被县衙的捕快抓去了。你说是保她呢，还是不保？

康悔文马上说：保，当然要保。娘，崔红不管是为啥来的，可她来了，是冲着咱来的。咱要不保她，以后咱还怎么在山东做生意呢？况且，人家还救过我。

周亭兰说：这也是个急人。抓她的时候，她大喊"我是来找康公子的！"一街两行的人都知道，闹得沸沸扬扬。

这时候，康秀才说：依我看，这女子，保是要保，但不可鲁莽。事情既然传扬出去了，虽说有碍名誉，也正可顺水推舟，解了咱念念的嫌疑。

周亭兰看了康秀才一眼，说：爷爷的意思是……

康秀才想了想说：既然这崔红不是画像上的人，这就好办了。保，立马出面去保，而且要联合众相与具保，一定要把人保出来。

康悔文马上说：好，我明天一早就去县城。

周亭兰仍有些担心，说：爷爷，不会引火烧身吧？

康秀才说：古人云，乱生于远，疑生于惑。既来之，则安之。阴差阳错，山东女子追到这里来了，这是人人皆知的事。不瞒，比瞒着好。这是最好的解法。

周亭兰说：悔文，你去找马师傅商量一下，他毕竟做过捕快头，人熟一些。

康悔文正待转身要走，康秀才又发话了：慢着。

康悔文扭过脸，只听康秀才说：悔文，你想过没有，若是这崔红姑娘保出来了，又当如何？

康悔文没明白太爷爷的意思，他说：既来了，就住上几天，好好玩玩。

周亭兰说：那，她要不走呢？

康悔文愣愣的，随口说：不走？不会吧。

康秀才看了他一眼，说：是呀，她执意要留下呢？这女子，一旦生了痴心，是劝不住的。

康悔文说：这……您老说该当如何？

康秀才说：为人处世，讲的是大情大义。对人家崔姑娘，自然要以礼相待。可我要你记住一条，永不纳妾。不纳妾，家中就不会生嫌隙，不会有二心。切记。

五

当康悔文见到崔红时，他心里竟有些酸酸的。

康悔文是通过师傅马从龙，托了县狱的牢头才见到崔红的。县狱的监房，设在县衙签押房旁边隔出的一个小院里，四周俱有高墙。进了监房大门后，还要过两道木栅栏，拐进窄窄的甬道后面，才是女监。

康悔文提着一个食盒，食盒里装着母亲特意做的霜糖豆腐和一些点心。进监房之前，那牢头着意提醒说：康公子，虽说是马爷的面子，但这案子是上头内务府抓的，你千万不要出什么纰漏，小的担待不起。康悔文说：你放心，不会让你吃挂落儿。

进了牢房，康悔文见地上有杂乱的铺草，崔红就在那堆铺草上坐着。

康悔文说：崔红，让你受苦了。

崔红见到康悔文，泪花在眼眶里转，但她还是笑着说：到底见到你了。

我也就是想见你一面，没想到在牢里相见了。

康悔文说：你放心，家母正在请镇上的商家联名具保，你很快就会出来的。

崔红说：给老人家添麻烦了。

康悔文说：吃点东西吧，这是家母特意做的。

打开食盒，把菜肴摆上，康悔文问：你来这里，你哥知道吗？

崔红摇了摇头。

一时，康悔文不知说什么好，又问：临沂那边生意如何？

崔红说：生意还好。接着，她突然问道：康公子，你不希望我来，是吧？听说，你就要大婚了？

康悔文怔了一下，说：是。

崔红眼圈一红，说：这一趟，我还是……来对了，我给哥哥道喜了。

康悔文忙说：崔红，你要是不嫌弃，从今往后，咱就兄妹相称，我认下你这个妹妹。

崔红轻声说：你知道我为什么来吗？一个姑娘，女扮男装，走八百里水路，也就是为了看一看……哥哥。

康悔文说：我知道。妹妹的心意，我愧受了。

崔红说：你不知道。我在兰水，坐着坐着，先是心思飞来了，挡都挡不住。再就是我，人也来了，你觉得我贱吗？

康悔文忙说：不不不……

崔红说：我的确是投奔你来的。我说过，我只有一个哥哥，不走正路的哥哥，我不会再认哥哥了。可你放心，我不会赖在这儿的。

说到这里，崔红已泪流满面。

康悔文不知说什么才好，竟有些语无伦次：崔红，妹子……还是先出来再说吧。你于康家有恩，康家不会忘记的。

崔红说：有恩，无缘？

康悔文说：有缘。在兰水，我遇上的第一个人就是你，要不是你……

崔红说：那就是无分。若是我不要名分，你愿意吗？

康悔文半天无语。他虽有些心动，但太爷爷的话一直响在他耳边。稍停片刻，他说：那霜糖豆腐，你还是尝尝吧，凉了就不好吃了。

六

家里，康秀才也坐不住了。

一件牵涉内务府的事，总让他心里不安。虽说这位来自山东的姑娘与所谓的"前明余孽"毫无干系，但若是往下深究，万一那姓宋的盯上了康家，那可如何是好呢？

再说，人家是奔着悔文来的，又不能不救。若是不救，何以为人？只怕更会让人起了疑心。现在唯一能做的，只有尽快把人保出来，礼送回程，确保康家的安宁。

于是，康秀才与仓爷商量了一番，由仓爷带上他亲自执笔、众相与画了押的具保文书，让店里的伙计套车，直奔县衙。

到了县衙，经人通报，见到了刘知县。刘知县自然知道，这位人称"仓爷"的颜先生，曾一状告倒了十二名户部的官员，于是说：颜先生不是外人，不瞒你说，内务府的人下来了，神龙不见首尾，惹不起呀。

仓爷说：知县大人有所不知，此人不是从京城来的。他不过是河南都察司的一个小角色，狐假虎威罢了。

刘知县疑惑地说：是吗？此人，这位宋爷，可是带着腰牌的。

仓爷说：带着腰牌不假。他毕竟是臬司的人，与内务府是有关联的。

刘知县仍不放心，问：这消息从何得知？

仓爷说：实话相禀，是新任的仓署杨侍郎……

刘知县说：噢，明白了，下官明白了。这杨大人可还说些什么？

仓爷说：他只是说这河洛镇虽说是水旱码头，可京城里的事，断然不会查到这种小地方来的。

刘知县站起身来，走了几步，突然说：这么说，此案有诈？不会吧，我这里确有内务府的公文啊。

仓爷说：诈，倒不一定。公文是真，但借机办一些事，倒也有可能。

刘知县说：这么说，他是打秋风来了？

仓爷说：难说。

刘知县说：要是为财而来，那也好办，就怕他另有所图啊。

这时，仓爷才掏出了那张具保的文书，说：知县大人，这姓宋的一来，可是闹得鸡犬不宁啊。

刘知县接过保书一看，说：这又是怎么回事？

仓爷说：一个从山东来的贩布女子，刚刚在镇上住下，就被这位宋爷抓了，怀疑她是前明余党。这不，镇上的商家联名具保，托我呈送知县大人，请大人明察。

刘知县手里捧着保书，说：一个女子，山东来的，会是前明余党？

仓爷说：是呀，一个经营布匹的小女子，人家是来做生意的。

刘知县说：人呢？

仓爷说：在你的大牢里押着呢。

刘知县迟疑片刻，说：那万一要是呢？

仓爷说：一山东女子，有名有姓，有家有址，绝对不可能是前明余孽。你想想，她才多大？

刘知县说：我是说，万一呢？

仓爷说：大人，众商家联名具保。有这么多人头，还不够砍吗？她要是真有什么，你想想，这么多人都不要命了？

刘知县连声说：那是，那是。

这时候，仓爷从袖子里掏出一张银票放在桌上，说：至于其他，众商家凑了五百两银子，也好让知县大人有个交代。

刘知县有些不好意思，说：这个嘛，这个……

仓爷说：知县大人，这银子是走路的，你不要有什么顾忌。人，先放出来，要是有什么事，保人都在，你尽管放心。

然而，当刘知县陪着仓爷到牢里提人的时候，人刚出牢房的门，却又被那姓宋的拦住了。

这位宋爷不知得了谁的信儿，匆匆赶来，在县牢的门口拦住众人，说：慢着。

刘知县一见这位宋爷，腿竟然吓得有些哆嗦。

这位宋爷厉声说：刘知县，你竟敢私放朝廷重犯?！

刘知县缓缓神才说：宋大人，按大清律，商家联名具保，是可以先放人回去的。况且，也没有证据嘛。

宋海平笑了笑，说：说得好。你给我讲大清律，很好。我现在告诉你，我有证据。

说着，宋海平伸出来手，只见他手握一串佛珠，说：我在开封府当铺让人验过，这就是前明王宫里的物品。

刘知县站在那里，一时傻了一样。

这时，仓爷说：这证据，能让我看看吗?

宋海平斜了他一眼：你是何人?

刘知县赶忙介绍说：此人是颜先生，就是一状告倒十二位户部官员的仓爷。

宋海平根本就没把仓爷放在眼里，他不屑地看了仓爷一眼，说：不就是一讼棍嘛，这证物不是谁不谁都可以看的。接着，宋爷喝令衙役道：带回去。

第十章 ·······························

一

当一品红再次回到河洛镇时，一个镇子的人都沸腾了。

谁都知道，如今的一品红，已是声震晋、冀、鲁、豫、陕、甘六省的当红名角了，是口口相传的"河南梆子皇后"。然而，很少有人知道，早年间她与周家的渊源。

一品红早年学戏，遭了很多的磨难。那时候她年龄尚小，挨骂就不说了，挨打是家常便饭。更难的是，学戏必须过三关。

第一关是"背功"。那时候学戏的大多是穷人家的孩子，从小就送到戏班去了，没有人识字，唱词全靠师傅口口相传，死记硬背。班主为了让这些孩子记住唱词，想出了刁钻的办法，往她们睡铺的席下泼水。夜里躺下，铺席湿漉漉的，冻得人浑身发紧发痒，根本睡不着。睡不着能干啥？一边抓挠一边背词。所以，那年月，大凡学戏的，十人九疥。

第二关是"憋功"。那时候唱戏大多是在野地搭建的土台子上，一唱就是一两个时辰。如果你在那高台上正唱着，突然想尿了怎么办？所以，你一定要夹得住这泡尿。班主用的也是土法子，就是让你练"憋功"。早上五更天起来，喝一肚子凉水，不准尿，对着河滩练发声。凡夹不住尿的，一棍子打翻在地，半天爬不起来。

第三关是"吊功"。夜里睡觉时，把两条腿轮番绑着吊在梁上，练腿上的功夫。

这三关都熬过去，就有上台的指望了。

开初，一品红没有艺名。她只是个不知道父亲是谁的苦孩子，人们都叫她"小黄毛"。她母亲死后，被人卖到了戏班里。她六岁进班，十二岁熬煎出一头一身的疥疮，班主认定这孩子完了。一个女孩家，湿毒已侵入血液，疥疮爬到脸上，一张脸都毁了，谁看了谁恶心，还能登台唱戏吗？

一个雨天，她发着高烧，奄奄一息，被班主扔在了河洛镇的码头上。也是小黄毛命不该绝。她是周亭兰去赶集买鱼时，在码头碰上的。那时周亭兰也才十二三岁，看她蜷缩在码头的一个角落里，裹一条脏兮兮的破单子，抖得像只流浪狗。那唯一露在外边的小手半伸着，实在是太可怜了。周亭兰心一软，雇了辆鸿车，把她推回家了。

可是，当脚夫把她背进周家院子，揭开裹在她身上的那条破单子时，一家人都愣了。这哪儿是人？分明是个死丑死丑的无常鬼呀。她脸上、头上、身上全是疥疮结的脓痂，一层一层的痂，太吓人了。当时，周亭兰就吓得"哇"一声哭了。

周亭兰一哭，家里人也不好再埋怨她了，一个个脸上却不好看。怎么办呢？眼看人都这样了，总不能让她死在家里呀。于是就商量着，拉张席裹上，悄悄地把她扔出去算了。

可周亭兰却一直哭，哇哇大哭。是她的哭声把老毒药周广田引出来的。周广田从堂屋里走出来，用力咳嗽一声，说：咋了？

家里人都埋怨说，亭兰这孩子不晓事，背回来一个小鬼儿。这闺女长一身疥疮，怕是湿毒攻心，眼看不行了，咋办呢？

周广田走上前来。他倒是不怕鬼，弯下身子看了看后，伸出手，翻开小黄毛的眼皮。这时，小黄毛眼里"咕噜"流下了两行泪。周广田迟疑了一下，嘴里嘟哝说：兴许，还有个救？

在周家，周广田是个很武断的人，他说什么就是什么。他先是命人把小黄毛半秃的头发给剃光了，扒光了身子，用白布裹上，而后吩咐人点火烧锅。就用那熬霜糖的大锅烧了一大锅水，倒进一口大缸里，兑上自家做的柿子醋，待水温下得去手时，竟然用那熬霜糖的法子，把小黄毛放进缸里，用笼盖罩着，蒸得她通身大汗。蒸一遍脱一层痂，再抹上拌了蜂蜜的霜糖、细辛，干了再蒸，蒸得小黄毛哇哇直叫。就这么用了一两个月时间，居然把小黄毛给治好了，倒是个周周正正的小姑娘了。

小黄毛走的那天，一气儿给周广田磕了九个头，磕得"咚咚"直响。她张嘴叫了一声：干爹。在戏班里，叫人"干爹"已成习惯。她含着泪说：干爹，我这一辈子都不会忘了您。

周广田笑了，说：看看，偏方治大病啊！

小黄毛一叫"干爹"，周亭兰的嘴噘起来了。她说：我咋这么倒霉，平白捡回个"小姑姑"。说得一家人都笑了。

小黄毛立时哭得像个泪人，她抱着周亭兰就叫"姐姐"。她说：姐姐呀，我的好姐姐，我这一生一世，就你这一个姐姐。从今往后，不管千里万里，只要姐姐招呼一声，我立马回来，当牛做马，服侍干爹和姐姐。

数年前，小黄毛还回来过一次，那时她已有了"一品红"的艺名。但她是万不得已才回来的。那是个灾年，戏班的日子不好过，路上又被土匪劫了。她就带着一个拉弦子的老头儿，两手空空地回来了。周家还是一样待她。周广田好听戏，她就在周家唱了半个月的戏。从此，周广田就喜欢上一品红的戏了。

一品红这次回来，可就大不一样了。她已是当红名角，中原乡村流传的顺口溜说："当了牲口卖了套，也要听一品红的《上花轿》。"如今，就算在开封府，能看上一品红的戏，也是一桩值得炫耀的事情。

一品红是带着整个戏班回来的。身后一拉溜十二挂大车，几十号演员，浩浩荡荡的，一下子轰动了全镇。她这次回来，是专门给康悔文的新婚贺喜来了。戏班进镇当日，就放出话来，一品红要在这里连演三天，而且分文不取。一个镇的人奔走相告，天！这是多大的面子呀！

一品红能回来，周亭兰当然高兴。其实，她不过是让人给一品红捎了个口信儿，说孩子要结婚了，她这个"帮边小姨"若是有空，回来喝杯喜酒吧。就这么一个口信儿，一品红说回来就回来了。

一品红回来，先去拜望了老毒药周广田。她带着四色礼物，一见面就说：干爹呀，你那会儿差点没把我蒸死。周广田一听这话，笑得合不拢嘴。

待见到周亭兰时，一品红扑上去抱住她：姐姐呀，妹子想死你了。周亭兰说：小黄毛，你咋说回来就回来了？一品红说：姐姐呀，你的话就是圣旨，我敢不回来吗？周亭兰说：那可不敢。如今你是大名角，该多忙啊。一品红说：姐姐呀，只要你说句话，无论千里万里，小黄毛一准儿回来。周亭兰心里一热，却正话反说：小黄毛，你真是的。这么多年了，也不回来看看姐姐。还说想我，假话。一品红也跟着正话反说：姐姐，其实呀，我一点也不想你，我是想咱家的柿饼了。你忘了，当年你只让我吃一个，说怕伤了我的胃，我都快恨死你了。周亭兰说：你个馋嘴猫，就记着那一口。

两人正说笑着，康悔文进来了。没等康悔文上前行礼，一品红就扑上来了：这就是咱儿子呀？都这么大了，多齐整！快，让姨亲一口。

这一下把康悔文闹了个大红脸。一品红指着他说：看看，还红脸哪，我可是当娘的，姨娘姨娘，我也是娘，咋就不能亲？而后，她手一招，有人抬进来一大一小两个箱子，小箱里是银子，大箱里是绸缎。

周亭兰说：小黄毛，回来就是了，你这是干啥？

一品红说：我这小姨能是白当的吗？

康悔文说：谢谢小姨。

这时，一品红像是看出了点什么，说：这孩子是咋啦？大喜的日子，一脸愁容。是谁让咱受委屈了？给姨说说。

周亭兰把山东女子崔红被押的事说了之后，一品红说：想不到，我这孩儿还挺有女人缘呀。既然人家是冲咱来的，咱说啥也得把人给救出来。不就是县衙吗？一个狗官，敢这么欺负人？

周亭兰说：不光是县衙，这事牵涉上边了，说是一姓宋的，借内务府的势，硬说是……

一品红说：姓啥？姓宋？是不是从开封那边过来的？

康悔文说：就是他，说是枭司衙门的宋海平。

一品红撇了撇嘴，说：原来是他呀！这人我认识，交给我吧。这人贱不兮兮，没一点出息，有一回，跑到戏台边抠我的脚心……让我会会他。

二

一品红在开封演出的时候，宋海平就是她的戏迷。

那时候，一品红觉得他俩眼贱嗖嗖的，不怎么理他。开封府的官员每每请一品红唱堂会，都是用轿子把她抬进府邸。宋海平官职低些，自然轮不到他往前凑。不过，他巴结奉迎的嘴脸，一品红是看在眼里的。这次，听说是他办的案子，她就觉得是可以说得上话的。

这天，当一顶小轿把一品红抬到县衙门前时，宋海平正在县衙后堂训斥刘知县呢。宋海平把那串佛珠"啪"地往茶几上一拍，说：刘知县，你有几个脑袋呀，敢私放朝廷要犯？你知道连坐法吗？

刘知县很委屈地说：有河洛镇几十位商家具保，下官实在是……

宋海平又要发火，只见一个衙役匆匆走来禀报：老爷，有人要拜见宋大人……没等衙役把话说完，宋海平便尖着嗓子厉声说：不见！本官任何人都不见。刘知县，你给我查一下，看是谁把消息给透出去的。——你，滚出去。

可一语未了，便有一阵细碎的脚步声飘进来了。一品红立在后堂花厅的廊前，兰花指做捻花状，细声说：哟，这么大的口气！不见就不见吧，还让人滚出去。你滚一个我看看。

宋海平抬头一看，立时身子酥了半边。他两眼放光，喜出望外地说：哟哟哟，姑奶奶，我的姑奶奶呀，哪阵风把你刮来了？

一品红说：怎么，你是官，我是民。你来得，我就来不得了？

宋海平却酸溜溜地说：名角儿所到之处，万人空巷。我等小芝麻粒，哪会入得了红姐的法眼？

一品红说：呸，还小芝麻粒，迷眼的那是沙子，你是想让我得红眼病吧？说着，竟笑了。

宋海平觍着脸说：沙子也行啊，只要在你眼里。

刘知县实在是听不下去了，转过脸，很郑重地咳嗽一声。

宋海平这才介绍说：刘知县，这位你还不认识吧？她是红遍天下的名角一品红。实话告诉你，在开封城，红姐进巡抚衙门，都是八抬大轿抬进去的。

刘知县听了，仍是眼也不抬地说：下官眼拙，下官眼拙……说着，一边作揖，一边往后退着。

宋海平说：也好。你先忙去吧，回头再说。而后喊道：看茶。

刘知县扭头便走。他气冲冲地步入后院，一边走一边嘴里嘟囔：什么东西！堂堂县衙，成你家后院了。一个戏子，一个阉货，啊——呸！

待一品红坐下后，宋海平说：姐姐，你那段《西厢记》，我是百看不厌哪！"夜坐时停了针绣，我与哥哥闲讲究。月儿才上柳梢头，早已人约黄昏后……"端的是醉人哪！

一品红说：哟，是吗？

宋海平说：别的角儿，都是在演戏。红姐你，浑身都是戏。

一品红望着他，竟有些吃惊：你还真懂啊？

宋海平说：红姐的戏，我每出必看。尤其是《李天保吊孝》那一出，真是好，真好。姐姐那楼梯步，"噔噔噔，噔儿——"醉人哪！姐姐那个水袖，那回眸一望，天仙一般。姐姐的泪，没有一滴是假的，那是从心里流出来的。还有那段"声声慢"，撕锦裂帛，绕梁三日。他说着，禁不住哼唱起来。

一品红听了，心说：这个人，这个人哪。片刻，她说：宋爷，赶明儿你得好好给我说说戏。

宋海平说：哪里，哪里，只要红姐肯赏脸，我自当登门求教。

这时，一品红说：你知道我为何来县衙找你吗？

宋海平慢声说：我正要请教。在开封时，我多次下帖请红姐，姐姐都不肯赏脸哪。

一品红突然正色说：宋爷，宋大人，我这次来，是投案自首的。

宋海平一怔：这、这话从何说起？

一品红说：我身上藏着赃物呢，你快把我抓起来吧！说着，她从手上取下一串念珠，"啪"一下放在茶桌上：看看吧，兴许是前明王宫里的物什。

宋海平说：姐姐，你这是……

一品红说：不是凡有念珠的，都要抓起来吗？我自己投案来了，抓吧。

一听这话，宋海平即刻明白了，说：姐姐可是带有藩台大人的口信儿？

一品红说：你可别这样说。我虽然在藩台大人家里唱过堂会，也还不至于像你一样，狐假虎威。

宋海平笑了笑：这么说，红姐是替人说情来了？

一品红说：不错。我一干妹妹，山东人，来这里串亲戚，被你抓起来了。有这事吧？

宋海平说：姐姐呀，要是这件事，你可就让我为难了。我是奉内务府的密牒拿人，她可是私通前明王室的要犯。

一品红说：你别吓我。什么要犯？证据呢？不就是一串念珠嘛，怎么就成了前明王宫里的物什了？实话给你说，那串念珠是我送她的，所以你把我也抓起来吧。

宋海平说：她女扮男装，形迹可疑。

一品红说：那、那是怕遇上坏人。我也扮过书生，难道我也可疑吗？

宋海平说：姐姐要是这么说……

一品红说：怎么说呀？人，你是放不放吧？你要是放人，我欠你一个人情；你要是不放呢，就把我也关进去，那我可要跟你打官司了。

宋海平说：看来，姐姐是真要保她？

一品红说：那当然。崔红是我干妹妹，有家有址有名有姓，我当然要保了。

宋海平突然说：姐姐拿什么保？

一品红说：我说过了，欠你一个人情，还不够吗？

宋海平说：既然姐姐作保，人我可以放。不过，我有个小小的要求。

一品红说：你说。

宋海平俯身过去，在一品红耳边低声道：就想捏捏那双走楼梯步的"金莲"。

一品红眼都不眨，心说：贱，这人还是贱。可她笑了笑，却说：走了一天，我腿脚正乏呢，劳你给捏捏吧。

三

一品红出面，虽说又费了些周折，崔红到底是放出来了。

康悔文把崔红接回康家店时，康家老爷子带着周亭兰一众人等迎在院门前。见了这位从山东来的姑娘，康秀才竟然深施一礼，说：姑娘，康家让你无故受屈，这是康家的不是，我等在这里给你赔礼了。

崔红赶忙还礼，说：这是哪里话？老爷爷，是我给悔文哥、给康家添麻烦了。

康老爷子意味深长地说：姑娘，你是康家的恩人，礼当如此。接着，他吩咐说：亭兰，你好好陪陪崔姑娘。

周亭兰赶忙把崔红让到她的房中，说：崔小姐，这些天让你吃苦了。水已经烧好了，你先洗洗。

崔红看康家人这么热情，老老少少出门相迎，反倒有些不安。当她换洗毕，外间的一桌菜已经摆好。

康家老爷子亲自作陪，连声说：请，请，崔小姐，听说你不但救过悔文，康家在兰水的布匹生意，也得力于小姐打理。老朽不才，敬小姐一杯。

崔红忙站起应道：老爷爷在上，小女万不敢当。

这边，周亭兰亲自布菜，说：崔小姐，生意上有些急事，悔文出去了。你尝尝这个——

菜肴十分丰盛，主家又如此多礼。在这客客气气的热情中，崔红感到了康家人是有意让她和悔文远离的。这顿饭，她吃得寡淡无味。她有问必答，有一口没一口地吃着，筷子却掉地上了。周亭兰说：不妨事，不妨事，让伙计再取一双来。可是，崔红却一口也吃不下去了。

当晚，崔红一夜未眠。年关到了，她听到康家上下一片忙碌，都在张罗着办喜事。她一个姑娘家，贸然闯来，算什么呢？想到此，不由得有泪流在枕边。就这么思来想去，到了四更天，她悄悄起了床，简单收拾了一下，推门走了出去。

天还未亮，四周灰蒙蒙的。崔红走出后院大门时，却见康老爷子拄着拐杖立在寒风中。

老人咳嗽一声说：姑娘，你要走吗？

崔红一怔，说：老爷爷，请你转告悔文哥，我……走了。

康秀才默默地望着她，说：也好。你不想再见见悔文吗？

崔红迟疑了一下，强忍着泪水，说：不见了。

康秀才说：孩子，你帮了康家，康家不是无情无义的人。你记住，无论以后遇到啥难处，你都可以凭我这个口信儿，得到康家的帮助。

崔红苦笑一下，说：谢谢老爷爷。我想要的，只怕你给不了我。

老人长叹一声道：哦，姑娘想要的，我真给不了你。车，已给你备好了。一路小心。

上路后，崔红一路都在哭。当驴车经过黄河边那条鸿沟时，她突然说：大哥，你停一停。

驴车停下来了。崔红从车上下来，远远望去，她问：这就是传说的鸿沟吗？

赶车人说：是，姑娘。

望着那千年的沟壑，只见眼前黄沙漫漫，荒草萋萋，干裂的河床伸向远方，横无际涯。崔红想，古往今来，世道人心，果真不知有多少不能逾越的鸿沟……她渐渐收住了眼泪，说：走吧。

天大亮时，康悔文才得到消息。他骑马赶来，一直追到鸿沟。驴车早已走远，黄河滩边，杳无人迹。

四

腊月二十七的晚上，镇上的人都去看戏了。那是一品红的戏，河洛镇万人空巷。

断指乔悄悄潜入了康家店，在周亭兰窗前轻轻打了声呼哨。

在中原，断指乔的名头越来越响。他如今已不单是打家劫舍的土匪头子，而是有几百号人马的杆首。

那声呼哨乍一听，像是带哨音的风掠过窗纸，只有周亭兰能区分其间的细微差别。正值悔文的大喜日子，无论是谁，都不能搅了儿子的喜事。

片刻，开了门，周亭兰轻声说：外边冷，进来吧。

断指乔手捧一个大盒子，进了屋，他把盒子放在桌上，打开来，是一面用红绸罩着的菱花镜。

他说：听人说，今天是你儿子大婚的日子。

周亭兰说：是。

他说：喜事呀！我特来道贺。

周亭兰说：谢了。

他说：有句话，还想问问你。

周亭兰说：你说。

他说：走，还是不走？

周亭兰怔了一下，说：这……我……还没想过。

他说：那你现在想。跟我走，我能给你的都给你。

周亭兰怔怔地站在那里，很久没有说话。她实在不知该怎么说。

她，一个女人，和土匪私下来往，一旦走漏风声，不仅会颜面扫地，被所有人唾弃，还足以毁了整个家庭。在这个镇上，东有孝义里，西有仁义巷，她的名声是康家的脸面和招牌。要是没有了脸面和招牌，她将怎么活？

康家将怎么活？她知道，这个人不会放过她。可是，她有儿子，儿子是她的命。为了儿子，她甘愿抛下脸面，只身和这个人周旋。这些年来，他是隔着窗户和她说话的唯一男人。虽说此人心狠手辣，可并未伤害过她和家人。是啊，多少年了，她用尽心力撑着这个家，她撑得很累、很苦。有过那样的时刻，她想撂下一切一走了之。她不希图十二道贞节牌坊，但她愿意跟着走的，绝不是一个土匪……

这时，只听断指乔说：你信不信，我要动粗的话，早把你抢走了。

周亭兰说：我信。

断指乔说：女人我不缺，我缺的是一份真情。我等这么多年，只想要一份真情。

周亭兰沉默良久，终于下定决心，她要和这人周旋下去，不为别的，只为她的儿子。

于是，她说：我是一个做母亲的人。

断指乔说：这是你的心里话？

周亭兰说：是……心里话。

断指乔说：如果这是你的心里话，那我告诉你，从今往后，你的儿子，就是我的仇人。

周亭兰一惊，说：这么说，我也是你的仇人？

断指乔说：我说的是你儿子。

周亭兰说：儿是娘的心头肉，能割得开吗？

断指乔说：那，你就跟我走吧。

周亭兰说：你知道我为啥不愿跟你走吗？

断指乔说：你是怕名声不好。我告诉你，在这个世面上，最不值钱的，就是名声。

周亭兰摇了摇头说：也不全是。

这时候，她像是看见了满坡的柿树，枝头上亮着一枚一枚的烘柿。那个眼睛亮亮柔柔的小姑娘，正蹲在柿园里，往一个土墙洞里藏烘柿。一个、两个、三个……那是她给心上人留的。可她留住了吗？

久久，周亭兰说：黄七，你知道吗？

断指乔说：当然知道。

周亭兰说：黄七的女人，你知道吗？

断指乔一怔。

周亭兰说：据说，她的针线活儿很好。可我不想做一个只会给丈夫缝脑袋的女人。

断指乔沉默良久，说：明白了。

周亭兰说：你不明白。我不会跟你走，但我要你记住，假如有那么一天，你被人……砍了，头落在地上，没有人收尸，我会去……给你缝上。

断指乔两眼一闭，久久。他睁开眼，重重地吐了口气，说：谢了。转身便走。

周亭兰说：慢着。我只求你，不要动我的儿子。

断指乔说：你让我想想。

周亭兰很决绝地说：你要敢动我儿子一指头，哪怕是化作厉鬼，我也决不饶你！

断指乔说：好吧，我答应你，我不会动他。可我告诉你，你终究还会是我的女人。

断指乔走后，周亭兰一直在院子里站着。东跨院，就是儿子的新房。二更天，有脚步声响。周亭兰扭过身去，问：悔文那边，没事吧？

马从龙说：没事。

周亭兰问：他带了多少人？

马从龙说：就他一个人。

周亭兰吃惊地说：一个人？

马从龙说：做贼的，胆子都大。东家，要不要……

周亭兰说：再等等。

五

大婚之夜，喜烛上的灯花爆了三次。掀了盖头，念念坐在床沿。烛光映着一张粉脸，映着水漾漾的眼睛，眼中波光闪动。一个无父无母的凄楚孩子，一个身世不可与人说的孤苦女子，她想要心里有亮，身边有靠。如今，都有了。这一切，像在梦中。可为什么，她却想哭呢？

一整天，康悔文忙着待客，一直没有机会和念念说话。待送走最后一拨客人，他着实有了些醉意。回到新房，面对掀开盖头的新娘，这个盛装的女子却让他感觉有点陌生。突然，他很想问一问念念的身世。可话到嘴边，他又强咽了回去。太爷爷嘱咐过，不能问。可是，一个女人，从此将耳鬓厮磨，朝夕相处，你却不清楚她的过往，他心底深处，终究有些意难平。

他坐在念念身边，轻轻搂定她，说：念念，你看那灯花，还要剪吗？

念念说：别剪。那叫喜花，是报喜的。

康悔文说：蜡都泪了。

念念心里一酸，说：那……也是喜泪。

康悔文忍不住说：念念，委屈你了。

念念说：你错了。我不委屈，只是委屈了崔姑娘。

康悔文一怔，说：你……知道了？

念念说：是，太爷爷告诉我的。伙计们都在议论。崔姑娘大仁大义，你真不该让她走。

康悔文说：这事我没告诉你，你不会怪我吧？

念念说：崔姑娘是康家的恩人，更是我的恩人，我怎么会怪你？

康悔文说：真不怪我？

念念说：这还有假。如果有机会，我定会去看她。

康悔文说：时间不早了，歇吧。

念念说：公子，把灯吹了吧。

康悔文说：吹了我就看不见你了。

念念说：我看得见。

康悔文说：你怎么就看得见？

念念说：我……心里有灯。

康悔文说：是吗？你让我看看。

康悔文把红烛一盏盏熄了，屋子里一片温暖的黑淹过来，只有窗棂纸映着月色的白。

黑暗中，两人躺在床上。康悔文说：念念，你不是怕黑吗？

念念说：我现在不怕了。

康悔文说：念念，你真的不委屈？

念念说：能遇上你，是我的福分。

康悔文说：那……你……过去……

念念说：我说过，我没有过去了。

康悔文说：那就好。太爷爷说，不能让你委屈了。

念念说：太爷爷是好人，婆婆也是好人，你更是我的好人。我知足了。

康悔文说：念念，将来我一定给你盖一处大宅院，很大很大的宅院。你信吗？

念念说：我信。

康悔文说：你是我的天书，是河神送来的，是上天赐给我的，我得好好读呢。

念念满脸都是泪水。她低声细语：公子，你要是想问什么，就问吧。

康悔文搂着念念，轻声说：书上有句话，叫作"两小无猜"，那就是一个"信"字。我信你，我不问了。

六

康悔文大婚后的第三天，康老爷子把他叫到了书房，说：孩子，成家立业，现在你已是康家的顶梁柱了。

康悔文说：谨听太爷爷教诲。

康秀才又说：念念是个好孩子。她不想说的，你不要逼她。

康悔文说：放心吧，我不会的。

康秀才说：念念娘家没人，但礼数是不能少的。这样，你师傅马先生不是收她做了干女儿吗，"回门"就到马先生家吧。你说呢？

康悔文说：一切听太爷爷安排。

这时，老人又说：生意上的事，我不会管你，但那五个字，你记住了吗？

康悔文说：记住了。

老人说：康家早年的教训，很痛，我不多说了。还有一条，是我最不放心的。你会撒钱吗？

康悔文怔了一下。

康秀才说：财富这东西，少了，会困顿；多了，会腐烂。会挣钱的人，要先学会撒钱，就像你小时候那样。

康悔文说：撒钱？

康秀才说：是"会"撒钱。这叫"留余"，你明白吗？

康悔文一怔：留余？

这两个字，他还从来没听说过。

康秀才郑重地点了点头，说：既然你走上了经商这条路，这两个字十分要紧。你知道这两个字的出处吗？

康悔文望着太爷爷，一时还没悟过来，只反复念叨着"留余、留余……"

康秀才说：我是在家里遭了大难，痛定思痛之后，才明白了这两个字的深意。"留余"二字，出自宋朝进士王伯大。此人字幼学，号留耕道人。幼学先生的《四留铭》曰，"留有余不尽之巧，以还造化；留有余不尽之禄，以还朝廷；留有余不尽之财，以还百姓；留有余不尽之福，以还子孙。"

接着，康秀才又解释说：大凡世间，立志不难，穷其志也不难，难在"留余"。东林学士高攀龙也是在痛定思痛之后叹道，临事让人一步，自有余地；临财放宽一分，自有余味。撒钱之道，就是"留余"。你明白了吗？

康悔文听了，如同醍醐灌顶，他点点头，说：太爷爷，我记下了。

康悔文从太爷爷屋里出来，又到了母亲的房里。周亭兰望着儿子，突然间眼里就有了泪水。她有许多话想说，可有些话是不能告诉儿子的。好在，儿子长大成人了。

七

第二年的夏天，康家的船下水了。

冬天的时候，镇上的人都知道，康家店送柿饼的鸿车在镇上天天排着长队，那一车一车的柿饼都推到淮宁府去了，而后再从那里装船运往南方，可以卖几倍的高价。所以，人们都说康家是沾了周家的光，发了大财。人们还说，那鸿车去时贩柿饼，回来给仓署运粮食，钱都挣海了。不然，康家能造得起船吗？不过，只有那些脚夫心里清楚，柿饼并没有运多少趟，只是那鸿车老在街面上排着。康家人厚道，排队也给钱。

康家这次要下水的是三艘大船。船是仿着官家漕船的尺寸造的：底长五丈二，中宽九尺五，舱深四尺五；还特意造了一艘瓜皮小船，专门做联络之用。那船一艘艘漆得黄亮亮的，上有雪白的大帆和蓝色的三角旗。

后来，康悔文才知道，茔地先生说，叶岭堆放木料的地方，竟是一块风水宝地，叫作"龙窝"。康家无意中在"龙窝"里造船，这是没有人想到的。

更让康悔文想不到的是，就在船要下水的前一天，康家来了个讨饭的叫花子。来人衣衫褴褛，满脸的疤痕，光着双黑污污的大脚板，肩上扛着旧褡裢，褡裢上竟有一个"康"字。此人就凭着这个褡裢，站在船场上，大咧咧地说：让你们东家出来，我是来要账的。

人们先还笑他，说一个要饭的，竟这么大口气，就问康家欠他什么，这人说：一天三顿大蒸馍。

正当人们取笑他的时候，康悔文从船坞上下来了。他望着这个人，迟疑了一下说：是泡爷吗？

泡爷望着康悔文，说：是我，我来讨口饭吃。

康悔文说：你的腿，好了吗？

泡爷说：没见我站得稳稳的。只是这张屌脸，让蚊子给叮坏了。

康悔文说：这样吧，泡爷，我再给你五两银子，算是走那趟船的工钱，你去柜上支吧。

泡爷一怔，说：东家啊，我几百里路赶来，给五两银子，你就把我打发了？那是棺材板钱。

康悔文说：那你想要什么？

泡爷伸手一指，说：船哪。这么好的船，难道说，你不缺人手吗？

康悔文说：不缺。

泡爷说：是，我知道人手不缺，只怕缺的是船老大吧？

康悔文仍然说：不缺。

泡爷不服，嚷道：小爷，你不是不知道吧，我是最好的船老大。

康悔文说：我知道，可我用不起。

泡爷急了，说：我可以不要工钱，只要一天三顿大蒸馍。这还不行吗？

康悔文正色说：泡爷，我知道，在这河上没有人不知道泡爷的名头，我也知道，船家都会争着雇你。我刚才说了，我不是不想用，是用不起。

泡爷双手一拱，作了一个揖说：东家，我是个粗人。我曾经把你一竿子打到水里，你要是记恨我，我无话可说。可你大人不记小人过。我这条命，是你救的。这条腿，也是你花钱给治的。是你把我背到保生堂，保生堂的大夫说再晚一个时辰，我这条腿怕就保不住了。临走时，你还留下了让我养伤的钱。这个装钱的褡裢，我给你带回来了。大恩不言谢。你……难道说还要我给你下跪吗？

康悔文叹道：泡爷，对不住了。你赌性不改，我实在是不敢用你呀。

泡爷说：我改，还不行吗？

康悔文摇了摇头：我看，你改不了。

泡爷一咬牙，"扑通"往地上一跪，说：苍天在上，我可以对天发誓，从今往后，我要是再进赌场半步，伸左脚，断我左腿；伸右脚，断我右腿。我要是再摸一下骰子，叫我双手十指齐断！

康悔文说：泡爷，此话当真？

泡爷说：你要我给你立字据吗？我现在就立。

康悔文忙把泡爷扶起来，说：不用了，我信你。果真如此，这三艘船我就全交给你了。从今往后，你就是康氏船队的领船。

泡爷说：这还像句话。大蒸馍呢，我都饿三天了。

康悔文笑了，说：走，先吃饭。

六月初六，是康家三艘大船下水的日子，也是康家喜庆的日子。吉日吉辰，康家老小及各路匠作、船工，在康秀才的带领下，隆重地祭拜了河神。

祭拜河神时，全镇的人几乎都跑来了。康秀才领着一众家人跪在河边的码头上。这里新搭了一个祭祀河神的祭台，祭台上摆着整只的三牲、果蔬、香表。上香时，康家老爷子又一次行了二十四叩大礼。

康家老爷子行大礼、祭香表时，镇上人赞叹不已，一个个说：到底是老爷子呀，书香门第，礼仪治家。

鞭炮炸响，鼓乐喧天。船工们应着鼓点，由康悔文手执海斧，砍断新船上挂了红绸的大缆。首船自然是泡爷执舵，稳稳地驶入洛水。而后，那船一艘接一艘，从船坞轨道上徐徐滑入水中。

康家的水路生意，从此开张了。

第十一章 ....

一

水路开通后，仓爷做了康家的第一任"大相公"。

本来，按周亭兰的意思，是希望仓爷坐镇河洛，一边署理账房事务，一边以他的人脉总揽康家水、陆两路生意，同时呢，也能为康悔文指点一二。

可仓爷自从洗清了冤屈，感念康家的大德，待他做了康氏货栈的"大相公"后，更念康家对他恩重如山，一心想给康家做一笔大买卖。仓爷是个要脸面的人，食人俸禄嘛，这当然也有一展平生才学的意思。一天，他专程去开封拜望了河南巡抚衙门的同乡吴师爷，自然带了厚礼。老乡见老乡，说话就随意些。两人天南地北地聊，聊着聊着，仓爷从他那里探到了一个很重要的讯息：驻扎在河南剿匪的清兵，正准备换装……这可是商机呀！

仓爷不再停留，急忙赶回河洛镇与康家大掌柜商量，说一定要接下这笔生意。康悔文不在家，周亭兰对仓爷自然是信服的。经他一说，立马就应了。

仓爷知道，陕西泾河流域是有名的棉花产地。一望无垠的关中平原，荡荡的八百里秦川，日照时间长，阳光充足，土质也好，种的棉花桃大绒长，可以织成上好的棉布。他又听跑船的人说，今年陕西天旱，棉花的收成尤其好。于是，这年十月，仓爷带人到了西安，决意做好自己经手的头一笔生意。

到了西安，他想先摸摸当地的行情。于是，一连几天，他都在市面上转着看。一日，当他转到鼓楼西侧拐角处一家小店，吃了碗热辣辣的羊肉泡馍后，仓爷这才领教了秦人的厉害。

说起来，小店很普通，卖的不过就是一个炕出来的烧饼，再加一碗普通的羊肉汤而已。但在这里，却成了一道人人皆知的名吃。秦人把吃的过程做成了"酣畅"，是表演中的"实在"。一个面饼子，是要你用手掰的。这里有备好的脸盆、清水、毛巾、皂胰，先让你净了手，把饼掰成碎丁，再沏上羊肉汤，撒上香葱末，浇上旺旺的辣子。你吃的时候，开初还觉得肉肉糊糊、闷儿吧唧，似没有什么大的品头，可用不了多大会儿，它就把你的汗给逼出来了。是啊，那馍在汤里泡了一阵，进嘴时，貌似浆浆汤汤、黏黏糊糊，可它却是死面做的，外面虽已泡软，内里却有"虎狼之心"，极有嚼头。待你仔细地嚼了咽下，就像是走入了八百里秦川，硬是生生地能把你的牙给磨钝了。

这才只是一碗羊肉泡馍。

接下来，仓爷在西安城可以说是四处碰壁。他在市面上盘桓多日，却一直找不到下脚的地方。这里的市场大多被"日升昌""汇丰源""百川通"等山陕票号、商号把持，生意做得极为精到。进了商号，掌柜的个个都像是头发丝上可以吊元宝的主儿，哪里有他的机会？

尤其是那棉花市场，从街的这头走到那头，店铺一家一家进出，均是一口价：上好皮棉一担三两二钱；次一些的二两八钱。柜上的人满面带笑，话也说得绵善，可那笼在袖里的手捏捏咕咕，价揿得很死，分毫不让。只有那声"送客，走好"是响亮的。

日子待得更久一些，仓爷更是看出了秦人和豫人的差别。

两地一为中、一为西，原本都曾是首善之区、繁华之地；又同在朝代更替时，遭刀兵多次戕伐。坡上的草早已被鲜血染过，骨头也曾被砍断过多次。所以，两地人也都是以气做骨，那咽喉处自然就是命门了。

不同的是，秦人终究是要喊出来的。秦人走出家门，八百里秦川，一荡荡峁峁梁梁，起起伏伏。塬和塬之间，看着离得不远，却又隔着深沟大壑。

人心也就有了起伏，当硬则硬，当软则软。越是人烟稀少处，越要野野地、长长地喊上两嗓子。那是给自己壮胆呢。于是这里就成了一处歌地。一代一代传下去，则为秦腔。

而豫人呢，大多居一马平川，鸡犬相闻，人烟稠密。人多言杂，言多有失，则只好咽下去。那吼声在九曲回肠里闷着，一个个修成了金刚不坏的躯壳，内里却是柔软的。分明在等着一个牵象的人，而后就厮跟着他走。因那吼久闷在心里，喊出来就炸了。一代一代地传下去，则为豫剧。

秦人的厉害，是让人看不出来的。那模样敦厚极了，就像那八百里秦川，那塬那坡，看似钝钝吞吞，宽宽墁墁，一览无余，却又是沟壑纵横，气象万千，分明是外肉内坚、先礼后兵的。

天已有些寒意了。仓爷袖手站在棉市的街头，只见那插着小旗的鸿车一队一队滚滚而来，车上装的都是一包一包的棉花。这不正是收棉花的最好时节吗，却为何把价抬得这么高呢？看来，棉市已被垄断，这西安是不能再待下去了。

仓爷徘徊踟蹰，猛然醒悟，在街头拦住那推鸿车的脚夫，问：小哥儿，从哪里来的？那脚夫倒也憨厚，说：泾阳嘛。一连问了几个，都说是泾阳的。再问路程，西安距泾阳不足百里。于是，仓爷眉头一皱，说：走，去泾阳。

二

泾阳临着一荡好水：泾河。

泾河也是黄河的支流。这里水面宽阔，水流湍急，主航道是可以行大船的。而且，这里物产丰富，水陆两便，是粮棉集散地，也是秦川牛、关中驴的交易集散地。

仓爷到了泾阳，先是在客栈住下。第二天起早，去了最大的集市。到了集市上，远远看去，只见招旗撩眼，棉市、粮市、牲口市人声嘈杂，到处都是白晃晃的棉花，伴着咴咴的驴叫声。

在泾阳的市面上看来看去，仓爷各处都问了价格。这里的棉价的确比西安便宜了许多，上等棉一担二两七钱，次一些的二两四钱。仓爷想，现在正是收棉花的季节，若是派人去乡下，虽辛苦些，只怕是二两三钱四钱就可以收到上好的棉花。于是，他当机立断，把带来的几个伙计分成几路，让他们各自雇当地人到乡下去收购棉花。而后，仓爷又亲自登门拜访了几家客栈的掌柜，让他们代为收购存放，费用是事先谈好的，自然是不亏他们。

待一切安排妥善，仓爷那颗悬着的心才落在了肚里。于是他在集市上慢悠悠地逛着，顺便看一看当地的风情、物产。一路走来，待在市面上尝过了泾阳酿皮子、肉夹馍、臊子面，喝了几杯小酒，就微微有了些醉意。他打一饱嗝，慢慢踱出饭铺，信步来到了粮市。仓爷在仓署待了几十年，对粮食自然是有感情的。关中小麦他是见识过的，也分红麦、白麦两种。红麦粒瓷，味重，筋道；白麦肚圆，粉细，易发酵。各自的面味也是有分别的。

带着微醺的酒意，仓爷在粮市上逛着逛着，不由得兴奋起来。抬头看见一家大些的粮栈，商号叫作"金济丰"，他便信步走了进去。望着一字排开的粮柜和粮袋，忍不住伸出手，抓起一把小麦摊在手里，看看、闻闻，随口问道：啥价？

站柜的看来人穿戴不凡，赶忙迎上来，笑着说：看来是位老客，你给个价嘛。

仓爷又把手里的小麦放到鼻前闻了，说：红麦。

站柜的应道：老客眼亮哇！是红麦，红麦筋道。

仓爷"噢"了一声，说：可惜，陈了。

那站柜的愣了片刻，说：不会吧？刚收上来的。

仓爷说：不对。头年的，七分干。

站柜的说：你再看看这袋，这袋如何？

仓爷从另一袋里又抓起一把，说：白麦。

站柜的说：是。白麦出粉，面细。

仓爷放在鼻前又闻了闻，说：挺香啊。

站柜的笑了，说：那是，这袋可是新粮。

仓爷说：错了。你蒙不了我，这袋是前年的，五分干。

站柜的不服，说：何以见得？

仓爷捏起一粒麦子，举起来，说：你看这小麦的屁股……

站柜的讶然：怎、怎的？

仓爷说：发情了。

那站柜的一下子睁大了眼，说：老客，这你就不懂了。麦、麦、这麦子还会发情？笑话。

仓爷举着那粒麦子，说：你好好看看这麦屁股，它比一般的都饱一些，有了粉意。你再闻闻，它香气浓，有些许酒气。你知道这是为啥吗？这叫返春。它溏了，发情了，再过两三个月，它不霉的话，说不定就出芽了。

那站柜的一下子呆了。他傻傻地站在那里，话都说不出来。片刻，他连连作揖道：服了，我服了。老客，看来你是个行户啊！我得好好向先生讨教，请，先生里边请。

这时候，仓爷才醒过神儿来，忙说：对不住，叨扰，叨扰。我也是随口说说，见笑了。说着，就要走。

可这位站柜的，竟被仓爷的一席话迷住了。他执意地往里让，并说：先生，我让人沏壶好茶，请您老稍坐一坐。不为别的，我真的是仰慕先生。

仓爷看他让得真切，就说：好吧，那就打扰了。

就在这个时候，连那站柜的都没有发现，不知何时，粮栈门旁停了辆带蓝布围圈的驴轿。轿车里下来的一位中年女人，正站在门外听他们说话呢。跟在身后的丫鬟刚要上前招呼，却被这女人拦住了。她说：慢着，等等。

仓爷跟着前堂站柜的进了后院，一步入过厅，就听见西厢房一阵噼噼啪啪的算盘响。那站柜的一边说着"请，先生这边请"，一边随口解释道：月底了，总号派了人，正搂账呢。

仓爷随站柜的进了西厢房的一个隔间，两人隔着一张八仙桌坐下来。一个小伙计跑进来给他们泡上茶，那站柜的说：请先生尝尝这茶。

仓爷端起茶盅喝了一口，说：好茶。是仙毫？

那站柜的说：是午子仙毫。真服了先生了！敢问先生是……

仓爷笑着说：不敢。在下从河南来，不过是在仓署做过几年仓书而已。您见笑了。

站柜的赶忙站起，又作了一个揖，说：哎哟，怪小的眼拙，原来还是位官爷呀！失敬失敬。

仓爷摆摆手，说：早就不做了，在下现在只是个生意人。

那站柜的眼一亮，说：那好哇。先生做的生意，一定是大生意。不知先生做的是哪路生意，粮食吗？

仓爷随口说：棉花。

站柜的说：棉花好哇！这里是花窝子呀！

两人正说着话，仓爷的耳朵突然竖起来了，他喃喃地说：错了，错了错了错了……

那站柜的又一愣，说：错？哪儿错了？

仓爷说：隔壁有一架算盘，打错了。

站柜的吃了一惊，说：先生竟还有这本事？不会吧？

仓爷眯着眼说：一共是六架算盘。第二架算盘，百位、下档，错拨了一个珠子。

那站柜的有些不信，心想有这么神吗？于是他站起身说：先生稍等，我去去就来。

过了一会儿，那站柜的匆匆走进来，两手一抱拳，连声说：呀呀呀，果然，果然，先生真是神人哪！一个学徒，少拨了一个算盘珠子。先生这都能听出来，实在是让在下佩服得紧哪！

仓爷不经意露了一手，自然有些心满意足。可待他喝了一会儿茶，沉下心时，又觉得荒唐。他自问：爷们儿，你来是干啥的？于是赶忙起身，双手一抱说：献丑了，见笑，见笑。在下告辞。

站柜的见仓爷执意要走，也只好作罢。他特意问了仓爷下榻的客栈，说是改日再去拜访。

想不到的是，仓爷露这么一手，竟惹下了事端。那位从驴轿上走出的中年女子，把一切都看在了眼里。

待那站柜的送走仓爷，回到粮栈时，却发现本号的大掌柜到了。这位大掌柜正是陕西境内赫赫有名的金寡妇。当然，"金寡妇"只是市面上人们私下的称呼，商号里没人敢这样叫的。年长的统称她大掌柜，年少的统称她大奶奶。

站柜的见了大掌柜慌忙上前施礼。金寡妇却只说了一句话：老海，你把这个人的来历给我查清楚。

三

在陕西境内，民间一向有"米脂的婆姨，绥德的汉"之说。说的是米脂的女子长得水灵、漂亮，绥德的男人个个是车轴汉子，长得排场。这金寡妇就是当年被人称为米脂"一枝花"的女子。

金寡妇原是米脂一家小户人家的闺女，名叫穗穗。因长得好，十四岁被泾阳的大户金家看中，嫁了过来。那时候的金家还是老掌柜当家。金家原是开油坊的，也兼做些粮食、棉花生意，在城里有三家商铺。待穗穗嫁过来之后，她才知道，男人得了痨病，终日躺在床上，瘦得像一把干柴。水泼在了地上，木已成舟。好在公公婆婆对她还好，她流着泪认了。

泾阳金家虽是大户，却只有这棵独苗，无奈是个药罐子。穗穗嫁过来之后，老掌柜看她聪明伶俐，年头岁尾收账时，也让她跟着，教给她一些事情。渐渐地，柜上的事，她也就清楚了。

后来，金家发生了一场变故。那年的八月十五，一个月圆的日子里，金家老掌柜被关中的刀客绑了肉票，要赎银五千两。这天傍晚，穗穗一直在家中忙着摆供桌上的祭品，待把一切都侍弄停当了，等着公公回来上香的时候，那头老驴回来了。

这头老驴是公公出门收账时常骑的。驴回来了，人却没有回来。驴背上的褡裢还在，褡裢里的票据还在，只是多了一张帖子。

据说，是穗穗独自一人带着赎银把公公救回来的。男人病病快快，一刮风就倒了，指靠不上，也只有指望穗穗了。是穗穗做主卖掉了城里的一间铺子，凑够了赎银。还有人说，穗穗能把公公救回来，是舍了身的。关中刀客，哪个不馋米脂"一枝花"？当然，这只是猜测。

不管怎么说，她把公公活着救回来了。公公回来后，大病一场。在他患病的日子里，送汤送水，喂药喂饭，擦屎刮尿，全是穗穗。这些人们都看着呢。待公公病好些，能下床了，说是想去地里看看棉花。家人拦不住，就让他去了。

然而，万万想不到的是，公公竟第二次被绑了肉票。这在关中刀客的历史上，是从未有过的。这也太欺负人了！

人说米脂的女子，既柔情似水，又刚烈如火。这一次，穗穗没有急着去交赎银，而是私下到县衙报了案，并发下狠话：谁能捉到这个绑匪，救出她公公，赏银一千两！

穗穗说话是算数的，她当即就停了城里那处最赚钱的油坊。

重赏之下，必有勇夫。县里的捕快日夜出动，不到十日，那刀客便被捉住了。传言是在城外一孔废窑洞里捉住的。那面坡有十几孔废窑洞，只有这孔窑门上系着条女子的汗巾。有人说，那汗巾是穗穗的，汗巾上绣着一枝喷火的石榴花。还说，是穗穗提供了刀客的藏身之所，说她原跟刀客有约，要他等她三年。汗巾上的石榴花，就是意味三年结果。可这刀客太贪了，也太急了，一而再地绑人，贪要人家的全部家产，这就坏了规矩了。也是一念之差，送了他的命。

秋后处决的时候，穗穗专门去了刑场。当着众人的面，她决绝地赏了那刀客一口唾沫。她说：你是男人吗?！那刀客看了看她，至死再没睁眼。

公公被救回来时，只剩下半口气，没过多久就去世了。又是穗穗操持了公公的大殡。出殡那天，她一身孝白，搀着患病的男人走在最前边。人们吃惊地发现，这送殡的队伍，竟是由县衙的捕快一路护送到坟地的。人们都说，这女子不一般哪。

金家大发是从穗穗开始的。一个人的名声传出去了，生意也就好做了。渐渐地，泾阳的粮、油、棉等大宗生意都归到了金家。

那金家少爷，本就是病秧子，没过几年，跟着也去了。从此，泾阳的市面上已没了往日的穗穗；生意场上，人人都知道，这里有个赫赫有名的"金寡妇"。

眼下，金寡妇盯上仓爷了。

四

最初，仓爷可谓旗开得胜。

在泾阳，他派往乡下的几路人马，没过几日就大有收获。那装满棉花的鸿车一辆一辆地进了城里的客栈。仓爷亲自验收，棉花都是上等的，价格却比城里便宜了许多。

仓爷舒心没几天，麻烦就来了。乡下收棉花的伙计回来说，有人抢生意，明显是故意的。凡是仓爷的收购点，一准儿有人跟着设点，还敲着锣吆喝：贵一钱！贵一钱！不管你出啥价，他都比你"贵一钱"。只贵一钱，这不是欺负人吗？

紧接着，往城里押送棉花的伙计也跑来说，出邪了，原来答应代收代存的几家客栈，突然间都不让存放了，还要他们把先前存的棉花立刻拉走。几十辆装满棉花的鸿车在客栈门前候着，硬是不让卸车，路都堵了。伙计急煎煎地问：仓爷，这、这可怎么办呢？

仓爷说：不急。我想想。

仓爷嘴说不急，可心里急呀。他知道，这是有人使坏，是遇上茬子了。他想了很久，也没想出个头绪。自来到泾阳，仓爷曾一再嘱咐伙计们安分守己，不要惹什么事端。这究竟是得罪了哪路神仙呢？

好在他未雨绸缪，已先期在泾河码头订下了货船，不然真要抓瞎了。

仓爷坐上驴车，匆匆赶到代收代存的几家客栈。可进门一问，伙计都说掌柜去外乡了，竟一个都没见上。

万般无奈，仓爷长叹一声，吩咐道：都拉到码头上，先雇人看着。等货齐了，尽快装船。

已是深秋了，夜里下起了针一样的牛毛细雨，风冷冷地刮着，码头上还露天堆放着收来的棉花呢……仓爷举着雨伞，站在一家澡堂的屋檐下，苦等着那位面善些的贾掌柜。

等来等去，贾掌柜终于现身了。贾掌柜喜欢晚饭后泡澡堂子，没想到被仓爷给堵上了。

贾掌柜见是仓爷，愣了。他咂着嘴，一时张口结舌：这、这不是颜先生吗？哎哟哟，你怎么在这儿呢？走走，去泡泡。

仓爷说：贾掌柜，咱们都是生意人。我听说咱西帮做生意，是最讲信用的，不能说了不算吧？你要是有难处，早说呀。你要早说，我就不在你这儿了。生意做到半道上，你这不是闪人吗？

说到这儿，仓爷一口气堵在喉头，几乎哽住。

贾掌柜迟疑着，小心翼翼地说：颜先生，望你海涵，小店也是无奈。你这、这是得罪什么人了吧？

仓爷说：做生意，讲的是和气生财。我初到此地，你想，能得罪什么人？

贾掌柜看着他，叹一声，欲言又止，说：这泾阳，可是人家的天下，惹不起呀。

仓爷说：贾掌柜，你看我在这里人生地不熟，劳烦你给我指条明道，我姓颜的没齿不忘。

贾掌柜终于说：这样吧，我给你兜个底。你去金济丰商号，求那海掌柜，也许他能帮你。

仓爷大吃一惊：你说的是……金济丰的海掌柜？

贾掌柜点了点头，说：话，只能说到这一步了。

听贾掌柜这么一说，仓爷更是如陷入五里云雾之中。他怎么会得罪这姓海的呢？不错，想起来了，他是去过这家商号，不过是聊了两句粮食。这人又是泡茶，又是让座，难道有哪句话说得不对？就是说错了一句半句话，也不至于下这样的狠手啊？

思前想后，仓爷连夜敲响了金济丰商号的房门。

不一会儿，那姓海的站柜披着一件夹袍走出来，看见仓爷，忙说：颜先生啊，失敬失敬。

仓爷气愤地说：海掌柜，你欺人太甚！

站柜老海却是一脸吃惊的样子，说：这是哪里话？颜先生遇上什么事了？我正说要请你赏光，吃顿便饭呢。

仓爷喝道：海掌柜，杀人不过头点地，你断了我的生意，就等于是杀了我。有这么欺负人的吗？我有得罪贵号的地方吗?！

海站柜伸出手来，做恭迎状，连声说：颜先生，颜先生别急。天时已晚，有话咱们柜里说吧，请。

待进了商号，海站柜让伙计上了茶，而后不紧不慢地说：颜先生，困住了？

仓爷说：困住了。

海站柜望着他，意味深长地说：有句话，先生愿听吗？

仓爷说：你说。

海站柜说：良禽择木而栖。

仓爷说：什么意思？

海站柜说：既然是困住了，我看你还是留下来吧。咱家大掌柜，对你是十分赏识，她想见你一面。

仓爷心里五味杂陈，后悔莫及。一时，他恨不得左右开弓，狠狠抽自己几个耳光。

仓爷沉默了半晌，说：明白了。而后，他站起身来，悲愤地说：海掌柜，麻烦转告你们大掌柜，生意，我可以不做；人，我还是要做的！

回到客栈，仓爷连夜修书一封，让人快马送回河南，交代康悔文赶快去找巡抚衙门的吴师爷帮忙。然后，吩咐伙计们分头行动，要尽快将到手的棉花装船，尽早离开泾阳。

伙计们紧赶慢赶，马不停蹄，待将各个地点收来的棉花打包，车拉驴驮，全都运到码头，还是晚了一步。两天后，大包大包的棉花就要装船时，一个伙计惊慌来报：船老大找不见了。

早已订下的货船，偏偏这时候船老大不见了，这货还怎么运呢？听到这个消息时，仓爷嘴里正含着一口水，可他喷出来的却是满口淋淋的鲜血。他的手不停地抖着，却说不出一个字来。待他喘过气来，只说出一句话：找。快去找人啊！

此时此刻，仓爷已是五内俱焚。

五

这是一个连环套。

仓爷觉得自己陷在"套子"里了，根本没有还手之力。更让他恼火的是，事到如今，他居然不知道对手究竟是何许人也。

船老大的下落倒是查出来了。荒唐的是，这船老大竟是醉酒伤人，被押在县衙大牢。更荒唐的是，四下再找不来肯运送他们家棉花的船只。

天一日日冷了，风雨交加，带的盘缠几乎用尽。码头上堆着的棉花盖着苫布，几个看守棉花的伙计，忍饥挨饿守了几日，也生出了怨言。

就在仓爷走投无路的时候，客栈的贾掌柜找到码头上来了。他一见面就说：颜先生，走，跟我走，我领你见一个人。仓爷说：见谁？贾掌柜说：你跟我走就是了。大天白日的，我会害你吗？

坐上驴车后，贾掌柜才告诉仓爷，要见他的，是泾阳赫赫有名的金济丰大掌柜金寡妇。

就这样，一辆驴轿把他们拉到了泾阳西街金家胡同。贾掌柜说，这整条胡同都是金家的。进了胡同口，只见青砖墁地，通向各个院落。高墙内，青堂瓦舍、飞檐翘角。进得一座大院子，迎门处有一照壁，照壁上的砖雕是五福临门。绕过照壁，只见院内停着两乘轿子，轿旁是一个砖券的水井，两边是东西厢房，这大约是管家和厨子、仆人们住的地方。二进院子进门处是一过厅，几盆菊花开得正好。进了过厅，迎面竟是两层的戏楼。戏楼的前檐，木雕镂刻着石榴、荷花、金蟾、莲蓬。

那金寡妇正在二进院的院子里候着呢。

看到金寡妇，仓爷不由得吃了一惊。他原以为，这金寡妇手段如此老辣，定是有了一定年岁。可没想到，站在面前的却是个俊秀女子。这女子看模样也就三十多岁的光景，腰身依然凹凸有致，眼儿眉儿微微吊梢，细白面皮，有点像戏台上的人儿呢！

那女子笑着，款款说：颜先生，您是贵客，本该去看您的，可我也是刚刚从西安回来。抱歉了。请，屋里坐吧。

仓爷心乱如麻，只得跟着进了堂屋。

有丫鬟上了茶，金寡妇亲手放在仓爷身边的几上，而后道：听说，颜先生遇到了难处？

仓爷的脸色很不好看，没好气地说：大掌柜，你请我来，不是为了羞辱我吧？

金寡妇笑了，说：你看我像吗？

仓爷说：我初到贵地，人地两生。若是无意间得罪了金大掌柜，还望直言。

金寡妇不接他的话茬，只说：听说先生算盘打得好，能不能帮我个忙？

仓爷说：金大掌柜，你是说笑呢？

金寡妇说：我也不过是请先生帮个忙。你若是帮了我，我自然会帮你的。

仓爷说：我能帮你什么忙？

金寡妇站起身来，说：临近年关了，我这里有一笔账，想请先生帮忙给核一核。我先谢了。

仓爷迟疑着，不知这女人又是唱的哪一出。可不管怎么样，他是求到了人家门上，万般无奈只得跟她进了东厢房。

东厢房丈五开间，是金家的账房。账房里站着八个伙计，人手托个账本，桌上八架算盘。仓爷强压下满肚子的憋屈，深深吸口气说：报数！

伙计们依次报出数字，接着便有算盘声响起。那响声先是一顿一挫，尚有节奏。而后，随着报数声越来越快，算盘声就响成了圆润的锣儿、磬儿，一弹一弹、一珠一珠，似密集的雨点，又像是炸开的炮仗，间或还带有丝竹之声，听来分明是一场算盘珠的交响乐。

报数声停了，交响声也停了。可耳边仍有金石之声，袅袅不绝。

再看那八架算盘，每架算盘的数字都一模一样。

仓爷像是醉了，又像在梦中。他站在房中，两眼闭着，眼角处分明有泪光闪动。

金寡妇站在一边，不错眼地看着。久久，她柔声说：颜先生，你真让人开眼了，先生真是神算哪。

上好的酒菜已经备下，特为款待仓爷。可仓爷五内俱焚，哪里吃得下？他几次开口，都被金寡妇的劝酒声打断了。只听她说：颜先生，我有个请求，希望颜先生能够留下来。只要你留下来，无论提什么要求，我都会答应。先生收的棉花，也会如期运走。

仓爷直直地盯着她说：哦，是吗？

金寡妇又说：颜先生，我一个女子，出门办事诸多不便。我这里正缺一个总号大掌柜，想请先生屈就。身股嘛，就定五厘，你看可好？

金寡妇说：要不六厘。我给你最高的身股，如何？

仓爷说：金大掌柜，你给的价的确不低。可你看，我是猪肉吗？

金寡妇说：颜先生说笑了，我不是那意思。我是很看重你的。

仓爷突然说：你不是土匪吧？

金寡妇脸红了，她面带羞色说：颜先生，话既说到这一步，我也不瞒你了。我，曾三次被抢，身上确已沾了匪气。头一次，我是被"钱"抢。我十四岁，被金家买来做童养媳。第二次，我是被土匪抢。我二十一岁，公公被土匪绑了票。第三次，我是被官家抢。不说了。这年月，这世道，要不抢，还有活路吗？

仓爷闷声说：这八百里秦川，周礼发源之地，难道连人都要抢吗？

金寡妇说：颜先生，你错了。我是请，我是诚心留你。我看中的是你这个人。话说回来，你来泾阳，不也是跟我抢生意吗？生意就是活路。你抢了我的生意，我还有活路吗？

仓爷怔怔地望着她，一时不知说什么好了。片刻，他说：酒是好酒，菜是好菜。可惜呀，你这里没有霜糖豆腐。

金寡妇两眼火辣辣地望着他，说：关中有的是豆子，无论你吃嫩的，还是老的，我都让人做。

仓爷头有些晕，就说：金掌柜，谢谢你的款待，告辞了。

金寡妇说：好，先生慢走。接着又说：颜先生，我诚心诚意地想留你，你可不要敬酒不吃吃罚酒。你想想，你生意做赔了，还怎么回去？回去又怎么给东家交代？

仓爷摇摇晃晃地站起身来，说：生意是做赔了，可我不能再把人赔上！

黎明时分，当他醒来时，却突然发现他竟睡在金家大院内室的一张绣床上……仓爷从来没有如此狼狈过，他是赤脚抱着衣裳从金家跑出来的。

仓爷到底还是把人赔上了。

六

就这样，仓爷一步步走到了绝路上。

仓爷很后悔，他觉得对不住康家。康家聘他为"大相公"，对他那么信任，可他却把生意办砸了。不但生意办砸了，他还睡在了人家的床上——就是浑身是嘴也说不清啊！

　　眼看入冬了，冷风嗖嗖的，一日寒似一日。码头上堆的棉花仍然运不出去，无论是水路、陆路都被卡住了。一天又一天，仓爷犹如冷雨浇心。

　　更让他不堪忍受的是，一天三顿，都有人提着食盒来送饭，顿顿都有豆腐：炒豆腐、烧豆腐、烩豆腐、炸豆腐丸、嫩豆腐蘸酱、熬豆腐脑、鱼头炖豆腐……在仓爷看来，这是在逼他就范。

　　仓爷羞愤交加，思前想后，终于横了心。这天夜里，他把几个伙计叫到他的客房，说：你们跟我到泾阳来，受苦了。说来惭愧，是我没把事办好，连累了你们……他惨然一笑，说：给你们一人二两银子，作为回去的盘缠。一个伙计问：码头上那棉花还堆着呢。仓爷说：季节一过，咱是赔定了。棉花，不要了。那几个伙计惊讶地睁大了眼睛，只听仓爷决绝地说：你们回去之后，告诉东家，这趟生意算我个人的。我的股金、身股全算上，正好相抵。

　　这天夜里，午夜时分，码头上起火了。起火的是河南客商尚未运走的棉花垛。

　　这是仓爷此生做的最惊心动魄的一件事了。

　　码头上有人大声吆喝救火，有人从河里舀水灭火，可这夜风大，风助火势，何况是棉花起火，那是救不下的。

　　火整整烧了一夜，那堆烧得焦黑的棉花垛像墓碑一样，立在码头上。此事很快就传遍了泾阳的大街小巷，一时间人人都在议论，这火是谁放的呢？

　　私下里有人说，这八成是金家派人放的火，金家事情做得太过分了。

　　第二天上午，在县衙的大门口，有人击鼓鸣冤。那几个从河南来的伙计跪在地上，高举状子，大哭小叫着诉说冤情……围观的人一个个都听明白了：这是有人欺行霸市啊！

　　很快，金寡妇也听说了棉花被焚的消息。她先是一愣，马上吩咐人套车说：去看看颜先生。她想，无论如何，这回颜先生是不会走了。

　　然而，当金寡妇赶到客栈时，却见仓爷穿戴一新，正在客房的桌前坐着。只听仓爷徐徐地吐了一口气，说：我知道你会来的。

金寡妇说：听说码头上失火了，我来看看你。损失大吗？

仓爷淡淡地说：我决定留下来了。哪里黄土不埋人呢？

金寡妇说：颜先生能留下来，太好了。我马上派人套车，来接你。

不料，仓爷却说：我留下来，是要跟你打官司。你欺行霸市，勾结土匪，还派人烧了我的棉花。你，太欺负人了！

金寡妇一怔，说：颜先生，这也太离谱了。我派人烧你的棉花？你有证据吗？

仓爷低声说：你不但放火，你还逼死了人命。

金寡妇说：我，逼死人命……证据呢？你说这话，有人信吗？

仓爷说：证据，就在这桌上放着呢。

金寡妇扫了一眼，惊讶地说：颜先生，你这是啥意思？

仓爷说：你不是要证据吗，这根麻绳就是证据。

那方桌上放着一根麻绳，那麻绳绾着一个活扣儿。仓爷从桌上拿起那根麻绳，用手展了展绳子，松了活扣儿，很从容地套在了自己的脖子上。而后，他望着金寡妇，笑了。

他说：不就是一死嘛。

这时候，金寡妇突然说：我明白了，那火，是你放的。

仓爷说：不错，是我让人放的。可是，正如你所说，又有谁相信，我会放火烧自己的棉花垛？

金寡妇的脸一下子白了，她说：颜先生，你……你这是干什么？

仓爷叹一声，说：你放心，我不是无赖。我要是无赖的话，就吊死在你金家的大门上了！可我堂堂七尺男儿，虎落平阳，被你逼到了走投无路的境地，我实在是咽不下这口气呀！

金寡妇有些慌乱，说：颜先生，你千万不要往绝处想。我、我也不过是仰慕你的才学，一心想把你留下来……叫我说，棉花已烧了，你也就没有退路了，还是留下来吧。

接着，金寡妇央告说：颜先生，你好好想想。我把该给你的，都给你了。不该给的，也给了。无论你要什么，我都答应你。你还要怎样？

仓爷两眼一闭，说：好，容我想想。走吧，你走吧。

等仓爷睁开眼时，金寡妇已经走了。她的一条汗巾丢在了茶桌上，那上边绣着一朵火红的石榴花。仓爷拿起绣了石榴花的汗巾，在手里捏了捏，汗巾是丝绸的，很软。他心说：你心动了？温柔乡，富贵地，无人不想啊。可人无信义，有何脸面活在世上？

唉，活在世上，仓爷最后的一个念想是，吃一口霜糖豆腐。

七

仓爷还是胜了。

仓爷以命相抵，是险胜。

等康悔文带人骑快马赶到泾阳的时候，仓爷挂在客栈的房梁上，人已凉了。

一个生意人，如此的决绝，这在泾阳的市面上还从未见过。况且他死在客栈里，这就成了商人之间口口相传的"活广告"。

仓爷的死是爆炸性的。买来的棉花被烧了，人被逼得上了吊……传闻像飞蜂一样四下流传。年关将至，寒意袭人。行走的商旅们，心头都蒙上了重重阴影。就这样，金济丰的声誉一下子倒了。

康悔文来到泾阳，独自在仓爷的客房里待了一夜。

仓爷被从梁上卸下来，躺在灵箔上。往事历历，如在眼前，康悔文百感交集。这一晚，他想了无数个主意，而后又一一推翻，直到天明时，他才下了决心。

第二天早上，太阳升起来的时候，康悔文一觉醒来，突然发现，在仓爷租住的这间客房窗台上，落了一只白羽小鸟。小鸟浑身雪白，围着窗台上放的一只小碟转来转去。康悔文走到窗前，那小鸟并没飞走，而是对着他叫道：豆腐——豆腐——

康悔文惊呆了！这小鸟怎么会说人话？只见那小碟里果然放着一小撮霜糖末。顿时，康悔文泪如雨下，他说："白公公"？你可是"白公公"？这时，那鸟儿"扑棱"一下飞走了。在天空中，它仍叫着：豆腐——豆腐——

紧接着，康悔文马不停蹄做了三件大事。

第一件，他在客栈里设了灵堂，请了一班道士，给仓爷连做七天法事，超度亡灵。客栈掌柜本是十二分地不情愿，但怕犯了众怒，也只得认栽。

第二件，根据仓爷的遗嘱，康悔文身穿孝服，手拿状子，身上揣着从吴师爷那里求来的河南巡抚衙门的公函，并总兵大人手书一封，身后跟着十二个清兵（这十二个清兵本是来押运棉花的），一干人先后到了府衙、县衙，要求"缉拿放火烧棉的凶手，擒拿欺行霸市、逼死人命的恶人"……

有了河南巡抚衙门的公函，各个衙门自然不敢怠慢，就有一道道公文追查下去。

而后，康悔文又去了泾阳的山陕会馆，先后拜望了泾阳商界的各位老板。这次，他不但是面带微笑，还带了礼物。他给每人送上河洛特产——柿饼和霜糖。拜望之后，康悔文除了诉说冤情，还特意请他们参加仓爷的丧宴。秦地客商早就听到了各种传闻，一一回应了豫地客商的吁请。

当晚，康悔文独自一人去了金家胡同。他对金寡妇说：我老师，颜先生他过世了，特来知会一声。

金寡妇默然不语。

康悔文接着说：这三千担棉花生意，我们不做了。金掌柜，这是订单，你做吧。

金寡妇羞愧不已，仍是无语。

最后，康悔文拿出那条绣了石榴花的汗巾，默默地放在桌上，说：先生走前让我给金掌柜带句话，己所不欲，勿施于人。做人比做生意要紧。——告辞。

接下来，又一个爆炸性消息传遍泾阳的大街小巷，一品红来泾阳了！名震晋、冀、鲁、豫、陕、甘六省的名角一品红要来泾阳演出了。她要在泾阳连演三场大戏，祭奠那位死去的仓爷。老天，这康家究竟是什么来头，竟然能请动一品红，连演三场大戏。

当戏台搭起来的时候，陕西各府衙的官员有马的骑马，有轿的坐轿，也都纷纷赶到了泾阳。名角嘛，谁不愿一睹芳容哪！

就在一品红到达泾阳的当晚，康悔文在泾阳最大的饭庄摆了几桌酒席，以一品红的名义宴请前来看戏的七品以上官员和当地商界名流。一品红自然坐在首席，待酒过三巡，一品红特意把康悔文叫到跟前，对众人说：各位爷，这是我的一个外甥，名叫康悔文。初到此地，又遇上了难处，望诸位关照。

众人纷纷说：好说，好说。

接着，一品红让下人拿出五百两银子，说：我外甥来此地做生意，我拿出五百两银子，入上一股。各位愿意入股的，我愿为外甥作保。无论投多少钱，赚了有红利；若是赔了，由我一品红担着，保你万无一失。这酒，我先喝三杯为敬。

一时，那些官员也都纷纷站起来为一品红敬酒。为了博得一品红的垂青，官员们也都撺掇席间的商家参股。于是，一位老板站起大喊：只要一品红和我对饮一杯酒，我愿出一百两银子……古人有千金买笑，何况是名角呢。于是，众商家赶过来纷纷敬酒，并当场入股。

这晚，因了一品红出面张罗，康悔文可谓收获巨大，前前后后，陕西的商贾们竟入了十万两的股金。

当晚，康悔文回到客栈，又让人把贾掌柜请到房间。待贾掌柜进门后，他站起身来，深施一礼，说：贾掌柜，先生含冤而死，叨扰掌柜的了。得罪，得罪。

贾掌柜苦着脸，连连摇头说：这位爷，不是我埋怨，你说，往后我这办了丧事的客栈怎么住人。还能住人吗？还有人敢住吗？

康悔文说：是啊，掌柜说得有理。

一听这话，贾掌柜更是觉得委屈，说：你说我招谁惹谁了？摊上这样的事。唉，就是卖也没人要哇。

康悔文说：贾掌柜，你要是觉得难做，我把它盘下来，也算是给先生有个交代。

贾掌柜怔怔地望着他：你买呀？

康悔文说：我买。

贾掌柜用探问的口气说：你可有现银？

康悔文招呼一声：拿银子。

而后，一个伙计把银子一锭一锭地摆放在茶桌上，摆到第十锭时，康悔文问：够吗？

这时候，贾掌柜头上冒汗，两眼放光，直直地盯着桌上的银子，连声说：够了，够了。

夜半时分，康悔文点上三炷香，跪在仓爷的灵前默祷：老师啊，学生按您的心愿办了。他不让咱收棉花，咱就连土地一块儿收了。依您的遗愿，我在泾河边上给您买了地，年年都会为您祭祀。您老安歇吧！

第七天，大出殡时，泾阳各界都有人送花圈和挽幛。最让泾阳人吃惊的是，多日没出门的金寡妇，居然也设了路祭。人们不明白的是，这金寡妇路祭时，竟然满面泪水。有路人悄悄说：她哭什么呢？

春节过后，泾阳城中心的阳关街上，一挂鞭炮炸响了。"康氏货栈"的牌匾堂堂正正地挂在了装修一新的门头上。从此，康家在泾阳扎下了根基。

谁也想不到，数年后，关中大旱，康氏货栈竟借机收购了万亩良田。——这是后话。

第十二章 ·······························

一

在岁月的烟云里，连陈麦子都有些恍惚。

那日子已然很久远了。

在很久很久以前，还是北宋王朝的时候，河洛两岸行走着一批来此堪舆的风水先生。他们大多来自京都汴梁，是专门给皇室勘察陵地的。先生们一个个自然是满腹经纶，对风水学中的"二十四山"各有自己的独到见解。但就堪舆的方法、方位，何为"吉穴"，却一直争论不休，甚至争到了朝堂之上。最后争来争去，还是"五音"说占了上风。就此，宋太祖赵匡胤一锤定音，确定了"五音"探穴。

古代的五音为宫、商、角、徵、羽。按"五音"说，宋朝开国皇帝为赵姓，属于"角"音。皇陵选取"丙壬"向，宋王朝则无往而不利。于是，力主"五音"说的风水师们依据此理论堪舆，将宋朝皇陵定位于河洛之间、面北偏西的"丙壬"之地。当年，堪舆大师的解说是：此位头枕黄河，脚踏嵩山，左依青龙（山），右傍洛水，是为"天穴"。

"千年吉地"既已选定，专司营造的官员又南下北上，挑选大批匠人赶赴河洛，修建宋陵。为挣一份工钱，匠人来自各地。宋陵的建造经年累月，为了安抚这些苦做的工匠，就由太祖皇帝下诏，把皇陵周围的土地划为"官田"。"官田"免除赋税，不交皇粮，由匠人的家属自行耕种，也作为来日守陵、养陵的费用。

一代代工匠们劳作、居住之地，经过了多年盘桓，已集聚了许多人口，成为一个村落。因做的是皇家事，种的是官家田，此地就叫作官庄。

星移斗转，烽烟散去。历史证明，宋陵所谓的"天穴"，实为"溃穴"。"丙壬"之地，成了赵氏王朝的绝地。金人铁骑踏破东京汴梁，大宋江山土崩瓦解。钦、徽二帝被掳漠北，南宋朝廷偏安东南，锦绣中原沦为一片焦土。那宋代的皇陵被胡人一次次抢掠，被流民一次次盗挖，守陵人死的死、伤的伤，四散逃亡。之后，住在官庄的匠人，已所剩无几。

再看那宋陵，已是势不可当地日益残损、破败，只剩下皇陵甬道两旁残存的石俑，独守着古道西风，在漫漫岁月中，无声诉说着千年幽愤。

再后，虽然连年战乱，还是有人活了下来。活下来的这几家，虽仍住在官庄，名义上仍是守陵人，但早已物是人非。到了清代，宋陵的事已无人过问了。

只可惜那些匠人的手艺，能传下来的委实不多了。传说，有一姓朱的石匠，祖上曾是宋陵石作的领班，石雕手艺堪称天下一绝。朱氏家族的手艺倒是传了下来，只是这朱家的后人先是被金兵掠去修元大都，后又常年为生计奔波，行踪不定。有人说，开封巡抚衙门前的那一对石狮子，就是朱家人雕刻的。

一日，河洛镇来了个叫朱十四的老人。这位老人小个儿，辫子盘在头上，看上去身子骨还硬朗，就是嗜酒如命。大约是因为上了年纪，也没谁肯用他。有时来到镇上，沽上二两酒，站在柜前，仰脖一搁，就又去了。也不见他做什么，终日在宋陵转悠，偶尔会给那些石人石马擦脸擦身。镇上人猜度，也许是朱家后人叶落归根？

那时，镇上正修建一座小石桥。桥是集资建的，康家出了大头，领班匠人是老蔡。桥已修了些日子，这朱十四每次到镇上打酒，都要弯一下，绕到桥边看一看。也就看看，并不多言，偶尔兴致来了，拿起匠人们扔在路边的钎子，找块无用的石头凿上几下，走了。

忽一日，刘知县坐轿匆匆赶来，说次日有一剿匪的将军路过此地，看桥能否修好，他要在桥头上迎接将军。此时，桥基、桥栏都已建好，只待铺上桥面就可行人。当时，领班的老蔡就满口应承：放心吧，接皇上都没事！

可是，到了第二天，当大将军的仪仗快到的时候，县太爷的脸黑下来了。老蔡更是一脸晦气，两腿直抖。

出事情了。桥面即将铺就时才发现，不偏不倚，偏偏那桥眼处缺了一块石头。原先的备料，不是大，就是小，无论怎样都填不上那块空缺。

这可怎么办呢？现凿已来不及了。只听那开道的锣声一声声响着，旌旗猎猎，大将军的仪仗越来越近了，围观的人也越来越多。匠人们全都傻眼了，你看我，我看你。领班老蔡死的心都有了，他"扑通"一声，就地跪下了。

县太爷气得指着匠作的头，却说不出话来。

就在这时，朱十四走上前来，轻轻拽了拽老蔡，淡淡地说：路边有块石头，抬过来试试？

老蔡睁开眼，看了看朱十四，顾不得多想，赶忙爬起来招呼徒弟们去抬。等众人把石头抬到桥面中央，往空缺处一放，天哪，刚刚好。

等到大将军那足有半里长的仪仗走过，众人再寻朱十四时，人已经不见了。

匠人们都疑为神人，一个个叹道：莫非是鲁班爷来点化我们的？于是，他们一个个跪了下来，朝天而拜。

二

仓爷的死，让周亭兰十分悲伤。

尤其是颜先生临死还写下遗书，把自己的股金作为这单棉花生意的赔偿，可谓仁至义尽。更让人心里不好受的是，颜先生临死前，还在念叨那口霜糖豆腐。

为此，周亭兰带着马从龙专程坐船赶到了陕西泾阳，说是要给"五七"的仓爷做一碗霜糖豆腐。坟上的土还新鲜，周亭兰摆上霜糖豆腐，纸钱的灰烬在风中旋转，她泪流不止。

这时，一只小鸟飞来，围着坟头飞了几圈，竟落在了那碟霜糖豆腐的碗边，一声声叫着，那叫声分明是：豆腐——豆腐——周亭兰惊得一屁股坐在了地上。回程的路上，她想起仓爷一身的本事，却处处遭人挤对，又掉了许多泪。

从泾阳回来，周亭兰病了一场，多日没有出门。这天，她觉得略好些，正赶上通桥，这桥是康家出了钱的，她也想去看看。

站在桥头，她目睹了令人吃惊的全过程。当看到朱十四悄然离开的时候，周亭兰带上贴身的丫头，也随后跟了去。

拐过路口，朱十四走到一处酒肆前站住了。他从烟布袋里掏出了几文钱，说：掌柜的，来二两烧酒。

掌柜的说：好咧。而后问：不来俩小菜？

朱十四摇了摇头。

掌柜的说：干搁？

朱十四点了一下头。

这时，周亭兰和丫头也到了。那掌柜的连忙招呼说：大奶奶，您要点什么？周亭兰说：烫壶好酒，切块牛肉，再来碟花生米，给这位老伯端过去，我要跟这位老伯说说话。

朱十四怔了一下，说：你……这是作甚？

周亭兰笑着说：先坐下，咱说说话。

朱十四"嗯"了一声，没再说话。

待酒菜上齐，周亭兰说：这位老伯，我陪你喝一盅，请。

朱十四并没有端酒杯，只说：无功不受禄。你有事找我吗？

在一旁，那掌柜的说：喝吧，这是康家大奶奶。

朱十四"噢"了一声，说：要做活吗？你看我，一把老骨头，重活怕是干不动了。

周亭兰笑了，说：喝酒吧，不让您做重活。

看着他把酒喝下，周亭兰问：老伯可是官庄人？

朱十四说：是，咋？

周亭兰又问：老伯可是朱家的后人？

朱十四看了周亭兰一眼，说：是啊，在下朱十四。

周亭兰说：家里还有人吗？

朱十四摇了摇头，面有戚容，接着又是自斟自饮，一连三盅。

周亭兰说：喝了这酒，您老跟我走吧。

朱十四塌蒙着眼说：跟你走？我虽然不能干重活，可我工钱要得高。

周亭兰说：多高？你说个数。

朱十四说：每月一两银子，不能再少了。

周亭兰说：我每月给你二两，行吗？

朱十四看看她，又说：我还有个事由，须事先讲好。

周亭兰说：你说。

朱十四说：每月的初一、十五，我得去陵上。这是祖上留下的规矩。

周亭兰说：那宋陵，听说已被盗多次。

朱十四说：盗归盗，守归守。盗的是财帛，守的是念想，也是脸面。那些石人石马，是我祖先的脸面。

周亭兰说：我答应你。初一、十五，逢年过节，都给您老放假。

朱十四竟有些不知所措。他说：我、我是个石匠，别的甚也不会。

周亭兰说：你放心，不让你干别的。我再给你加一条，生养死葬，你看如何？

朱十四听了久久不语，那端酒的手竟有些抖。片刻，他说：大奶奶，我跟你走。

然而，这朱十四自从进了康家店后，什么也不干，就终日吃酒。早、午、晚都要喝，一天三顿，很惹伙计们讨厌。有伙计忙不过来的时候，就招呼他说：朱爷，你搭把手，把院子扫扫。他却说：这活儿不是我干的。那伙计问：那你能干啥？他两手一袖，说：晒暖儿。你听听，这有多气人。于是众人给他起了个绰号：酒篓。这朱十四是犯了众人怒了。

这年冬天，康悔文从山东那边回来了。刚一进院，伙计们就都围上来，七嘴八舌地给他诉苦，一个个都是告朱十四的状，说大奶奶领回来一要饭的，还自称朱爷；横草不拿，甚事不干，一月还要二两银子。这也太离谱了吧？而后，一众人又把他领到灶房，指着朱十四说：看看吧，满嘴酒气，哪儿暖和他往哪儿醉。

这时候，朱十四正蜷在灶旁，守着炉火呼呼大睡。

看是看了，康悔文也没说什么，只说：待我禀了母亲再说。

当晚吃饭时，康悔文说：娘，听说家里来了一个叫朱十四的？

周亭兰说：是。你见他了？

康悔文说：见了。伙计们……

周亭兰并不在意，说：我知道，都烦他。不就喝口酒嘛。

康悔文说：娘，你准备让他干啥？

周亭兰笑着说：不干啥。

康悔文诧异地问：你既不用他，那……

周亭兰说：养着呗。他能吃多少？

见母亲这么说，康悔文也不好再说什么了。

过了一会儿，周亭兰看儿子一眼，说：悔文哪，他是对我没用，可对你有用啊。

这话让康悔文越听越糊涂了。

这时候，太爷爷说话了。康秀才十分满意地点了点头，说：悔文，你娘想得比你远哪。我告诉你吧，这叫"存粮"。

康悔文怔了一下，说：存粮？

康秀才捋了一把胡子，说：这"存粮"之道，自古有之。也是有眼界的人，才肯做的。三顾茅庐的刘皇叔，萧何月下追韩信，张良桥下拾履，讲的都有这层意思。你知道这朱十四祖上是干什么的？是皇家造办。你看看宋陵的石雕，凡点睛之笔，都是他祖上的手艺。如今只有这朱十四，是朱家手艺的传人。他多年在外闯荡，居无定所。你母亲收留他、养着他，康家用不用得着都不打紧，这养的是一种气度呀，孩子。

周亭兰说：爷爷，你别夸我。其实，我也没想那么多。是人都有作难的时候，再说他是有真本事的人。一品红，知道吧？当年我爷爷只是无意中救了她，人家却知恩图报，处处想着咱，帮着咱。刚才听爷爷这么一讲，原来这就叫"存粮"啊。还有呢，悔文哪，我总在想，咱康家以后总得有个自己的窝吧？

康悔文沉吟道：娘，我懂了。咱以善待人，以诚待人，这是做人的本分，也是给自己"存粮"，更不消说将来或许对康家有大用的人。我明白，就像您对颜先生、马师傅那样。再有，无论出外在家，凡事能"存"则存。太爷爷所讲，是这个理儿吧？

悔文一席话，让两位长辈深感欣慰。爷爷年事已高，自觉已是风前烛、瓦上霜，母亲无论多么要强，毕竟是个女人。康家日后唯一的指望，就是悔文了。悔文正当好年华，又值家族生意顺风顺水，心高气盛在所难免。但只要他凡事知进退、懂留余，就能在长长远远的日月里，行得久，走得稳。

面对太爷爷和母亲，他们许多说出和没说出的话，康悔文一时并不能透彻领悟。但让他忘不了的，是两位长辈殷殷的眼神。

三

然而，自打朱十四进了康家店，康家竟然连连遭灾，出了不少的祸事。

春上，先是后院的牲口棚起了火。那天夜里，一个厨子起来解手，发现天变得红彤彤的，他提着裤子咂挣了好一会儿，才醒悟是后院起火了。这牲口棚的火烧得有些莫明其妙，火是后半夜燃起来的，四更天，人都睡下了，火怎么着起来的，谁也说不清。牲口棚旁边刚好有一垛铡好的麦草，等扑救时已来不及了，最后竟活活烧死了一头叫驴。

接下来，没过几日，康家老爷子拄着拐杖过门槛时，一个趔趄，栽倒在地。这门槛，是老人走过成千上万遍的呀，谁知这一摔下去，竟站不起来了。周亭兰派人请来接骨先生，先生看时，那腿已肿起来了，诊断为大腿骨骨折。敷了膏药，上了竹批、绷带，只让安心静养。接了银子，先生临走时，低声对周家大奶奶说：上年岁的人，骨头折了，就难好了。不知大奶奶听说过没，有一种骨折，叫"催命折"……

临近年关时，康家又出事了。

康家的船队从南方回来，路过安徽，平白无故地竟被劫走了两船粮食。听船上的人说，那天月黑头，船到淮阴渡口，不知是溃兵还是土匪，把船给拦住了。本来只要马师傅在，小股土匪都能对付。可那天乱哄哄的，到处是火把，打劫人脸上血糊糊的，很吓人。当时出面交涉的是少东家和马爷，就他俩人下了船。过了一阵，就让人把两船粮食全卸走了。那会儿，少东家就在船头上站着，默默地，看着人家把粮食卸完，而后他只说了一句话：开船。

康悔文回到河洛镇，就去了母亲的房里，他当即跪下。可到了第二天，家中一切如常，院里院外平静如水。

没见康家人有什么异常，可康家连遭祸事却早在全镇传开了。下人们交头接耳地嘀嘀咕咕，连早已分家的康家亲戚都来了。他们以看望老爷子的名义，说些七七八八的话。那康家三奶奶说：老宅后院那棵"叫叫树"夜夜响，只怕还有祸事呢。也有邻居跑来对周亭兰说：大奶奶，还是找人算算吧。

经不住撺掇，周亭兰让人找来镇街上摆摊算卦的王瞎子。王瞎子让周亭兰摇了一课，又合了八字，而后半天不语。周亭兰问：王先生，如何？王瞎子说：看卦象，是不好。可八字上也没看出啥，奇怪。停了片刻，他又问：家里是不是来客了？周亭兰迟疑了一下，想了想说：没有啊，住店的算吗？王瞎子说：住店的不算，那是掏了钱的。还有吗？周亭兰说：没有了。再有，就是伙计们了。王瞎子"哦"了一声，说：这就是了。我问你，伙计中可有姓朱的？周亭兰脑子乱乱的，她先是从店里的伙计想起，想着想着，心里"咯噔"一下，说：有，有一个。

不料，王瞎子即刻收起卦筒，拿上竹竿，站起身说：大奶奶，你平时没少周济我，头前赶集，你还给我端一盘肉包。这卦钱我不要了，送你四个字：赶紧赶紧。

周亭兰听得一头雾水，急了，说：啥事赶紧？

王瞎子说：打发他走人，越快越好。

周亭兰再问：那……为啥？

王瞎子不语。这时，周亭兰拿起一串钱，放进了王瞎子的破褡裢里，只听"扑吞儿"一声，那钱掉进去了。王瞎子徐徐吐了一口气，轻轻地说了三个字：猪吃糠。

周亭兰心中一凛，问：可有解法儿？

王瞎子缓缓地摇了摇头。接着，"扑吞儿"一声，又一串钱进了王瞎子的褡裢。王瞎子翻着白眼叹了口气，徐徐吐出三个字。猪吃糠。这三个字，让周亭兰倒吸了一口凉气。

往下，王瞎子摸摸索索地站起往外走，边走边说：大奶奶，我不能再说什么了，再说就遭天谴了。

王瞎子走后，周亭兰一天都心神不宁。她想，别人还好办，打发就打发了，可这朱十四是我请来的，怎好无端让人家走呢？要么，多给些银子？她想去问问老爷子，可老爷子在床上躺着，熬着疼，怎能再去惹老人心烦。搁平日里，她是不信这些的。可这次，那三个字像块石头，重重地压在她的心上。

正晌午时，她去灶房一趟。不承想，竟撞翻了一摞细瓷碗。平日多么利索的一个人，怎么会出这样的事呢？看那些稀里哗啦地碎在地上的碗碴，周亭兰愣了好久，嘴上不停地念叨：碎碎平安，碎碎平安……可那三个字，还是像会蹦的猴子一样，上蹿下跳的，一下一下地砸着她的心：猪吃糠！猪吃糠！猪吃糠！

怎么办呢？害人的事，是万万不能做的呀！

这人世间，似乎是没有不透风的墙。本来，王瞎子跟周亭兰说的话，并没有谁在跟前，可没过几天，似乎康家所有的人都知道了。

于是，那些康家的伙计首先发难。他们本就嫉恨他，一天到晚甚事不干，还拿那么高的工钱，这也忒过分了。他们借这个机会，把他的衣物、铺盖卷从屋里扔了出去，说是再不跟这个整夜打呼噜的"酒篓"住一块儿了。

朱十四倒是不急不躁的。他待在院子里，铺盖扔什么地方，他就坐什么地方，点一袋烟，慢慢吸着。

就在周亭兰左右为难时，儿媳念念来了。念念已怀孕八个月了，挺着肚子走进账房，慢慢跪在了周亭兰面前。周亭兰慌了，忙去扶她说：念儿，这是干什么？

念念说：娘，要是让朱十四走，那我也走吧。

周亭兰一惊，说：你听说啥了？

念念说：你要是信那些话，我也得走了。

周亭兰说：啥话？

念念说：……我也姓朱。

周亭兰怔了一下。就在这一刻，她拿定了主意。她说：你快起来，别伤了身子。谁说让朱十四走了？人是我请来的。我请他来，是留着给康家盖楼屋呢。我不说话，谁敢让他走？

此刻，这朱十四还在康家店的大车院里坐着呢。烟，他已抽了一阵子了，就见他磕了烟灰，收起烟袋，正要提铺盖卷走人时，大奶奶和少奶奶一块儿出来了。

朱十四笑了笑，说：大奶奶，白吃你家饭这么多日子。我就等你一句话，你让走，我走；你让留，我留。

周亭兰大声说：走什么？谁说让你走了？朱爷，让你跟这些伙计住一块儿，着实委屈你了。这样吧，从今天起，我再重新给你寻个住的地方，给你单独立伙。朱爷想吃什么，叫人给你做。你看可好？

这时，朱十四说：大奶奶，你跟我来。说着，他把那铺盖卷重重地往地上一扔，径直头前走了。

绕过一片柿林，上了后坡，朱十四把周亭兰领到岭上一个破窑洞前。周亭兰看见，窑洞前的空地上摆放着一些青石。青石中间，有四对石础。两对已经雕好，两对才雕了一半，一对为鼓形的"八仙过海"，一对为菱形的"百鸟朝凤"，一对是方形的"喜鹊石榴"，一对是镂雕"金龟戏水"。这些石雕的造型、刀工、线条、气势，周亭兰只是早年间在京城见过。

朱十四说：大奶奶，我这不算是吃白饭吧？

周亭兰喜不自禁地笑道：朱爷何等人物！又问：石头从哪儿弄的？

朱十四淡淡地说：洛阳青石。

周亭兰说：手艺好。

朱十四说：石头好。

此后，周亭兰派人把坡上的几孔窑洞重新整修，朱十四单住单吃，又专门给他派了个做饭的伙计。

四

这一年真是雪上加霜，祸事连连。

春上的时候，土匪来了。

先是有零星的匪情，一股二十多人的土匪窜到码头抢了几家铺子，闹得市面上人心浮动。后来，又说从安徽那边过来了大股的杆匪，号称有上千之众，说是要血洗河洛镇。一时间，商户无不惊惶，家家关门，准备逃走避祸。

不得已，康家与镇上的大户人家联合起来，成立了镖行，办起了团练。众团练以马从龙为首领，夜夜巡更，以锣声为号。只要锣响，全镇的壮丁一起上阵，抵御匪患。

如此一来，小股土匪倒是轻易不敢妄动了。可紧接着，奉命剿匪的官军却来了。

官军说是奉命剿匪，可驻扎下来就开始设卡抽厘，商户除原有的税赋外，按人头又加了十厘。官兵不但在镇上设卡收费，还在进港的河道上设卡，拦截过往船只，交了新增的厘金才能进出。外来的商贾苦不堪言，避之不及，干脆绕道而行。市面上的生意日渐萧条，有的干脆关门歇市了。

据说，这位带队剿匪的指挥使姓吴，是个狠角，人称"黑无常"。这位吴指挥使新收了一个爱妾，年方十八，竟是一位属猪的娘子。她的生日马上就要到了，吴将军的属下命县太爷把商贾们召集在一起，名义上是请商贾们吃茶，私下却暗示众商家打一"金猪"，给将军的爱妾贺寿。那话说的是很有分寸的，让众商贾看着办。

这么一来，把众商家吓坏了。他们私下里打听了，这位吴指挥使家中一个老婆，九个小妾。一个属羊，两个属牛，三个属马……乖乖，若是官军长期驻扎下去，不光是新增的税赋不堪忍受，仅是这"猪马牛羊"，哪里还有商贾们的活路。

就在这时，偏偏渡口又出了事。一艘过路的商船，对上船搜检的兵丁不满，开始是言语冲撞，后来就打了起来。上船的二十个清兵，竟被护船的镖行弟兄砍伤了七八个。消息速报吴指挥使，这吴将军破口大骂之后，竟下令用新进的红衣大炮轰击商船。一通炮火，直击那艘商船，商船连人带货全被轰沉到了河道里。

消息传来，镇上一片慌乱。有牵涉的人家哭天抢地，没牵涉的也关门闭户。在河洛镇，康家的商船最多，是大户，一些商贾在里长的带领下，一起拥到康家，希望讨个主意。

商家们乱蜂一般，一个个嚷嚷着说：罢市，罢市。看他能怎么着？有的说：这分明是不让人活了。还有的说：让老爷子牵头，联名上万民书，告他个龟孙。

只有镇上的里长劝说道：各位东家，咱是生意人，生意人讲的是和气生财。既然他要一头"猪"，大伙凑凑，就送他一头"猪"，看能不能把路买下。各位意下如何？

康悔文看了看母亲，周亭兰说：各位长辈，里长的意思有他的道理。按说官军是来剿匪的，要咱地方上助点饷，本也是应该的。可他已设卡抽厘，厘金又收得那么高……虽说一头"猪"不算什么，我担心的是，往下这生意还怎么做？

有人说：是啊，厘金抽得太高了。

里长说：求求各位了，我一小小的里长，摊上这事也很为难哪。不就是属相吗？各位凑一凑，到时候咱把礼送上，再求求将军大人，兴许他老人家一高兴，就把厘金给减下来了。

众人听了，面面相觑，也只好如此。

三日后，几位商家代表在刘知县的陪同下，来到了吴指挥使扎营的大帐。当着县太爷的面，里长打开了那个装有"金猪"的匣子，说：听说将军夫人的寿诞就要到了，本镇的工商界想表示一点意思，请夫人笑纳。

吴将军看了看那摆在匣子里的"金猪"，金猪卧在红绸之上，倒也喜庆可人。可是，这吴将军却哈哈一笑说：有这回事吗？我怎么不知道？刘知县，这不好吧？

刘知县怔了怔，不知指挥使是何意，只说：这是……是工商界的一点心意。

吴将军大手一挥，说：不必了，那就不必了。据我所知，贱内是属鼠的，不是属猪的。你们弄错了。再说，剿匪安民是本将军的职责所在，应该的。这份礼，你们还是带回去吧。

一时，众人都愣住了。老天，弄错了？怎么又成了属"鼠"的呢？

这时，吴将军扫了康悔文一眼，突然问：你笑什么？

康悔文说：我没笑。只不过我想请问将军，你是要鸡，还是要蛋呢？商家照章纳税，本是天经地义。可是，军队设卡、加收十厘，这无疑是杀鸡取卵。生意都做不成了，船不来了，将军还收谁的税呢？

吴将军说：好，说得好。你说是鸡，我看是鸟，说飞它就飞了。这时，他突然脸一沉，一拍桌子说：本将军带兵剿匪，将士们浴血奋战，死伤无数。可那些刁民奸商，竟然公然抗法通匪，砍杀我的士兵。所以，公是公，私是私，本将军不能因私废公。你们说对不对？

众人一怔，忙说：对！对。将军保境安民，劳苦功高。

吴将军说：我个人倒没什么！这功不功的就不说了。可本将军的难处你们知道吗？北方战事不断，如今的饷银接不上了，将士一个个都说要血洗商家，报仇雪恨哪，各位，你们说我该怎么办？

众人你看我，我看你，一个个傻了。

吴将军说：刘知县……

刘知县忙说：下官在。

吴将军说：为了安抚军心，我也只好如此了。刘知县，你通知下去，十日内，请工商界筹措剿匪助饷抚恤银，十万为抚恤，二十万为助饷，一共三十万两。

刘知县望着吴指挥使，说：将军大人，这、这……

吴将军说：这什么？我也是不得已而为之。吩咐下去，拖欠一日，追加一万两。送客！

立时，从帐外拥过来一群兵士，把他们全都"礼送"出去了。可那头"猪"，仍在案上摆着。

当晚，镇上的商家全都睡不着觉了。老天爷，三十万两，这不是狮子大张口吗?!

五

这天夜里，康家人自然也睡不着觉。

是啊，如果水路一断，康家的损失就太大了。康悔文在母亲的房里一直商量到天将亮的时候，也没有拿出一个万全之策，只好走一步说一步了。

然而，到了第二天，新任河南总兵的拜帖到了。当三十人的马队齐刷刷站在康家店的门前时，在门口迎客的小伙计二贵一见来了这么多骑兵，且一个个铁盔铁甲、仗剑持矛，看上去虎汹汹的，他顾不上探问，扭头就跑，一边往后院跑一边喊：大奶奶，毁了，毁了！

周亭兰听见喊声，从房里走出来，说：你慌什么？慢慢说。

二贵上气不接下气地说：店……店被官军围住了！

周亭兰一时也有些摸不着头脑，问：你们……你们在外边惹事了？

二贵忙说：没有，没有。是不是那朱十四呀？只有他不在店里住。

周亭兰愣了片刻，顾不得多想，匆匆往前店走去。当她来到店门前时，只见前台站柜正满脸堆笑地跟一位下马的将士说着什么。待周亭兰走到跟前，那站柜的转过身来，笑着说：大奶奶，官爷们是来送拜帖的，河南总兵府的拜帖。

周亭兰接过封匣，打开一看，果然是河南总兵府的拜帖，只见上边写的是——

悔文先生钧鉴：淮阴一役，匪徒猖獗，断我后路，粮草被毁，军中将士几近绝境。幸得先生慷慨助饷施援，秋某得以反败为胜。指囷高风，没齿不忘。殷盼恩公来府中一叙。

落款为：河南总兵秋震海。

这时，康悔文也从后院匆匆赶来了。周亭兰把拜帖递给了儿子，说：悔文，你看看，有这事吗？

康悔文接过匆匆看了一遍，说：娘，我给你说过的，就是那两船粮食。不过，那时秋将军还是一位副将，不知什么时候升了总兵。

前来送帖的侍卫官双手一拱，说：康先生，正是淮阴一役，我军大胜匪徒。蒙圣上恩旨，秋将军荣升河南总兵，同时兼领剿匪、漕运两大重任。总兵大人刚刚到任，派我们前来恭请恩公到府上一叙。

一时，康家上下一片忙乱，也一片喜庆。下人们一边给康悔文打点行装、礼物，一边私下奔走相告：这下好了，大少爷跟总兵大人牵上线了。

康悔文骑上马，在骑兵卫队的护拥下，直奔开封总兵府衙。他心中感慨不已：如今看来，淮河上他舍出去的两船粮食，值啊！

康悔文想，如果不是小时候被土匪绑过票，那天夜里的事，他还真应付不了呢。虽然事过一年，那晚的一切仍历历在目……当时，在一片火把的映照下，他看到的是一张张血污狰狞的脸孔。兵士把他带到河滩边一个将领的面前，这人就是带着两千名残兵突围的副将秋震海。他坐在河滩里的一块石头上，冷着脸说：你是东家？康悔文说：是。秋震海说：我没有时间跟你啰唆。说，船上装的是什么？康悔文迟疑了一下，说：小米。秋震海说：将士们浴血奋战、人困马乏，已饿了三天。你船上的粮食，我借了。康悔文说：敢问将军，借多少？秋震海说：你有多少？康悔文说：两船，四百石。秋震海说：四百石，我全借了。康悔文扭身看了马从龙一眼，马从龙说：事已至此，少东家拿主意吧。康悔文回身说：那好，你派人搬吧。这时候，秋震海才抬眼看了看康悔文。他站起身，拍拍他的肩膀：小兄弟，我秋震海第一次遇上这么爽快的人。实话相告，我已杀了两个奸商了。你是第三个。我还要告诉你，我是被匪徒抄了后路，败退到此。那些匪徒马上就会追杀过来，如果我活不过明天，你这助饷的粮食，也就一风吹了。你明白我的意思吧？康悔文默默点点头，说：明白。秋震海说：好！痛快。兄弟何方人氏？康悔文说：河南巩县河洛镇康家。秋震海手一挥，说：我记下了。传令——埋锅造饭。而后，他双手一拱，说：兄弟，大恩不言谢，受我一拜。那夜，康悔文回到船上时，船上的伙计一个个苦着脸埋怨说：咋也不能全给他们呀，这不是肉包子打狗嘛！

可谁也没想到，秋震海带着这数千残兵，吃了这顿小米饭后，竟然趁黎明时分突围成功，反败为胜。

康悔文来到总兵府门前，报子已飞快地报了进去。刚走进院子，秋震海已带领众人迎到二门处。总兵大人哈哈笑道：兄弟，能活着相见，不容易呀！来来来，受我一拜！说着，他弯下腰去，双手一抱，给康悔文行了个大礼。

康悔文赶忙还礼，说：总兵大人言重了。我一介小民，哪敢受将军如此大礼？惭愧，惭愧。

秋震海上前道：哎，康公救我于危难之中，该当重谢。走走，兄弟，酒席我已备好。说着，拽上他就往后堂走。

康悔文赶忙说：来得匆忙，家母让我给将军备了些贺礼，还望……

秋震海头也不回地吩咐说：收下，收下就是。给我好好招待他们。

到了堂上，当着众位将官，秋震海把当年的事——道出，康悔文再次受礼，又连连还礼。

酒过三巡，秋震海大着喉咙说：兄弟，借粮四百石，这个账我是不会赖的。说吧，你要什么？银子还是官职？若是要银子，我即刻让人准备。若是要官职，我立马上报朝廷，给你弄一候补道，如何？

康悔文笑着摇了摇头，说：小弟祖上有家训，终生不得为官。至于银子嘛，剿匪是保国安民的大事，助饷是该当的。那两船粮食，就算是康家助饷，不提了。

秋震海说：那，你想要什么？

到了此时，康悔文说：小弟有个请求，不知当否？

秋震海说：请讲。

康悔文说：河洛镇是个商埠，新驻扎了一支官军队伍。论说剿匪是保境安民，理应支持，可这支官军拦河设卡抽厘不说，还要镇上工商界拿出三十万两银子……民不聊生啊！镇上已经罢市了。

秋震海说：有这事？这狗日的"黑无常"，打仗像个兔子，刮地皮还真有一套。哼！

康悔文站起身，端起一杯酒，说：总兵大人若是能让这支部队动一动，对河洛镇来说，就是造福百姓的青天了。

秋震海一拍桌子，说：好。我即刻下令，让"无常鬼"前行百里，移防北山口，如何？

康悔文说：将军施恩于民，我代河洛镇的百姓敬大人三杯。说着，连干三杯。

秋震海哈哈笑着，也连干三杯。接着，他话锋一转道：带队伍也着实缺饷银啊。匪患就不说了，年年剿，年年有。你说，皇上让我代管漕运，这漕运可是好管的？河道失修，黄河年年决口，不好办啊。

康悔文马上说：漕运一事，大人如有差遣，小弟定鼎力相助。这样吧，疏通河道，小弟愿效犬马之劳，每年助河饷十万，连饷三年。就是说，吴指挥使要的那三十万两银子，由康家分三年出了。

秋震海听了，笑道：好，有气魄。不过，我有一事不明，说到治河，兄弟为何如此踊跃？

康悔文说：实不相瞒，家祖当年进士及第，曾主持河务。老人家是死在河上的。

秋震海说：哦。难怪老弟光风霁月，胸襟不凡。如此，也不能太亏了你。今后凡经由河南的漕运事宜，都交康家襄助办理。你看如何？

康悔文说：蒙大人抬举，小弟定当尽力。

回到河洛镇，康悔文面见太爷爷和母亲，一一禀告了事情的始末。母亲不由额手称庆——为康家又一次遇难呈祥，也为河洛商户的转危为安。只是太爷爷的反应让悔文有些意外，他躺在床上看着有些得意的重孙子，点点头，又摇摇头，只说了两个字：看吧。那神情悔文后来想起，像是欢喜不尽，又像是忧心忡忡。

六

康悔文从总兵府回来后，河洛镇的商家天天去瞅兵营里的旗杆，看那旗杆上镶着红边的蓝旗，什么时候能降下来。

总兵大人不是发话了嘛，不是说这狗日的"无常鬼"即刻开拔嘛，怎么还不走呢？

又三天过去了，那镶红边的蓝旗仍在旗杆上飘着。

后来，镇上的商家托人打听才知道，这位被人称作"黑无常"的吴指挥使，的确接到了总兵府要他三日内开拔的命令。可命令归命令，他不服啊。原本他跟秋震海是同级，正是因为淮阴一役，让那秋震海捡了漏儿，居然升为总兵，成了他的顶头上司。他心里能不窝气吗？可是命令既已下达，他又不能不遵，但他实在舍不下那三十万两银子。于是，他干脆来个"蘑菇战"，先派了一个小队开拔北山口，大队人马依然按兵不动，找各种理由拖延不走，主意只有一个：拿了银子再行开拔。

镇上的商户们望眼欲穿，一个个脖子都望酸了，可那校场上的蓝旗仍然没有降下来。这是怎么回事呢？难道说康家日哄人的不是？

眼看十日之限过去了七日，就剩下最后三天了，兵营那边又传下话来：凡拖延不交的，将加倍处罚，严惩不贷！

镇上的商户们又川流不息地涌到康家来打探消息。周亭兰自然也很焦急，她把康悔文叫到内室，再一次问：悔文哪，总兵府下令开拔的事，不会有假吧？康悔文说：娘，我啥时候说过假话？周亭兰说：是你亲眼所见？康悔文说：是，那传令兵是跟我同时上马的。周亭兰沉默片刻，说：你去吧，我也就问问。康悔文看母亲焦虑，说：娘，我现在就去开封见总兵大人，再催一催。周亭兰说：那好。你去吧，快去快回。

康悔文骑快马赶到总兵府时，秋震海偏偏进京述职去了。中午，康悔文耐着性子请总兵府的师爷到"第一楼"吃了顿饭，终于把实底给探出来了。

这"无常鬼"本就对总兵大人不服，是故意拖延。可他又十分狡诈，接到命令后说是遵令开拔，却以粮草补给为由，只派出了一个小队押着粮草先行进驻北山口。师爷说，往下的事，就是总兵大人身在府衙也不好办，除非危急之时，总兵大人不好再行下令了。

事已至此，康悔文只好匆匆赶回河洛镇，把情况禀告了母亲。儿子说，看来这"黑无常"不见银子，不会罢休。可一时半会儿，上哪儿去凑这么大数额的银子呢？

连日与不同人等周旋，诸事烦心，又无解局的办法，周亭兰看到儿子嘴边起了一串燎泡，神情显出少有的焦躁。她半天没有说话，而后慢声道：你跑了一天，累了，歇着吧。容我再想想。

这晚，周亭兰几乎整夜合不上眼。儿子托总兵府下令十日内撤军的事已传出去了，可现在这"黑无常"竟然有令不遵，立等这三十万两银子，该如何是好呢？

想来想去，为了儿子，周亭兰决定铤而走险。

当晚，周亭兰破天荒让人给花家寨送去一个食盒，里边是一碗做好的霜糖豆腐——这是约见断指乔的信号。她约断指乔夜半在仙爷庙见面。

　　夜半时分，周亭兰独自站在仙爷庙外的荒地上。漆黑的夜空，星河璀璨。她只觉得冷风砭人肌骨，上下牙止不住地打战。她不敢想也不愿想，如此冒天下之大不韪的后果。

　　寒风中，她站了有一炷香的工夫。就在近乎绝望的时候，她听到了来自远处的马蹄声。

　　不眠不休的一天一夜过去了。周亭兰和衣靠在床上，一时心里满满腾腾，一时又空空荡荡。突然，一阵鞭炮声炸响，接着，远处近处的鞭炮声连成一片……而后，就听见有人喊道：老天，官军撤了！真的撤了！

　　驻扎在河洛镇的官军，匆匆忙忙地撤走了。校场上空飘扬的镶红边的蓝旗不见了，只留下空空的旗杆。

　　镇上的人都知道，这是康家的功德，是康悔文从总兵大人那里用两船粮食换来的。

　　这时，周亭兰缓缓站起身来，一件一件摘下耳环、头饰、项圈，慢慢脱去鞋、袜、外衣、裙子，她细细掩好藕荷色的丝绵被，任眼泪顺脸颊流淌。

　　是的，那天夜里，周亭兰约见了她最不想见的那个人。仙爷庙前，当马蹄声歇时，她说：你来了？断指乔松了马缰说：这么多年了，这是你第一次约我，我能不来吗？周亭兰踟蹰了片刻，说：按说我不该来。断指乔说：可你还是来了，这说明你信我。说吧。周亭兰突然不知该怎么说了。她迟迟疑疑的，像是很难开口。断指乔说：我明白了，是为你儿子。周亭兰说：也不全是，主要是河洛镇上千家商户……接下去，周亭兰急急地把她的意思说了，她说得很快，那话就像爆豆一样，砰砰砰一下子全倒了出来。然后，她一下子心静了。她想，不管他答应不答应，该做的她已做了，也就不后悔了。听她说完，断指乔默默地望着她，嘴角上似还挂着冷笑。断指乔说：你弄错了吧？你要知道，我可是匪呀。官家的事情，你怎么求到土匪头上来了？周亭兰不语。断指乔说：你要我夜袭北山口，引官军离开河洛镇，这不是让我引火烧身吗？况且夜袭官军，这可是重罪！一碗霜糖豆腐，有这么大的人情吗？周亭兰仍不语，她的心已凉了半截。片刻，她默默地说：是啊，不过是一碗霜糖豆腐。这时，断指乔突然说：你曾经说过的话，还作数吗？周亭兰抬起头来，望着他。断指乔说：你说，假如有一天，我的头被人砍了，你会亲手给我缝上。康家的老老少少，也会披麻戴孝，给我送葬。这话，可算数？周亭兰怔了一下。她知道，这后半句，是他新加的。可是，此时此刻，她说：我说过的话，都算数。断指乔说：也好。不过，这样一来，水就不清亮了。周亭兰说：这份人情，我替康家，替河洛镇的人记下了。断指乔说：人情不人情的，我不在乎。我在乎的，是你信我。好吧，我答应你。断指乔转身上马要走时，又扭过脸来说：我还要你做件事。她怔怔地说：你说。断指乔说：三年前，大雪天你给咱送过五百个馍。你就再给咱准备五百个大蒸馍吧，要热乎的。你丑时送到，我寅时出发。能做到吗？周亭兰徐徐吐了一口气，说：噢。送到仙爷庙吗？断指乔说：就仙爷庙。告辞。说完，他策马绝尘而去。

当母亲的，为了儿子，做了一件永远不能与外人提及的事。

这一夜，她终于睡着觉了。

第十三章 ·······························

一

那又是一个劫数。

谁也想不到，冥冥之中，一泡尿可以修改一个人的命运。

这年秋天，黄河滩里的一声铳响，竟给马从龙带来了牢狱之灾。

自担任了康家护院的总把式后，马从龙就是康家最信任的人了。水、旱两路，康家每有大的生意往来，都是他带人跟随。他武艺高强，人品直正。奔波在外，每遇险情，都是他挺身而出，一次次给康家纾困解难。康家上上下下，待他如自己家人一样。

可是呢，他好像并不快乐。

马从龙本就长着一张铁板脸。从他那张脸上，你几乎看不出喜怒哀乐。他给人的印象是心如止水，处变不惊。没有人能走进他的内心。他武功虽好，为人却不事张扬。平日里话极少，也从不酗酒闹事。说起来，他唯一的嗜好，就是去黄河滩里猎兔、打雁。

由于黄河连年改道，漫出了无边的河滩地。河滩里遍布一丛丛没膝的荒草，那是野兔雁儿们最好的栖息地。

秋天是猎兔的好时机。收过秋的大地平展展铺陈开来，一望无际，这正是兔子最肥的时候。兔子机灵、胆小，稍有动静，撒腿就跑。凭着两条腿，人是追不上它的。有狗的话，放狗去撵，狗撵得它停不下来，它甚至会气绝而亡。没有狗时，扔块石头或土坷垃，这家伙也会没头没脑地飞奔。待它跑得晕头转向时，一枪毙命。

打大雁就更简单些。每到春秋两季，一群一群南来北往的大雁，喜欢栖息在河滩的苇地草丛中。打雁一般要三更起身，埋伏在黄河滩的荒草里，群雁起飞之时，举铳瞄准，铁砂散弹打出去，一扫一片，一铳能打下好几只。后来马爷打雁上了瘾，凡闲下来时，马爷必去河滩。他只要去河滩，也必有收获。

马爷屋外的房檐下，总挂着一排风干的野兔和大雁。奇怪的是，他打大雁，却不吃雁。

马从龙玩火铳已有些年头了。原来的火铳叫"单眼铳"，也叫"二人抬"。铳筒粗，前头一人，后头一人。装火药，点火绳，放铳。一铳打出去，一大片铁砂。"二人抬"不好的是，易炸，不好掌握，没啥准头。后来他找到一个铁匠，重制了一杆改造过的铳。这是一杆铳筒细长、可以扣扳机的"柿花铳"。"柿花铳"是马爷的心爱之物，轻易是不让人碰的。有了这杆"柿花铳"，马爷去河滩的次数就更多了。

马爷每次进河滩，都是先把火铳放好了，而后去练功。他每日练功一个时辰，待雾气散尽，天微微亮，群雁欲飞时，他才拿起铳，瞄准后再射。这天，他还没有开始练功，到了河滩，他先撒了泡尿。

就是这一泡尿的工夫，坏了事。

本来，康悔文这次带船去山西，他是要跟着去的。可康悔文却把他给劝下了。因为他背上刀伤复发，成了疮了。留下来，让他好好治一治。后来，很多人说，马师傅如果去了山西，就不会出这样的倒霉事了。

要说，事情就坏在二贵身上。二贵是康家店的伙计，因个头小，长得秀气，又会说话，很讨人喜欢。平日里他干不动重活，大奶奶就让他带着小少爷玩。康悔文的儿子已经七岁了，名叫康有恒。有恒聪明，就是有些淘气，平日里就很想摸一摸马爷的"柿花铳"，只是不敢。这天早晨听说马爷要去打大雁，就非闹着跟了去。于是，二贵就把有恒带到河滩里来了。

黎明之前，河滩里雾蒙蒙的。只见二三十米外，一人高的苇丛里，有黑色的影子在晃动。二贵说：动了，动了。今年怎么这么多雁哪！接着，他又说：小少爷别动，你可别动，等马爷过来了再说。

可是，一语未了，那铳就响了，只见眼前一片火光。

待硝烟散去，有恒愣了，二贵傻了。等马爷束好腰带赶过来时，一切都晚了——那苇丛里放倒的不是大雁，而是人。晨雾中，一片"哎哟"之声。

小少爷康有恒扣动了"柿花铳"的扳机。他太好奇了，平日里哪里见过这么有趣的事情，一听二贵说有雁，禁不住就上了手。

后来才知道，这些人也是猎雁的。他们没有火铳，是来给大雁布套子、下药的。

这一来，事大了。一铳放倒了两个，只有赶紧救人了。待抬到镇上找大夫时，一个已经咽了气。

人一死，就不是赔钱可以了结的事了。这天上午，便有黑压压的人涌到康家店门前，把死尸往大门口一放，哭着喊着要康家人抵命。

门前哭声一片，周亭兰从没见过这样的阵势。她脸色苍白，问：这是？这是……怎么把人抬到店门口来了？！

众人哭闹着，乱嚷嚷地说：康家人把人给打死了。杀人偿命！

周亭兰慢慢镇静下来，她问：康家人在何处把人给打死了？怎么打死的？你们得让我知道啊！

众人仍是乱哄哄的。一个老者说：在河滩里，一铳放倒了两个！还不承认吗？

周亭兰心里"咯噔"一下，说：如果真是康家把人给打死了，请各位放心，我决不护短。你们得让我问问，到底是谁在河滩里把人打死了。

众人又嚷道：问二贵。那个叫二贵的，他在场！

周亭兰即刻吩咐说：快去，把二贵给我叫来。

可是，等来等去，二贵没出来，马从龙出来了。当马从龙出现在门口的时候，那乱哄哄的人群一下子就静了。人们看到，马从龙是反绑着双手走出来的。

周亭兰惊讶地望着他：马爷，你……

马从龙说：东家，这祸是我惹下的，我跟他们去见官。说着，马从龙走到众人面前，大声说：各位老少爷儿们，在黄河滩里，是我马从龙误伤了两位兄弟。这跟康家没有任何关系，一切罪责由我一人承担。俗话说，杀人偿命，欠债还钱，天经地义。我已把自己绑上了，现在就跟各位走。请各位抬上人，跟我一块儿见官去吧。

周亭兰一下子愣住了，说：马爷，真是你吗？

马从龙点了点头：是我。东家，我跟他们走了。

众人一看，有人出来认了账，就嚷嚷着说：走，走，见官去！

二

当七岁的康有恒偷偷溜回房时，他的脸色还没有缓过来。

那一声铳响，那一片瞬间冒出的火光仍留在他的记忆里，他吓坏了。他只记住了三个字：不能说。千万，千万，不能说。一路上，那是二贵反反复复交代的。

看见娘的时候，有恒第一次低下了头。这在过去，是从来没有过的。娘正在给他缝一件兜肚儿，娘停了手里的针线，咬了线头，说：你怎么了？

有恒说：没、没有。

娘说：马爷教你的站桩功夫，你练了吗？

有恒说：练了。

娘说：有恒，你还会给娘撒谎吗？

有恒说：不是。

娘抬头看了他一眼说：那是什么？

有恒说：我今儿早上没、没练。我会补上的。

娘说：你那一身脏是哪儿蹭的？脱下来，我给你洗洗。

有恒吞吞吐吐地说：我、我跟马爷到河滩去了。

娘说：马爷又去打雁了？

有恒说：是。

娘说：打着了吗？

有恒不知该怎么说了。

念念说：孩子，你有什么事瞒着娘吗？

有恒愣愣的，突然说：娘，我要是死了，你会哭吗？

念念的脸色立时变了：胡说！你到底怎么了？

有恒"扑通"往地上一跪，说：娘，我伤了人了……

念念吃惊地望着他：伤了谁了？

有恒说：在河滩里……

念念一听，顿时脸色变了。

这边，周亭兰眼看着马爷跟人走了，一时心乱如麻。她来不及多想，一边招呼人带上钱去给人治伤，一边快步回到店里，让人准备打点官府的银钱。忙乱中，一眼扫去，她这才看见了二贵。

其实，二贵早就回来了。只是当着众人，他不敢出来。这会儿，他就龟缩在账房门前，傻愣愣地站着。

周亭兰沉着脸把二贵叫到账房里，问：到底是咋回事，你给我说。

二贵身子抖了一下，支支吾吾地说：马爷、马爷在河滩里，看见苇丛里有动静，黑乎乎的，以为是大雁，就、就放了一铳。

周亭兰气冲冲地说：你怎么到河滩里去了？还有谁去了？

二贵喃喃说：还有……还有……小少爷。

周亭兰一怔，说：有恒……有恒也去了？

二贵吞吞吐吐地说：小少爷非要看大雁。是，是我带他去的。

周亭兰看他神色有些不对，就追问说：那铳，到底是谁放的，你说实话。

二贵一口咬定说：是马爷放的。真是马爷放的。马爷的铳，平时不让任何人动。

周亭兰又问：伤了几个人？

二贵说：好像、好像是两个，都抬到范先儿的药铺里去了。往下，我就不知道了。

周亭兰望着二贵，觉得他眼神里好像还藏着什么，就说：二贵，我平时待你不薄。我再问你一遍，你说的都是真话吗？

二贵张了张嘴，迟疑片刻，流着泪说：大奶奶，我，……我说的，……都是真话。

可是，二贵话音刚落，念念便牵着儿子进来了。她进门就对有恒说：给奶奶跪下。

一见媳妇牵着孙子走出来，周亭兰突然觉得有些头晕，身子晃了一下，像站不住似的。念念赶忙上前扶住她，说：娘，你……

周亭兰稳住身子，说：我没事。有恒他……

念念说：你、你孙子惹下祸事了。跟你奶奶说吧。

康有恒跪在地上，嗫嚅地说：那铳不是马爷爷放的，是我放的。人，也是我伤的。

顿时，周亭兰脸上有了怒气。她逼视着二贵。

二贵赶忙说：少爷，你可不敢胡说呀。那铳是马爷放的呀，马爷都承认了。

周亭兰厉声说：二贵！

这时，二贵的脸一下子白了。他"扑通"一声跪下，说：大奶奶，是……是马爷吩咐我这样说的。马爷说，少爷还小，担不起这个罪名。

周亭兰沉默了片刻，说：我就知道，这里边有蹊跷。有恒，你再说一遍，那铳是你放的吗？

七岁的康有恒，跪在地上，说：是，是我放的。马爷爷小解去了，我看见苇丛里有动静，就……我错了。

周亭兰眼里突然有了泪，说：有恒，你可知道，你闯下的祸有多大？——人命关天哪！

有恒流着泪，低头不语。

周亭兰长叹一声，弯下腰，把孙子扶起来，说：起来吧，我这就去给你做碗面。吃了，先去看看你太爷，然后……

这时，二贵已明白她的意思了，是要把康有恒送去见官。他赶忙跪下求道：大奶奶，这不能怪小少爷，要怪就怪我吧。

周亭兰看了他一眼，说：好，我也给你下碗面。

此刻，念念也跪下来，含着泪说：娘，是不是让有恒跟他爹见个面再去？

周亭兰眼里一酸，说：等会儿见过太爷爷再说吧。你干爹在牢里关着，康家要是一点动静也没有，叫人怎么看咱？

念念不吭了。

周亭兰说：你也起来吧，别跪着了。

背过脸，周亭兰掉了两眼泪。她心口憋着疼，可她再没说什么，去了厨房。

三

康悔文带着康家船队从陕西回来了。

这是康悔文最高兴的一天。可以说，他背着一座金山回来了。他的褡裢里装的全是地契——那几乎是关中平原最富饶的万亩良田。从此以后，康家在陕西的泾阳，有了自己的棉花地了。

七年前的那场棉花之战，到此时终于画上了一个圆满的句号。他觉得，他可以告慰仓爷了。临行前，他还特意到仓爷的坟上给他烧了纸、上了香。在坟前，他对着仓爷的坟头说：老师，泾阳的这片天下，是老师您开创的，我会好好守着。逢年过节，我都会派人来给您烧纸。您就放心吧。临行前，他抬头看了看树上，没见那只鸟儿。不过，他还是留下了一碟霜糖。

这趟生意，康悔文的确是抓住了一个千载难逢的最好时机。这年关中大旱，从三原到泾阳，粮价已涨到了十倍以上，康家的粮船就是在这个时候到达泾阳的。泾阳的粮商们都以为康家这次肯定会囤粮不售，待机要个天价……特别是泾阳的金寡妇，一石粮食已出价到九两九钱，而且是有多少收多少。她以为，撑到一定时候，康悔文一定会卖给她的。

可她没有想到，康家栈房竟会在粮商纷纷囤粮提价之时，明修栈道，暗度陈仓，在大灾之年将粮食半价出售，以粮食换土地的方式进行交易。这般身手，让泾阳的粮商大贾们一个个目瞪口呆，傻了眼。当然，这得力于康家的船队，源源不断地从山东、从南方运来粮食。到了此时，康悔文终于领悟了太爷爷写给他的"洛作智水"那四个字的要义了。

返程途中，康悔文站在船头，心中突然涌出了一股豪情。他现在已有了东、西、中三块经营好的根据地：山东有临沂，陕西有泾阳，河南有巩县。而且济南、西安、太原、开封、洛阳都有康家的栈房，东、中、西已连成了一条线。粮食、棉花、食盐，经水路可直贯东西。那么，下一步，一南一北，他也要经营康家的栈房，把东、西、南、北、中连成一片。

下船之后，康悔文急于给太爷爷报喜，径直去了老太爷住的院子。可他进门之后，却看到母亲和念念都在这里。他兴奋地说：太爷爷，母亲，泾阳拿下来了！

康秀才只是"噢"了一声。

康悔文又说：太爷爷，今年关中大旱，泾阳的粮食已卖到了十倍的价钱。粮船一进陕西境，沿途要粮的商人特别多。可我想了想，没卖。你猜怎么着，我来了个以粮换地。泾河两岸，一万二千八百二十一亩上好的棉田，全拿下了。

这时，康秀才抬起眼皮，说：以粮换地，怎个换法？

康悔文说：分三个县，我派下去八个相公，每个相公带一小组，让他们直奔县衙，而后告知里长、总甲，打出以粮换地的旗号。让他们回去告诉缺粮的乡党，愿换则换，愿当则当，愿课则课，各作各价。太爷爷，这一趟，我正是用了你说的"留余"二字。我对相公们说，咱康家虽是做买卖的，但不是奸商。粮价只按市价的一半。这是其一。其二是以粮换地后，农户仍可照常租种，只要按规矩交租就是了。结果非常顺利。那泾阳的金家，本是要跟咱叫板的，可她没想到的是，咱栈房那边一粒粮食都没卖……

可康悔文说着说着，见家人都不再吭声了。突然就觉得不对劲，他问：怎么了？

这时，康秀才长叹一声说：古人云，生儿不如己，要钱有何用？——见你儿子了吗？

康悔文说：还没呢。有恒呢？

周亭兰默默地说：还是见了你儿子再说吧。

这时候，念念眼里的泪下来了，她满脸都是泪水。她说：你儿子伤人了。

康悔文一下子愣在那儿了。片刻，他说：不会吧？他才几岁呀。

待念念把事情的经过说了之后，康悔文连声恼火地说：这孩子，这孩子！

过了一会儿，二贵领着已背绑了胳膊的康有恒走进来。二贵扶着他在康秀才的面前跪下来，磕了一个头。而后，又在父亲面前磕了一个头。

康悔文望着儿子，眼里一热，可他什么也没有说。

康秀才说：面吃了？

有恒说：吃了。

康秀才又说：车备了？

二贵忙说：备了。

康秀才两眼一闭，说：那好，去吧。

二贵把小少爷扶起来，出门去了。周亭兰和念念也跟着出了门。康悔文身子动了一下，刚要转身，只听老太爷说：悔文，你等一下，让你娘你媳妇送他去吧。

康悔文愣愣地站在那里，他刚要说什么，只听老太爷说：不经一事，不长一智，让他去吧。

康悔文低下头说：子不教，父之过。请老太爷罚我吧。

康秀才说：论说，你也该罚。你刚回来，先给你记下吧。这事呢，你也不用太心焦。大清律法，八十岁以上，十二岁以下，犯罪者免死留养，感化

242　—·—　河洛图

教育。有恒年幼，让他记住教训也好。但既见了官，堂台也是要一步一步爬的。

康悔文听了，这才又问：马爷那边如何？

康秀才说：马师傅自然要全力营救。把有恒送去，马爷的罪自然就脱了一半，顶多是一个监护不力。那些受伤的人家，你去看一下，不要惜乎钱。

听了太爷爷的话，康悔文心中稍安了些，下一步该做什么他已有数。只是看着太爷爷，他忍不住心中的难受。老人虽然头脑清楚，世事洞明，毕竟已年近八旬。腿伤尚未痊愈的老人躺在床上，如一段枯木。胳膊伸出来，皮肉松弛，青筋毕露。多说几句话，就接不上气。早就不应让老人操心劳神了，可家里家外烦心事一桩接一桩。想到这些，他从泾阳回来时的得意劲儿，不觉已消去大半。

四

康家绑了七岁的孩子去见官，这事很快就在镇上传开了。人们都说康家仗义，不恃强凌弱。加之康悔文四处打点，给受伤的人家送了银钱和粮食，他们也就不再闹了。

死了人的那家虽有怨气，但经人劝慰，也算安抚好了。康家包下办丧事的费用、送了三班响器不说，又送了二十亩地契，外加上三百两银子。

当康悔文赶到县衙时，刘知县已等候他多时。不但知县在，连知府大人都从洛阳赶过来了。两位大人很是"礼遇"康家，特别安排在后堂花厅里接待康悔文。

那位专程从洛阳赶来的马知府说：世侄啊，康家行事让人敬仰。你能把七岁的孩子送到县衙来，真是耕读人家的典范呀。

康悔文忙说：不敢，不敢。实是康某管教不严，致使犬子伤人。惭愧呀。

马大人劝慰说：哎，康家如此自律，官府也不能不看一点情面。刘知县，你说是不是呀？我看这样吧，这件案子，特事特办。给对方赔些钱，孩子呢，你现在就可以把他接回去了。

康悔文说：知府大人，犬子的事，按大清律法，该怎么办就怎么办，康家决不护短。我想说的是，马先生代犬子顶罪，实在是让人心中不安。我能不能先把马先生接回去？

马知府看了看刘知县，故意说：这个嘛，这个嘛。世侄呀，你这可是让我为难了。

康悔文说：我知道，堂台是要爬的，这样吧，由康家担保，马先生随叫随到，无论出什么事，都由康家承担。说着，他招了一下手，说：把保银抬进来。

这时候，只见两个伙计把一箱银子抬了进来。

马知府正身坐着，仅用眼角扫了一下那些打开了的箱子，只见银子白花花的晃人眼。可他还是说：这个嘛，由康家担保，我看可以。只不过案子已上报都察使司，世侄呀，有桩事，难办哪。那"柿花铳"，可是违禁物什，何况还伤了人。国法如山，此案可大可小啊。刘知县，那案卷不是报上去了吗，还能改吗？

刘知县只是"嗯嗯啊啊"地装聋作哑。他当然知道知府大人的心事，康家是只"肥羊"，生意做得那么大，如今出了事，能不好好"宰"他一刀吗？

康悔文听了，心里"咯噔"一下，他说：知府大人，马先生替犬子顶罪，这人康家是一定要保的。那"柿花铳"，确实是"二人抬"改的。这一点还请大人明察。如果这些银子不够，我让人再拉。如何？

马知府笑了笑，说：世侄啊，不是银子的事。我看这样吧，马先生那里你尽管放心，我已给下边安排过了。到洛阳之后，在监里给他单辟一个住处，好生侍候着。这边呢，看看能不能派人把案底追回来，改成"二人抬"就是了，你看呢？

康悔文一听，惊讶地说：怎么，你要把马爷带走？

马知府仍笑着说：世侄呀，按大清律法，像这样的人犯，三天之内，必须送州府关押。这也是没有办法的事。你放心，等你这边把案底改过，我一准儿放人。

康悔文看这马知府不但不放人，而且还急着要把人带走，便退一步说：那，我能先见一见马先生吗？

马知府即刻说：我看可以。世侄要见，刘知县，你安排一下，就让世侄见一见。见一见他就放心了。

出了花厅，刘知县看四下无人，对康悔文说：孩子才七岁，我没让收监，他如今在内人的后院，你把他带回去吧。

康悔文自然是很感谢，他说：知县大人，你是康家故交，我就不多说客气话了。孩子虽小，也是犯了法的。况且刚刚送来，我怎么能带他走呢？说实话，我这次登门，主要是为马爷来的。犬子无状，拖累马爷替他顶罪，我心里很不安哪。

刘知县说：这孩子虽说犯了法，但按大清律，不满十二岁，是可从宽的。你把他带回去，从严管教就是了。

康悔文说：不行。既然犯了法，把人都伤了，就不能轻易放过。这样吧，就让他站枷三日，以示惩戒。

刘知县大惊，他没想到康悔文竟说出这样的话来，忙说：这……有些过了吧？他毕竟是个孩子。

康悔文说：这孩子从小生在福窝里，不知轻重，就让他站枷三日，以示儆戒。

刘知县转过身，望着康悔文，片刻，说：好吧。康家到底是康家呀。说完，他走了两步，又悄声说：老弟呀，马先生的事，一旦解到洛阳，我可就帮不上什么忙了。

康悔文看着刘知县，说：这马知府……

刘知县说：洛阳城里有个传闻，你听说过吗？

康悔文说：愿闻其详。

刘知县笑着说：我这句话，是要换你一座桥的。

康悔文说：给家乡修桥也是应分之事，你说吧。

刘知县说：也仅仅是一个传闻。听说，马知府有一小妾，深得宠爱。她得了一种怪病，是白马寺的一位居士邵先生给治好的。话，只能说到这里了。

康悔文说：我明白了。

<h2 style="text-align:center">五</h2>

与马知府打交道，康悔文觉得非常屈辱。

他发现，一个商人，无论你有多少钱，见官还是矮三分。

马知府看上去笑眯眯、胖乎乎的，可他像是一道橡皮做成的墙。见了面，好话说尽；可转过脸，就是不办事。

没有办法，康悔文只好通过各路朋友上下打点，好让马爷少吃些苦头。这天，他又单独把牢头请到小酒馆里。康悔文与牢头对面坐下。待菜上齐后，牢头先是端起一杯酒，"嗞"一声喝下去，说：少爷，对不住了。

康悔文一惊：怎么了？

牢头说：马爷他，受了酷刑。

康悔文焦急地说：啊？牢爷，你可是答应过的。

牢头说：我也是没有办法。这一次，是都察使司的宋大人亲自审的。

康悔文直直地望着牢头说：牢爷，你可一定要保住马爷的命啊！

牢头说：对不住了，少爷。我知道，你给的银子，足够打发弟兄们。我敢保证，我的弟兄没一个下狠手的。就为了那杆"柿花铳"，这位宋大人怀疑马爷私通土匪，所以他专程赶来，亲自审问。这人太黑了。他摸摸马爷的胳膊，说这骨头硬啊。然后，抡起大锤就砸下去了。你想啊，再硬的骨头，还有不折的？

康悔文说：胳膊？

牢头说：胳膊。

康悔文说：折了？

牢头说：折了。硬用大锤砸的，能不折吗？不过，我已给他上了药，用竹批给庇上了。少爷，你放心，我干了这多年牢头，啥样的刑伤都见过。我这里有一偏方，是咱洛阳名医邵先生告诉我的。邵先生说，接骨之后，必服七七四十九天雄黄酒，而后发赤瘢而愈。

康悔文说：是邵子涵，邵先生吗？

牢头说：正是。这邵先生学问大呀。他还说，凡胎生之骨，如花木之枝，随处可接，重要的是以血来养气。若是后天之骨，如膝盖、脑骨之类，断不可接续。之所以用雄黄烧酒，只因为雄黄可去瘀血。连喝七七四十九天，这瘀血方可尽消。若瘀血不能尽去，虽看上去好了，可一变天，定会发作，疼痛难忍，且终生不愈。

康悔文即刻从褡裢中拿出一锭银子，放在桌上，推到牢头面前说：牢爷，拜托了。

牢头说：少爷，牢里上下，你都使过银子了。这就不必了。

康悔文说：牢爷，马爷他若是真有罪，该怎样就怎样，我不会让你为难。可他是代犬子受过，所以，您老务必全力保全，千万不要再让我师傅受罪了。拜托拜托。

牢头说：牢里的事，你放心，我会关照。可有句话，我得说。

康悔文说：你说，尽管说。

牢头说：马爷在牢里关着，终久不是长法。你得赶紧想办法把他弄出来才是。

康悔文说：我已上下打点，只是……

牢头说：马知府那里？

康悔文摇摇头说：别提了。

牢头说：有一人，你可去求他。

康悔文说：谁？

牢头说：邵先生。那马知府有一心爱小妾，据说得了怪症。她的病，只有邵先生可治。

牢头又一次提到了邵先生，康悔文说：我知道了。我想看看马爷，行吗？

牢头把酒盅一蹾说：走。

待牢头把康悔文带进监房，牢门打开，康悔文先是闻到一股发霉的气味，继而他看到了背对着监门的马从龙。马师傅端坐在铺了麦草的地上，面对墙壁，正在运气练功呢。

康悔文与师傅见面后，心里却又多了一层担忧。就是这天，在与马爷交谈中，康悔文才知悉，母亲为了他，一直跟土匪断指乔有来往。师傅马从龙告诉他一个秘密，那歹人曾扬言要杀了康悔文，母亲为了他，除了给银子外，每逢端午节、八月节、灯节，都会派人往仙爷庙送吃的。这既是约定，也是告诉那个歹人，绝不能伤害她的儿子。师傅还告诉他，作为康家的护院，近年来，他眼见得大奶奶夜夜失眠，几乎没睡过一个囫囵觉。这些年，她担了多少事呀！康悔文听了，心中又心疼又愤懑，脱口说：如果他敢欺负我母亲，我杀了他！可马师傅却告诉他说：且不说你杀不了他，如今他手下有上千人，个个都是杀人不眨眼的亡命徒。就算是杀得了他，你母亲活着的时候，你也不能杀他，只因他对康家也是有恩的。师傅还说，大奶奶的意思，凡走上这条路，都是穷得没了活路。他们在，对官家也是制约。只要他不做有损少东家的事，且与他周旋一日是一日。

说到眼下的牢狱之灾，马爷倒很平静，他说：要说有恩，康家于我有大恩。我逃难来到巩县，河工做不成，是你母亲收留了我。说是为了给你治病，可大奶奶她为给我母亲治病，四处求医问药。老人走时，又得康家厚葬。这些，都记在我心里。打雁伤人，也是我一时疏忽，哪能让一个孩子顶罪呢？所以，你什么都不要说，也不必说。

康悔文难过地说：师傅如此仁义，更让悔文不安。是犬子淘气，害了师傅。临来时，老太爷和母亲再三交代，无论如何，也要营救师傅。

在儿子站枷那三日里，康悔文悄悄地陪了儿子三个晚上。他一直躲在县衙的签押房，硬下心来跟老县丞下棋。他的棋艺本来是不错的，可这几天，他一直输。

对于康有恒站枷三日这件事，康家人有过争执。周亭兰和念念以为，孩子还小，把他送官，吓吓就是了。可康悔文说：这孩子生在福中，不知道活人难，缺的是担当。闯下这么大的祸，得给他一个教训，让他牢牢记住才是。不然，以后不知他会闯下啥祸来。最后，还是老爷子一锤定音。老人说：玉不琢，不成器。悔文是对的。悔文能有这样的见识，我也就放心了。

这天夜里，康悔文仍是与值更的老县丞下棋。每下一盘，他都要站起身来，望一望衙门外的站枷，那里边站着他的儿子。

县丞说：你输了。

县丞说：你又输了。

县丞说：从棋势上看，你步步先机，怎么总走昏招呢？不一定要站够三日，你还是把他接走吧。

棋下着下着，康悔文突然说：这孩子，是不是睡着了？

县丞说：让人去看看？

康悔文说：不用。要是能睡着，就好了。

县丞说：怎么？

康悔文说：他要是睡着了，我这盘准赢。

夜深了，康悔文悄悄地走近前去，只见站枷里的康有恒果然睡了。这孩子是站着睡的，嘴边上还流着一线涎水。拐回来，康悔文这盘棋果然就胜了。他问老县丞，你知道为啥？这说明孩子心里平和了。

康有恒站满三日，已经不会走路了。出了枷，是父亲康悔文把他背回去的。

六

年关就要到了。

为救马爷，康悔文先后派人给洛阳知府衙门送了五次银子。一次两千两，一共送了一万两银子。银子送去了，马知府却一拖再拖，就是不放人。

万般无奈，康悔文只得去求见那位邵先生。邵先生是在家修行的居士，住在寺院后边一所僻静院落里，深居简出，不见生人。

康悔文第一次求见，被拒绝了。第二次登门，他拿一个长圆锦盒，盒中是一幅卷轴。他对看门的老人说：这里有一珍藏的偏方，请邵先生过目鉴定一下。如果邵先生看不上，就此不再叨扰。

看门老人说：先生稍等。

约有一袋烟工夫，那老人出来了。他手捧四四方方一小匣子，对站在门外的康悔文说：我家主人说了，偏方他留下，借阅三日。三日后，你再来。主人还说，这个匣子里，装的也是一个偏方，不可打开。可直接送给知府大人，或许可换一人脱困。

康悔文一下子怔住了。他觉得这位邵先生太神了，简直深不可测。他怎么知道所为何事呢？康悔文百思不得其解，愣愣地站了一会儿，心说，也只好死马当作活马医了。

康悔文赶到了洛阳府，求见知府大人。马知府一听康家来人了，马上说：请。

待到得后厅，马知府一见康悔文就连连作揖说：世侄呀，我真是无颜见你了。你拉来那些银子，我也是多方打点哪。都察院这些人，真不好说话，就为改几个字，你不知道，我托了多少人。贤侄呀，你就再等等吧。你尽管放心，马先生一切都好。

康悔文说：马师傅的事，既已拜托世伯，我当然放心。不过，我听巡抚大人说，那呈文已下来了。不知……

马知府一怔，说：下来了吗？不会吧。我怎么不知道？——来人。

一个师爷走进来，说：大人有何吩咐？

马知府说：马从龙那个案子，上头批了吗？

师爷看了他一眼，马上说：还……没有见到。

马知府吩咐说：批下来立刻报我。下去吧。

待师爷走后，马知府说：世侄，你放心，只要批文一到，我立即放人。

这时，康悔文拿出了那个四方匣子说：知府大人，我今天来，是送偏方的。

马知府望着那匣子，说：偏方？

康悔文说：听说知府大人内眷有疾，这偏方是我从邵先生那里求来的。偏方密封在匣子中，邵先生特意交代，此方可治顽疾。可有一个条件，除病人外，不得示人。

马知府喜出望外，说：邵先生是洛阳名医，他的方子是不会错的。世侄有这个心，我先代内人谢了。说着，就要打开。

康悔文说：知府大人，邵先生交代了，要与病人灯下拆阅。

马知府说：好好，世侄稍等，我去去就来。

过了一盏茶的工夫，马知府从里边走出来了，那脸上的神情有些怪异。马知府说：世侄啊，这个偏方，你看过吗？

康悔文摇摇头说：没有。邵先生交代过，非病人不得拆阅。

马知府"噢"了一声，道：实话说，这方子，我求了三年了。罢了，世侄如此用心，我也破一次例。不用再等上头的批文了，去牢里具保领人吧。那马先生，我做主，放了。

康悔文内心十分诧异，那个偏方究竟是什么？当天，他把师傅从监里接了出来，却见马从龙衣衫褴褛，浑身是伤。那胳膊虽已接过，却被一次次重刑又给枷断。康悔文雇了辆车，直接送师傅到白马寺疗伤去了。

三日后，康悔文到邵府登门致谢，邵先生亲自迎至二门。此人一袭布衣，蓝色长袍外罩着一件素青色的马褂，脚下是一双千层底黑布鞋，人显得清癯飘逸。他笑着说：有缘一睹青藤道人的"墨葡萄"，了却平生心愿，邵某谢了。

康悔文忙行礼说：在下康悔文，特向邵先生致谢。

邵先生说：你送我一偏方，我不过是还你一偏方，谢什么。可治了病吗？

康悔文说：邵先生真是神人。人已经放出来了。我替我师傅给先生行礼了。

邵先生却说：你了却我一个心愿，我也了却你一个心愿，就不必客气了。

待两人在葡萄架下落座，老仆送上茶水，康悔文说：邵先生，我有一事不明，特向先生求教。

邵先生说：请讲。

康悔文说：我两次登门，均未见到先生，先生怎知……

邵先生笑着说：一般人敲门，都会站在门的右边。而你两次都站在门的左首。左边是坤位，也叫困位，可见你处于困境。你右手托一卷轴，属木，且巳时登门，你本人处于旺地，可知福分不浅，只是个问路人。再往下说，河洛康家又有谁人不知？

康悔文惊叹道：先生精通阴阳五行，是大师呀。得遇大师，实乃三生有幸。

邵先生说：康少爷客气了，略知一二而已。早几日，听刘知县谈及此事。康家为一下人不惜代价，邵某十分钦佩，才有意成全。何况，康少爷送来青藤先生的"墨葡萄"，让我饱了眼福。我观赏了三日，今日你可把它带走了。

康悔文忙说：这幅"墨葡萄"，是我在济南逛古玩店买下的。当时不过是一时兴之所至，放在我那里辱没了。送给先生，佳作遇知音，也算是得其所哉。

邵先生便不再推托，说：徐渭的这幅"墨葡萄"，是件真品。你这偏方，正对了在下的症候，我就不客气了。康老弟有什么事，我当尽力为之。

康悔文说：我有一事不明，不知当问不当问？

邵先生说：请讲。

康悔文说：冒昧问一句，不知先生开的是什么方子，如此神秘？要是不方便的话，先生不回答就是了。

邵先生大笑，而后说：你真想知道？好吧，我就告诉你。这位马知府，他七姨太的病我已治好八成了，但最后一剂药的方子，我一直未给开。你道为何？只因他为官贪墨，大节有亏。

邵先生说到这里，两个人都笑了。而后，他说：这个秘方，我可以告诉你。不过，你千万不能说出去。这剂方子，我以为治的是心病。方子分外方、内方。外方是用剪子铰下亵衣的裤裆，男用女裆，女用男裆，烧成灰，用香油拌了，贴于鬓角处。

康悔文听了，眼泪都笑出来了，说：先生是有意取笑他吧？

邵先生正色道：不然。这是外方。还有内方。内方是找精壮汉子破毡帽十二顶，熬成浓汁，早晚服下。这的确是个千年秘方，是以精阳补阴衰。此方先录于东汉张仲景的《伤寒杂病论》，后记于明万历《妇科千金方》。绝非戏言。

康悔文很好奇，说：是吗？回头倒要找来看看。

邵先生说：不过，这外方也的确有治一治贪官的意思。

两人又大笑。

邵先生接着说：贤弟，咱们有缘，一见如故啊。河洛之地，我已去过多次，尤其是宋陵。还有你家康老爷子，我也是倾慕已久，改日一定登门拜访。

康悔文知道，话说到这里，就该告辞了。临别时，邵先生把康悔文送到门口，随口说：一品红的戏，你看过吗？

康悔文说：怎么，邵先生喜欢她的戏？一品红是我小姨。

邵先生说：是吗？这些时，她正在此地献艺。我刚看了一场，戏真好哇！

第十四章 ·······································

一

康悔文把儿子从县衙接回来，并没让他回家，直接送到了太爷爷的私塾院。他对太爷爷说：我小时候，太爷爷让我上街买字，深受教益。有恒这孩子娇养太过，顽劣不堪，惹下祸端。太爷爷，也让他跟您老人家识文断字吧。太爷爷说：小猴子交给我，就得听我的。康悔文说：那是自然，一切听太爷爷的。

站枷三日，小小年纪的康有恒窥见了世态人心。

站在衙门前的木枷里，他突然觉得，天仿佛变了，人们的目光也变了。在此之前，他是康家备受呵护的小少爷，现在他成了被展览的罪人。木枷里的天地骤然狭小，天空被枷成一格一格。头一天，围观的人越来越多，他突然发现，目光是可以杀人的。每一个人看他的目光都是不一样的，那些目光包含着一个世界的复杂，有同情的，有怨恨的，有嘲笑的，有讥讽的……还有一些比他大的孩子，躲在远处用弹弓射他，用土块砸他。而他并不认识他们，与他们无冤无仇。由此他知道了，有一种恨，是无名的。

出枷后，康有恒还是有些怕的。他害怕回家后，父亲会重重地责罚他，没想到，父亲却把他送到私塾院来了。

康有恒一进私塾院，就被老爷子"圈"起来了。老爷子让人在私塾院里收拾出一间净房，让康有恒单住，谓之康家的"思过房"。接着，长工们又按老爷子的吩咐，把私塾院一扇通向外面大街的门给封上了。

初进私塾院，老爷子并不要求他做什么。有恒先是给老爷爷磕了头，规矩了一会儿。见老爷子对他不管不问，就独自一人在后院跑来跑去。先是玩水、爬树，后又去草丛里寻蛐蛐。一天三顿有人送饭来吃，倒也自由自在。

书房廊下，康秀才正襟危坐。他手捧书卷高声诵读，声震屋瓦。

……北冥有鱼，其名为鲲，鲲之大，不知其几千里也；化而为鸟，其名为鹏，鹏之背，不知其几千里也。怒而飞，其翼若垂天之云。是鸟也，海运则将徙于南冥……

一天，母亲念念趁送饭的机会，趴在窗口悄悄向院内张望。她本有些心疼孩子，怕他太受拘束。可她看见儿子有恒爬在一棵银杏树上，从这一枝沿到那一枝，似比过去更顽皮了。她不由叹了口气：这孩子，真让人揪心哪。

但见老爷子朗声诵读，也不便多说什么。

就这样，一日一日，在私塾院，每天都能听到康老爷子的诵读声，就像是在念经似的。

……小知不及大知，小年不及大年。奚以知其然也？朝菌不及晦朔，蟪蛄不知春秋，此小年也。楚之南有冥灵者，惟五百岁为春，五百岁为秋；上古有大椿则，以八千岁为春，八千岁为秋，此大年也。而彭祖乃今以久特闻，众人匹之，不亦悲乎！……

实在是无趣的时候，有恒终于走了过来。他先是远远地席地而坐，不解地看着胡子随诵读一撅一撅的老爷爷。

又过了些日子，康有恒禁不住又走得近了些。他怔怔地望着老人。他见老人读书时，嘴咂巴着，像吃糖一样。

老爷子依然是抑扬顿挫，样子颇为陶醉。

……君之所贵者，仁也。臣之所贵者，忠也。父之所贵者，慈也。子之所贵者，孝也。兄之所贵者，友也。弟之所贵者，恭也。夫之所贵者，和也。妇之所贵者，柔也。事师长贵乎礼也，交朋友贵乎信也。……人有小过，含容而忍之。人有大过，以理而谕之。勿以善小而不为，勿以恶小而为之……

那日，康有恒禁不住问：老爷爷，读书真这么有意思吗？

康秀才低头看他一眼，朗声回道：妙极！妙极！

康有恒小声问：比糖……

康秀才说：不可比。

康有恒问：比看戏……

康秀才说：不可比。

康有恒说：那比过年呢？

康秀才说：其乐何止百倍、千倍、万倍。书中自有黄金屋，书中自有千钟粟，书中自有酸甜苦辣人生百味……只有读了，才晓得。

圈禁的日子实在是太无趣了，有恒一步一步走进了书房。他仰起小脸：老太爷，你能教我读书吗？

康秀才严肃地说：先去洗脸、净手。

有恒听话地跑去洗手。之后，老爷子郑重其事地问：有恒，你看我手里拿的是什么？

康有恒说：书。

老爷子说：书上是什么？

康有恒说：字。

老爷子说：字的后面呢？

康有恒一怔。

老爷子说：字的后面是人。每个字后边都有人的故事，我回头一一解给你听。不管多长时间，你若能把"人"给我读出来，就算你过关了。

康有恒半信半疑说：真的？

老爷子说：一言为定。

就此，康秀才开始给有恒讲书中的一个个字，以及字背后的人。

在私塾院，康有恒一读就是五年。

一天，老爷子给家人说：有恒可以出门了。让悔文来领人吧。

康悔文进得门来，见儿子有恒上前先施礼，再尊道：父亲。而后，侧身立在一旁。

眼见十二岁的儿子面庞有了清雅之气，与大人对话，其言也温文，其行也彬彬，他不由心中一喜，问道：有恒，这些年太爷爷都教你了什么？你拣要紧的说来听听。

康有恒说：禀父亲，儿子愚钝，也就识得十六个字。

康悔文说：哦，是哪十六个字呀？

康有恒说：逝者如斯，不舍昼夜；生不带来，死不带去。

康悔文怔了一下，笑了，说：好。很好。懂得这十六个字，可不是一天半天的工夫呀！

康有恒说：父亲，孩儿明白。

康悔文说：你奶奶想你呢，去吧。

康悔文快步走进书房，康老爷子须发皆白，双手拄杖，正身端坐。

康悔文叫一声：太爷爷。

康秀才抬起头，说：悔文哪——说着，吃力地站起身来。

康悔文忙上前搀住太爷爷。

老爷子在屋里慢慢踱了两步，说：悔文哪，老夫身无长物，唯读书识人一事，未曾看走过眼。我看哪，有恒这孩子，是有些慧根的。

二

打罢春，黄河开凌的时候，周亭兰病了。

她已有许多天吃不下饭，终日昏昏沉沉，头晕得厉害。康悔文请镇里、县上的大夫给母亲看过多次，药也吃了无数，只是不见好。

母亲日见消瘦，脸色也越见憔悴，康悔文十分担心。于是，他专门套车去了洛阳，请来了邵先生。

邵先生给母亲号了脉，摇摇头说：老夫人是劳心过度，气血两亏，先吃几服药试试吧。邵先生临走时，给康悔文留下一句话：老夫人是闷出来的病。心上的病，药是难医的。你得让她开心些。

邵先生的话让康悔文心中一惊。前些时，师傅马从龙的一番话让他猛醒，如今，邵先生的话再次让他感到痛楚。是啊，他是遗腹子，从未见过父亲。母亲生下他时，还重孝在身。正值青春的母亲，夜夜孤灯。二十多年寒来暑往，只见母亲为全家人操心，从未听母亲说过一句苦累，道过一声劳乏。作为儿子，有了妻小，扛起康家的担子后，才知道做人做事的不易。想到这些，他心里不由一酸。母亲不会有别的心思吧？

这一日，康悔文来到母亲房里，说：娘，儿子长这么大，一直没有尽过孝心。今天，儿想尽一尽孝，送娘一件礼物。

周亭兰听了，眼里一湿，却说：家里什么都不缺，不年不节的，送什么礼物呢。

康悔文说：今儿天好。我看娘的气色也稍好些了，我想陪娘出去散散心。

在床上躺了些日子了，周亭兰浑身酸疼。听儿子说要陪她出去走走，嘴里虽然推辞着，可还是让康悔文扶着出了门。

上了等在门前的骡车，一路上，康悔文一直握着母亲的手，也不多说什么。那骡车走过镇街，一直往北。出城有十多里远，半上午时，车停了下来。康悔文说：娘，到了。

周亭兰掀开布帘一看，眼前的河岔出现了一座木桥。这木桥是新修的，放眼望去，河对岸不远处就是仙爷庙了。那仙爷庙也是整修过的。

周亭兰下了骡车，站在桥边，久久才说：这是你送娘的礼物？

康悔文说：是。我听说很多老太太都来仙爷庙进香，娘也常来，每次都绕很远的路，冬天还要蹚水，所以……

周亭兰手扶栏杆在桥上走了一遭，说：一座桥。

康悔文说：一座桥。

周亭兰眼里的泪一滴一滴地落在桥的木栏上，边走边说：一座木桥。

康悔文又跟着说：木桥。

而后，周亭兰说：也好。进香的人不用蹚水了。

康悔文又叫了一声：娘。

周亭兰说：对康家，娘也算尽了本分。

康悔文说：儿子知道。

周亭兰说：娘五十岁了，守了三十一年寡。树都老了。

康悔文说：娘。

周亭兰心里有很多苦，是不能对儿子说的。那些个胆战心惊的夜晚，教人不堪回首。周亭兰只说：娘，都是为了你。

康悔文说：我知道。

周亭兰说：娘，没有对不住你。

康悔文一下子泪流满面，呜咽说：娘——

周亭兰又说：娘知道你的心思。娘不要什么了。那石匠，朱十四，娘给你留着呢。你得闲还是尽早择块地，置办家业吧。

康悔文说：给您看病的邵先生，是位风水大师。我已给邵先生说过了，拜托他给看一块好地。我也准备到京城走一趟，请京城工部样式房给出个图样，这是大事。娘，您就放心吧。

周亭兰说：好啊。太爷爷年岁大了，让他……

康悔文说：母亲，放心吧。

三

这天傍晚，康悔文突然得到有土匪进镇子的消息。

康悔文早就对那个匪首断指乔恨之入骨，听说他们又来了，即刻带上康家几十个护院，悄悄地围了柿树坡。二贵趴在康悔文耳边小声说：少爷，动手吧，他们人不多。

康悔文说：别慌，再看看，断指乔来了没？

二贵说：兴许吧，都蒙着脸呢。你看那个，那个像不像？

康悔文说：哪个？

二贵说：就那个，胖不墩……

康悔文说：不是。

二贵说：那兴许背对着咱，柿棵后那个是不是？

康悔文说：也不是。断指乔，见有断指头的吗？他缺了一根指头。

二贵说：这黑乎乎的，哪里看得见。突然，他惊讶地低声说：少爷，你看你看，大奶奶！她咋来了？

康悔文抬头一看，果然是母亲。黑暗中，只见一辆驴轿车停在了林子边上，有人正往下搬东西。周亭兰穿一袭黑色斗篷，在林子边上站着。

只听有人唤木瓜，那个叫木瓜的一招手，就有人从驴轿车上抬箱子。

木瓜向母亲拱手道：掌柜的，谢过。

周亭兰只说了两个字：快走。

见此情形，康悔文自然不敢造次，悄悄带人撤了。

康悔文不知道，头天晚上，周亭兰正在账房看账，门"吱"地一响，那个叫木瓜的走了进来。木瓜曾是断指乔的贴身侍卫，所以周亭兰认得他。只见他疾步上前，气喘吁吁地说，掌柜的，事情紧急。乔爷兵败荥阳，差我来借点银子。周亭兰问：他，到底是投了李匪了？木瓜朝外看了一眼，说：掌柜的，说实话，乔爷没让我来借，是我自己来的。借与不借，你给个痛快话。周亭兰说：借多少？木瓜说，五千两。周亭兰说：我若是不借呢？木瓜冷笑说：那，我只有到镇上去"借"了。周亭兰知道，所谓去镇上"借"，那就是抢。她迟疑了一下，说：镇上？木瓜点点头，说：对。明人不说暗话。我带人连抢他十来家，也就差不多了。周亭兰说：不抢康家？木瓜说：乔爷吩咐过，不准抢康家。周亭兰当然明白，土匪抢了镇上的商家，若是独独不抢康家，那……周亭兰说：你是要陷康家于不义呀！这样，你先带走二千两。随后你说个地方，再设法送去。可有个条件，不准在镇上做活儿。木瓜说：好，那就……明天二更柿树坡吧。

这天夜里，周亭兰悄悄带银子到了柿树坡。她的驴轿赶到坡前，柿树林里隐约有马匹、人影，木瓜如约而至正等着呢。

回到店里，周亭兰刚解下斗篷，康悔文就推门进来了。

周亭兰说：悔文，还没睡呢？

康悔文望着周亭兰，久久，说：母亲，你怎么还……

周亭兰看着儿子，默默地说：你都看见了？

康悔文点点头。

周亭兰说：那好，你把我绑去见官吧。

康悔文一怔，"扑通"一声跪下来，说：母亲，孩儿不是这意思，孩儿只是……

周亭兰说：我这样做，是为了康家。

康悔文求道：母亲，土匪杀人不眨眼，他们会无休无止地勒索，总有一天……

周亭兰说：国有国道，家有家道，民有民道，匪有匪道。咱康家行的是仁道，无论他是官是匪。再说，欠债总是要还的。

康悔文再次哀告说：母亲，虽说……可他们是些亡命徒啊！

周亭兰说：我能不知道吗？我之所以这样做，理由有三。一是断指乔也算有恩于康家，这我就不细说了。二是如果不借给他，他就到镇上去"借"了。他虽不抢康家，但会陷康家于不义。三是我不想让我儿子受害。

康悔文说：母亲……

周亭兰说：我说过了，娘没有做对不起你的事。你出去吧，我累了。

康悔文站起身，悲愤地说：母亲，我要建一处牢固的大宅院，让土匪永远进不了门！

周亭兰说：好啊，那就是你的事了。

四

这年夏初，麦子黄梢时，康悔文从洛阳请来了邵先生。

专程请邵先生到河洛镇，是请他为康家看一处吉地，用于康家造新宅。邵先生本是散淡之人，几次交往，他与康悔文惺惺相惜，互引对方为知己。知己相托，自然不便推辞。

接连几日，康悔文陪着邵先生在河洛镇周边四处游览。二人谈天说地，甚是投缘。

康悔文先是陪邵先生去了南河渡，那里有建于北魏的石窟寺。此寺邵先生已来过数次，但寺中的佛龛造像还是让他流连不已。

石窟中，佛像或坐或立，或拈花微笑，或手握法器，无不法相庄严。头顶有浮雕藻井，飞天造型妙曼，衣带当风。特别是雕刻于石壁上的"帝后礼佛图"，其间有帝后，有供养人，有侍从，各个人物丰肌秀骨，神态雍容。那高耸的发髻，那典丽的服饰，那衣带的褶子柔曼地沉沉垂下，清雅高贵的气息呼之欲出。

敬香默祷毕，邵先生问：贤弟，你知这礼佛图出自何处吗？

康悔文说：我是第一次来此瞻仰，自当请教先生。

邵先生说：它出自释迦牟尼的《妙法莲华经》。据说，当年释迦牟尼在灵鹫山宣讲佛法，引来众弟子颂诵，此后就传了下来。

康悔文说：噢。曾听太爷爷讲过一次，何谓偶然，何谓必然……

邵先生说：老爷子学问深呢，这讲到了根本。你可知道，为何叫《妙法莲华经》吗？

康悔文又一次被问住了，说：还请先生明示。

邵先生说：莲花者，一为花果同时，二为出淤泥而不染。《妙法莲华经》不仅是佛家净土宗的经典，亦可作为儒家经典来读呢。

清风徐徐，两人且看且行，只觉畅快莫名。

又一日，在一处山坡，二人居高临下，停了脚步。邵先生指着洛水边康家的造船场说：贤弟，这河洛交汇之地，周围方圆百里，我已先后来过数次。可有个问题，我仍是百思不得其解。

康悔文说：先生请讲。

邵先生说：古书上讲究的是，阳宅天下第一向为"子午向"，那是皇家才敢用的向位。阴宅呢，会稍稍偏一些，一般会选用"丙壬向"，那也是皇家才能使用的。到了民间，阴宅一般则选用"乾巽向"……当年的河洛，百利在水。大宋王朝选皇陵茔地于河洛交汇之地，却不借水势。北宋享国一百六十七年便土崩瓦解，令人叹之惜之。

康悔文说：先生所讲，悔文愿闻其详。

邵先生说：想那大宋王朝，当年也是人才济济呀，皇陵茔地自然是百般挑剔。可选来选去，却选了这么一个十恶大败之地——败笔呀败笔！

康悔文不解地问：其败在何处呢？

邵先生连连摇头，说：古人有"生在苏杭，葬在北邙"之说，这里的确是风水宝地，可也不是随处都可以葬的。宋朝的堪舆大师众多，怎么偏偏就选中这么一块寡地呢？真让人痛心啊！尤其是采用"五音取穴"，定向丙壬，更是败笔中之大败笔。试想，宋是加冠之木，水生木也，可偏偏近水而躲水，一错也；取西地而选"丙壬"之向，面东南而坐西北，水火交战之地，不宜阴宅，二错也；中原五行为土，"木"秀于土，也囚于土，三错也……

康悔文赶忙问：邵先生，那么寻常人家的阳宅呢？

邵先生说：阳宅嘛，阳宅就不同了。我已来此地多次，倒真是有一块风水宝地。

康悔文说：在哪里？

邵先生边走边说：你往这里看，就前边这一片。

康悔文抬眼望去，说：这……这不是叶岭吗？

邵先生说：正是。河洛之地，利水。如果不用水，就太可惜了。这是一块上好的风水宝地，叫"金龟探水"。况且这河洛之地，贵为东都门户，两京锁钥。这洛河东灌齐鲁，南通梁楚，本就是宝地。尤其是这块地，更是宝中之宝也。你看，前边临着洛河，可作码头；其后，岭前的朝阳之地，可建一处大宅院；再往后，有大山为依托，以山为凭，周围坡地呈拱卫之状，其势连绵不绝矣。

康悔文看了，迟疑道：可这里……已经有人家住户了。

邵先生手一挥，说：不就几户人家嘛，可以买呀，你把它买下来就是。

康悔文说：人家若不卖呢？

邵先生笑了，说：没有不卖的，就看你出价几何了。

康悔文想了想，笑了，说：也是。

五

农历四月，小满时节。从坡上望去，河滩地里的庄稼一片黄、一片绿，密密匝匝，宛如织锦。漫山的柿树抽出肥厚的新叶，南风吹过，哗哗作响。林间鸟鸣啁啾，令人心胸开阔，十分欣悦。

那日，康家的"大相公"孙掌柜来到了叶家。叶氏三兄弟一听有人买地，先是应下了。那二十几亩薄田，不值几何，卖了也就卖了。可后来又听孙掌柜说，要把他们现住的宅子连同所有房产、地亩全都买下，便一口回绝了。

叶家老大说：笑话！这也太欺负人了吧？我住得好好的，为啥要卖。

孙掌柜说：前边不远就是康家的码头，康家有意要买。价钱好说。你们可别错过了机会。

可叶家老大叶大桐说：请回吧！这是祖业，不卖！

谁知，叶家老三叶清杰心思有些活络。他独自一人追上孙掌柜说：掌柜的，慢着。无论啥价，他都买吗？

孙掌柜说：只要说得过去，康家绝无二话。

于是老三就去找老大、老二商量，说自家孩子该成亲了，正是用钱之际。如果老大不卖，他愿卖。

老二叶清现说：听说洛阳城的邵先儿已来过几趟了，这里边定有蹊跷。咱可不能便宜了康家。

老三说：人家说了，叫咱出价。

叶家老大说：急个啥？这是祖业。他有来言，咱有去语。他有千条妙计，咱有一定之规。

老三说：那……到底是卖还是不卖，总得有个话呀。

老大说：不卖。

不久，孙掌柜再次登门，叶家三兄弟再次聚在一起商量。叶大桐在两兄弟的催促下，只好退一步说：既然孩子急着成家，卖就卖吧。可有一样东西，咱家的水井，不能卖。

叶家老二说：那……要是人家不答应呢？

叶家老三也说：这事儿……怕是不好说吧。

叶家老大沉下脸，应道：不好说，也要说。咱祖上有过交代。世人所说风水，都是有"眼"的。那口井，就是风水的点睛处。只要那个地方不卖，风水就还是咱叶家的。

叶家老三说：不卖井，人家要不买呢？

叶家老二说：对呀，这康家是好哄的吗？自家院里有一口人家的井，这也说不过去呀。

叶老大说：他是听风水先生指点的。只要风水先生不在场，这事就好办。

老三有些急，说：那我去给孙掌柜回个话。说着，他站起身就要走。

叶老大说：慢。

老三站住了，回身望着老大。

叶老大说：先说好，咱弟兄仨，你两个唱白脸，我唱红脸。但最后，一切要按我说的办。

孙掌柜来后，就价格问题双方一直争执不下。当价格涨到五千两时，叶家老三眼都直了，可叶老大仍未松口。最后，当要价涨到八千两时，叶氏兄弟自己都觉得有点心虚了。

就此，双方谈妥，并约定择吉日签约。

这一日，康家把叶家三兄弟请到了康家店里。三兄弟进门后，见一桌上等的酒菜已摆好了。寒暄过后，分宾主坐下。一边是周亭兰、康梅文、朱十四、孙掌柜、里长等人，另一边坐的是叶氏三兄弟。

　　这天，当着叶家兄弟，周亭兰请来的里长作为中人，当着众人念了卖地契约：……卖地人，叶大桐、叶清现、叶清杰，因康家所请，经双方协商，现将祖业叶岭老宅并地亩东至古槐树界，西至官道边，北至关头坡，南至柿树园，四至分明，卖与康悔文名下永远为业，同中面受，时值白银八千三百一十五两。日后一切违碍，卖主一面承当。空口无凭，立卖存照。卖主：叶大桐、叶清现、叶清杰。买主：康悔文。中人：里长，王仲堂。

　　里长念到这里，抬起头，笑着说：各位可听明白了？听明白就画押吧。画了押，咱们就可以开席了。

　　这时，叶家老大叶大桐站起来了，说：慢。

　　里长说：老大，你还有啥不明白的？

　　叶大桐说：这叶岭本是叶家老宅，是祖业，原是不卖的。可我的两位兄弟执意要卖，他两家孩子都大了，嗨，急着办亲……所以嘛，我就遂了他们的意。

　　里长说：是呀，一个愿买，一个愿卖，这不小葱拌豆腐，一清二白嘛。

　　叶大桐接着说：我要说的是，叶家之所以答应卖掉祖业，举家迁往柿树坡，是有原因的。甲午大旱，我老娘去康家借粮，得康家借麦一斗，可回家后，我那瞎老娘却在那一斗麦里摸出了一锭银子……

　　他感激地望向周亭兰，接着说：我娘在世告诉俺们，大奶奶之仁义，叶家要记住这份情。

　　这时，周亭兰说：卖地就说卖地。过去了的事，不说了。

　　叶大桐说：要说。不说，我这心里过不去。

　　往下，叶大桐又说：我刚才说，康家的情义叶家领了，所以答应卖了这老宅。可有一样，必得明说，叶家那口井，是不卖的。这个在契约上一定要写明。

　　听叶大桐这么一说，众人都愣住了。

　　此时，朱十四听不下去了。他霍地站起来，气呼呼地说：荒唐！叶家老大，你这就不够意思了。哪有卖地不卖井的？你虽是祖业，但康家已仁至义尽，地价都高到天上去了，你还想怎么着？

叶大桐说：地是地，井是井，这是两码事。

康悔文说：老大，你是不是想再加些钱？加多少，你说。

里长也说：是呀，是呀，哪有卖地不卖井的？你说个价，说个价。

叶大桐说：少爷，你误会了。我知道，你给的已是天价了。叶家再贪，也无再加价的道理。你听我说，不是我有意刁难康家。叶家这口井，是祖上六十年前打的。那年大旱，叶家倾全族之力打了一口甜水井。老祖宗死时有交代，这口井属于全族人；无论是谁，尽可汲水，永世不卖。

朱十四气得一拍桌子，说：你不卖井，康家要这地有何用?!

一时，场面十分尴尬，众人都沉默了。

周亭兰笑着说：不忙，先吃饭吧，菜凉了。买卖不成仁义在嘛。说着，给康悔文使了个眼色。悔文站起来出去了。

康悔文匆匆赶到私塾院，把买地的整个过程告诉了老爷子。康悔文扶着老人，一边走一边说：这事，得请您老示下，你看该当如何？

康秀才一边走一边说：风水宝地？

康悔文说：洛阳邵先生看的，的确是一块风水宝地。

康秀才说：卖地不卖井？

康悔文说：卖地不卖井。

康秀才想了想，说：那就先把地买下。

康悔文说：太爷爷，这……

康秀才：既然是块宝地，你还犹豫啥？先签了再说。

康悔文说：井呢？

康秀才说：井的事，好好跟人家商量。

康悔文说：他要执意不卖呢？

康秀才笑了，说：井背不走，水吃不尽，你怕的什么？

康悔文说：明白了。可宅院内有一口人家的井，总是不太方便。我再试试吧。

过了两天，康悔文亲自带人到叶岭来了。

叶家三兄弟，各有自家的院落。那口叶氏井就在叶家老大的院门外。井前有台，井台是青石砌成；井上有个木头盖子，旁边还有一架绞水的辘轳和打水的木桶。康悔文和朱十四站在辘轳旁往下看了，洞壁是青砖砌的，因年数久了，井壁上斑驳着绿色的苔藓，井里的水倒还清亮，能映出人影。朱十四顺手摇起辘轳，从井里打了一桶水，趴下喝一口说：少爷，确是一口甜水井，水质好着呢。

康悔文说：是吗？说着，也拿起一只瓢舀了水，喝一口说：不错。好凉。

朱十四说：夏天弄个西瓜吊下去，那才叫美哪！

这时，同来的里长把叶家三兄弟全叫过来了。

叶家老大说：这就来了。不是说十日内迁完吗？

康悔文说：老大，晚一点搬没什么。只是，这井我还是想买下来。

叶大桐摇摇头，说：少爷，我已说过了，这井，不卖。

康悔文说：老大，不瞒你说，我要建的是一处庄园。专门从京城工部样式房请人画的图样。按图上所画说，这井是在内宅，有诸多不便，你还是说个价吧。

叶大桐说：我已经说过了，这井是祖上留下的，我做不了这个主。

康悔文说：这样吧……说着，他朝身后一招手：抬过来！

立时，两个伙计抬过一口箱子，那箱子很重。抬到井台边时，康悔文说：打开，摆到井台上。

众目睽睽之下，那箱子打开了——全是白花花的银子。

两个伙计把箱子里的银元宝一锭锭地摆在井台上。当他们摆上十锭的时候，两个伙计抬头看看叶家兄弟，又看看东家。三兄弟谁也不吭，东家也不吭。伙计只得接着往上摆，一个井台都快摆满了，箱子里的银元宝也快要掏完了，叶家兄弟还是不语。叶家老二、老三紧盯着井台。

康悔文说：再搬一箱！

于是，第二个箱子又抬到了井前。一会儿工夫，整个井台全摆满了银元宝，看上去白晃晃的。

朱十四大喊：叶老大，这井是金子做的吗？！你别太不知足了。

此时此刻，叶家老二、老三都望着叶家老大。老三终于忍不住说：大哥，家都搬了，要这口井有啥用？康家要，就卖给他吧。你说呢，二哥？

叶家老二嘟哝着说：就是呀，谁还来这儿挑水呢？我是不来了。

老三不停地擦着满脸的汗，说：卖，卖，卖，卖球了！我愿卖。二哥，说话呀！

叶家老二仍嘟哝着说：水再甜，也不当饭吃。卖，卖就卖吧。

这时候，井台上第二层也已摆满了银元宝。

里长的胡子撅着，眼都晃花了。他结结巴巴地说：够了……够了吧。这还不够吗，老大？

叶家老大眼里流着泪说：还要我说多少遍，不卖。他俩愿卖，我这份不卖。银子再多，总有用完的时候。这口井，是祖上留下的，永世都在。假如有一天，叶家人逃荒要饭时走到这里，总还有口水喝。

叶家老三听了，两眼冒火，猛地回过身，恶狠狠地对叶家老大说：你傻呀？我真想掐死你！

这时，康悔文突然说：明白了，把元宝收起来吧。这井，还是叶家的，永世都是叶家的。

说完，康悔文站起来走了几步，突然转回身说：老大，我服了你了！这井我给你留下了。我请你帮个忙，总可以吧？

叶大桐有些诧异地说：帮忙？我能帮你什么忙？

康悔文说：你读过书吗？

叶大桐摇摇头说：小时候念过两年私塾，识几个字，不多。

康悔文说：这就够了。我建这宅院，不是一天半天的事。工程上我请了朱爷，由朱爷管。工地上的各项杂务，我想请你来管，做个管事的相公。你愿吗？

叶大桐怔住了，说：这、这……

康悔文说：工钱嘛，由你自己定。你说多少，就是多少。你考虑考虑吧。

此时此刻，叶大桐心里有些过意不去了。他追上去叫道：少爷——

康悔文站住了，回过身来，望着叶大桐。

叶大桐脸上一片愧色。他迟疑着说：康家大度啊！

康悔文走回来，拍拍他说：老大，这口井，你不卖没什么。你也别过意不去。

六

立秋那天，马从龙回来了。

二贵赶着骡轿从洛阳白马寺接回了他。他的胳膊在牢里伤得很重，伤筋动骨一百天，马爷在白马寺养好了伤。

一路上，二贵觉得自己对不住人，就忍不住想说些什么。他先是问：马爷，伤全好了吧？

马从龙说：好了。

二贵说：马爷，说实话，大奶奶本不让我说，可我不能不说呀。这次为了你，康家银子可花海了，银子一车一车往洛阳送。那马知府真不是东西，太黑了。

马从龙不语。

二贵说：真的，马爷，我若说半句瞎话，你把我踹下去！光马知府一处，都不下万两！

马从龙一听，说：这么多？

二贵说：这马知府有一小妾，他那院子真大呀！那银子，都是我带人运的，全搬到了知府家的一个库房里。

往下，马从龙只是听，一句话也不说了。

从洛阳回到康家，马从龙一直待在自己屋里，很少出门。除了吃饭，甚事不问，也不让人来看他。

阴历十五夜里，长空如洗，孤月当空。马爷骑一匹快马，独自悄没声地出了门。

夜半时分，月光正好。一个黑影，摸进了河洛知府的内宅。马知府和他的小妾正睡在一张大床上。突然，知府大人觉得脖颈处一凉，他迷迷糊糊地摸了，竟然是一把冰凉的匕首。他吓坏了，一下子睁开眼，窗外透进朦胧月光，他看见床前站着个蒙面人。

马知府张口结舌道：你，谁……

挨着马知府的小妾这时也惊醒了，她吃惊地望着蒙面人，刚要惊叫，一个胡萝卜塞进了她的嘴里。

马知府说：你……你想干什么？

蒙面人说：别出声，听我说。

马知府惊吓中点点头。

蒙面人说：穿上官服，你是知府大人。躺在床上，赤条条的，你就不是知府了。活着，你还是知府大人，一旦死了，你就不是知府了。明白吗？

马知府说：明白。好汉，要啥，你说？

蒙面人说：听说，你最近刚刚贪了一笔赃银，有万两之多！

马知府说：没有，没有……

蒙面人把匕首往他脖子上压了一下，马知府赶紧点了点头。

蒙面人说：我再问你一遍，有这回事吗？说。

马知府看了看躺在他身边的小妾，小妾正泪流满面，一个劲地呜咽着点头。

马知府只好说：有，在库房里。你拿去吧。

蒙面人说：好，很好。我替黄河两岸的百姓收下了。

这时，马知府眼珠子一转，忙说：钥匙，我给你拿钥匙。

蒙面人说：我要钥匙干什么？

马知府说：你……不是要银子吗？

蒙面人说：我是要银子，可我不要钥匙。劳烦知府大人送一趟吧。

马知府眼里闪出一丝亮光，说：好，也好。你说，送到哪里？

蒙面人说：送到总兵府衙门。

马知府一怔：你、你是总兵府的人？

蒙面人说：不敢。我说过了，我替黄河两岸的百姓收下这笔银子。总兵府兼理治河，我要你送到总兵府，作为治河赈灾的银两。总兵大人若是问起，银子来自何处，你要说明是何处所捐。听明白了吗？

马知府愣住了。

蒙面人盯着马知府，举起手中匕首，说：记住三日内，你若是不送或是少送一两银子，你就再也不是知府了。

马知府仍不语。

蒙面人说：你信不信？

蒙面人回手从梳妆台上拿起一个玉如意，片刻间，他手里一片晶白的粉末纷纷落下。

马知府吓坏了，说：我信，我信。

当夜月色皎洁，知府大院里一片静寂。马知府内院，有小妾压低嗓音的呜呜哭声。马知府坐在床沿上，呆望着红绫被上的一片粉末。忽然，小妾从床上爬起来，跪在马知府跟前，哭着说：老爷，药引子。那土匪拿走了咱的药引子，咱最后那剂药的药引子。你要不送银子，那药引子就……

知府大人怔怔的，一句话也说不出来了。

第二天早上，当康悔文来看望马爷时，却见马从龙正在河边上练功打拳呢。

康悔文走过来，说：师傅，早啊。

马从龙并不回话，一丝不苟地打完了这趟拳。

一直等他收了功，康悔文才走上前去说：师傅，刚才总兵府送来了帖子，说十天后是祭河大典，到时你能去吗？

马从龙说：我就不去了吧！祭河大典，场面大，不会有什么事。

康悔文说：胳膊上的伤还没好利索？

马从龙说：还行，无大碍。

康悔文说：要是无大碍，这样，你替我去工地上查看查看，行吗？

马从龙说：行。有句话，东家记着，要是秋总兵给你说些什么，你听着就是了。

康悔文听了一愣，可马从龙却不往下说了。

七

康家新宅开工了。

叶家三兄弟如约搬离老宅，匠人们在匠作领班老蔡的带领下，住进了叶岭，建造庄园的工程也就陆续开工了。

庄园格局的大样是康悔文专门从京城样式房花重金请名师绘制的。工程有图样，施工按图进行便是。工程监理方面，康悔文全都委托给了朱爷朱十四。可自这个朱十四来工地之后，匠人们却没一个人喜欢他。尤其是匠作头老蔡，他本人是行家，加上工地上大多是他的徒弟，他们根本不把朱十四放在眼里。

这天，匠作头老蔡带着一班徒弟正在挖好的地基上砌石头。徒弟们一边干活一边议论说：看看人家康家，砌墙用上好的糯米汁和灰，你说，这能不结实吗？

有的说：康家的活儿，没说的，就那个酒篓，太他妈的了！

老蔡也不制止，只说：好好干你的活儿。

话刚落音，朱十四就拐拉着腿从东边过来了。他到跟前一看，说：停，停，停！

老蔡说：怎么了，朱爷？

朱十四说：扒了。全都给我扒了，重来！

老蔡火了，说：朱爷，我倒是要问问，是砌歪了，还是斜了？你拿墨线绷绷，要是错一线，你吐我脸上，我二话不说。

朱十四说：老蔡，亏你还是个匠作头，你懂不懂规矩？要不是当着你徒弟的面，我大耳刮子就扇你脸上了。

老蔡猛地一下站起身，说：嗨，朱爷，这我倒要领教领教。你大爷的，你说说，我到底错哪儿了？

几个徒弟也都站起来，骂道：孙子，你说，到底错在哪儿了？

朱十四说：我要你一天垒几层啊？

老蔡说：三、三层。

朱十四说：你垒了几层？

老蔡气鼓鼓地说：六层。咋，干活多，还有错吗？

朱十四说：错。大错特错。全给我扒了，一天只准垒三层。

老蔡说：就垒三层？

朱十四说：三层。

老蔡说：垒完了干啥？

朱十四说：歇着。喝茶，吸烟，看蚂蚁上树。

老蔡说：操，这不是磨洋工吗？人家康家一天三顿猪肉炖粉条子，大蒸馍吃着，就干这点活儿？于心何忍哪！

朱十四说：百年大计，慢工出细活。还用我教你吗？

老蔡说：我干了这么多年，没见过这样磨叽的。

朱十四傲慢地说：你干那也叫活儿？

老蔡火了，说：你，不就是一守陵的吗？

朱十四说：对呀，我守陵的。你不服？

这时，老蔡的徒弟蜂拥而上，一下子把朱十四围住了。众人摩拳擦掌，立时就要打人。

刚好，马从龙骑着一匹马过来。他喝一声：住手！

下了马，他把朱十四从人群里拽出来，说：朱爷，来，你来。

朱十四悻悻地跟他走了。

两人来到凉棚下，马从龙问：朱爷，咋回事？

朱十四拿起碗，舀一碗凉茶，一气喝下去，说：这些粗人，干不得细活。

马从龙说：怎么了？

朱十四说：我让他垒三层，他垒六层。我让他扒了，他还不服气。

马从龙不解，问：垒六层不好吗？

朱十四说：当然不好。那糯米汁拌石灰，要慢慢阴干，那黏劲才会出来。他狗日的，一天垒六层，糯灰就没了"醒"的时间。再说，六层石头多重，把米汁都给压出来了，你说，这根基还会牢靠吗？

马从龙点点头，说：噢，我明白了。

朱十四说：那狗日的老蔡，仗着带过几个徒弟，不听招呼。

马从龙说：朱爷，你放心，我去说。

朱十四却偏偏地说：不用你说。说着，他放下水碗，大步走了过去。

当朱十四把工地上所有匠人都召集在一起时，匠人们议论纷纷，说：这狗日的，又干啥呢？

匠作头老蔡说：看他狗日的如何，再不行，咱不干了！

朱十四把人召集在一块儿后，一句多余的话都没说。他身旁是一块大石头，大石头上放着一块小石头。只见他从包里拿出一套工具，说：各位，看好了！说完，朱十四蹲下身子，叮叮当当地在那块小石头上凿起来。

人们疑疑惑惑地看着他，有的说：这是干啥呢？有的说：谁知道，臭显摆呗。

老蔡不吭声，就望着他。

渐渐地，整个人群全哑了。

半个时辰之后，朱十四站了起来。他手里托着个刚刚雕成的石算盘，那算盘就托在他的手心里，小巧精致，一粒粒算盘珠子滴溜浑圆，玲珑剔透。

朱十四托着那个石算盘，在围观者面前转了一圈，而后说：看清楚了，谁要有这本事，我听他的；从今往后，他就是这工地上的老大。要没这本事，就得听我的。

人群中，鸦雀无声。

老蔡扭头去了，众人也都跟着他去了。

老蔡说：服了，我是服了。

朱十四大声说：咱干的，不叫活儿，这叫营造。营造是有灵性的。有一天，咱都死了，它还活着。

第十五章 ······························

一

在豫中平原，戏就是人们的念想。

当戏台上的锣鼓响起时，十里八村的乡人就像是过年一样。大凡有戏班下来，人们会奔走相告，请远乡亲戚，接出门闺女，换上了平日不舍得穿的褂子，停下了从早到晚的劳作，相约着前来看戏。跟着戏班一起到来的，还有吹糖人儿的、卖针头线脑的、锔锅锔盆的、卖大力丸的……一时，戏台前就成了"绳会"，热闹非凡。

特别是"名角"，无论戏班走到哪里，都有痴迷者追随，这些人被称作"戏痴"。这些追随者也并不都是富人，哪怕是不识一字的长工，都有看场戏看疯了的。有的仅看了一场戏，就迷迷瞪瞪地跟着戏班走了。扛活儿的长工还好说些，到哪里都是扛活儿。酸文假醋的可就惨了，追戏日久，盘缠花光后，有的沦为乞丐，有的命都搭上了。还有些戏迷会生出许多怪癖，躲在戏台下边，透过板缝摸脚脖、抠脚心的，十里八乡传为笑谈。

当然，若是遇上灾荒年景，艺人们也是很惨的。那时候，城里没人"写"戏了。戏班子只好到四乡去"游"戏。所谓的"游"，就有些巧要饭的意思了。这时候，乡村里的一些大户人家，会把在乡村里"游"走的戏班留下来，唱个三日五日，这叫"截粮"，有周济的意思。如果留的时间长些，让戏班度过荒年，就叫"存粮"了。

一品红是声震六省的当红名角，追随者自然更多。她的戏班无论走到哪里，百姓们很快就知道了。这年秋天，在通往开封的官道上，刚从陕西回来的戏班，突然被人截住了。

一品红的戏班，比别的戏班气派些。一拉溜大车装着戏箱、布景等一应杂什。刚进入尉氏县界，就见尉氏县衙的一班捕快，气昂昂地拦在车前，大声喝道：是一品红的戏班吗？

领班是演老生的，外号"浪八圈"，人称圈爷。圈爷快步迎上前说：是。官爷呀，你们……

一个捕快头说：我们知县大人给他的小儿贺满月，留戏三日。你们不要走了。

圈爷两手一拱，为难地说：这位爷，开封那边戏码可早定好了呀，票都卖了，这……

捕快头说：这什么这！留你是抬举你，怎么着，想吃几天牢饭？

圈爷近前一步，拉着捕快头的手，顺势从袖筒里滑出些散碎银子，说：爷，这位爷，行个方便吧。

捕快头随手把银子丢在地上：这点银子就把爷给打发了？实话给你说，说出大天儿来，我也不敢放你！

圈爷再次求告说：爷，不是不给你面子，这是一品红的戏。

捕快头说：拦的就是一品红的戏！县台说了，不是一品红，还不抬举呢。怎么着呀？牵上骡子，走。

这边正僵持着，只见北边一支人马飞奔而来。有人大声喊：是红爷吗？

圈爷愣愣的，也不敢应声了。

这队人马领头的竟是宋海平。宋海平抖手给了那捕快头一马鞭，说：尉氏县衙的？滚开！

那捕快头一愣：你、你……

宋海平说：回去告诉你们知县大人，就说我臬司衙门的宋海平，日后去他那儿，让他候着！

立时，一班捕快慌忙撤去。

　　宋海平下了马，来到一品红的车前，说：红爷，宋海平来迟一步，让姐姐受惊了。知道姐姐回开封，专门在此迎候。

　　一品红说：不敢当。我一个唱戏的，怎敢劳烦宋大人？

　　宋海平说：姐姐，我可是一等一的戏迷呀。你到开封的头一场，臬司衙门包了。

　　一品红说：是吗？

　　宋海平说：我代臬司大人到尉氏县界迎接姐姐，算是一片诚心吧？接着，他喊道：抬过来！

　　一顶轿子抬到了骡车前，宋海平说：姐姐，请吧？

　　一品红说：这是干什么？

　　宋海平说：请，这是专为姐姐备的轿子。

　　一品红说：那我更不敢坐了。

　　宋海平说：姐姐，有几句唱词，我想替姐姐改一改，不知姐姐意下如何？

　　一品红说：好哇，这我倒要听听。

　　可她还是有些迟疑，这人到底想干啥呢？

　　一品红迟迟疑疑地下了大车，坐上了宋海平的轿子。她怎么会想到，就此她再也下不来了。

二

　　一品红和宋海平打过交道，知道他是个戏痴。

　　一路上，宋海平处处小心侍奉着一品红，极力巴结。每每说到戏，他就两眼放光。她觉得此人虽有些乖张，倒也算得上是个知音。

　　戏班到了开封，一品红就挂牌了。这次是排的一出新戏，在开封最大的天兴茶园演出。

新戏上演时，一品红吩咐圈爷专程给康家送了戏票，还特意嘱咐让悔文和念念一起来看她排的新戏。快到八月十五了，康悔文也想给家里采买些东西，便和念念来到了开封。

其实，这场戏并不是臬司衙门包场的，宋海平不过是借臬司的势，唬人罢了。不过，戏园子倒是经宋海平指点改建过的。前排有雅座，中间是二十排长条板凳，再后边和两侧则是站票。头场新戏，看的人特别多。跑堂的小伙计端着盘子，满头大汗地跑来跑去，给人飞送手巾把儿。

圈爷送的票，自然是前排的雅座。看四周多是些达官贵人，康悔文和念念悄没声地坐下了。

开场锣鼓响起，最先唱的是垫戏。两个丑角一边扭，一边唱着逗趣。男女二人鼻子上搽着白粉，一唱一逗，现编现演，"关板乱弹"，惹人发笑。这是为先进场的人解闷，也是为后面的大戏铺垫：

马上用眼撒，眼前白花花。

——啥呀？豆腐？豆腐渣。

路南一门楼，门楼上挂着花。

——啥花？哥哥花？哥哥眼花。

两扇朱红门，门框金粉刷。

——刷啥？大喜字？不对吧！

走出个小佳人，二九一十八。

——扒啥？扒着墙头往里翻？你可真胆大！

…………

台下"哄"的一声，人群里传出了笑声。

后台上，一品红一边化妆，一边对着一旁侍候的圈爷说：圈爷——

圈爷凑上前来，躬身说：红爷，以后你可不敢再这样叫了，你折我寿限。这里只有红爷，没有圈爷。

一品红扭头看着他，有些不好意思地说：看你老说哪儿去了，圈爷还是圈爷。

圈爷说：红爷，我老圈走了背字，如今人也老了，嗓子也倒了，要不是红爷赏我口饭吃，我早就让野狗拉吃了。

一品红说：不管到哪一步，你都是师傅。

圈爷郑重地说：红爷呀，在咱戏班可是有规矩的。戏比天大，你就是"天"。这里只有一位爷——红爷！红爷你吩咐。

一品红说：我外甥来看戏，你替我好好招待他。

圈爷说：红爷放心，都安排好了。雅座，前五排，最好的位置。

一品红说：那就好。

圈爷说完，走到幕布旁掀开一角往外看，场子里人上齐了。台上，两个唱垫戏的丑角仍在随口接着往下编：

梳个元宝髻，金簪十字插。

——插啥？手？不敢不敢俺不敢。

身穿红罗衫，扣子像月牙儿。

——你说啥？狗嘴里吐象牙！

下头蓝绸裤，绿丝带子扎。

——摸摸？打你个老王八！

怀抱头生儿，像个银娃娃。

——叫你爹？叫她妈？白想。

头戴虎头帽，铃铛缀十仨。

——咋长的？回家问你妈。

小儿摇摇头，银铃哗啦啦。

——笑了吧？

佳人解开怀，小儿怀里扎。

——你也想扎？

小儿真淘气，咬住佳人"妈儿"。

——你也想咬？

佳人怒一怒，小儿抓一抓。

——你也想抓？

照头一巴掌，打死你个小冤家！

　　…………

　　台下，哄笑声如潮。这时，有人站起来吆喝说：大人们都到了，一品红咋还不出场呢？

　　众人跟着喊道：一品红！一品红！

　　正在这当儿，圈爷从后台走过来，他弯着腰拍了拍康悔文，说：少爷，借一步说话。康悔文见是圈爷，忙起身跟他走出来。两人走到戏园子旁边的一个角落里，圈爷说：少爷，你懂戏吗？

　　康悔文说：这……不敢说懂。你说吧。

　　圈爷说：在陕西，红爷可是帮了你大忙了。

　　康悔文说：这还用说？小姨有何吩咐，你尽管说。

　　圈爷说：少爷，你来看红爷的戏，红爷高兴。到时候，你能不能给红爷抬抬场子？

　　康悔文说：你说，怎么抬？

　　圈爷说：红爷的戏，你也知道，戏迷多，捧场的人也多，一般情形也用不着。可到了"眼节"上，你帮忙再给往上抬抬，如何？

　　康悔文说：小姨的戏，那是应该的。

　　圈爷两手一抱拳，说：谢谢少爷。钱不让你花，你只管大声吆喝，可劲儿往上抬。

　　康悔文笑了笑，正色说：圈爷，看你这话说的，你把我当什么人了！我说多少就是多少。

　　圈爷忙说：失礼了，打嘴打嘴。那好，到时候，我这毛巾把儿往肩上一搭，你就往上抬。

　　康悔文点点头，说：放心吧。

　　待回到座位上，念念看悔文一眼。康悔文说：没事。一点小事。

　　这时候，戏台上，一品红人未出场，唱腔已起：

　　　　红日出东方天色明，

　　　　它随着浮云儿慢慢往上升，

　　　　日影儿慢慢往上长呀，

只照到了俺的绣楼棚，

绣楼内只照得一片光明，

罗帷宝帐里睡不成，

香阁里走出俺洪美容……

一品红移步前台一个亮相，顿时，台下响起叫好声。

这边，圈爷又跑到戏园后边，对跑堂的小二暗暗地嘱咐了几句。小二说：圈爷，您老就赆好吧。

戏园里，众人的目光被一品红吸住了，尤其是她且唱且舞的楼梯步和水袖。每到此时，掌声雷动。

当戏唱到中场时，台下，突然有人站起来大喊：鼓楼马家，送第一楼灌汤包，十笼——！

接着，又有人站起来喊道：西河沿魏家，敬送上好竹炭五担——！

这时，坐在前排的宋海平朝跑堂的小二一招手，跑堂的赶快弯着腰跑到他跟前。片刻，跑堂的高声喊：臬司宋大人，送刺绣汗巾十条！玉镯一对——！

这厢，站在戏台角里的圈爷露出半个脸来，往台下康悔文坐的位置扫一眼，手里的白毛巾抖了两下，往肩上那么一搭。

那跑堂的十分机灵，出溜儿便跑到康悔文面前，弯着腰说：爷，有吩咐吗？

康悔文低声对他说了几句，立刻，那跑堂的小二大声喊道：河洛康家，送花篮十只！白银一百两——！

顿时，戏园里一片嚷嚷声，有的人站起来，四下瞅着，说：乖乖，河洛康家！

此刻，宋海平回身探头看了看，脸上已有了怒气。他再次招了招手，堂倌又跑了过去。随即，小二又大声喊道：臬司宋大人，送金菊十盆！白银三百两——！

这边，康悔文刚要起身，这时坐在他身旁的念念轻声说：相公，这样不好。

康悔文扭过头，轻声说：是小姨安排的。

念念再次劝道：是吗？相公，还是不要如此张扬的好。

康悔文低声说：到了这份儿上，也只得如此了，给小姨撑个面子吧。

台口上，圈爷的毛巾又搭在肩上了。那跑堂的小二再次来到康悔文面前，一弓身说：这位爷，有何吩咐？

康悔文只好说：送白银一千两。

顿时，那跑堂小二朗声喊道：河洛康家，送大红灯笼十只，白银三千两——！

戏园里，人们莫名地兴奋，一个个说：乖乖，这河洛康家，财大气粗，过去没听说过呀！

这边，宋海平"呼"一下站起来了，他望着康悔文坐的位置，手一招，那跑堂的猴儿一般蹿过去了。

宋海平恶狠狠地说：你给我叫，白银五千两！

跑堂的小二贴耳说：宋爷，你是最高的。杀戏后，红爷就去你那里唱堂会了。——银票呢？

宋海平说：银票即刻送到，你给我叫！

跑堂说：好哩。而后扬声喊道：宋大人送戏箱十只，白银五千两——！

众人大哗。有的站起来了，大喊：斗起来了！斗起来了！好啊，好！就看那河洛康家应不应了……

这边，念念感觉不好。她轻轻扯一下丈夫的衣角，小声说：相公，让一步吧，咱让一步。

坐在后排的是宋海平的跟班。跟班们怂恿着一帮泼皮大声喊道：孙子，蔫了吧？叫啊，你叫啊？快滚蛋吧！

那边台口上，圈爷又把白毛巾搭在肩上了。

康悔文迟疑着，站起身来。念念也跟着站起来，再次劝道：相公，走吧，我有些不舒服。

不料，那跑堂的小二跑过来，说：这位爷，你叫多少？

那边，又有人站起来喊道：孙子，你叫啊，叫啊？你真孙子！什么河洛康家，孙子！

康悔文面对众人的骂声，实在是有些气不过。他四下看了看，一咬牙，低声对小二说：一、一万两！

跑堂的即刻叫道：河洛康家，缕金戏衣一件，白银一万两——！

哄！全场的人都站起来了，人们大喊：好哇！斗啊！斗啊！

到了这份儿上，这姓宋的腾一下站起来了，说：王八蛋，敢跟我叫板？一万五！

立时，跑堂的小二高喊：宋大人缕金戏衣两件，白银一万五千两——！

此刻，整个戏园子都沸腾了。趁人们乱起哄的当儿，康悔文和念念互相看了一眼，站起身悄悄地往外走。

两人绕过众人走到过道，不料，宋海平拦在了两人面前，笑着说：二位，怎么，要走啊？

康悔文一抱拳，说：对不起，内人不适，告辞了。

谁知，这姓宋的仍拦在前面。他的目光在两人脸上扫来扫去，突然冷笑一声，说：慢着！想当托儿也得掂一掂分量。——银票呢？

康悔文说：银票嘛，已交与堂倌了。

宋海平怔了一下，说：是吗？接着，他说：来人，把跑堂的给我叫过来。

立时，他身后一个跟班的马上跑去了。

站在一旁的念念赶忙说：这位官爷，你大人大量，况且你已经胜了，这又何必呢？

宋海平说：在这戏园子里，你找人打听打听，我败过吗？哼！

不一会儿，那跑堂的小二被揪过来了。他赔着一脸笑说：爷，宋爷，有何吩咐？

宋海平说：这位河洛康公子，他的银票交了吗？

跑堂的小二说：交了，交了。

宋海平说：真交了？拿来我看看。

康悔文说：这又何必呢？

宋海平说：我要验验，是不是托儿？拿来！

跑堂只得把手里的托盘掀开，这托盘是两层的。宋海平一眼看见了那张银票。

宋海平脸色骤变。他呆呆地望着那托盘，托盘上放着的竟然是一张两万两的银票。

看着那张银票，宋海平差一点气晕过去。他又一次验了那张银票，千真万确，是两万两。两万两啊！可他为什么只"叫"一万两呢？

过了片刻，从未在戏园子失过脸面的宋海平退后一步，说：得罪！得罪了。

康悔文什么也没有说，和念念一起匆匆走了出去。

宋海平愣愣地站着，突然，他的脚连连在地上跺着，嘴里骂道：孙子呀，真孙子呀！不对，不对不对不对……接着，他又自言自语：别急，别急。想想，让我想想。康家……河洛康家？

身后的跟班轻声叫：宋爷——

不料，宋海平一脚踢过去，骂道：滚！

三

戏散场后，一品红着实有些累了。

一场戏唱下来，她浑身都湿透了。来到后台，她刚刚坐下，端起小壶喝一口茶水，圈爷就兴冲冲地跑过来，说：红爷，大喜！

一品红恹恹地说：喜从何来？

圈爷说：这河洛康公子，可真是仗义呀！他一下子把戏抬到一万五千两！

一品红说：噢？不是说……

圈爷兴奋地说：红爷，还不止这些呢。人家康公子，我的娘呀，抬戏抬得真叫漂亮！他叫的是一万两，可出手的银票却是两万两啊！银票人家出了，还得让这叫板的宋大人服气。人物！真人物！

一品红一听，脸沉下来了，说：当真？

圈爷说：这还有假。这是银票。

一品红把手里的梳子一放，顿时恼了，说：是谁让他抬戏的？

圈爷说：这……红爷，我也是一番好意。

一品红说：老圈，你这是打我脸呢！这悔文少爷是我的亲外甥，他母亲是我的救命恩人。当年你把我扔了之后，是这位姐姐把我捡回去的。说着说着，一品红眼里含泪了。她流着泪说：你逼着人家抬戏，这不等于说，是讹诈吗？

圈爷立时傻了。他愣了一会儿，伸出手来，左右开弓，扇自己的脸，一边打一边说：红爷，红爷，当年撂下你，我肠子都悔青了。你要是不原谅，我老圈只有死路一条了。我也是……唉！

一品红说：你看你，不过那两万两银票还是退回去吧。老圈，你也不想想，我请人家来看戏，本意要你好好款待他，可你竟要人家两万两银子，这也太不仁义了。

圈爷连声说：红爷，红爷，我错了。我去给人家赔礼，我给人家道歉。

一品红怔了片刻，说：算了，回头再说吧，到时候我亲自去登门谢罪。我问你，今儿个还有堂会吗？

圈爷说：有。是臬司宋大人的，官轿在戏院后门候着呢。

一品红摇摇头说：今儿有点累，我不想去了。

圈爷说：红爷，还是去吧。这姓宋的可不是一般人，咱惹不起呀！

一品红说：我知道了。你去吧，让我喘口气儿。

当晚，一顶官轿把一品红抬到了宋海平的宅院。

宋海平迎到大门口，一口一个"姐姐"地叫着，躬身把一品红接到了花厅里，而后忙命人布茶，上毛巾、果盘、点心。待一切上齐后，宋海平挥挥手，花厅里就剩下宋海平和一品红两个人。

一品红品着茶，捏起一块点心吃了两口，说：这一口酥不错。这边，宋海平递上茶说：姐姐，这西湖龙井如何？

一品红说：也好。

宋海平说：姐姐，以后没外人时，咱就姐弟相称，可好？

一品红随口说：就依你。

宋海平说：那好。姐姐，这会儿没外人，咱说说戏？

一听到说戏，一品红来了兴趣，马上问：这场戏，你觉得如何？

宋海平一伸手，说：请。

宋海平领着一品红来到回廊上。只见回廊两边挂了灯笼，一面大西洋镜挂在廊道尽头。一品红举步起范儿，立马清楚地看见自己的形容举止。她在回廊来回转身，"呀呀"地叫着，甩着水袖，十分惊喜。

宋海平得意地说：姐姐，还称心吧？

从这么大的西洋镜里看自己演戏，一品红还是第一次。她欢喜不尽地说：天哪！你从哪儿弄来的这洋玩意儿啊？

宋海平说：这是进贡皇上的宝物。造办处有我一兄弟，为得到这宝物，我操心可不是一时半会儿。姐姐呀，这都是为了你呀！

宋海平又说：唱戏，讲究的是手、眼、身、法、步。你看不见自己，如何提高？——这是我给姐姐的见面礼。

一品红转动着身子，一时感动得不知说什么好了。她说：弟弟，我的亲不溜溜儿的亲弟弟呀，你是真懂事啊！说吧，要我怎么谢你？

不料，宋海平却正色道：我给姐姐说说戏吧。

一品红说：你说——

宋海平立刻起身，身子稍稍那么一歪，两腿绞成麻花状，双手伸出兰花指，惺惺做出了女儿态。他在廊道里一边走圆场，一边比画着说：姐姐，这场戏，有两步，你走得不好。

一品红怔怔地望着他，说：怎么不好了？

宋海平说：你知道的，这演戏要装龙像龙，装虎像虎。戏台能有多大？这"走"只是一种戏法，那是要你"演"的。演戏演戏，这个"走"是要你演出来。旦角嘛，要走得轻盈，走得"浪"，要步步生莲、浪花四溅，让人看得目不暇接才是。可这场戏，有两步，你走得"木"了。

一品红眼前一亮，说：你说，你说。

宋海平说：我看，你是走神了。你有心事。不然，像你这样的名角，如果不走神，断然是不会"木"的。这演戏呀，身份不同，走法也就不同。丫鬟有丫鬟的走法，小姐有小姐的走法。要是生角，一般都是八字步，但老生有老生的走法，小生有小生的走法。小生，要走得飘逸，走出那个狂劲儿。老生，要走得"僵"，走得硬，走出"威"，走出架势。

一品红大声道：宋公子，你才是老师！你是真懂戏啊！

宋海平说：我不过是太喜欢姐姐的戏了。姐姐演戏，哪怕是一点点瑕疵，我都能看出来。不过，姐姐在台上，端的是步步生莲、浪花四溅哪！

一品红嗔道：去，去！说着说着就下路了。

宋海平在廊道里表演台步，走的圈儿越来越大。他走到了过厅，倏尔，又转了回来，手里多了一个托盘，托盘上盖着一方帕子。他做出丫鬟样儿，一扭一扭地来到一品红跟前，说：姐姐，你看如何？

一品红笑着说：你这才叫"浪"哪。

这时，宋海平突然从托盘下翻出一把匕首，这匕首看上去寒光凛凛，一下子就逼到了一品红的脸上。

一品红手里的细瓷茶碗"当"一声，摔在了地上。她惊叫一声说：你、你干什么？

宋海平一下子变脸了，说：姐姐，这也是戏呀。这就叫翻手为云、覆手为雨。

一品红以为他在开玩笑，说：拿开，快拿开。小心划着我的脸。

谁知，宋海平脸上冒出了一抹杀气。他说：是呀，我要是在这脸上轻轻划一道，这戏就毁了。你是戏吗？做戏做戏，你就是个骗子。你们合起伙来骗我！说着，他又拿起那把匕首在一品红的脸前比画着。

一品红六神无主地说：我……何时骗过你？

宋海平冷笑一声，连连摇头说：哼，你找一托儿，也就罢了。可他不该呀，不该这样压我一头，让我当众出丑。说着，宋海平拖着戏腔、娘声娘气道：你这负心人，真该千刀万剐呀呀呀——

一品红解释说：这、这都是八圈那老龟孙干的。我已经骂过他了，我根本不知情。

宋海平说：你真不知情？

一品红说：我可以赌咒，我真不知情。

宋海平说：那康家少爷，你也不认识？你敢说你不认识？

一品红不语。

宋海平又改用戏腔说：事到如今，你还在骗我。罢罢罢。这真个是世情薄，人情恶，人成各，今非昨……姐姐，我这里有四十八种刑法，你想试哪一种呢？

一品红觉得这个人太邪了，她还以为他在扮戏，吃惊地望着他说：你、你是个疯子……

宋海平说：不错，我就是个戏疯子。可我容不得欺骗。我心都扒给你了，换来的仅仅是握一握你的臭脚吗？

到了这会儿，一品红只想赶快走，可又脱不了身。她说：宋爷，我真没骗你。

宋海平说：你已经骗我一次了。好好想想，那个山东女子，就是你骗我放了她。这是第二次，我不会相信你了。

事已至此，一品红也只好豁出去了。她两眼一闭，说：宋爷，无论我说什么，你都不信。你要怎么样吧？

宋海平说：事到如今，你要我怎么信你？不错，那山东女子的确不是我要找的人。实话告诉你，那朝廷要犯我找到了，她跑不出我的手心儿了！

四

平日，在戏园子里，宋海平抬戏，从没遇见过对手。今晚，他被那河洛康家始终压着一头，最后还砸了面子丢了人，他实在咽不下这口气。可是当他见到和康悔文在一起的念念，面前这个清丽的女子，却突然让他联想起了崔红案。顿时，他的池沼里冒出了无数气泡，一连串的疑惑在瞬间有了解释。他觉得，这简直是鬼使神差，让他既有了向上邀功的机会，又有了拿康家开刀的把柄。

从戏园里出来，他随即安排人紧盯康悔文两口，连同他们见过面的所有人，一个都不要放过。回家后，他拟好了要呈送的密折草稿，这才派人接来一品红。当晚，他说戏的情绪格外饱满。在他的想象中，那河洛康家，如同砧板上的一条鱼，或是一只待宰的羔羊。这想法让他很是兴奋和受用。

康悔文和念念离开戏园后，念念心里一直在打鼓。她的感觉很不好，她觉得宋海平这个人阴森森的，他的眼里有一种阴毒的邪光，特别是他盯着人看的时候，就像一条蛇昂着头吐信子，让人浑身起鸡皮疙瘩。

乘车返回的路上，她极力想摆脱这些令人不安的感觉。这一天下来，她着实有些乏了。从骡车围篷望出去，路北街边现出一个斗大的"当"字。顿时，她想起了昔日在这家当铺看过的古琴。那是一张唐代天宝年间的焦尾琴，琴身刻有铭文。这张琴像是长在她的心里，她无数次在想象中抚摸棕红的琴身，弹拨乌黑的丝弦。此番路过，莫非天意？她对悔文说：相公，你肯送我个念想吗？

自结婚后，念念从来没向他要过什么。康悔文听念念如此说，想起刚才花出的大把银子，心中不觉生出愧疚，忙说：你说，想要什么？

念念说：前边就是当铺，那里有一张古琴，要两千两银子呢！

康悔文略有些诧异。他知道，市面上一张上好的琴，顶多不过一二百两银子，但他仍马上说：好。走，看看去。

二人来到当铺门前，只见一个巨大的"当"字挂在房檐下。进门后，却见当铺店面不大，里边略微昏暗些。柜台上竖有一排木栅，木栅上一个很小的窗口，虽是白日，里边仍亮着一盏罩灯。见有人进来，当铺田掌柜迎了出来，说：二位，可是要……

念念问：那张古琴，还在吗？

田掌柜看了念念一眼，说：恕在下眼拙。——在，还在呢。

念念说：能否让我家官人掌掌眼？

田掌柜忙说：请，里边请。而后，他拉开木栅旁的小门，把两位让了进去。

进门后，当铺内室就宽敞多了。内室里竖着一排排高大的木架，架子上摆满了当来的器物。架子后边的木桌上，摆有一张罩着黄缎琴衣的古琴。

田掌柜小心翼翼地褪下琴衣，回头说：二位，看这"龙舌""龙池""凤沼"，还有这"天柱""地柱"，完好无损。说着他轻轻地吹拂了一下琴的面板，说：行家，这"蛇腹断"，这"焦尾"，你一定认得的。

念念点点头，说：是两千两吗？

田掌柜说：这古琴世上仅此一张，少三千两不卖。

念念说：不是……

田掌柜说：一时有一时的行情。

康悔文说：三千就三千，要了。

两人回到车上，念念抱着琴不舍得放下，欣悦之情，溢于言表。

人的预感往往是会被印证的。二人离开当铺不久，宋海平派出的密探就跟了进去。来人对田掌柜亮了腰牌，从袖中抖出一张画像，说：好好看看，当年卖给你九凤金钗的，是不是这个人？

田掌柜盯着画像看了一会儿，说：有、有点像。那、那可是两个人，可……也说不准。官爷，这都多少年的事了，记不真切了。

那领头的说：废话少说。再好好看看，到底像不像？

田掌柜又迟疑地看了一眼。

只听来人喝道：敢说一句假话，砸了你的铺子！

田掌柜赶忙说：像，像是其中一个。

来人一声断喝：带走！

田掌柜说：这是干啥呢？我又没犯法……

来人说：走吧，请你看场好戏。

很快，宋海平接到密报：证人已经拿下。

"想当初孙飞虎围困寺院……"宋海平迈着台步，哼完了这句戏文，才心满意足地点了点头。

五

拿住田掌柜，宋海平心里有底儿了。

他回到内宅，对屋里的一品红说：姐姐，刚才有公务，得罪了。说着，他命人送来一套戏装，让一品红穿戴整齐。接着，他把她拽到廊道的镜子前，让她对着西洋镜坐下，拿起眉笔，给一品红化起妆来。

宋海平一边描眉一边说：姐姐一上妆，就成仙人了。今晚，我想给你说一次戏。你呢，好好地给我演一出，往下就看你的造化了。

一品红说：你……想看哪一出？

宋海平想了想，说：《拷红》，就《拷红》吧。

一品红说：《拷红》？

宋海平说：就《拷红》。——别动，你一动，眉就画偏了。

宋海平画完眉，放下眉笔，看了看两眼含泪的一品红，说：梨花一枝春带雨。好，很好。

说着，他站起身来，在廊里走了几步，又回过头说：姐姐，你知道这《拷红》是唱什么的？

一品红望着他，不语。

宋海平说：姐姐，我告诉你，唱的是"心态"，斗的是"心眼"。

宋海平接着说：这出《拷红》，一个是机灵活泼，一个是老谋深算，是两个人在心里互相试探、琢磨，转着圈猜心思呢。就像砚墨洇了水，一滴一滴润化，一点一点往外渗。那弓弦是一点点张开的，玩的是心眼子。那小丫鬓，从眼法、手法、步法，都活脱脱透着一个"巧"字，那机灵劲要从眼儿眉儿发梢儿里往外溢。

一品红叹一声道：你是真懂戏呀！她站了起来，抖擞起精神，甩了甩水袖，就像是在戏台上一样了。

宋海平夸道：这就对了。走，走——过门槛，上楼梯——噔噔噔噔、噔，似闪了腰又非闪了腰，一个趔趄，年轻嘛，俏是天然的。——多机灵个丫头。

一品红跟着"演"了过门槛、上楼梯的动作，竟自浅吟低唱起来：

　　谯楼上打四梆，霜露寒又凉；

　　为她的婚姻事，俺红娘跑断肠；

　　抬头把天望，为什么、为什么今天晚上夜真长……

　　骂声老妇人，过河拆桥梁；

　　逼你的亲生女，夜半会张郎；

　　从今后再莫说你治家有方……

宋海平大叫一声：好！好好好，太好了。姐姐呀，你一定要好好唱。这句"为什么、为什么今天晚上夜真长"，就这句再柔美一点。对，柔美一点，软一点，少一些野气。对，对，就这样，再来——

一品红在宋海平的掰扯下，反复唱那段《拷红》。一时，他呵斥道：不行，重来！一时，他又拍手打掌道：姐姐，你唱出彩儿来了！

夜静更深，就这样比画着、唱着，一品红累瘫在了地上。

第十六章 ·

一

在康家的历史上，朱念念的来历一直是个不解之谜。这在康家是一件讳莫如深的事，一代一代后人没人能说清她的身世。

念念从开封回来后，独自一人悄悄地来到叶岭，她要见的是昔日的守陵人朱十四。

那时，朱十四正在叶岭的茅屋院前雕凿一面石影壁。新建宅邸大大小小总计有六面影壁，手头这面将用于前厅与堂屋的过道。上面雕的是八仙过海：张果老倒骑着毛驴，铁拐李拄杖立在浪头上，何仙姑远远地居于影壁左上角，衣裙好似被风吹送⋯⋯

朱念念夹着一个包裹走上来，进院后，她轻轻地叫了一声：朱伯伯。

看见念念到岭上来了，朱十四虽有些诧异，却赶忙起身示礼，说：少奶奶，你怎么到上边来了？

念念说：这几天，我突然有不祥之感。也许，要出什么事情。

朱十四脸色一变，说：少奶奶有什么吩咐，你就说吧。

念念说：我是怕万一，这东西，还是交给你吧。

朱十四说：这几日，我下去打酒，也见有来历不明的人四处转悠。要不，我带你逃走吧？

念念摇摇头，说：康家待我恩重如山，况且我有夫君有儿子，往哪里走?

朱十四说：少奶奶三思啊，这万一……

念念说：如果我出了意外，这东西，你就交给老太爷吧。

朱十四说：康家老爷子?

念念点点头说：这东西，也只有老太爷能看懂。

朱十四说：少奶奶放心，我四代相守，决不会让它在我手里失落。

念念含着泪说：朱伯伯，受我一拜。

朱十四赶忙还礼，说：使不得。你何等……

念念问：朱伯伯，那藏药还有吗?

朱十四先是不语，片刻，他迟疑一下说：少奶奶要它何用?

念念说：你放心，不到万不得已，我不会用的。

两人互相看着。四目相对，有一种东西从时光里溢出来。

从朱十四那里出来，朱念念又去了私塾院。

康秀才已是熟透的瓜了，可在书房里，他仍坐得很直，像是一座老钟。

倏尔，看见念念走了进来，他问道：孩子，你有什么心事吗?

朱念念在康老爷子面前跪下来，说：老爷爷，您认得那朱十四吗?

康秀才说：认得。

朱念念说：假如有一天，那朱十四来找你，有什么请求，您一定要答应他。

康秀才望着她，久久，点点头说：行，我答应你。还有事吗?

念念说：老爷爷，就是来看看您老。我去了。

康悔文人在账房，隐隐听到后院传来琴声。回到房里，见精心装扮过的念念，正弹着那张新买的古琴。那琴声似断似续，如泣如诉，他坐在一旁，只默默地听。一曲《平沙落雁》弹罢，意韵幽深，苍凉渺远。

康悔文心中不由慨叹，只知念念懂诗文，通音律，却不知她弹得如此一手好琴。他不由轻声诵道：沙平水远，意适心闲，朋侣无猜，雌雄有序。好! 真好!

念念微微颔首，静心凝神，手指在琴弦上轻灵划过，又一曲《凤求凰》悠然响起。只听念念且弹且唱：

> 凤兮凤兮归故乡，遨游四海求其凰。
>
> 时未遇兮无所将，何悟今兮升斯堂。
>
> 有艳淑女在闺房，室迩人遐毒我肠。
>
> 何缘交颈为鸳鸯，胡颉颃兮共翱翔。
>
> …………

一曲毕，康悔文只觉得五脏六腑都被念念拨动，隐隐有些作疼。再看念念，只见她满眼是泪，盈盈欲滴。

他上前轻声说：念念，你有什么心事吗？

念念默默地说：今生能与相公相识相知，我知足了。

康悔文似觉有异，正待细问，只听门外有伙计传话：前面账房有急事，要见东家。

他对念念说：你也累了，暂且歇歇，我去去就来。

出得房门，琴声再次响起。只听穿云裂帛的一声响，"嘣"地断了弦……康悔文脚步顿了顿，本想回身，又想速去速回，便疾步离去。

可他怎么也想不到，这一去便是永诀。

二

康家是突然之间被围住的。

那一队兵奔袭河洛镇的时候，街上的人也只是觉得奇怪，怎么又过兵呢？

那一队兵却是直奔康家来的。后边押着一辆囚车，囚车里坐着当铺的田掌柜。走在最前边的是宋海平，他骑在马上，大声吩咐说：快，要快！

顿时，镇街上有的收摊子，有的上铺板，一片混乱。这队人马来到康家店门前，把整个店面围住了。

宋海平站在大门前，手中抖出一幅画像，尖着嗓子喊道：看好了，就是这个女人。给我前前后后地搜！无论店面还是内宅，活要见人！死要见尸！

立时，清兵冲了进去。

早上起床，周亭兰就觉得头昏昏沉沉的。她本想到前面铺面看看，可腿脚软得挪不开步，索性躺回床上，又觉得上不来气。门外槐树上，一只老鸹叫得她心慌意乱。她指使人赶走它，眼皮却跟着跳个不止。

忽然，她听得前面像炸了营，一大群人"扑扑通通"的脚步破门而入。

周亭兰刚要起身走出门，宋海平带着清兵闯了进来。她下意识地张开双臂，挡住他们：官爷，这、这是干什么？

宋海平大步走到她的面前，说：干什么？让开！

周亭兰不动，说：这位官爷，私闯民宅，你总得有个说法吧？

宋海平凑近了她，咬着牙，一字一顿地说：我这里有内务府的密查令。上至官员，下至黎民百姓，挡、我、者、死！

周亭兰颓然坐在了床上，心跳得像要冲出喉咙。她脑子乱哄哄的，知道出大事了。

清兵们冲过去开始搜查了。他们冲进康家店铺后的内宅，一个屋一个屋搜起来。

屋子里，宋海平背着手转了个圈，冷笑道：上次，我上了那戏子的当。这一次，哼！说着，他从袖筒里又抖出那幅画像，说：认识这个人吗？她跑不了了。

周亭兰定睛看了，心中大惊，可她仍是一动不动。

这时，有清兵跑过来报告说：报告宋大人，东厢房发现一女子！

宋海平说：是画像上的人吗？

清兵说：她蒙着黑纱呢。

宋海平说：好！走，带路。噢，给我把证人带过来！

周亭兰突然起身拦挡：我媳妇病了，是恶疾，会传给你们。你们不能去！

宋海平说：病了？我倒要看看！

宋海平带人闯进了东厢房，只见一女子头上蒙着黑色的头纱，端坐在一张古琴前。

宋海平说：好雅兴啊，把那黑面罩给我揭开！

一个清兵一剑挑开了面纱，出现在人们眼前的，竟是一个脸庞黑胖肿胀的妇人，双目紧闭，嘴唇黑紫……

宋海平一下子怔住了。片刻，他说：活见鬼了？难道……带证人！

片刻，当铺里的田掌柜被带进来了。

宋海平手一指，说：是这个人吗？

田掌柜一看，连连摆手说：不是，不是。那女子一脸清气，这女子一脸黑气。那女子瘦高挑，这女子胖……

宋海平气呼呼地说：你再给我好好看看。也许，她改了妆容也说不定。

田掌柜说：官爷，真不是。

宋海平说：我就不信了。再搜！说着，他上前拍了拍端坐着的女子，说：你！起来回话！

谁料，就这么轻轻一拍，这女子竟一声不吭地倒了下去。

宋海平吃了一惊，说：这……

一个小头领伸手探探口鼻说：大人，她有病，是吓死了吧？

人倒下时，古琴移动。小头领从琴下拿起一张折叠的信笺，口称"大人"，递了过去。宋海平连忙接过展开，匆匆读罢，又读一遍，愤然掷在地上。他扫了地上女子一眼，那一眼，竟让他吓了一跳。他看到，地上的人金刚怒目，面目狰狞。

他有些怕了，慢慢退了出去。

宋海平站在院子里，搜查的清兵一个个跑来报告说：没有，没有，都搜遍了。

宋海平站在院里，背着两手，说：难道这人会变身？

一袋烟的工夫，康家店前后被翻得一片狼藉。

康家人和伙计被围在院子中央站着。

宋海平说：我告诉你们，此人是内务府的要犯，你们必得交出人来！

众人默然。

这时，康悔文走上前说：宋大人，我这里有总兵府的帖子。有什么事，你可以去问总兵大人。

宋海平说：秋总兵？

康悔文：秋总兵。

宋海平说：我这里是内务府的密令。上至各级官员，下至黎民百姓，均不得干预！不过，看在秋总兵的面子上，我倒想给你个机会。限你三天时间，把人给我交出来。否则……

康悔文说：如何？

宋海平笑了笑，说：是呀，你康家有秋总兵护着，我奈何不得。可你家有一个人，还在我手上呢。

康悔文说：谁？

宋海平说：一品红，红爷。听说，你是她外甥？这会儿，她正在花厅等着我给她说戏呢。

他盯着康悔文的眼睛说：只知道一品红会唱戏，不知道你们一家人都会演戏。演，好好演吧！

原以为攥在手心的鸟，没了。一场大马金刀的行动，落了空。宋海平心中着实恼怒。在他眼里，这家人不过是奸商，做了点买卖，就怀揣大把的银子穿州过府。而他一个堂堂朝廷命官，若没有逢年过节各地方的奉银，他连个活泛钱都短缺。依他的脾气，收拾他们，就像杀鸡屠狗——先把这家的男女当家统带走，关押些时日，刑具侍候上，细细审过，不愁榨不出屎来。没想到，撞上这家刚死了人。更要紧的是，对秋总兵他不能不心存忌惮。毕竟他是一方的主官，封疆大吏。曾听京城内务府同僚说起，他多年带兵，袍泽部下散布各处，颇得朝廷的器重。他心里还是有些忌惮的。

他转头大喝：回府！

三

　　念念就这样死了。

　　马从龙把念念抱上床，家人为少夫人整理了衣装。黑纱蒙脸，脚边点亮一支白烛。

　　众人肃然立在门外，心中戚戚，惊魂未定。

　　康悔文送走官军，疾步回来，口里唤着：念念，念念！

　　马从龙满面哀戚，挡住他说：少夫人已经去了。

　　康悔文一把推开马从龙，扑身上前，揭开黑纱，他像傻了一样，颓然坐在了地上。

　　马从龙把黑纱又给念念盖好，扶起他说：东家节哀。少夫人给你留有遗书，就在琴上。

　　康悔文泪流满面，喊：师傅，这到底是怎么回事啊？

　　马从龙刚要说什么，看见周亭兰流着泪，领着孙子有恒缓步到了门口。只听有恒大喊：我娘呢？娘！他一边叫着，一边扒开众人往里冲。

　　马从龙眼疾手快，一把抱起有恒，交回周亭兰手里说：就让孩子在门外给少奶奶磕头吧。他俯身对有恒说：你娘身染重疾，走得突然。她刚刚离世，魂魄正赶往西天。有孝心的好孩子，不要惊扰你娘的亡魂……

　　周亭兰怔了一下，赶忙让有恒在门外跪下，自己用手帕掩着口，呜咽不止。

　　站在门外的下人一起跪下，大放悲声。

　　入夜，康家内院，张了白幡，挂上了白灯笼。秋虫唧唧，愈显得里外一片静寂。

　　康悔文守着烛光，默默地坐在东厢房。一遍又一遍，他眼前浮现着最后时刻，念念弹奏古琴时郁郁的神情。虽然马师傅告诉了他事情的始末，他还是恨自己愚钝，恨自己不该离开房间。他觉得，只要自己当时守着念念，这一切便不会发生。他更恨那个姓宋的狗官，初见他，念念便惊惧厌恶之至。念念的温言劝告言犹在耳，他悔恨自己不该在戏园里跟人斗戏，无端给全家招来了灾祸……康悔文手里拿着念念的遗书，遗书上是《凤求凰》全诗，小楷书就，笔迹端丽。诗后的几行小字，遍布斑斑泪痕："妾身染重疾，恐不久于人世。忧病患难愈，累及亲人，就此离去，与他人无系。妾死而无憾，唯以不能侍奉长辈相公、抚育恒儿是念。只望全家善自珍重，妾九泉含笑叩首。"这封遗书，他读一遍，流一次泪；读一遍，流一次泪。念念呀念念，生前最后一刻，所思所系全是家人的安危，未曾给外人留下一丝半点口实。

灯烛惨白，时至夜半，康悔文为念念守灵。

昏昏沉沉间，康悔文看见念念来到了身边。念念身穿嫁衣，面容如生，口中只说，相公不必哀戚，经此一劫，家中可保一段平安岁月。只是，歹人必不肯善罢甘休，相公千万要处处小心、小心……康悔文的头一下磕在桌上，猛地惊醒，哪里有念念的身影？他喃喃道：念念，是我害了你呀！他把头使劲撞向桌子，只觉心口一紧，"呀"的一声，痛哭失声。

第二天，为葬礼的事，周亭兰专门来私塾院请太爷爷示下。

康太爷将养了许多时日，如今可以下床了。他挂着拐杖在一把椅子上坐着，默然不语。

周亭兰和马从龙走进来，躬身站着，等待老爷子发话。

过了很久，老人长叹一声说：念念这孩子嫁到康家，含冤抱屈而死。咱康氏一族，从今往后不能忘了人家。

周亭兰含着泪说：这孩子，命太苦了。

老人又问：悔文呢？

周亭兰说：悔文是从来不哭的，这回眼都哭出血了。他闭门不出，伤透了心。

老人再问：有恒没事吧？

周亭兰说：这孩子，只是吓坏了。

老人又叹一声，说：念念走得不平静，丧事还是从简吧，也免得镇上人议论。不过，康家祠堂要专设她的牌位，年里节里、世世代代都要祭奠。马师傅，你是她的义父，你看呢？

马从龙说：一切听老太爷安排，不过……

周亭兰拦住话头说：马师傅，那些具体事，就不劳烦爷爷了。咱们回头再说。

老人沉吟片刻，顿了一下手里的拐杖，看了看马从龙，说：也好。你们办去吧。

周亭兰和马从龙回到店里。进了账房，当房内只有两个人的时候，周亭兰说：马爷，坐吧。

可马从龙并没有坐，他沉默了片刻，说：大奶奶，有话你就吩咐吧。

周亭兰说：太爷爷不知道要咱们三天内交人的事，我也不想让他知道。

马从龙点点头说：我明白。

周亭兰说：人都死了，还不依不饶。太过分！

马从龙不语，双拳握得"咯咯"响。

周亭兰说：小黄毛还在他手里。噢，就是我那干妹妹一品红。

马从龙再次点点头，说：我知道，红爷在他手里。

周亭兰迟疑了片刻，说：这也是万不得已。念念惨死，一品红能唱到今天，太不容易。咱不害人，但要让他知道，锅是铁打的。

马从龙说：大奶奶，我会办好的。

周亭兰说：一切用度，尽管从柜上支，这是该花的钱。

朱念念的葬礼办得安静而郑重。康家老爷子把自己的寿材让了出来，那柏木寿材已漆过多次。墓地选在了新宅后山一个隐蔽处，只有极少的家里人参与了送葬。外面传言有的说，康家是四门出殡，丧幡到处飘着，也不知道走的是哪条路；有的说，康家是从通往后山的秘道里出的殡；还有的说，康家请风水大师点的凤穴，生怕被人破了风水，自然不会让人知道。

四

自从一品红进了宋宅，圈爷一直悬着心。他担心这姓宋的收了一品红，再不让她出来唱戏。要是那样的话，戏班就散了。没想到，这天下午，宋海平派人来传话，让他去给红爷送行头。圈爷不敢怠慢，立马领人去了，他想摸摸实底。

可是，圈爷进了宋家大院，连一品红的面都没见上。那宋大人对抬戏箱的人说：东西放下，你们回吧。

圈爷忙问：给宋爷请安！红儿她……

宋海平笑着说：这你就不用管了。她在这儿好好的。

圈爷说：宋大人，红爷她明天还有戏呢。

宋海平说：我知道。去吧。

圈爷还是想见一见一品红，探探她的口风。他捧出个紫砂小壶，说：红爷离不了的家伙什儿，我给她送来了，能不能……

宋海平说：喝口茶的事，用你操心吗?！还不赶紧滚。

圈爷只得诺诺地退去。

宋海平回到花厅，笑着说：姐姐，我的红爷，怠慢了。等我忙过，跟你慢慢说戏。等你唱好了，我就送你进京。

那一品红自进了宋宅，一行一动都有人跟着。宋海平说，那是专门派来侍候她的人。她要什么，随时吩咐。虽说并未有人拦她，可她也只能在后院走动。这座院子不算大，倒也花木葳蕤。山石池塘，垂柳荷花，青石小径，一应俱全。她每天在这里吊吊嗓，品品茶，练练功。一天三顿，饭菜不重样地端到跟前。虽说有些憋屈，可毕竟不必事事操心。想自己自打六岁学戏，挨打受骂，风餐露宿，就算唱红以后吃穿不愁，可到底还是漂泊不定。她自忖年岁渐渐大了，说起来不过是走江湖的戏子。何时得遇拿她当人看的人，一个知冷知热的人，好歹也算是终身有靠。莫不是老天爷可怜她，要她从此安安生生留在这里？她演过大官人搭救名伶、从此恩爱相守的戏文，宋海平是这样的人吗？——难得的是，这个人还懂戏。

想到这些，她的脸有些发烧。可自有了这样的念头，再见了宋海平，她说话的口气就软和了许多。宋海平无论说什么，她都不再顶撞了。

这天夜里，俩人约定，在后花园说戏。

一品红细描眉眼，轻施脂粉，穿戴上圈爷送来的行头，一支珠翠流苏步摇斜插鬓边，摇曳生姿，更添了妩媚的风情。宋海平举灯眼前，不由也斜了眼睛，轻声吟道：

舞低杨柳楼心月，歌尽桃花扇底风。

从别后，忆相逢。几回魂梦与君同。

今宵剩把银钉照，犹恐相逢是梦中。

…………

二更梆声响过，俩人兴致正浓。宋海平让人沏一壶新茶，端一碟点心，之后便遣散了随从。夜风习习，园中清净，俩人都有些入了戏。宋海平手把手引导着一品红，如何轻移莲步，如何款款回身。衣香鬓影，裙裾厮磨，好一番缠绵情深的光景。宋海平和一品红此时已分不清戏里戏外，不由得都有些意动神摇、心醉神迷……

三更梆声敲响，他们的身后突然多了一个人。

此人蒙着面，蒙面人手里的匕首直接架在宋海平的脖子上。

先看见蒙面人的是一品红，她一下子呆住了。

脖子上一股寒气，宋海平没有扭脸，顿时从戏中回到现实。

只听来人一声断喝：跪下！他双膝一软，跪了下去，可还强撑着说：好汉，你胆子也忒大了，劫到衙门里来了。

蒙着面的马从龙说：姓宋的，你作恶多端。明年今日，就是你的周年。

宋海平说：你想过吗？进得来，你出得去吗？

马从龙"哼"了一声，说：我能进得来，自然出得去。红爷，收拾一下，快走。

一品红惊道：你、你是……

马从龙说：我是来救你的，快走吧。

宋海平急道：千万别听他的，他是土匪……跟了他，你这一辈子就毁了。

只见马从龙吸一口气，在宋海平的天枢穴一点，只听"砰"的一声，宋海平栽倒在地，昏死过去。

马从龙疾步走到一品红跟前，小声说：是康家让我来救你的，快跟我走吧。

一品红惊魂未定，说：你、你是……马师傅？

马从龙说：不错。

一品红惊慌地说：咱……出得去吗？

马从龙说：出得去，你放心，一切都安排好了。你出城后，走水路，直奔西安。

一品红望着躺在地上的宋海平，说：他呢？他怎么办？

马从龙说：再有半个时辰，他就会醒来。待你收拾停当，我便宰了他！他作恶多端，害人无数。悔文媳妇念念，已被他逼死。他若不死，你，还有康家，就没有安生日子。

一品红心乱如麻，六神无主。她急急地脱下戏装，把东西胡乱塞进戏箱里。

突然，一品红停下手，说：马爷，他、他能不死吗？

马从龙说：如此恶人，留他做甚？

一品红急急地说：他懂戏呀。他是真懂，没有人比他更懂戏了。

马从龙说：你是说……戏？

一品红说：是呀。我的戏，一枝一节，每个关节处，他都指点到好处。他……

马从龙说：你……就因为他懂戏？——他是恶魔。

一品红慌慌地说：他不是恶魔，他是戏魔。要不，我……我带他走。我带他走如何？

马从龙急了，说：你疯了？时间紧迫，不能磨蹭。走，快走！

一品红喃喃道：他懂戏，懂我。马爷，我求你了。我……我想带着他走。

马从龙想了想，说：若是你真想带他走，只有一个办法……

一品红说：快说，你快说。

马从龙冷冷说道：挑了他的脚筋，再喂他些哑药。

一品红身子一抖，俯身在地，护着宋海平说：不，不，万万不能！他懂戏呀。

她求道：马爷，留下他吧。人死不能复生，就不要再死人了。我了解他，他不会杀我。杀了我，他给谁说戏呢？你放心，只要我没事，康家就不会有事。你走吧。

看到如此情形，马从龙一时没了主意。他一生行侠仗义，从未遇到过这样的事情。他不能也不会对一个女人动手，更何况她是深得百姓喜爱的名伶。康家本是要救她的，可她想的是救这个歹人。此刻要杀宋海平，必得伤及一品红。这让他如何是好？

眼看天快亮了，想到河边泡爷的船上，少东家正等他回话。约好的四更相见，否则要按另一计划行事。马从龙恨恨地揣起匕首，瓮声道：既是如此，你好自为之！

他咬着牙一跺脚，转身跳上墙头，匆匆离去。

此时，东方天际已露出了鱼肚白。远处，传来了鸡啼声。

五

天就要亮了。

在宋家花厅里，一品红焦急地搓着两手，望着仍在昏迷中的宋海平。她走到窗边，看看外边，天已微明，鸡都叫了，若是再等，府里的差役们怕就要起来了。

她从地上扶起宋海平，端起一盅茶水，"哗"地一下，泼在了宋海平的脸上。

被冷茶一激，宋海平"哼"了一声，片刻，睁开了眼睛。他愣愣地看着一品红，好一会儿，才摸摸头，又摸摸身子说：你没跟那土匪走？

一品红说：没走。

宋海平说：这么说，是你救了我？

一品红说：我救的不是你，是……戏。

宋海平说：戏？

一品红说：戏。

四目相对，两人竟有了同命相怜之感。

一品红流着泪说：你……你要是愿意，我这一辈子就是你的人了。

宋海平问：你愿嫁给我？

一品红说：我嫁的是——戏。

片刻，宋海平说：也许，我早晚会死在你手里。

一品红说：此话怎讲？

宋海平冷冷一笑，说：只因为，你是个戏子。自古道，戏子无情，婊子无义。你，可想好了？

一品红说：我想好了。戏比天大。

从此，虽然无名无分，一品红就在宋海平这里住下了。

马从龙从开封回来后，给周亭兰诉说经过。

周亭兰叹一声说：康家本不该走这步险棋，只怕……

马从龙说：掌柜的，只怕杀虎不死，必有一伤啊。

周亭兰说：太爷爷年岁大了，有些事不必告诉他，省得他操心。

马从龙说：我不说。

周亭兰说：另外，你也替我劝劝悔文。

马从龙说：明白。

第十七章 ·······························

一

　　陈麦子看见，那一年的祭河大典，黄河岸边腾起了滚滚烟尘。

　　每年秋汛前，官家都要在河洛口举办祭河大典。这一日，河滩里黑压压的人群，都是来观看这一年一度的盛典。

　　河神庙前搭起了祭河用的大台子，台上分别供着五位大仙的金身塑像：河神，金龙大王，黄大王，朱大王，栗大王（龙首蛇身，法身不足三寸，却金光四射）。祭台上，摆着祭祀用的三牲和时鲜供品。

　　从各地赶来祭河的官员已经到齐。他们走在刚铺好的黄土道上，互相施礼，彼此招呼着在祭台前的席棚下坐好。前排座是巡抚、总兵、总河及地方要员，接下来就座的是各县县官。康悔文因捐银十万两，坐在后排，那里坐的都是为河防捐了银钱的乡绅。

　　临近午时，一个礼仪官高声喊道：祭河大典开始！跪——

　　立时，黑压压的人群全跪倒在地，一时鼓声大作，鞭炮齐鸣，十二班响器齐奏。

　　接着，礼仪官高喊：河南巡抚陈大人率众官上表——！

　　于是，巡抚大人整容起立，领着大小官员上前进表上香。巡抚大人点了三炷香后，磕头祭拜，三叩首毕，巡抚大人诵读祭文：

　　……雍正七年重阳午时，河南巡抚陈应魁率中州黎民告于河渎之灵：坤之涌益，黄渎作珍，浩浩洪流，实神阴论，通源导物，含介藏鳞，启运万品，承育苍生，浮楫飞帆，洞厥百川，肇开水利，漕典载新，千舻桓桓，万艘斌斌，洋洋河水，赴宗与海，经自中州，龙图所在，智以藏往，神以知来，灌注九州之间，经营万里之外……

祭台上，巡抚大人郑重其事地念着祭文，可念着念着，他突然发现，会场上人们都把头扭过去了，人群中竟爆出喧哗之声。

他低声喝道：放肆！如此庄重之场合，何人喧哗？又出去！

立时，卫士们跑了下去。

在一片乱哄哄的嘈杂声中，卫士们看到，如此郑重的场合，距河神庙不远的水面上，竟漂来了一只花船。花船渐渐近了，船上仿佛有仙乐吹奏。

花船上载着一班女子，似乎是看热闹的。她们一个个从船舱里走出来，指指点点地说笑。其中有一女子，身穿洋白夏布轻衫，薄如蝉翼，远看潇洒飘逸、雪艳动人，疑似仙人一般，直引得岸上众人踮脚伸颈，争相观看。

几个卫士跑到黄河边上，对着花船大喊：开走，开走。找死啊！

不料，远处花船上的姑娘嘻嘻哈哈地笑着说：什么？你说什么？花俩儿？来呀，你来呀！

此情此景，真是大煞风景啊！

这边祭台前，巡抚大人头上冒着汗，仍一板一眼抑扬顿挫地把祭文念完：

……保国泰民安，佑华夏大地，惟尔众神，尚飨！

巡抚大人念毕，两手捧着祭文将其焚于祭台。火光闪过，那纸灰被风一吹，旋转着纷纷扬扬飘上了天。巡抚大人伏身再次叩首，众官员也跟着叩首。

接着，司仪官高喊：送河神归位——！

又是鼓乐齐鸣，在众人的敬拜下，八个精壮兵丁，抬着河神的塑像进了河神庙。

继而，礼仪官高喊：送金龙大王归位——！

又有八个精壮士兵抬起金龙大王塑像进庙。

礼仪官喊：送黄大王归位——！

于是，八个壮士抬着黄大王进庙。

就在这时，突然之间，阳光下只见水面上一条蓝色花蛇竟从众人头上飞过，一跃跳上了祭台。

众人一片哗然，大惊失色。

司仪官慌了，望着众人，又望望巡抚，黄着脸说：大人，这、这……

此刻，台下一片肃然，都呆呆地望着巡抚大人。

只见巡抚大人抬头看向祭台，沉思片刻，突兀地喊道：是朱大王吗？朱大王归位。

可那条蓝花蛇依旧盘蜷在祭台上，纹丝不动。

巡抚大人沉吟片刻，又喊：是栗大王吗？栗大王归位。

蓝花蛇依然一动不动。

众人勃然变色，官员们一个个木呆呆的，不知如何是好。这时，巡抚大人再次望向祭台，良久，说：难道……难道是康大人吗？康大人归位吧！

一语未了，只见那条蓝色花蛇应声跳到了由八个壮士抬着的供桌上。

立时，人声鼎沸。百姓们大喊：康大人哪，真是康大人！康大人显灵了，康大人显灵了！

顿时，只听"扑扑通通"，参加祭祀的官员们一个个全跪了下去，像是谁按着他们的头似的。有人竟浑身发抖，大汗淋漓。

康悔文立时扑上前去，一步一磕地高喊：爷爷！爷爷!! 真是您老人家现身了?!

官员们跪在地上，一个个面面相觑。秋总兵拽一下巡抚大人的衣角，悄声问：巡抚大人，你怎知是康大人？

巡抚大人擦了擦脸上的汗，小声说：早年与康大人同朝共事，知他脖颈处有一白瘢。此大仙脖颈处也有一圈白。况康大人以身殉河，故认定是他。还好，咱们并未做恶事，祭拜大典得以顺遂礼毕。

秋总兵说：还是巡抚大人有眼力呀！

这边，官员们惊魂未定，那边，河面上又出了事端。

大河之上，那艘花船靠在了离河神庙不远处。突然河上起了一阵旋风，待旋风过后，只见船上那位穿洋白夏布轻衫的女子，原是风摆柳的身段，竟忽然间像钉住了似的，直直地立在船头。她对着河岸上祭祀的众官员变腔作调地怒斥道：尔等狗官，还认得老夫吗?!

河神庙前，人群一片大惊，纷纷扭头去看——那声音穿过万人头顶，像是响在半空之中，分明是一位苍老男人的声音。那声音犹如雷鸣一般，在空中轰轰炸响：

……圣谕煌煌，严饬尔等查验河道，汛期严防死守，有淤塞处，作速挑浚深通，毋使阻滞，涂炭生灵。尔等不但不遵上谕，且置河洛险情、万千黎民生死于不顾，克扣赈河粮款，激起河工民变，陷老夫于万险之中……事后又策划阴谋，残害忠良，桩桩件件俱在，尔等知罪否?

顿时，只见众官员一个个筛糠似的抖着，吓得七窍生烟，魂不附体。有的官员颤声道：我的妈呀，真是康大人，康大人附体现身了！

有官员"扑通"一声，栽倒在地上，大喊：圣谕，确是圣谕。我有罪，我有罪呀，请康大人宽恕小人吧！

一个漕官磕头如捣蒜般哭喊道：康大人饶命啊！我、我、我、我写过弹劾折，参参参、参与了具名密报，大仙大人不计小人过，千万别跟下官过不去呀，我家有八十岁老母，孩儿尚幼呀！

那个布政使也连连作揖，说：康大人，我克扣赈河款十一万八千两，我如数上缴，一文不少……只求康大人饶命！

曾经的仓官哭道：大仙恕罪啊，大仙恕罪！户部联议上奏，下官着实是不在现场！彼时我正蹲在茅厕之中，有厕神、厕神可以做证！

洛阳马知府也慌了神，连连磕头，跟着喊：下官有亏，下官有亏，下官再也不敢做亏心事了。下官收康家的万两银子，已如数交了赈河款！请大仙明察，大仙明察啊！

一时，官员们个个东倒西歪，丑态百出。一个如此郑重其事的场合，顿时显得荒唐又滑稽。偌大的庙会一时间哭的哭、笑的笑，乱成了一锅粥。

宋海平也在祭河的官员中。头顶上轰轰炸响的声音，让他有肝胆俱裂之感。但当他一眼看见扑上前去的康悔文，顿时恶念丛生。他咬牙切齿地想，康家人妖言惑众，装神弄鬼，哗众取宠，蛊惑人心，其心可诛！

那边花船上，那位康大人附体、穿着白夏布轻衫的女子依然立在船头，两条手臂张开，像欲飞的大鸟一般，嘶声高喊：……身着朝服，装模作样，整日里鼠窃狗偷，上负皇天，下负黎民，尔等知罪否？

秋阳煌煌，那声音响彻大地长空：知罪否？知罪否？知罪否？……

祭台下，跪倒在地的康悔文，抬头望向远处，眼前一晃，他看见那立在花船船头的女子，分明就是念念。他突然跳将起来，往黄河边飞奔而去，一边跑，一边喊：念念——念念——

乱纷纷的人群闪出一条道来。有人说：坏了！坏了！康公子疯了！

只见康悔文扑进河里，朝那艘花船游去。

久久，巡抚大人惊魂稍定，他抖着身子，手指官员们说：荒唐！你们一个个像什么样子？都给我起来！而后，他大声喝道：来人哪，把那妖女给我抓起来！

立时，一队兵勇朝河边跑去。

花船上，只见几个女子一拥而上，抱住那附了体的女子，把她拖进了船舱。有人叫道：快走，开船，快开船。

花船船小体轻，又顺风顺水，转瞬便走远了。祭台上下顿时安静下来，只见朗朗晴空，并无任何异样。

官员们一个个如同大梦初醒，你看我，我看你，十分尴尬。有人说：刚才，我好像魔住了？

另一个抚着脖子说：我也是，脖颈生疼。

一个官员说：我、我说什么了吗？

一个官员说：没听见。

一个官员说：我、我没说啥吧？

一个官员说：没有，没有……

他们扭过脸去，弹冠扫尘，脸上都有困惑尴尬之色。

祭河大典过后，康大人显灵的事，经口口相传，已是人人皆知，越传越神。由此，黄河两岸的百姓念及康大人以身填河，保一方百姓，特在河神庙给他加了灵位，撰志刻表，世代供奉。

二

那日，黄河上陡然出现的"神迹"，使康悔文神魂颠倒，几近疯癫。

他扑进黄河，那艘载着心上人的花船却渐行渐远，眼看着没了踪影。

这时，跟随康悔文的栓子驾一艘小船赶了上来。康悔文湿漉漉地扒上了小船，对栓子道：快，兴许就在前边那艘船上。

栓子一边摇船，一边说：少爷，别急，能赶上。

康悔文心急火燎地说：那船上有"应天"二字，是吧？

栓子说：是，是。

康悔文说：快，快追！

河上，栓子划着小船一路撵过了驿船、贡船、瓷船、茶船、商船……每过一船，康悔文必问：喂，可见一花船？

总有人答：前边，前边……

就这么一直追着，天慢慢黑了下来。当船快到开封码头的时候，他们终于追上一艘点着花灯的船。

在码头边上，当两船靠近，康悔文起身一跃，跳上了那只花船。他刚一进舱，立刻被一群女子围住了，一个个拉拉扯扯叫道：相公，相公，留下来玩玩吧。

康悔文一拱手说：众位姐妹，在下打听一个人。你们这里有个叫念念的吗？

船舱里，几个姑娘同时上来说：念念？我，我，我，来吧，我就是念念。

一个姑娘俏皮地说：官人，我叫思思，行吗？

还有个姑娘用手里的丝巾拂了他一下，说：人归落雁后，思发在花前。官人要的可是这句吗？你思我思，你念我念，你侬我侬……说着竟扑上前来，娇声说：你闻闻我，你闻呀，香也不香？

又一个姑娘娇声道：南浦凄凄别，西风袅袅秋……官人要的可是这句？

另一个接着说：试问卷帘人，是要绿肥呢，还是要红瘦？

康悔文尴尬地退后两步，赶忙从怀中掏出一幅绣像，抖开来说：各位姐妹，见过这个人吗？

几个艺妓看了，叽叽喳喳地说：干吗要找这个人？那个人不行吗？我们姐妹不都在吗？香儿、绫儿、盼儿都在。环肥燕瘦，各有其美嘛。你是要"黄花儿香"，还是要"红素儿手"呢？

最后，终还是有一女子仔细看了，说：这不是秦淮河畔的晚香吗？人家早走了，坐头班船走了。

康悔文赶忙问：你见过这个人？

那女子说：是，你要找的不就是她吗？

这时，众女子乱哄哄地打情骂俏道：官人呀，公子啊，明日再走，留一晚吧。

康悔文一步步后退着，跳回自家船上，狼狈不堪。

停船开封，康悔文让栓子从这里的康氏货栈牵出两匹马来，直奔江宁而去。

到了江宁府，康悔文领着栓子先是找个客栈住下。睡醒起来，便去了秦淮河畔。只见这里花船如织，沿河的楼舫鳞次栉比。歌坊酒楼门前，芭蕉叶子肥厚油绿。粉墙黛瓦中，几竿翠竹摇摇曳曳。卖玄缎的铺面前挂着各样的绸缎布匹，花团锦簇，亮人的眼。夫子庙前，书肆、篆刻、制版、印书、笔墨纸砚，应有尽有。更有那金银首饰、古玩玉器、药铺、当铺，让人目不暇接。游人在各种小吃、杂货摊中川流不息。

栓子兴奋地说：少爷，这地方可真热闹！

康悔文说：江南嘛，人文荟萃，自是繁华富丽。

两人边逛边寻，临近中午，两人进了挂着"绣春楼"招牌的一处小院。

进得门来，见一个小哥正趴在方桌上打瞌睡。见有人进来，小哥打着呵欠，恹恹地走过来说：相公，来得忒早些了吧？

康悔文怔怔地说：这、这还早吗？不是快中午了吗？

小茶哥说：这又不是饭铺。看见牌子了吗，这叫"绣春楼"。

康悔文朝身后伸了伸手，只见栓子从肩上的褡裢里拿出一锭银子，递给了康悔文。康悔文把银子往桌上一放，说：我来是找人的。

他的话音刚落，只见一个老鸨扑了过来，说：不早，不早，相公来得正是时候。你要见谁？

康悔文即刻抖出藏在袖中的画像，说：我要找的，就是这个人。

老鸨看了，说：哎哟哟，这不是、这不是……那个谁吗？

康悔文问：是谁？你说。

这时，老鸨话头一转，笑着说：相公，何必找她呢？我这里好姑娘有的是。不等老鸨把话说完，康悔文扭头就走。栓子急忙跟上，刚走两步，回身把银子收起。

接着，他们又走进了一个名为"琵琶阁"的花馆。当他们说明来意后，老鸨拍了拍手，大声招呼说：姑娘们，来客了。即刻，便有十几个姑娘拥了出来。老鸨说：相公，我这儿的姑娘，个个国色天香，才艺俱佳，不信试试看？

这时，一个小茶哥递上琵琶，一女子袅袅婷婷地走出来，低首弹拨，果然是未成曲调先有情。

老鸨看康悔文不语，又一招手，一女子走上前，小茶哥递上一支洞箫，箫声幽咽，别有一番滋味在心头。

第三位出场的姑娘，唱的是评弹，咿咿呀呀，吴侬软语，听得不甚分明。

康悔文失望地摇了摇头。

就这样，两人在秦淮河畔的楼舫间出出进进，连"念念"的影子也没看到。栓子愁眉苦脸地说：少爷，地方这么大，上哪儿找去呢？叫我说，咱还是回去吧。

康悔文站在河边，沉思良久，突然说：有办法了。你把那河上管船的叫过来。

栓子说：管船的？

康悔文说：啰唆什么，快去。

这天上午，在秦淮河畔，一个管事敲着小锣，来到一家家歌楼、艺馆、画舫前：各位听好喽，有北佬请姑娘们坐画舫游河。凡去者，一只船十两银子。

各家的老鸨们笑眯了眼：女儿们，快快打扮起来。坐船上玩玩就有银子好拿，肥猪拱门了！

姑娘们喊喊喳喳打趣道：这个傻北佬，准是个土财主。把秦淮河的画舫全包下，该花多少冤枉银子！

下午，康悔文找了家茶馆，推开二楼临河的轩窗，过往画舫一览无余。

太阳偏西了，正是未时。秦淮河上，一艘艘画舫，载着姑娘们从茶楼前缓缓经过。游船上，姑娘们或坐或倚，还有的对着岸边的酒楼、茶肆挥动手巾，掩口嬉笑。

又一艘小船划了过去，船上有歌女唱道：

> 远恨绵绵，淑景迟迟难度。
>
> 年少傅粉，依前醉眠何处。
>
> ……雨过月华生，冷彻鸳鸯浦。
>
> ……迟来者，秋已暮。
>
> …………

康悔文眼睁睁望着过了五艘花船，仍然没看到他想找的人。

终于，在第八艘船上，那个穿洋白夏布轻衫、白如艳雪的女子出现了。她手扶船栏，一脸的忧色——是她，这分明就是念念呀！

康悔文记下了，这艘船上载着"眠月馆"的姑娘。

他扒着窗台，恨不得飞身跳下去。可他只是叫道：小二，结账。

这天傍晚，眠月馆的老鸨把姑娘们叫到一处，吩咐说：姑娘们，肥猪真的拱门了。这北佬，虽说土，却是个散财童子，还是个痴情汉。他花了几百两银子，包了这许多船，只是为了寻一个人。

众姑娘议论道：啊呀——谁呀？谁这么有福啊？

只听有人说：五花马，千金裘，呼儿将出换美酒，与尔同销万古愁。虽说人土，可有这般手面，又有这般情意，也值呀！

众姑娘互相推搡着，笑道：你去，你去。

老鸨这时正色说：听好了，不管他看上谁，侬都要给我好生侍候。谁个怠慢了银子，仔细她的皮！

众姑娘都不笑了。

接着，她又叮嘱说：也要拿捏些个，万万不可让他轻易得手。

康悔文站在眠月馆门前，踟蹰了许久。他有些恍惚——念念会在这里吗？

栓子劝道：少爷，这里既然没有生意可做，还是早回为好。你可要想清楚了，这地方……

康悔文说：生意的事，江宁这边，当地人占尽地利，我已不做此想。不过，你对这里人的穿戴，有何印象？

栓子说：也没啥。就是那女子身上穿的西洋细白纱，内衬那褪红的绸子，实在是打眼哪。

康悔文说：确是这一家吧？

栓子说：就是这一家。

进得眠月馆，眼前花团锦簇，却没有那个穿西洋白纱裙的女子。康悔文失望地转身欲走，老鸨拦住他说：这位爷，楼上请，楼上还有一位。

康悔文让栓子给了老鸨些银子。虽然希望渺茫，他还是不想放弃。

老鸨引领康悔文上到二楼，撞见一个小个子男人正从一间房里冲出来。他愤愤骂道：不就是个婊子吗？妈的，有什么了不起！

老鸨给康悔文使了个眼色，指了指门，径直下楼去了。

康悔文跨进门去，那身着白纱衫的女子背对来人，正面窗弹着古琴。琴声很静，袅袅入耳。

康悔文急走两步，说：念念，是你吗？真是你吗？

这时，只听那弹琴的女子冷冷道：什么思思念念，相公走错门了吧？这是什么地方，你不知道吗？

康悔文手足无措地说：你……不是念念？

弹琴的女子也不理他，待一曲毕，只听她问道：客人可是从北方来的？

康悔文说：是。

这女子说：是要寻一个人？

康悔文说：是。

这女子说：那客人找错地方了。你知道这是什么地方？你知道阿拉姆妈是怎么编派你的？

康悔文说：怎么说？

这女子冷笑一声，说：土老财烧钱，肥猪拱门了！你若是轻薄浪子，尽管朝这里扔钱就是。若是真想找什么人，那就赶快走，这里没有你要找的人。

康悔文一下子愣在了那里。

第二天，康悔文在街上走着走着，又一次来到了眠月馆。他刚一进门，老鸨欢喜地迎上前说：哟，相公来了？又朝楼上喊：晚香，快些个，相公到了。请，楼上请。

这次，他记住了，那个模样像念念的女子名叫晚香。晚香正在吃茶，并不看他，人显得娇慵婀娜无比。

康悔文说：小姐，你……

姑娘看他一眼，嘲笑道：烧钱的果然来了。请坐呀，钱公子。

接着她朝楼下吩咐：上茶点，上四时鲜果，上最好的酒菜，都拣最好最贵的。

康悔文说：看来，小姐是个好人。

晚香冷冷地说：这里没有好人，只有……先生想听什么曲儿，点吧。

康悔文仍站在那里，说：小姐，我水旱兼程八百里赶来，虽有些唐突，可我是有缘由的。

晚香怔了一下，说：从千里之外追到这里？

康悔文说：正是。在下河洛康悔文，曾与小姐有一面之缘，所以才冒昧打扰。

晚香冷笑一声，说：你是说，咱们见过面？

康悔文说：不敢说见过面，是我在祭河大典上看到了小姐。

晚香说：所以，你就追了来？

康悔文说：我之所以追到这里来，缘由有三。

晚香说：康少爷，你坐，坐下说。

可康悔文仍是站着，说：小姐，你愿听我说吗？

晚香说：你说。

康悔文说：其一，你太像一个人了，几乎跟她长得一模一样。

晚香惊讶地望着他：你说的那个人是……

康悔文忧伤地说：内人。

晚香望着他：她……跑了吗？

康悔文默默地说：不，她……过世了。

晚香怔怔地望着他：是你说的……念念？

康悔文默默地点了一下头。

晚香道：对不起了。

康悔文接着说：其二，在祭河大典上，小姐在船上大骂贪官的事，你还记得吗？

晚香摇摇头，说：前些日子，我与姐妹们同游开封，因听说有祭河大典，也就跟人去看了。当时，一阵风刮来，我什么都不知道了。后来，只是听姐妹们说，有冤魂扑在了我身上，还说我说了什么浑话。可我什么都不记得了。

康悔文说：当时，你声震八方，骂得痛快淋漓。可你知道，是谁的冤魂扑在你身上了吗？

晚香摇摇头。

康悔文说：那是在下的祖父。

晚香吃惊地说：你祖父？你祖父是……

康悔文说：在下的祖父，名康国栋，是康熙年间的进士，后为朝廷的三品大员，任河务侍郎之职。老人家在汛期到来时，为救黄河两岸的黎民百姓，以身填河，壮烈殉职了。

晚香默默地望着他，一时无话可说。

康悔文悲伤地说：祖父死后，两岸百姓寻找数日，却连尸身都未找到。更让人气愤的是，我的父亲，当朝翰林院修撰康咏凡，为了给祖父求得一个谥号，却惨遭奸人陷害，一气之下，在朝堂之上当着文武百官，头触龙柱而亡。

晚香惊得一下子站了起来，说：这、这都是真的吗？

康悔文说：千真万确。

屋子里静了好大一阵子。晚香似已对康悔文有了好感，她说：公子，失敬。我送你一曲《满江红》，免费的。

一曲《满江红》，让康悔文感慨不已：三十功名尘与土，八千里路云和月，小姐弹得好，谢了。

晚香说：听君一席话，胜读十年书，应该谢谢公子才是。

康悔文说：在下之所以追到这里，还有其三，除了思念亡妻，也是想答谢晚香小姐。

晚香第一次笑了，说：谢我？

康悔文说：当然。你是第一个在光天化日之下，面对朗朗乾坤、万千民众，为祖父喊冤鸣屈的人。您也就是在下的恩人，请受在下一拜。

说着，康悔文连作三揖。

晚香忙还礼道：使不得，使不得。折煞小女子了。

康悔文起身正待告辞，只觉头晕目眩，眼前一黑，竟一头栽倒在地。

晚香吓了一跳，忙叫：快来人哪！

一阵慌乱中，栓子急得哭出声来。老鸨见此光景，忙说：这是怎么说的？抬走，快把人抬走，千万不能让他死在这里。

晚香拦住说：妈妈，找个大夫给他瞧瞧吧。

老鸨却说：这里又不是治病的地方。抬走，赶紧走！

三

当夜，康悔文被抬回客栈。

他躺在病床上，仍是昏昏沉沉。栓子守着他，趴在床边睡了过去。

迷迷糊糊中，康悔文像是看见念念站在床前，果真是念念。念念身形飘逸，神情似嗔非嗔，眉梢笼烟，她的两个手指贴上他的额头，凉凉的，让他感觉好舒服。待他伸出手去，才知是晚香。她请了一位中医先生，赶来给他看病。

先生诊脉后说：此症是寒热交激，急火攻心所致。加之忧伤过度，旅途劳顿。开几服药先吃着，须得细心照料，慢慢调养，切忌劳累，勿要操之过急。

送走中医先生，栓子回到客房，突然给晚香跪下了。

栓子流着泪说：晚香小姐，我家少爷出门时带的银票和几百两银子，原想不管怎么着也是够用的。谁承想，为了找你，一路上花费太大。如今少爷病在这里，我手上只剩不足百两银子。我得赶紧回去取钱，能否把少爷托付给你几日？

晚香迟疑着说：这……

栓子说：小姐放心，康家东西南北有上百家货栈，不知是济南近些，还是临沂近些。我少则三五天，多则十日，一准儿回来。

晚香看了看躺在床上昏迷不醒的康悔文，一咬牙，说：好，你去吧。快去快回。

栓子走后，一连数日，晚香每天都带一个老妈子来照顾康悔文。一日日煎药、喂饭，有时累了，便歪在侧旁睡上一个时辰；一有动静，即刻起身探视。

康悔文一天好似一天，晚香就这么守候着他。一日清晨，康悔文醒来，发现自己竟躺在晚香的怀里。

半个月过去了。

周亭兰一直不知道儿子的下落，心里十分焦急。

这天，前台的孙掌柜进来说：掌柜的，少爷有消息了。临沂那边有信来，少爷去了江宁，说是寻少奶奶去了。

周亭兰惊讶地说：什么？找念念去了……你是说胡话吧？

老孙说：掌柜的，临沂那边有信来，说少爷的确是找到了一个……一个特别像少奶奶的人。

周亭兰仍是不信，说：有这等事？

老孙说：确有其事，是栓子亲口说的。

周亭兰说：在哪里找到的？

老孙说：说是在江宁府的秦淮河边找到的。

周亭兰惊呆了，说：一个烟花女子？这孩子不会是忧伤过度，昏了头吧？

老孙说：是呀。打从少奶奶不在了，我看少爷一直……哎，对了，信上说少爷得了寒热症，病倒在江宁一家客店里了。

周亭兰焦急地说：要紧吗？

老孙摇摇头，说：栓子信上只说了银子的事。

周亭兰说：你快去把马爷叫来。

老孙说：是。

当天，马从龙便带着银两直奔江宁。

马从龙赶到江宁府，见到康悔文时，他已大好了。

手上有了银子，康悔文即刻便去了眠月馆。

这些日子，病在异乡，难得有晚香精心在意的照料。且不说煎药做饭，只说为了调理他的身体，晚香姑娘便费尽心思。她买来新鲜果蔬，取果汁一瓢一丝漉尽，以文火煎至七八分，始加糖细熬。静观火候，待汁水稠密如膏。橙膏如大红琥珀，瓜膏可比金丝黄糖，分别盛入琉璃小碗，取小匙食用，清肝润肺。还有那些日日夜夜……真是难为她了。

一天天和晚香朝夕相守，康悔文感念她、恋慕她，已时刻不愿和她分离。自念念去世后，他一直有些魂不守舍。直到有了晚香，他方觉自己又活转了过来。

进了眠月馆，康悔文不知为什么，心里竟怦怦乱跳。

晚香正在弹琴，弹着弹着，听见脚步声，那琴声陡然断了。两人再次见面，竟显得有些生分。那是有过肌肤之亲后的生分，两人就那么默默地望着。

晚香说：公子，是……大好了？

康悔文说：大好了。

晚香说：这是……要走吗？

康悔文默默地点了点头。

晚香说：是呀，出来这么久，也该回了。

康悔文久久地望着她，突然变得有些羞涩，他低下头说：我不知道……该怎么谢你。

晚香说：谢什么，这都是……缘分。

他说：是呀……缘分。

此刻，晚香的脸红了。她叹一声，说：我是说，千里搭长棚，没有不散的筵席。谢天谢地，你总算好了。你……走吧。

康悔文望着她，说：不也还有"天长地久有时尽，此情绵绵无绝期"吗？

晚香笑了，说：公子，你错了。是"恨"，此恨绵绵无绝期。

这时，康悔文突兀地说：你……愿意跟我走吗？

晚香一怔：跟你走？

就在这时，老鸨"噔噔噔"跑上楼来，推开门说：哟哟哟，康公子，你带来这么多礼物，叫老身怎么好意思？

康悔文起身说：妈妈，我是特来致谢的。那些绸缎，送给妈妈和眠月馆的姐妹们每人一匹；其余二十匹，是给……

老鸨喜上眉梢，说：那就谢过康公子了。你看你一病多日，吃的喝的还有看病……都是我让晚香办的。这么说，你这是看中我们晚香姑娘了，要下聘礼吗？

康悔文迟疑了一下，说：就算是吧。

老鸨脸一嗔，说：何谓就算？你要这样说，我是说什么也不放晚香走的。且不说姑娘是我们眠月馆的头牌，就赎身费，只怕公子也未必出得起吧？

康悔文笑了，说：我刚才说的"就算"，只是不想勉强晚香。至于"身"，我是一定要替她赎的，你只管开价吧。至于赎身后，晚香愿不愿跟我走，我绝不勉强。她若是想在此地嫁人，我就送她一份嫁妆；若是愿做生意，从此江宁就有了康氏货栈的分号。若是愿跟我走，那更是我求之不得的。

老鸨笑着说：好哇，好哇！依一看就是个大丈夫，这才像句话嘛。晚香能得遇公子你，那可是她的福分。晚香，你看呢？

可是，门口的小玉姑娘听到了，立即闯进来说：姐姐，你听我一句劝，你千万不可跟他走。

这会儿，老鸨也说：是呀，小玉说的也是。那是北方，天寒地冻的，你能习惯吗？晚香，你虽不是我亲生的骨肉，但也是在我眠月馆长大的孩子，你好好思量思量。

小玉说：姐姐，你想过吗，那杜十娘的故事，"老大嫁作商人妇"，你一旦跟他走了，想回来可就难了。姐姐三思啊！

晚香说：妹妹，我知道你的心意，可咱姐妹图的不就是找一好人家吗？

小玉沉着脸问：康公子是中原人氏吧？

康悔文说：是。我是中原河洛人。

小玉说：中原这个地方，我虽没去过，可听人说过，穷乡僻壤，盗匪出没。姐姐呀，若是再碰上一个恶婆婆，到时候，只怕哭都来不及了。

康悔文立刻说：小玉姑娘，你说别的倒还罢了，你是说中原民风不好？

小玉说：不好。

康悔文说：依你说，何处民风好呢？

小玉说：当然是我们江南了。

康悔文说：好，那我告诉你。关于中原人，岳飞你总知道吧？岳飞，岳鹏举，中原人也。大诗人杜甫你总知道吧？杜甫，杜子美，中原人也。李商隐，"相见时难别亦难"你一定知道，也是中原人……远的，我就不说了，且说你们江宁，有一双忠祠，你知道吗？

小玉说：双忠祠？有啊，那又如何？

康悔文说：你知道双忠祠里敬的是何人？

小玉说：何人？

康悔文说：你既然不知道，我就告诉你吧。这双忠祠供奉的正是中原人，一个叫刘韐，一个叫张叔夜。宋建炎三年，金兵攻入江宁，满城人吓得躲的躲、逃的逃，不敢迎战。唯独这二人拒敌于城门之外，战死沙场。至今供奉在双忠祠里，得吴人年年烧香敬拜，香火极盛。

小玉仍强辩道：这又能说明什么？

康悔文说：这说明，哪里都有好人，哪里都有坏人。不能一概而论。

这时，众姑娘一齐拥了进来，叫道：晚香，你真要去呀？

康悔文说：各位姐妹，晚香姑娘是我的恩人，也可以说是红颜知己。她何去何从，我决不勉强。

众人都看着晚香，晚香却一句话也不说。

当天夜里，眠月馆的姑娘们齐聚晚香阁，叽叽喳喳地给晚香出主意。有的说，说啥也不能跟他走，让他出一笔钱就是了。有的说，跟他走也行，去那儿看看，不行你再回来嘛，怕什么，他能把人吃了不成？还有的说，慢火炖羊肉，拖着他，不让他走，他不是有银子嘛，宰净了再说。

这边客店里，马从龙也在苦劝康悔文。马从龙说：少爷，虽说这女子救过你，送些银子倒也罢了。康家几代耕读传家，名声在外，你若是把一个画舫的姑娘带回家去，只怕……

康悔文说：马爷，晚香不是一般的女子。他从祭河大典一五一十地说起，马从龙见他主意已定，知道劝也无用，就不好再说什么。

想不到的是，当夜眠月馆老鸨变卦了。前些日子，一个叫岩松的云南小个子男人曾在眠月馆泡过一些时日，花光了银子，被赶了出去。这晚，岩松又来了，直接进了老鸨的房间，一拱手说：妈妈，我想与你合伙做笔大买卖，不知您意下如何？

老鸨说：又骗吃骗喝来了？快滚，要不我让人把你打出去。

岩松说：妈妈莫急。我虽然遇上难处了，可我身上还带着宝贝呢。

老鸨说：哼，你还有宝贝？去去去！

岩松说：我确有一件宝物。说着，他对外吆喝一声：抬进来！

于是，就有两个伙计把一块包着布的石头抬了进来。

岩松上前解开包布说：妈妈看，这块料石是缅玉料。本想卖大价钱的，不瞒你说，我如今连解石的费用都出不起了，所以……

老鸨上前看了看，说：不就是一块白砂石吗？

岩松说：妈妈好眼力。你认得这白元砂？

老鸨说：什么白元砂、黑元砂，赶快抬走。

岩松说：我这料石，一般人是买不起的。我只是想与妈妈联手做笔生意。

老鸨说：这么说，你是做玉石生意的？

岩松说：我要说我是玉石行家，妈妈定然不信。实话说，这块玉料是我在玉场上赌来的。若是开好了，价值连城；开坏了，一文不值。

老鸨说：既然是一文不值，你还来哄我做甚？

岩松说：我给你交了实底。就是说，这玉料在两可之间，所以，我没有轻易出手。

老鸨说：那你想怎样？

岩松说：那晚香姑娘，真是国色天香啊，可她连摸都不让我摸一下。

老鸨说：就你那一文不值的东西，还想打晚香的主意？

岩松说：妈妈误会了。我听说近日来了位中原客商，手面极大。还听说，他要给晚香姑娘赎身？这块料，我打算卖给他。

老鸨上下打量着这个云南人，而后说：明白了，你是想让我与你合伙作个"局"？

岩松说：妈妈总算明白一点了。也不完全是"局"。我这块白元砂的确是玉料，千真万确。至于说成色如何，价值几许，须得解石后，才能见真章。我想以二十万之价，抵押在你眠月馆。

老鸨眼都瞪大了，说：二十万？你也真敢要。

岩松说：二十万并不多。待开了"窗"，若是上等的翡翠，二百万也是值的。你听我说，我以二十万抵在你这里，是钓那中原人的。若钓上了，就三七分成，如何？

老鸨看看他，说：我听到这会儿才听出点意思来。不过，你这块料，我得等卖玉石的连老板看过才作数。

岩松说：那是自然。一切听凭妈妈安排。

第十八章

一

第二天，康悔文带着马从龙、栓子来到眠月馆。

见了老鸨，康悔文施礼后，从袖中取出一张银票，说：妈妈，这是给晚香赎身的银票，就按你所说，一万两。你验一验吧。

老鸨先是让人上茶，而后却不慌不忙地说：康公子，谢谢你的美意。不过，你迟了一步。

康悔文一怔，说：此话怎讲？

老鸨对着一架屏风说：出来吧。接着说：这位从云南来的岩先生，已用二十万两银子，先你一步，把晚香买下了。

康悔文望着从屏风后走出的人，愣了片刻，说：他买下了？

老鸨说：可不。先你一步。

康悔文说：二十万两？

老鸨说：二十万两。

康悔文说：那……晚香的意思呢？

老鸨说：晚香当然是不愿了，还在屋里哭呢。可我有什么办法？钱说了才作数。

这时，站在一旁的岩松却突然说：康公子，我听说你是个仗义之人。这晚香我虽然买下了，可她执意不从，我也不想太勉强她。刚好，我也遇上点难处，咱们赌一把如何？

康悔文皱了一下眉，说：赌？赌什么？

岩松说：我从云南带来一块上好的缅玉料石，尚未开"窗"。我以二十万两银子抵押给了眠月馆。你若愿赌这二十万两银子，这块缅玉大料就是你的了。晚香姑娘，就可以跟你走了。说着，有伙计把石头抬进来。

康悔文说：然后呢？

岩松说：我们当众解石。这块料，"玉麒麟"的连老板已验过，绝对是块好料石。解石后，若是上等的翡翠，连老板愿出重金买下，那你就大发了。说白了，咱们赌的是运气。若你运气好，就可以携得双璧归。若你运气不好，你至少可以带晚香姑娘走，这还算公平吧？

康悔文低头看了一眼石头，说：就这么一块白石头，价值二十万？

岩松说：不错。我刚才已说了，这块白元砂是未开窗的玉料，玉麒麟的连老板验过，请看——

他伸手一指，盖在石头上的"玉麒麟"印清晰可见。

康悔文仔细看过，说：这二十万两银子，我不是不可以出，只是……

这时，马从龙上前一步，说：少爷，三思。

康悔文摆了摆手，说：我重病在此，得晚香姑娘救助，无以回报。如今花二十万两银子，替她赎身，也算值得。不过，我想听听晚香姑娘的意思。说完，康悔文径直上楼，把这番意思告诉晚香，并说想听听她的意思。

晚香说：公子，我在这不干不净的地界住着，虽然身子是干净的，但做的也是些不尴不尬的事体。你看我值这么多吗？

康悔文眉毛都没动一下，便说：值。

晚香说：你不后悔？

康悔文说：不后悔。

晚香说：那好，你让我想想，给我一天的时间。我想想，你也想想。明天来吧，明天我告诉你。

当天，马从龙和栓子都极力劝阻，说这是陷阱，劝他不要上当，可康悔文却表现出从未有过的固执。

第二天上午，大厅里摆出铺着绒布的长桌，桌上放着那块白砂石。老鸨、岩松、连老板、康悔文等齐聚大厅。晚香一身盛装，和一群姑娘款款在桌边站定。晚香说：妈妈，众姐妹，古人云生死有命，富贵在天。今日，我愿拿我半生性命赌一把。如一掷得巧，我就跟康公子走。不管吃苦受罪，我都认了。若是掷不出巧来，那是我命该如此。我当安之若素，终身不嫁。康公子，你以为如何？

康悔文说：各位，康氏家训，"终生不得沾赌"，可我已破过一次例了。上次在山东，是为了救人。这一次，我愿与晚香姑娘共祈上苍，听天由命！

晚香眼里含泪说：事已至此，我无话可说。有公子这句话，死也值了。接着，晚香问：公子，依押大押小？

康悔文很大气地说：随你，随你吧。

晚香说：中原地大物博，那就押一个"大"。

于是，晚香虔诚地焚香敬了天地。而后，她拿起骰子，在骰筒里摇了摇，一扬手掷了出去。

大堂里静了下来。

桌上六个骰子滚动着，众人眼都看直了。骰子一个个停了下来，天哪，竟然全是六点。

康悔文当众把二十万两银票"啪"地拍在桌上，说：立约吧！

顷刻，大堂一片惊呼之声。

二

当日下午，众人来到了"玉麒麟"店铺。

店铺后面，是加工玉器的作坊。那块白元砂料石抬进了作坊内。

开始解石时，几个人的脸都扭到了一边。特别是岩松，像偷了人家东西似的，时不时回头瞄一眼，紧张得脸都白了。

那块石头在油丝的磨砺下，"刺啦刺啦"地响着，像是割人的心。第一层，是白砂石，第二层，仍不见什么。这时，连老板有些灰心了，招过一个匠人，说：你来。

康悔文脸上很平静，心里却是七上八下。这次江宁之行，他并未禀告母亲，连老爷子也不知道。花二十万，回去怎么交代呢？他心说：事已至此，不想了吧。

大约过了一个时辰，当那块料石完全解开时，连老板"呀"了一声，众人呆住了。

切去粗粝的外皮，只见那绿莹莹一汪水似的要溢出来。整整一大块，全是上等的翡翠，一点杂质都没有。

岩松一屁股坐在地上，满头汗珠，大睁着两眼，傻了似的。

那玉器作坊的连老板，手里拿着放大镜，弯下身目不转睛地凝视这块玉料，久久，才喃喃地说：这块料，真是世上罕见啊！

而后，他站起身来，说：康公子，恭喜呀！实话说，我很少见到这么好的翡翠。如果一件件加工出来，可值二百万两银子。这样吧，我愿出一百万两银子，将这块料买下。康公子意下如何？

没等康悔文开口，那云南人岩松放声大哭说：我太亏了！我傻呀！我真不该去那种地方啊……

众人面面相觑。康悔文轻轻拍了拍他说：岩先生，你要反悔不成？

岩松两眼闭着，泪流满面，只喃喃道：我亏，我亏死了！

康悔文说：你起来吧，岩先生。这块石料，本就是你的，你若是反悔，把它收回去就是了。

岩松睁开眼望着他，苦笑一声说：康公子，你放心，我只怪自己眼瞎，我只是心痛。这是上天在惩罚我呀！我要是收回去，就没脸在世上混了。

康悔文说：岩兄，这块玉对我来说，来得太容易了。这样吧，实话说，我是没想在江宁府做生意的。可生意找上门了，我也不能不做。那就三一三剩一吧。

岩松说：何为"三一三剩一"？

康悔文说：就拿这块玉料价做本，见者有份。岩兄占一股，连老板的加工占上一股，我占一股，开一家正宗的玉器行，如何？

老鸨马上说：这不还余"一"吗？

康悔文说：这剩余的"一"，就给妈妈当茶钱吧。

康悔文话音刚落，岩松"咚"磕了个头，说：哥哥大气呀！你的恩德，岩松没齿不忘。不过，这块玉料已经是你的了，哥哥为何要这样做呢？

康悔文说：我家祖训，两个字——留余。

连老板说：留余？

康悔文说：留余。

连老板一怔，说：康家兄弟，我服了。你真乃大生意人也！既有二百万的本钱，这玉器行，就挂康氏的名头吧。

老鸨喜笑颜开：既如此，就赶快立约吧。

中原康公子这一豪赌，一时轰动了江宁府。

那些在夫子庙前做小生意的，一个个唏嘘不已。听说了吗？中原人康公子，大手笔呀！也有人说：在这秦淮河畔，出啥事都不稀奇。

最火的是眠月馆，川流不息的男人来看晚香。他们要看看这女子究竟是怎样的"浪"，怎样的"国色天香"，不然，怎就值二十万两银子？可是，他们谁也没看到这晚香到底什么模样。

晚香头天晚上已搬了出去，悄悄地在一个静处住下。眠月馆里，老鸨心花怒放地招呼着一拨拨的客人。

让人想不到的是，本无心在江宁做生意的康悔文，却受到了江宁商贾的关注。有商人坐着轿子，拿着拜帖找到客店，指名来拜见中原康公子。一来二去，无心插柳，倒真做成了几单生意。

更为好笑的是，这件轰动秦淮河的风流逸事，居然招来了梁上君子。偷儿趁着夜色从窗户进来，从床上摸到床下，竟没有摸到一文钱。偷儿摸得康悔文都醒了，笑着说：兄弟，要是没吃饭的话，桌上的盘子里还有块牛肉，你拿了去吧。那偷儿惊得迅即翻窗而走。

就要离开江宁了，眠月馆的众姐妹摆酒给晚香送行。老鸨眼里也湿湿地说：香儿，你嫁得这么一个好人，妈妈也放心了。若是到了那里，水土不服的话，你还可以回来。

晚香说：妈妈这句话，无论走到哪里，我都会记得。

众姐妹都有些醉了，自然是万般不舍。连昔日你争我斗的小恩怨，也翻新出了缠缠绵绵的意味。

人散后，一直相好的小玉抹泪道别：你一走，我连个说体己话的人都没有了。晚香说：要不，你跟我走吧。小玉说：我真想跟姐姐走呢，我愿侍奉姐姐。只是赎身的事，我实在是不敢想啊。晚香说：只要妹妹有这个心愿，等我到那边安顿下来，就给相公说。

第二天一早，康悔文携晚香登上一艘雇来的大船，船舱已装满了货物。晨雾还未散去，船渐渐驶离江宁。望着远去的楼馆、街景，晚香觉得，一切仿佛在梦中。

众人先走水路坐船到了临沂，而后在当地给晚香雇了辆轿车，康悔文和马爷、栓子仍是随轿车骑马而行，踏上了回家的官道。

三

康悔文和晚香回到了河洛镇。

两人来到周亭兰房内，双双跪在母亲的面前。

周亭兰望着晚香，盯视良久，先是吃惊，而后面有愠色。渐渐地，那愠色淡了些，喃喃道：像，着实太像了。你叫晚……香？怪不道悔儿他如此痴迷。

康悔文说：母亲，孩儿不孝。因事情原委曲折，来不及禀报母亲，请母亲责罚。

周亭兰叹口气说：责罚？你如今是一家之主了，你做什么事，还用得着跟我说吗?!

周亭兰又问晚香:康氏家规,悔儿都告诉你了吗?

晚香说:相公略说了些,还望母亲训导,晚香谨遵就是。

周亭兰说:你一江南女子,到中原来,水土服吗?

晚香说:晚香既跟了相公,无论吃苦受罪,晚香都认了,绝无怨言。

周亭兰说:好,你先下去吧。柜上有些事,我要跟悔儿说一说。

待晚香出去后,周亭兰望着儿子,脸慢慢沉下来了,说:儿呀,你带回来这样一个女子,让街坊四邻如何看呢?

康悔文说:母亲,晚香虽出身青楼,但她不是一般的烟花女子。她是为祖父、父亲申冤之人……

接着,康悔文把祭河大典以后的事,一五一十地告诉了母亲。

周亭兰听着,流了泪,说:既如此,就先留下吧。

康悔文恳求道:母亲——

周亭兰说:母亲虽不是守旧之人,但你是知道的,按中原风俗,青楼出身之人,死了不能入老坟。

康悔文再次求道:母亲——

周亭兰说:我已说过让她留下了,你还要如何?暂时,就让下人称她为……二少奶奶吧。

康悔文说:这……

周亭兰望着他,沉吟片刻,说:你既然做了错事,规矩还是要讲的。去吧,见过你太爷爷后,闭门思过去吧。

康悔文说:谨遵母命。

当日,晚香一等再等,不见夫君回房,问了下人,这才知道,悔文关在思过房里。

于是,她洗尽铅华,换下丝绸衣衫,穿一身蓝布素衣,在下人的指点下,独自来到私塾院的思过房外,悄没声地跪在了门旁。

不一会儿,得到消息的周亭兰赶来。她先是一怔,而后,冷冷地说:你这是干什么?

思过房内，康悔文闻知母亲来了，忙说：晚香，你快退下，不要惹母亲生气。

晚香却说：母亲，所有的过错，都在我一人。您若不愿认我，让我走就是了，请不必责罚相公。若要责罚相公，我自当陪着才是。

周亭兰生气了，说：我责罚儿子，要你陪着做什么？你还是起来吧。

晚香流着泪说：母亲，您若是对我的出身有疑，从今往后，我决不迈出家门一步，自当一心侍奉长辈夫君。您若肯信我，就放过相公吧。

周亭兰说：起来。你跪在这里，像什么样子？

晚香说：母亲。

周亭兰说：你别叫我母亲，我应不起。

这时，康老爷子拄杖缓缓而来。他说：兰儿，饶过孩子这一回吧。看在这姑娘为康家申冤的分儿上，姑且成全了他们。古人云，由俭入奢易，由奢入俭难。她自幼生长于江南锦绣繁华之地，抛舍下一切来到咱家，亦属不易。我看，可以了。

周亭兰说：老爷子，你也这样说吗？

老爷子笑着说：兰儿，我知道你养儿不易，也是一心为他好。我老糊涂了，只看人情，不认规矩了。听说江南的小菜很好，就罚这重孙媳妇给我做几个小菜吧。

周亭兰冷冷地说：既然太爷爷说话了，那就起来吧。

当晚，晚香下厨，精心做了江南风味的菜肴。

这顿饭摆了两桌。首桌是康老爷子、周亭兰、康悔文、康有恒一家，另一桌坐着马从龙、老孙、朱十四等康家货栈主事的大相公们。

康家虽开有饭铺，平日除了给老爷子开小灶，不年不节的一日三餐，家人和相公多是粗茶淡饭，饭菜管饱而已。今日聚在一起，想不到晚香端的是好厨艺。当一盘盘一碟碟上了桌，他们真觉得开了眼。细细考究盘中物，未见有什么珍稀食材，不过是寻常的猪肉、黄河的鱼虾、地里随手采摘的时蔬，可经她烹制后，却格外夺人眼目，让人赞叹，勾人食欲。

各式菜肴色、香、味俱全就不必说了，难得的是那份精致和功夫。红腐乳裹肉炸后烘蒸，佐以姜桂瓜仁杏脯，去腻留香，入口即化，甜咸辣酥，余味绵长。

做鱼最难拿捏的是火候，晚香烧的黄河鲤鱼配以豆豉浇汁，鱼皮焦脆，鱼肉细嫩。豆豉取其色，取其气，又取其味，豉瓣洒落鱼身，如黑色珍珠粒粒可数。

一盆醉蟹如桃花般鲜艳，一瓯虾仁如白玉般晶莹，一盘肚丝如龙须般细致；还有莲藕的清爽多汁，蕨笋的筋道香滑，野菜的鲜美甘脆……

老爷子素来不太当众夸人，这天吃得高兴，连声夸道：做菜好吃不难，做菜保留菜蔬的口感也不难，最难的是既好吃又保留菜蔬原来的滋味。他说，这是多年来，他吃得最尽兴的一顿饭。

康悔文觉得晚香给他长了脸，心中十分高兴。当着一众人等，他嘴上不说什么，只是连连起身，给众人端杯敬酒。

只有周亭兰，心中百感交集。经营饭铺多年，她深知，一个饭店能有一两个拿手菜就能留住客人，何况这一桌子的菜肴样样讲究，样样可口。这究竟是个什么样的女子呢？看她弱柳扶风的模样，却也有深藏不露的心机。仅以今晚而论，这一桌的菜式和那一桌就有明显的区分。这一桌有老人孩子女人，菜品多糯软香甜，清淡可口。而那一桌多壮年汉子，菜式不仅精美，更是耐吃经品。她看着心满意足的儿子悔文，再看看笑得像个孩子的老爷子，满屋人无不开心的场面让她自忖，自己对两个年轻人是否有些苛刻？

最后，晚香让人端上桌的，是一道颜色碧绿青翠的汤。她取新鲜蔬菜的汁液煮沸，加入切得薄如蝉翼的黄瓜片。汤中不放其他任何调料，只撒几粒盐，一小勺醋。一席饭菜，已经吃到了这个时候，喝几口清汤，既润心，又醒酒。

晚香看着事情一件件料理已毕，该交代的也对佣人交代清楚，她便洗净双手，解下围裙，静静地回到西跨院。

她事先已与悔文说好，上席的都是康家当家理事人，她在后厨做菜，是尽长孙媳妇的本分。厅堂的席上，她就不露面了。

房屋的条几上，一炉茉莉香轻烟缭绕。她坐在琴案前，轻轻拨动琴弦。一晚上的烟熏火燎，她着实有些累了。她想借琴声洗洗心，也洗洗一身的油烟气。这张古琴，是她在这个家最爱的一样物品。遥想秦淮河畔，琴艺精湛的女子可谓多矣。可如此音质绝伦的古琴，她还是头一次见到。每次拂动琴弦，晚香就会不由自主地猜想，那位"念念"，该是个怎样非同寻常的女子？

院子外，有小伙计趴在窗户上偷听。他们窃窃私语：这个新来的二少奶奶，真是才艺双绝。

有人说：可不，人家是江南有名的……

有人赶忙拦住话头：可不敢瞎说，打嘴。

当晚，康悔文一一送老爷子和母亲回房安歇，这才回到自己房间。他只觉整个房间都变了样。地上清清爽爽，东西妥妥帖帖。床上支起了白纱帐，窗户换了新窗纸，灯罩擦得透亮，桌子柜子一尘不染。香炉里，茉莉熏香的气息沁人心脾。几案上，青花瓶中斜插着几枝菊花。几枚连着绿叶的黄澄澄的柿子，摆放在一个陶瓷盘里，看上去既好看，又合时令。

康悔文心中一热，说：晚香，回家这些天，让你受委屈了。

晚香说：老人能接纳我已属不易。我，不委屈。

康悔文说：你能有这份心，我也就放心了。母亲守寡多年……都是为了我。

晚香说：我晓得。

第二天早上，伙计二贵来到门前，轻声叫道：少爷，该上路了。

康悔文在屋里应了一声，说：知道了。说着，匆匆就要出门，可晚香叫住了他，说：相公，你等等。她拿出一个布囊，放在桌上，把二贵叫进门来，对二贵吩咐说：出门在外，有诸多不便，我给相公准备了一些零用钱，这是十两的，这是五两的，这是一两的，都已分好。二贵，你把它带上，仓促不及，可随时取用。

康悔文叹道：还是女人细致呀。

晚香说：这不是该当的嘛。

康悔文略微想了想，说：不过，我还要借你一件东西。

晚香说：借什么？

康悔文说：想借你那件洋白夏布的裙衫。

晚香说：相公有何用？

康悔文说：初次见你，那件裙衫外白内红，特别是与那种褪红一配，十分养眼！在江宁，我就进了两船料子，我想借你这件衣衫做个样子。

晚香说：我是穿着这件裙衫与相公结的缘，这件断不可用，不如我赶制一件吧。

康悔文惊道：你会做？能不能多做几件？

晚香说：三日为限，我给你赶制十件，如何？

康悔文说：太好了。

自康悔文出门后，晚香一身布衣，一天到晚足不出户，赶做女红。周亭兰对她仍有些不放心，每每遇上伙计，总要问上几句：西院，有什么动静吗？

伙计就汇报说：这二少奶奶每日门都不出，倒也没听说什么。

这天，周亭兰心里仍是不安宁。她又把马从龙叫到了账房屋，问：马师傅，你是去了江宁府的，我信得过你。这女子，靠得住吗？

马从龙赶忙回道：东家，遵你嘱托，在江宁那边，我也找人打听过。二少奶奶她虽说出身青楼，但的确是卖艺不卖身。别的，我也说不好。

周亭兰沉默了片刻，叹一声说：康家，免不得让人说闲话了。

马从龙说：东家放心。据我观察，少爷、少奶奶还都是明事理的。江宁这一趟，少爷不光是寻人，说起来，他真是有福之人哪。得了人不说，还得了一块上好的玉料，康家在江宁府也有了生意。不光如此，少爷还进了一船西洋白纱，一船褪红薄绸。

周亭兰说：玉的事，他倒是说了。可进这么多料子，销得出去吗？

马从龙说：少爷说，他自有安排。

周亭兰"噢"了一声，又问：仙爷庙那边，断指乔有什么动静吗？

马从龙摇摇头说：最近，倒没听说什么。有人说他投了高匪，也有人说他投的是李匪，还有的说，被围在了安徽。

周亭兰说：我一直有块心病，只怕他对悔文不利。

马从龙说：东家放心，我会当心。

周亭兰沉吟片刻，不禁自言自语：论说老让她在西院住着，也不妥，我也该去看看了……

第二天，周亭兰走进了晚香住的西跨院。进门后，见晚香正在案前忙着裁剪，一见婆婆来了，她立即放下手里的剪、尺，上前问安。

周亭兰看着一身布衣布裙的晚香，说：咱虽不是官宦之家，但也不可太过寒酸了。

晚香说：母亲教训得是。相公不在家，儿媳只不过是想随意些罢了。

说着，晚香拿起案上一件缝制好的大红彩绣礼服裙，呈到周亭兰面前，说：母亲，这两天我赶着给母亲做了套礼服裙，只是不知道合不合身？

周亭兰接过看了，说：哦，难为你有这份心。

晚香说：母亲试试吧，如不合身，我好再改。

晚香亲自帮周亭兰更衣、试衣。周亭兰一边扣着腰襟处的琵琶扣，一边说：听说你每日里吃得太少，只吃一点点饭。是不是水土不服？还是饭菜不合口味？

晚香一边整理裙幅，一边说：不是的。儿媳生性淡泊，于肥甘无一嗜好，只喜饮茶，在江南也是如此。

周亭兰说：吃那么一点点饭，能养命吗？你年纪轻轻的，还是要注意自个儿的身体才是。

晚香说：我会注意的。

待晚香给母亲换好上衣、下裙，恭恭敬敬地把周亭兰扶到镜前，说：母亲，你看合身吗？

周亭兰穿着这身大红底彩绣礼服裙，一下子显得容光焕发，年轻了许多，心里自然高兴，说：好。难得如此可体，做工也细。想不到，你的女红还这么好。

晚香说：说不上，只是当媳妇的一份心意。我还给太爷爷做了一件，赶明儿给老人家送过去。

周亭兰刚要说什么，这时，老孙急匆匆走来，说：大奶奶，不好了！

周亭兰一怔，说：慌慌张张的，又怎么了？

老孙看看晚香，欲言又止。

周亭兰给老孙使了个眼色，说：你说吧。

老孙说：也没什么，是、是生意上的事。

周亭兰站起身来，低声说：不急，回头再说吧。

四

康家的生意是越做越大了。

沿黄河、洛水一线，开设有大大小小的康氏货栈。每个货栈管事的总柜，号称大相公；下面货栈分号的掌柜，就称为二相公。康家货栈沿水旱两路，先后有分号一百多家。总号的账房设在开封。按康悔文的打算，待新宅盖起后，栈房总柜就要搬回康家新宅前的码头了。

设在开封的账房是一个五进的院子。过道两旁是东西厢房，正房是客厅、会馆，后边是一排排的仓库，仓库门前各有标号。

这天，是总号半年盘点结算的日子。各分号的大小相公从各地赶来，后院的牲口棚里拴满了马匹。

货栈议事厅里，摆有两排雕花的红木圈椅。二十多位大小相公也是久不见面，彼此亲热地寒暄着，言说各地的生意状况。

康悔文带着二贵走进来时，各地赶来的相公们纷纷站起，一个个边施礼边说：康公好！康公好！

康悔文一一还礼，说：坐，坐，各位都坐吧。

待在主位坐定，康悔文对各位相公说：各位，这些年，咱康氏货栈一直沿东、西布局，着力于粮、棉、杂货、漕运生意。虽有百余家分号，但从未涉足东南江浙一带。前些日子，我去了一趟江宁，也是想蹚蹚路。江南几百年繁华兴盛，生意上还是很有些讲究的。接着，他便讲了些江宁的见闻。

接下来，康悔文先问了从西安来的大相公，说：老柴，西安那边如何？

西安货栈的大相公老柴站起来说：禀东家，西安这边生意还好，主营还是粮食、棉布，捎带着办些京广杂货。漕运，主要是为官军运些粮草，与坐粮厅勾连稍多一些。只是坐粮厅的一位官爷太贪，花销也大些。这些，账上都一笔笔记着呢。

康悔文又问：噢。柳二哥，济南那边如何？

济南货栈的大相公站起，说：禀东家，济南这边按康公的指令，主营北货南运、南货北行。泡爷带船走，吃的是水财。过去是粮棉，现在是"黑白两道"统吃。"黑"，是东北的铁器，"白"，是南方的大米。最后，由北京日升昌的银票结算。当然，济南的那些地获利也不小。难处是，伙计们长年在外，不带家眷，有俩人跑去赌嫖，被人扒了裤子。这俩人，已经开销了。

康悔文接着又问：老仇，汉口那边，生意还可做吗？

汉口货栈的老仇站起说：禀东家，汉口这边生意略受些损失，主要是李匪作乱，商船一再被劫。还好的是，西南较平静，长江这一段尚可走船。周家的霜糖、柿饼销路还好。粮价略有上涨。这些，我都已按月禀告了。

康悔文点了点头，再问临沂的老崔：崔二哥，临沂那边如何？

崔福笑着站起来说：禀康公，我这边大好！泡爷的船队，上半年已跑了六个来回。你那崔红妹妹，也成家了！

康悔文笑着说：是吗？那我得给她贺喜呀！

崔福说：那是自然，你可一定得去。妹妹还说，要不是东家你，我也改不了这赌性。

待一一问明情况后，康悔文接着说：好，各分号的事，回头咱下去再说。这次我从江宁回来，带了两船料子，至于销路如何，我想听听各位相公的高见。二贵，让人把"幌子"拿上来吧。

二贵应声走出去。片刻，几个伙计拿着一件件带有木制衣架的"幌子"走进来。这挂出来的十件裙衫是晚香赶出来的，外罩西洋白纱，内是褪红色的细绸，一件件看上去，潇洒飘逸，似立着十个仙女一般！

各地的大相公们凑前看了，惊叹道：绣工一流呀！

有的摸着说：刺裾如虮无痕，太漂亮了！

有人细细看了，说：绝了，这针工好啊！

还有的说：这是谁做的？锦绣工鲜，无不妍巧！

康悔文说：不瞒各位，这是内人的手工。

众相公更是摇头赞叹不已，纷纷说：有了这幌子，这料子是不愁销的！

康悔文说：各位，这第一件我要送给崔红妹妹。崔二哥，你代我捎给她。第二件是要送给红爷，一品红的。二贵，你代我送去吧。

崔福高兴地说：太漂亮了！我代妹妹谢康公！

正议着，马从龙匆匆从外边走进来，低声对康悔文说：秋总兵派人来了。

康悔文说：什么事？

马从龙附耳说：说是即刻请你到总兵府去一趟。

康悔文想了想，说：好吧。这些货，你们商量一下怎么分，我去去就来。

康悔文坐着骡轿赶往总兵府衙门，因是总兵的拜把兄弟，自然不用通报。过了一道道院门，只见秋总兵正在客厅里来来回回地踱步呢。

秋总兵一见拜弟，便一把拉住他的袖子，亲热地说：来人，快上茶！

康悔文坐下来说：秋大哥，找我有急事？

秋总兵挠了挠头说：兄弟，哥哥这次是真遇上难处了，不然也不会这么急着找你来。

康悔文说：秋大哥，有什么事，你尽管说。

秋总兵告诉康悔文，他带的清兵已把高匪击溃了，剩下的残部如今被围在卧牛岭。

康悔文说：这么说，是需要给养？你说吧，多少？

秋总兵说：不，不，给养倒是不需要。可你知道，被围在山上领头的土匪是谁吗？

康悔文心里一紧，说：谁？

秋总兵说：就是那个有名的土匪断指乔。这王八蛋带着几百名残余，负隅顽抗，宁死不降。我这里久攻不下，已伤了七八百个弟兄。

康悔文不动声色地说：噢，断指乔，听说过。

秋总兵说：兄弟呀，我所说的难处，不是我攻不下来，是我不愿意再让兄弟们做无谓的牺牲。你想呀，他们据险而守，宁死不降，而朝廷又严令我限期拿下。唉！

康悔文望着他：秋大哥的意思……

秋总兵说：兄弟，说实话，这还不是最难的。最叫我作难的，是宋海平那王八蛋！

康悔文吃了一惊：宋海平？

秋总兵说：宋海平这王八蛋，官虽然不大，却是内务府的密探，可直达天听！这狗日的立功心切，密捕了一个断指乔身边的人。此人叫木瓜。

康悔文说：木瓜？

秋总兵的脸色沉了下来。他告诉康悔文，这个木瓜，重刑之下把康家给供出来了。

康悔文猛地站了起来，说：这……跟我康家有什么关系？

秋总兵拍拍他，说：坐，坐。兄弟呀，这事呢，说大也不算大，他供出你康家资匪。其实说白了，也就是交代你康家给流寇送过五百个蒸馍。

康悔文迟疑着说：不会吧。有这事吗？

秋总兵摆摆手说：贤弟也不必在意。本来嘛，让土匪逼着，送五百个蒸馍也不算什么。可这事让宋海平逮住了，他王八蛋就出个馊主意，非要让康家前去劝降，说是只要康家肯出面劝降了这伙匪徒，可既往不咎。

康悔文说：让康家去劝降？大人，万万不可！

秋总兵说：是啊是啊，我也觉得不妥。可这王八蛋，仗着是内务府的人，已经带人到你家里去了。我也是告知你一声，免得……

"呼"一下，康悔文又站起来了。

第十九章

一

宋海平又一次站在了康家的门前。

那天夜里，宋海平被一品红救下之后，心里越想越窝囊。虽然他答应一品红不找康家的麻烦，可心里想的却是，康家早晚会栽到他手里。他上次在康家扑了空，很败兴，现在机会终于来了。

康家店再一次被清兵团团围住。大门外还停着一辆囚车，囚车里站着一身是血、五花大绑的木瓜。宋海平带着一帮带刀禁卫，站在囚车旁。

当周亭兰匆匆从西跨院赶回时，整个院子已站满了清兵。

宋海平站在那里，冷冷地说：康家大奶奶，我给你带来了一位客人。看看，还认得这个人吗？

周亭兰看了一眼囚车，说：不认识。

宋海平说：那我告诉你，他叫木瓜。

周亭兰仍说：不认识。

宋海平说：可惜呀，"木瓜"已经烂了。

接着，宋海平用马鞭抵住木瓜的下巴，说：木瓜，抬起头来，看看这是谁？

囚车里的木瓜已是血肉模糊。他微微地抬起头，两眼已肿成了一道细缝，他喃喃地说：对不起了，康家大奶奶，我……招了。我实在是熬不住了。他把我打烂了。

周亭兰望着囚车里的木瓜，一句话也不说。她已无话可说。

木瓜喘口气说：我……我本想让他杀了我。可他不杀，他让我笑。我木瓜，是……笑烂的。

周亭兰仍然不语。

木瓜已被折磨得没有人样了。抓到他的时候，清兵先是扒光他的衣服，而后用刀刃在他脚心上一道一道地划，划出血淋淋的线，接着在他的伤口处抹上盐，用火烤，而后放狗舔他，一时他脚心像钻了一万条虫子。他实在是顶不住，就招了。不过，他咬紧牙关，只招了那五百个馍馍的事。此刻，他突然睁开眼，大喊：姓宋的，该供的我都供了。求求你，赶快杀了我吧。

宋海平说：听明白了吗？这叫什么，这叫暗中勾连，这叫资匪！就凭这一条，我就可以判你康家重罪，抄没你的家产！

周亭兰说：宋大人，你也别吓唬我。我知道他是土匪，可他是讹我。他讹我康家五百个馍馍，能有多大的罪？

宋海平说：照你说，这五百个馍馍，是讹来的？

周亭兰说：讹的。你身为朝廷命官，尚且不能保境安民，让土匪闯到我家里来，难道说你就没有责任吗？

宋海平说：哼，我不怕你嘴硬，有犯人签字画押的口供在，铁证如山！一个讹字，就能化解吗？这也太简单了吧？纵是你嘴坚牙利，也难逃干系！叫我说，你就不要再狡辩了。

周亭兰说：既然如此，你想怎样？

这时，宋海平突然口气变了。他说：内人多次提及，你曾救过她的命。冲着这一点嘛，咱们虽有过节，但对康家我还是留着情面的。这样吧，作为临时的监军、按察副使，我请康家帮一个忙。如果你把这件事办好了，康家就算将功补过了。

周亭兰惊讶地说：内人？谁是你的内人？

宋海平说：噢，你还不知道吧？贱内就是一品红。她知道咱们有过节，羞于跟你提起。

周亭兰沉默了片刻，说：你是官家，我们黎民百姓不敢高攀。再说了，我又能为官家办什么事？

宋海平说：我知道，你康家财大气粗，没有办不成的事。这样，假如你康家出面，去说服负隅顽抗的土匪投降，我就可以上报朝廷，免了你康家的罪。

周亭兰不语。

见周亭兰不说话，宋海平又走近一步，低声说：我没有细查康家通匪之罪，主要是看贱内的面子。若是细究，据我的线报，你康家与那匪首断指乔，就不仅仅是五百个馍馍的交易了。

这时，周亭兰抬起头，说：我康家乃大清的百姓，官家来收税，要给。土匪来抢粮，也不能不给。现在你又来治康家的罪，你还让不让人活了？

宋海平笑了，说：也有道理。可官就是官，民就是民，法就是法。对与不对，那就不是下官考虑的事了。你是去，还是不去？

周亭兰迟疑了一下，说：土匪现在何处？

宋海平说：如今困于卧牛岭。

周亭兰说：既然已经被官军围了，你攻上去就是了，怎么会让一个百姓前去劝降？这不是笑话嘛。

宋海平说：这伙流寇是惯匪，穷凶极恶，官军困了他们七天，马都杀光了，可他们就是不降。实话告诉你，顽匪伤了不少的官兵弟兄。我想，你康家去劝降，等于给他们指一条活路。

周亭兰说：降了又如何？

宋海平说：放下屠刀，我可保他们不死。

周亭兰说：断指乔呢？

宋海平说：至于匪首断指乔，只要放弃抵抗，也会给他一条生路。

周亭兰说：你说话算数吗？

宋海平说：只要他们放下武器，走下山来，愿回家种田的，发给路费。

周亭兰说：你给路费？

宋海平笑着说：当然是你康家给。你既然送过馍馍，就好人做到底吧。

就在这时，康悔文赶回来了。他从院门外闯进来，大叫着说：母亲，要去我去，你千万别去！

周亭兰厉声说：退下。

康悔文说：母亲……

周亭兰喝道：你给我退下。

康悔文说：母亲，太危险了。

周亭兰不理他，说：既然宋大人有这个意思，我倒是可以走一趟。至于成不成，我尽力就是了。

宋海平说：那好。我就静候佳音了。

这时，康悔文冲到周亭兰面前，"扑通"往地上一跪，流着泪说：母亲，大难当头，你如果没有儿子，我决不拦你。可康家明明有儿有孙，若是让你孤身赴险，儿子有何颜面活在世上呢？周亭兰听了，静默片刻，终于说：起来吧，我答应你。接着，她当着宋海平的面大声吩咐说：起灶上笼，再蒸五百个馍馍。

宋海平眼一瞪，说：你，还要给他们送吃的？

周亭兰说：既然是劝降，总该有点诚意吧？

宋海平冷笑一声，说：好，我等着你的消息。

事到如今，周亭兰心里明白，康家又到了一个关口上。于是，她亲自上灶和灶房师傅一起蒸好了五百个大蒸馍，蒸馍一个有半斤重，由康悔文带着送往卧牛岭。

临行时，周亭兰亲自把儿子送到官道口。到了官道口，赶车的马从龙劝道：东家，回去吧。你放心，有我陪着少爷呢。

周亭兰叹一声说：康家到了还债的时候了。

康悔文也说：母亲，回吧。

周亭兰说：仗打到这种地步，人都打疯了，那山上如今肯定都是杀红了眼的……悔文哪，你要格外小心才是。

康悔文说：母亲放心，我知道该怎么做。

周亭兰说：这姓宋的，是盯上康家了。他就是一条咬人的疯狗。

马从龙咬着牙说：是呀，都怪我当初……

周亭兰说：不说了。悔文，你上山后，乔爷若是不听，你就把这东西交给他。说着，周亭兰从袖筒里拿出一个红绸包。

康悔文接过来，说：母亲，这是……

周亭兰没有应答，只说：你告诉他，康家答应的都会一一兑现，决不食言。

康悔文接过红绸包着的东西，揣在身上，而后说：母亲放心吧。

周亭兰说：去吧。

驴车走出很远，周亭兰仍在官道口站着。

二

卧牛岭上，断指乔的残部已经被围了七天。

七天来，凭着山上险要的地势，清兵一次次的攻击都被他们打退了，可山上的弟兄也越来越少了。断指乔一生经历过无数险情，可这一次却是最险的。山下旌旗招展，上万清兵把他们围得铁桶一般，他们已经没有退路了。

自从投了高迎祥的队伍后，断指乔的部下一度发展到几千人。可随着清兵一次次地围剿，他们从安徽打到陕西，后又退回河南境内。流动千里，最后却困在了这座卧牛岭上。

这时候，断指乔突然想起了黄七。黄七被砍时，头落在了地上。是黄七的女人用大针把他的脑袋一针一针缝上的。黄七临死，还有这样一个女人，值了。想到这里，断指乔突然笑了。

就在这时，在一条羊肠小道上，两个兄弟带着眼上蒙着黑布的康悔文走过来。看见康悔文的时候，断指乔给站在身后的两个亲兵摆了摆手，两个亲兵退回去了，在不远处警戒着。

康悔文眼上蒙着的黑布被取下了，他眼前是一块巨石，巨石旁坐着的正是满身血污的断指乔。断指乔说：康公子，你怎么上山了？

康悔文说：我是……给你送馍来了。

断指乔说：是你母亲让送的吧？

康悔文说：是。

断指乔说：康家够意思。谢了。

康悔文说：可你的一位兄弟，就有些……不够意思了。

断指乔眉头一皱：怎么讲？

康悔文说：你一个叫木瓜的兄弟，让人绑着，到我家来了。

断指乔说：这么说，是木瓜把康家供出来了？这个王八蛋！

康悔文说：也不怪他，重刑之下……

断指乔说：如有转圜的余地，这笔账我会清算的。

康悔文说：你看这阵势，还有转圜的余地吗？

断指乔望着远处，久久，说：这么说，你是来当说客的？

康悔文说：也不……完全是。康家受了牵连，一家老小让人押着，也只能如此了。

断指乔说：这么多年，你康家的生意做大了。

康悔文望着他，说：你呢？

断指乔笑了笑，说：败了……

康悔文说：落草为寇，早晚会有这一天。

断指乔说：是，早晚有这一天。不说这些了，你下山去吧。

康悔文说：大军压境，弹尽粮绝，这五百个馍馍，也不顶什么用。叫我说，降了吧。

断指乔说：康公子，我们跟你不一样。本就是贱命，落草为寇，也是为有口饭吃。死是早晚的事。头割了，也就碗大的疤。

康悔文沉默片刻，说：水源也断了。

断指乔笑了，哈哈大笑。

康悔文望着他，又说：山下，所有的路口都封死了。

断指乔伸手一指，说：你看，青山绿水，多好的地方，多好的景致呀！

能死在这里，也是福分。

康悔文说：山下那些人，会让你从从容容地死吗？小时候，我曾被你装在麻袋里，眼前一片漆黑。那时候，我也想到了死。死，是很可怕的。

断指乔望一眼山下，"哼"了一声，说：谢谢你送上来的五百个蒸馍。你，下山去吧。

康悔文望着断指乔，他对这个人是心怀憎恶的。迟疑了片刻，他终于说：其实，我是奉家母之命上山的。

断指乔说：你母亲……还好吗？

康悔文说：还好。说着，他从袖筒里掏出了红绸包的东西，递给了断指乔。

断指乔接过来，拿在手里轻轻地摩挲了一下。而后，他解开红绸，里边包着一面西洋的小圆镜。他拿起来，对着阳光照了一下，说：这是个宝器。

康悔文说：宝器？

断指乔说：宝器。它可以取火。

康悔文说：是吗？

断指乔手里把玩着那个小圆镜，说：你只要把光聚在一点上，可取太阳之火。

可接着，断指乔叹一声，说：你母亲……这是想要我的命呀。

康悔文说：恰恰相反，母亲是想救你。

断指乔说：救我？

康悔文说：母亲特意让我给你捎话，康家以前所有的承诺，都会一一兑现。

断指乔说：我已身处绝地，死，就是我的最好归宿。哪里黄土不埋人呢。

康悔文说：你既已抱了必死的心，我也就不劝你了。可你的那些弟兄呢？难道让他们都陪着你去死吗？

断指乔说：既然走到了这一步，那也是没有办法。我想弟兄们不会怪我的。

康悔文说：康家冒着被抄家的危险，上得山来，就是想给你指一条活路。

断指乔说：哪里还有活路？

康悔文说：康家已与山下的官兵达成协议，若是你降了，山上的弟兄，一个不杀。愿意回去种田的，由康家出资，一人送十两银子。至于乔爷你，母亲说过，你是有恩于康家的，康家可保你后半生衣食无虞。

断指乔拿着那个小圆镜子，又对着阳光照了一下。那光斑反射在石头上，又反射在一株小草上。他说：这是个宝器，也是凶器，就看落在谁手里了。

过了一会儿，断指乔问：你母亲真是那样说的？

康悔文说：是。

两人对视着，久久不说话。远处，山风呼呼响着。

终于，康悔文望着断指乔，说：该说的，我都说了。乔爷，主意还是由你拿。

断指乔迟疑了片刻，站起身来，说：好吧，我问一问弟兄们。

于是，三个亲兵把康悔文送下山去，断指乔独自一人转到巨石后边去了。

转过巨石，是一个山坳，大约二三百人或坐或躺，人人都是满身血污、伤痕累累。他们仍据险而守，目光十分警惕。

断指乔站在一块石头上，望着众人，说：兄弟们守了七天了，粮尽弹绝。总舵那边，一直联系不上，咱们今天是走到绝路上了。刚才，有人送来了五百个馍馍，也捎上来一句话，说可以给咱一条活路。所以，我想问问兄弟们，愿，还是不愿？

众人默然。

断指乔说：本来，兄弟们已抱了必死的决心。死不足惜，二十年后，又会是一条好汉！可现在有人给指了一条活路，这很诱人哪。人家说，只要放下武器，走下山去，愿回家种田的，每人可给十两银子。不愿回家的，拿着这十两银子，也可远走高飞，绝不阻拦。到这时候，我要是再逼着兄弟们陪我一块儿死，就有些不仗义了。——说句话吧。

众人默然。渐渐地，他们的目光里，似已有了生的渴望。

久久，山风呼啸着。

断指乔说：我明白了。

断指乔接着说：兄弟们，据我多年的经验，官军的话是万万不能信的！一旦信了他们，咱们兄弟放下武器，走下山去，其结果必死无疑。

听他这么说，众人一下子紧张起来。有人霍地站起来说：那就跟他们拼了！

有人举起手中的刀，喊着：拼了吧！大不了一死！

断指乔说：我知道，弟兄们都不是贪生怕死之辈。死不足惜，但也要死得值。我现在要挑出三十个人。以三十个人的死，来换取三百弟兄的生！如何？

众人默默地望着他。

断指乔说：我算头一个！还有谁，愿意站出来？

众人一怔，互相看着，迟疑着。

这时，断指乔才说：后山的巨石下，是悬崖。那边看上去是死路，不过，悬崖下有一棵枸树，我在树下暗藏了一根长绳……我挑这三十个人，从前边下山，接受条件诈降。其余的弟兄，立刻从后山悬崖处下山。只要不死，你们就是咱义军的种子。

"呼啦"一下，人们全站起来了。

断指乔说：慢。兄弟们，我挑这三十人，一、必是自觉自愿；二、家中没有妻小。凡不愿赴死，或家中有老人和妻小的，不必站出来。

就此，断指乔下了石头，往西边走了几步，说：兄弟们，不怕死的，跟我站到这边来吧。

众人先是你看我、我看你，这时，一个头目上前一步说：乔爷，兄弟们都是跟着你干的，你带着兄弟们逃吧。不就是死吗？我——我领着下山诈降。

断指乔摇摇头，说：仗打到这份儿上，我若是不下山，清军是不会相信的。再说了，我若不死，让兄弟们替我去死，那我算个什么鸟人?!

众人相互看着，终于有人站出来，说：我算一个!

有人接着说：我算一个!

慢慢地，自愿赴死的一个个人，站在了断指乔的身后。

断指乔说：好。不愧是我的好兄弟! 接着，他对一个头目说：老万，你带弟兄们到后山去，那绳子就在悬崖边枸树下，去吧。快走!

夕阳西下，天边一片血红。山坳里，三百个将要逃命的兄弟，一起给自愿赴死的三十个兄弟跪下了!

三十个死士，昂昂地站在那里。断指乔大声说：记住，逢年过节，别忘了给我们烧把纸!

一时，哭声四起。三百个弟兄，给三十个将要慷慨赴死的义士郑郑重重地磕了三个头!

断指乔喝道：哭什么? 快走!

于是，大队人马迅速向后山去了……

前山，十数杆战旗仍在迎风飘扬，三十名死士齐齐地站在断指乔身后。

断指乔回过头来，对身后的三十个弟兄说：记住，下山时，三人一组，分开走，各自带好武器。走得慢一点，千万不要扎堆儿，要尽量拖延时间。

一个小头目含着泪说：乔爷，你呢?

断指乔说：你们先走，我断后。

三

离卧牛岭十里，有一个靠近洛水的村子，名为歇马村。清兵的指挥大营就扎在这里。这会儿，秋总兵正在帐中跟监军宋海平下棋。

秋总兵眉头上有个瘩子，俗称"眉里藏珠"。据相士看，这正是他的贵处。所以，每临大事或下棋的时候，他忍不住要摸一摸，就像要在那里讨一计策似的。棋盘上，宋海平这边虽说只剩下不多几个棋子了，但他是"士相全"。秋总兵这边是一车一炮一卒，可就是"将"不死他……两人正下着，秋总兵突然说：你很流氓啊。

宋海平说：流……流氓？

秋总兵说：可不。眼看输了，你王八羔子老走滑步，就是不缴械。这不是流氓吗？

宋海平话里有话，说：总兵大人，我这叫声东击西。你不是也将不死我吗？

秋总兵也话里有话，说：宋监军，你这一手，管用吗？

宋海平说：试试看吧。

下着下着，秋总兵说：他娘的，我已死了八百多个兄弟了！

宋海平说：总兵大人放心，他已插翅难飞。他若是不降，你就可以放火烧山了。

秋总兵说：他要是降了呢？

宋海平看着秋总兵：你说呢？

秋总兵说：宋监军，咱先说好，谈的事归你，打的事归我。失信于人的事，我老秋可不干！

宋海平说：大人，你是怕得罪康家吧？

秋总兵说：球，我谁也不怕。可做人要讲信义，不管怎么说，康家是为朝廷尽过力的。

宋海平说：可康家通匪呀，总兵大人。

秋总兵说：不就五百个蒸馍嘛，当年，我困在淮河边时，康家还捐过两船粮食呢。

正在这时，有斥候进来报告说：禀总兵大人，土匪下山了。

秋总兵把棋一推，说：有多少人？

斥候报告说：三三两两的，看不大清。

秋总兵说：再探。

斥候应声走出去了。

秋总兵有些焦躁，他在帐内来来回回地走动着，自言自语：降了？……

宋海平说：看样子，降了。

秋总兵说：嗨，你这一招还真管用。不会吧？

宋海平说：这次是康家出面。

秋总兵说：如果真降了，如何处置？

宋海平附耳道：朝廷有密旨……

秋总兵脸一沉，哼了一声说：我就知道，你有这一手。

过了一会儿，斥候再报：下山的土匪三三两两，已聚集在山脚下，大约不足百人。

秋总兵说：人这么少，不对吧？再探。

而后，秋总兵疾步走出大帐，说：走，看看去。

山脚下，只见断指乔的残部三三两两地走下山来。他们走走停停，受伤的互相搀扶着，可他们仍拿着刀、枪，眼里带着疑惑和警觉。

山下的路口上，放着两张桌子。桌子后坐着康家的账房先生，桌子上放着一摞一摞的银子，每锭十两；另一张桌上，摆着一个牌子，牌子上写着：缴械处。

先期下山来的一些人，站在路口看了看，每人从桌上拿了一锭银子，而后又看了看手里的武器，有些迟疑。一个老者说：到这份儿上了，扔了吧。

于是，他们互相看了看，迟迟疑疑地，把手里的刀扔下了。

过了一会儿，又有人走下来，也各自拿了银子，扔下了武器。

而后，不时地有人走下来。当聚有二十几号人时，有人说：别慌，等等乔爷他们。

一个汉子四下看了看，说：没事了，真没事了。

那老者说：给乔爷发信号吧。于是，一声呼哨响起，断指乔领着几个剩余的兄弟也下山来了。

于是，众人聚在一起，仍是三三两两地拉开，慢慢往前走。一个瘦高个，为了壮胆竟唱起来了：小老鼠，上灯台，偷油吃，下不来，叫声妈，妈不来，叫声姐，姐不来，咕噜咕噜滚下来……当他们快要走到一片开阔地界时，只见眼前是一片树林。这时，断指乔突然说：站住。

话音未落，只见在树林里埋伏的清兵呼啦啦全站起来了，放眼望去，黑压压一片。他们一个个手持弓箭，全都瞄准了，只听领头的高声说：放箭！

一排箭射过，走在前边的人全倒下了……有人高喊着：上当了！

刹那间，众人一起往前冲，可没等他们冲到树林前，就全倒下了。那些被乱箭射死的，一个个就像是刺猬一般。最后，只剩下断指乔操刀大骂：来呀，冲爷爷来！

然而根据密令，他是要留下的唯一活口。

这时，清兵们蜂拥而上，把断指乔按翻后，五花大绑地押进了囚车。

后山上，在悬崖处凭一根绳索逃下山来的三百人，也同时遭到了伏兵的追杀。这都是宋海平秘密布置的。一时，田野里到处是尸体。不过，终还是有一股人，逃出去了。

一时，山脚下响彻清兵的欢呼声：大捷！卧牛岭大捷！活捉闯匪断指乔！

每条路上，都有官兵在追杀逃亡中的断指乔残部。一个清兵正掰一个死去土匪的手——人已经死了，可手里还紧紧地攥着那锭银子，怎么也掰不开。清兵骂道：妈的，人都死了，你还要银子干什么？

原本隐藏在后山，准备接应断指乔的马从龙，看时间到了，却没看到断指乔从后山下来，也只好先行撤了。

等在山下的康悔文，没想到结果会是这样。他气呼呼地闯进秋总兵的大营，说：秋大人，怎么能这样呢？

秋震海一把拉住他说：兄弟，这次剿匪，你康家立了大功。你放心，我一定上报朝廷，给你请功！

康悔文质问说：不是说好的，胁从不问，发给路费，一律遣散吗？你怎么出尔反尔呢？

秋震海说：兄弟，哥哥也有难处啊。那姓宋的，虽说只是个监军，可他是朝廷的鹰犬。他得了上头的密旨——杀无赦！

康悔文气愤地说：他是鹰犬，康家不是鹰犬。那满坡的尸体，一个个都是冤魂！

可秋总兵满不在乎地说：鸟！匪就是匪，杀就杀了，你一个生意人，就不要顾忌那么多了。收了断指乔，这路上平静了，你生意不更好做了吗？

康悔文怔怔地看着他：打仗也成了生意？

秋总兵哈哈大笑说：说得好，说得好！这个我倒没想到。

康悔文低声说：康家是被你们利用了。

秋总兵说：人，不就是被利用的吗？算了，老弟，我知道你有些委屈，我会补偿你的。

此时此刻，康悔文竟无话可说。

他想，回去怎么向母亲交代呢？

四

周亭兰虽在家里坐着，但心神不宁，度日如年。她喃喃地说：我眼皮咋老跳呢？

临近中午时，她叫道：二贵。

二贵赶忙跑进来，应道：大奶奶，有何吩咐？

周亭兰说：马爷回来了吗？

二贵摇摇头。

周亭兰又问：有少爷的消息吗？

二贵又摇了摇头。

周亭兰说：你去吧。

日错午时，二贵跑进来，气喘吁吁地说：大奶奶，马爷回来了。

周亭兰忙问：人呢？

二贵说：后院呢。

周亭兰二话不说，起身就往后院走。

在后院的牲口屋前，只见马从龙颓然靠坐在草垛旁。周亭兰走过去，站在他的面前，说：马爷回来了？

马从龙赶忙站起说：东家……

周亭兰说：你回来了，为什么不见我？

马从龙说：我不知道该怎么给你说。

周亭兰说：降了吗？

马从龙说：降了。

周亭兰说：然后呢？

马从龙说：康家的银子，也都给了。

周亭兰说：然后呢？

马从龙说：他们下山后，那姓宋的，说是得了朝廷密旨，杀无赦。

周亭兰身子晃了一下，半天无语。过了一会儿，她又问：断指乔呢？

马从龙说：东家，康家已尽力了。

周亭兰说：说吧。

马从龙只好说：乔爷已被俘了。明天午时，开刀问斩。

周亭兰"噢"了一声，扭头就走。她快步走回自己住的房里，拉开柜子，拿出一匹白布，"刺啦"一声，撕下一绺，而后，她迟疑了片刻，毅然在头上勒上一白布条。

傍晚，周亭兰独自一人，头上勒一白布条，在太爷爷的书房门前，一声不吭地跪下了。

书房的灯亮着。康秀才在书桌前端坐着，却是一声不吭。

一个时辰过去了。

又一个时辰过去了。

屋子里，只听康秀才咳嗽了一声，说：兰儿，我老了，糊涂了，不能给你拿主意了。

门外，周亭兰仍是不语，就在那儿死死地跪着。

慢慢，屋门开了。康秀才拄着拐杖站在门口处，说：兰儿，你是康家的功臣。康家能有今天，都是你含辛茹苦打下的根基。事已到了这份儿上，无论你做什么，我都不会阻拦。孩子，你守寡这么多年，太苦了！人都有想疯的时候，你要是我的女儿，我一准答应你。纵是天下人的唾沫星子把我淹了，纵是官家刺我满脸的黥印，把我的眼泡给抠出来，我也认了。人活一世，为什么就不能疯一回呢？可……

周亭兰站起身，一声不吭地走了。

第二天早上，周亭兰穿一身黑衣，披一件黑色斗篷，头上勒着一条白布，一脸肃然地在当院站着。她身后是一群穿孝衣的康家下人，他们各自打着招魂幡，手里提着盛有纸钱的篮子，准备前往开封府路祭。

这时，康悔文拉着儿子康有恒急匆匆地赶来。他往周亭兰面前一站，说：母亲，你不能去。

周亭兰一把推开他，说：站开！

可是，康悔文仍在她面前站着，说：母亲，你不能去呀。

周亭兰伤心地说：断指乔，还有他的那些弟兄，他们的下场和康家有关，你不知道吗？

康悔文说：知道。可是……

周亭兰说：可是什么？他们是匪，可那也是性命。康家与人有约定，若是他人头落地，由康家人亲手给他缝上。康家人要披麻戴孝给他送葬。——站开！

康悔文说：纵然是有过约定，母亲，你也不能去。

周亭兰说：你想让康家背信弃义？你想把那五个字，一个一个都吃掉吗？

康悔文说：母亲，康家谁都可以去，就你不能去。我不能让一个土匪，坏了母亲的名节！

周亭兰说：你？——她手指着康悔文，满脸是泪地说：名节？你跟我说名节？这么多年，我都是为名节活着。今天，我豁出去了，不要这名节。我一定要去。天塌下来，我也要去。我说过的话，我一定要兑现。说着，她扭身绕过康悔文，朝后边的大门走去。

康悔文拽着康有恒，疾步上前，跪在了母亲的面前，说：母亲，三思呀！你可以不看儿子的面，可你总要看你孙子的面吧？有恒，快给奶奶跪下！接着，他喝令众人：都给大奶奶跪下！

立时，后院跪倒一片。

周亭兰伤心地说：你，还是我的儿子吗？

康悔文说：我永远都是你的儿子。

周亭兰说：儿子？儿子成了一根绳？

康悔文说：母亲，无论你做什么，孩儿都不会拦你。唯独这件事，请母亲三思！他虽然有恩于康家，可毕竟、毕竟做过官府不容的事。这些，母亲都是知道的。母亲的脸面，是康氏一族的体面。母亲含辛茹苦把我养大，我不想让人说母亲半个"不"字。

周亭兰大声说：我不要你康家给我立牌坊！

康悔文说：母亲，康家会永远记住母亲的恩德，母亲永远都是康家后人的榜样。

这时，康有恒说：奶奶，让我代你去吧。我不怕唾沫。

周亭兰两眼一闭，久久无语。

康悔文急切地说：母亲，你听我说，康家所有的承诺，绝不食言。我已请了最好的裁缝，让他代康家把头……给缝上。而后，由我代你出面祭祀、厚葬！这还不行吗？

这时，马从龙从人群中站出来，说：东家，康家不便出面，就让我代你去，给乔爷送行。你放心，我会办好的。

周亭兰扭身走回去了。

五

这应是开封府最为热闹的一天了。

大街上，人山人海，挤挤搡搡，人头攒动。人们都是来看匪首断指乔伏刑的。

当断指乔被绑在囚车上押出来的时候，前边是八个掮着大锣的清兵，那锣声"咣！咣！咣！"地响着，声震八方；接着是一队队警卫森严的清兵，清兵后边是囚车，囚车上站着五花大绑的断指乔。这时的断指乔已成了一个血葫芦，看上去面目十分可怕。

四周，围观的人们像泛滥的洪水一样涌动着。人们一边跟着走，一边议论着说：看，这就是断指乔！手上缺一指头的断指乔！

头天夜里，断指乔是受过大刑的。宋海平整整审了他一夜，希望他交代与康家有关的事情。宋海平说：你知道是谁把你卖了？我实话告诉你，是康家。你只要把与康家勾结的事情一五一十地说出来，我就上报朝廷，免你一死。断指乔看着他说：孙子，还诈呢？你就省省心吧，爷爷不吃你这一套。宋海平冷笑一声，说：好。很好。他两手一拍，打手们上来就把那手绝活儿给使出来了。这个绝招是宋海平发明的。他是个阴人，使的自然都是阴招。他指使人把断指乔绑在一个木架子上，捆出一个"大"字来，用两个油核桃去夹他的蛋子，直到把他的阳具夹碎，而后再抹上蜂蜜，放狗来舔。可直到疼昏过去，断指乔都没吭一声。

当游街示众的断指乔快要拉到十字街时，他的两只像血窟窿一样的眼睛突然睁开了。他四下看了看，顿时，街面上一片唏嘘声。围观的人们一个个兴奋地说：睁眼了，眼睁开了！

就在这时，只听断指乔大声喊道：前定！我要一个前定！给我一个前定——

街口乱哄哄的，没有人能听明白。人们互相打听着：他喊的啥？他哇哇大叫，啥意思？

当断指乔被绑上断头台的时候，他仍然大喊：前定！我要一个前定！给我一个前定——

这时，宋海平在监斩台上大喝一声：时辰到！

也许，断指乔已看到了，也许他并未看到，离十字街不远的一个巷口，身穿黑衣的马从龙和几个伙计带着一辆马车候着呢。马从龙身边还站着一个夹有缝纫包的裁缝。马从龙交代说：这位师傅，待会儿把活儿做得好一些。裁缝说：马爷，放心吧，我又不是头一回。

这一天，全开封府的人几乎都听到了刑场上断指乔那带血的喊叫声。在那把鬼头刀落下之前，他一直声嘶力竭地在喊：前定！给我一个前定——

当天夜里，断指乔的尸首被马从龙悄悄地运到了河洛口，埋在了仙爷庙的后边。

夜深时，周亭兰身穿一身黑衣，披着一件黑色斗篷，用黑纱包着脸，手里提着一个食盒，默默地站在了坟前。她身后只有马从龙一人。

周亭兰说：是这里吗？

马从龙说：是。棺木是少爷订的，用的是上好寿材。货是四五六，重殓。

周亭兰默默地说：临死前，他说过什么话吗？

马从龙说：说了。他说，给我一个前定。

周亭兰蹲下身来，打开食盒，在坟前摆上一碗霜糖豆腐、四样果品。而后，跪下来焚烧了纸钱。周亭兰一边焚化纸钱，一边说：乔爷，今生今世，我欠你了。那前定，等来世再还吧。从今往后，我会年年给你烧纸。不要怪罪我的儿子，也不要怪罪康家，要怪就怪我吧。这是我跟你的约定。

焚化了纸钱，周亭兰独自一人在那座木桥上站了很久。恍惚间，她想起了十五年前的那个夜晚，一切恍如昨日——

周亭兰说：是你吗？那人说：是我。周亭兰说：就站在那里吧。那人说：不就是一道门吗？周亭兰说：是一道门。那人说：就隔着门说话？周亭兰说：就隔着门说吧。那人说：我可是杀人放火的主儿。周亭兰说：凭谁，也该有个放下屠刀的时候。那人说：在你这里？周亭兰说：对，在我这里。

此刻，月光下，站在木桥上的周亭兰，两手紧紧地抓住栏杆，泪如雨下。

第二天，当康悔文来给母亲请安时，一抬头，大吃一惊。只见一夜之间，母亲的头发全白了。她背对着门，跪在佛龛前，正默默地念诵着什么。

康悔文愣了片刻，心酸地叫了一声：母亲。

周亭兰并未回头，轻声说道：你已经是一家之主了。从今往后，家中无论大小事，我都不再过问了。

康悔文又一次叫道：母亲，你……

周亭兰又说：等庄园盖好后，给我置一间佛堂吧。我只要一间佛堂。

康悔文求道：母亲，孩儿不孝。你……

周亭兰说：该说的，我都说了。你出去吧。

从此后，周亭兰闭门不出，再也不问世事了。无论康悔文怎样求告，她都一言不发。

万般无奈，康悔文只好去找老爷子。不料，康老爷子沉吟半晌，说：算了，就让她静一静吧。

第二十章　·······························

一

在开封府，一品红有无数戏迷。

她人火，戏也火。她的一本戏，可以连演三个月，日日火爆。她的表演，也几乎到了炉火纯青的地步。可没人知道，她的戏，几乎是让宋海平一藤条一藤条打出来的。

凡是有演出的日子，只要宋海平在，他都会捧着一个小壶，温文尔雅地立在台子角边。若是那一场唱得好，宋海平就借着上下台的工夫，把那个小壶递过去，让一品红喝两口润润。这都是人们亲眼得见的。

可是，一旦回到家里，进入后院，宋海平的脸色立马就变了。他活脱脱就是个变态的戏魔。每次从戏园回来，他都要一品红对着西洋镜听他说戏。这时候的宋海平端坐在一张椅子上，一句一句地讲解、评说。他问：知道是哪儿错了吗？一品红若是摇头，他一藤条就抽下去了。当然，他手里的藤条只往她身上抽，是不会打脸的。打过之后，还问：疼吗？一品红说：疼。宋海平会说：知道疼就好。这样你就记住了。

一天晚上，一品红在后台卸了妆，头上的勒头布还没去掉，刚喝了口水，不料宋海平气呼呼地冲上后台，伸出个小手指，比画着骂道：日你娘！刘玉莲这一场，你唱的是狗屁！一品红好半天没回过神儿来，怔怔地：哪、哪儿唱错了？宋海平说：刘玉莲一出场，应是眼角暗飞，千娇百媚，满园春色关不住，手不逗红红自染，而你呢？

一品红不服，说：我错哪儿了？

宋海平说：僵，又蠢又僵，没有一丝生气。

一品红说：哪里就僵了，你给我细说说。

宋海平说：那刘玉莲二八年岁，风摆柳的身段，那笑，要让人春心荡漾；那嗔，要让人喜不自胜；那怨，要让人又怜又爱。这一颦一笑都是戏，你他妈木讷讷的，像什么样子？

一品红小声说：官人，唱到半场，我得一信儿，我的恩公周老爷子去世了，我心里难受。

宋海平听了，扬手就是一耳光：你以为你是谁？你是戏！在台上，你他妈就是刘玉莲。

一品红说：官人，你说得对，我记下了。

宋海平说：唱戏的，要记住两个字，忘我。往台上一站，不管他天塌地陷，只有戏。

一品红点点头，说：官人，我知道了。

宋海平把一品红给镇住了，就因为他懂戏。平日里，一品红除了练功，就是琢磨戏词。可她一旦从戏里出来，还是会觉得憋屈。她心里太憋屈了。

当然，宋海平也有对她好的时候。若是哪天一品红唱得好，得了个满堂彩，他就十分高兴。于是百般恩爱，给一品红送些礼物。他会用两手捧着她的脸：娘子，小亲亲呀，莫怪我。我打的不是你，我打的是戏。戏都是打出来的。这时候，一品红又会念他的好，流着泪说：我知道，你都是为我好。

那次，借着宋海平高兴，两人躺在床上，一品红忍不住央告说：官人，不管怎么说，康家是我的恩人。你不要再与康家作对了。宋海平说：好好唱你的戏吧，你操康家哪门子心？一品红说：你要是害了康家，我还怎么做人？宋海平说：记住，你不是人，你是戏。好了，啰唆什么，我知道了。

这天，宋海平喝得醉醺醺地回来了。卧牛岭大捷，河南巡抚衙门已上奏朝廷，他又要升官了。他心里高兴，多喝了几杯。一进门，他一边踉踉跄跄地往一品红跟前扑，一边大喊：抬进来！抬进来！

一品红正练功呢，她回头看了一眼：抬的什么？

宋海平扑到她跟前，用戏腔道：娘子呀娘子，你来看——

说着，宋海平把一品红拽到了箱子前。

而后，他把箱子打开，里边全是银子！宋海平说：看看，不咬手吧？一品红看了一眼，突然惊叫一声，说：你这是从哪儿弄来的？上边怎么有血！宋海平也愣了，说：有血？不会。说着，他拿起一锭银子看了看，上边果然有血。宋海平脸一变，说：胡说。不是血，是漆，火漆。一品红说：漆？不对。是血，一股血腥气。你说，你又干啥坏事了？

宋海平醉得歪歪斜斜的，嘴里喃喃地说：老子干的都是军国大事。告诉你，老子又要升官了。你，给老子安排一场堂、堂会，老子要请客……说着，他往躺椅上一靠，呼呼睡着了。

一品红再次走到银箱前，看箱子上有"康氏货栈"字样，她心里一惊，对门外喊道：备车！

当一品红坐着骡轿急急赶到康家时，没想到，周亭兰却紧闭房门，任她怎么哀告，就是不见。

一品红跪在周亭兰的门前喊道：姐姐，是我呀，我是小黄毛。你开开门，求你开开门吧。

可是，屋子里一点声音也没有。

一品红问二贵：大奶奶在吗？

二贵指了指里边，点点头。

于是，一品红再一次喊道：姐姐，是我对不起姐姐。你打我骂我都行，你开门啊！

屋子里，周亭兰坐在佛龛前，默不作声。

一品红在门外哭着说：姐姐呀，小黄毛的命都是你给的，你就让我见你一面吧。我心里苦啊！

可周亭兰始终一声不吭。

一品红只好哭着离开了康家。来到轿车前，赶车的圈爷说：红爷，别再哭了。明日还有场子，哭红了眼，你还怎么登台呢？

一品红说：你也以为……我不是人？

二

一品红从河洛镇回到开封后，觉得自己对不住康家。于是，她罢演了。一连三天，闭门不出。

宋海平先是撞开房门，把她骂了一顿：你以为你是谁呀？你不就是个臭戏子吗？

一品红说：我台上唱的是大仁大义，台下做的却是不仁不义。我没脸再唱了。

宋海平咬着牙说：那"大仁大义"是要你演的，明白吗？你要不演，死去吧！

一品红突然抓起一把剪子，对着自己的胸口说：好。我这样生不如死，还不如死了呢！

宋海平赶忙冲过去，夺下她手里的剪子，说：祖宗，你这是干什么?!

此时此刻，一品红是万万不能出事的。内务府刚来了一位陕西籍的太监，此人特别喜欢一品红的戏。宋海平正要借机巴结他，说好给这位公公安排一场堂会。这个时候，一品红若有个三长两短，他就不好交代了。

这天中午，宋海平让家里的厨子做了一桌好菜，把一品红劝到桌前，说：小祖宗，小亲亲，是我错了，小生这厢给你赔礼了。

在饭桌上，宋海平又是哄又是劝，百般的体恤安慰。一品红说：官人，你也知道，我离不开戏。要想让我重新登台，只有一个条件。宋海平说：你说，你说。一品红说：官人，戏上说，滴水之恩，当涌泉相报。康家是我的恩人。我也不要你帮康家，你能不能从此以后，车走车路，马走马路，两不相干，再不找康家的麻烦？宋海平对康家恨之入骨，却淡淡地说：康家是救过你，可这都是什么时候的事了。一品红含着泪回忆说：当年，我病倒在路上，一身疥疮，毒已攻心，就剩下一口气了。是康、周两家用偏方给我治好的。这时，宋海平没好气地"哼"一声，说：康家还给你"存粮"，是吧？一品红说：是呀。那年大旱，颗粒无收，戏也没人看了，又是康家收留了我，灾后才让我走的，走时还送了盘缠。宋海平听着听着，突然说：这不是收买人心嘛。这天下到底是谁的？康家想干什么？！

一品红说：官人，你怎能这样想呢？

宋海平不耐烦地说：好了，我知道了。

往下，宋海平又极尽温柔，把椅子移过来，挨着一品红坐下，脸儿贴着脸儿，神秘地在她耳边悄声说了一段话。他告诉一品红，其实他与康家并无恩怨，他做的这些事，都与皇上的密旨有关。他如果不这样，上头一旦怪罪下来，他是吃罪不起的。可这是件机密大事，是不能告诉任何人的。

一品红一下子愣住了，吃惊地说：这么说，是朝廷派你监视康家的？

宋海平神秘地点了点头：话说到这份儿上，我也不瞒你了。

一品红说：既如此，官人，你能不能通融一下，替康家多说些好话？

宋海平用手蘸了酒，在酒桌上画了一道，说：有一条，你得答应我。

一品红说：答应你什么？

宋海平说：从今以后，再不与康家来往。

一品红说：这又为何？

宋海平说：我是朝廷命官。康家是我要监视的人。你跟康家掰扯不清，我会吃挂落儿的。

一品红觉得，官人说的也有些道理。他吃的是官饭，自然不能为了自己耽误官人的前程。到了这会儿，一品红才说：好吧。只要你不对康家做伤天害理的事，我都答应你。

饭后，宋海平亲自给一品红化妆，他拿着眉笔给她画眉，在她耳边轻声说：今晚好好唱，把你拿手的都亮出来。

临上车前，宋海平还拉着她的手，很贴心地说：娘子，看戏的是位公公，他若是戏后掐摸你两下，你就忍了吧。说这话时，他的眼里竟含着泪。

一时，一品红就觉得，这人也不是那么坏。

此后，一直到过年，一品红再没去过康家。

<h1 style="text-align:center">三</h1>

这年的五月初七，码头上的大锣又敲响了。

这一日，是康家的船队进港了。康家二十艘货船由康悔文带着，浩浩荡荡回来了。

康悔文之所以急急地赶回，是康老爷子的九十寿诞就要到了。说是九十，是虚岁，整数是八十八。那年月，这已是大寿。

康悔文下了船，他身后跟着的是泡爷。泡爷大咧咧地对后边的船工招呼说：抬下来！抬下来！再后边十几个船工，两人一篓，抬的是十几篓活蹦乱跳的黄河鲤鱼。

康悔文站在码头上，对泡爷吩咐说：老爷子的寿辰还有段时间，这些鱼，老爷子也吃不了，又不能放。这几篓，你们分了吧。

泡爷说：别。你忘了，我不吃鱼。

康悔文说：不吃鱼？

泡爷说：鱼就是我兄弟。说不定哪一天，我就成了鱼了。

康悔文说：你可别这么说。

泡爷转了话题说：康公，不说鱼了。这一趟，我听说个笑话。

康悔文说：讲来听听。

泡爷说：说是一个落难的爷们儿，饿得快不行了，店里的伙计给了他一碗舍饭。给了就给了吧，俩伙计抬杠，一个让给，一个不让给。说不定就是二贵那小子，他说：让他吃一碗怕什么？早晚也是屙到康家的地里。你猜，那主儿恼了，就硬憋着不拉。他一直走了四天，到了山东地界，心想，这总不是你康家的地吧？就找个僻静处痛痛快快地拉了一泡屎。谁承想，一问，还是康家的地。

康悔文笑了，说：泡爷，你骂人呢。编的吧？

泡爷说：不，说是真事。

对此，康悔文表面上没说什么，内心还是很高兴的。这几年，宋海平这阴人收敛了一些，起码大面上，没再找康家的麻烦。再加上秋总兵关照，康家承接了疏浚河道的工程，加之每年都给河务上捐钱粮，康家的船队自然也就畅通无阻了。现如今，康家已有了运河上最大的一支船队。水陆齐头并进，生意自然红火。康悔文一直记得，康家老爷子和周家老爷子都说过：流水的银子，铁打的田地。他们说，无论多少钱，都有花完的时候。只有田地年年长庄稼，吃不完、花不尽。所以，康家生意虽大，却不存银子。银票到手后，转手就买田置地。回想着泡爷的笑话，康悔文颇有几分志得意满。如今，康家可以说从东到西，从南到北，货走八方，地接四省。

回到河洛镇，康悔文自然先去看望老爷子。老爷子虽然腿脚不灵便，却执意要康悔文陪着，想去看看新建的宅院。于是，康悔文让人套上车，陪着老爷子到了叶岭。

几年时间过去，康家庄园的主体建筑已经立起来了。庄园建在叶岭的半腰处，高高的寨墙围着。内分东、西、南、北四处宅院，每一处院落，纵深五进；各院既互相通达，又自成一体。坐北朝南一排主房，配有东西厢房。外有雕花大影壁，内有院子廊道。虽未完工，但整体看上去已有了一座城堡的气势。

老爷子在悔文、朱十四和叶家老大的陪同下，一处处看了，不停地点着头，却又说：是不是有些过了？太势海了。

康悔文自然很满意，说：活儿不错，辛苦二位了。

这时，朱十四贴近些小声说：按工部样式房的设计，直通后山有一密道，正挖着呢。老爷子要不要去看看？

老爷子却说：密道我就不看了，这房子我又不住。

康悔文说：老爷子，您可不能这么说。您老住的是主房，还在后边呢。

康老爷子说：不看了。我这个年岁，今天脱了鞋，不知明天还穿不穿得上呢。

朱十四说：老爷子硬朗着呢。

这时，康悔文又问：大奶奶的佛堂建好了吗？

叶老大回道：差不多了。在东跨院，院子里种了老夫人喜欢的葡萄。

老爷子说：兰儿苦了一辈子……看看去。

几个人来到东跨院，见两个工匠正在给雀格花窗刷漆，新搭的葡萄架下，正是那口"叶氏井"。

一看见这口井，老爷子感慨地说：老大，这井是你家的呀。

叶老大忙说：老爷子，康家如此仁义，我们几个兄弟商量了，这口井叶家不要了，可重新立约。

老爷子摇摇头，说：不，不，这井，还是叶家的。老大，你放心，我会让康家世世代代都记住，这是一口"叶氏井"。悔文，你可要记住，无论到什么时候，这井都是叶家的。

康悔文忙说：我记下了。

当一众人来到一处朝阳的平台上，康老爷子望着远处，突然说：下边就是新建的码头吧？

康悔文说：是。这时，老爷子又回头望了望旁边的门楼，说：这儿好像还缺点什么？

康悔文看了，说：老爷子说得是，这里还缺一幅字。老爷子，您老就题个款吧。

老爷子想了想，说：也好，待回去吧。

回到私塾院，老爷子铺开宣纸，拿起笔，写下四个大字：洛作智水。

康悔文看了，说：好。这四个字太好了。

老爷子说：明白它的意思吗？

康悔文说：听老爷子教诲。

康老爷子说：康家占了河洛交汇之地。走的是水路，发的是水财。水，有渠则盈，无渠则滥。涓涓细流，可汇大海。这道理你总该明白吧？

康悔文说：明白。这四个字，将让朱十四在石头上雕刻出来，让康家后人代代牢记。

老爷子又说：虽说有渠则盈，但不可盛。盛则毁。我给你开些小口子，去些势，你不会不愿意吧？

康悔文说：谨遵老爷子吩咐。

康老爷子点了点头，没再说什么。

<h2 style="text-align:center">四</h2>

第二天一早，康老爷子就吩咐人套车，带上康有恒，悄没声地出门去了。

骡车一路西行，来到了洛阳白马寺。可康老爷子并未进寺烧香，他让赶车的绕过寺院，来到了邵府门前。而后，让有恒递上拜帖，不一会儿，邵子涵便亲自出门迎接了。

邵先生匆匆地来到门前，双手一拱，行了个大礼，说：没想到，老爷子能光临寒舍。快请，快请。

康老爷子笑着说：人老了，想出来走一走。这一走，就走到这里来了。打扰先生了。

邵先生说：哪里话，老爷子能来，可谓清风一爽！

待奉上礼物后，老爷子扭过脸，对康有恒和赶车小伙计说：你们两个小猴儿上街玩去吧，我与邵先生说说话。

于是，两个"小猴儿"高高兴兴地去了。

邵子涵把老爷子让进后院的茶舍，两人坐下后，邵先生立即吩咐人泡茶。老爷子说：先生这里果然清静。邵先生说：惭愧，惭愧。

待喝了会儿茶，老爷子说：邵先生，我知道你精通奇门之学，不瞒先生，今日来我是想问一问路。

邵子涵说：不敢。老爷子是大学问，在下是班门弄斧了。不知老爷子问些什么？

老爷子说：那我就"请"一字吧。我这一字，不白"请"。邵先生，我听说，你正在筹办嵩阳书院兴学之事，有这回事吧？

邵子涵说：这事老爷子也听说了？

老爷子说：我买先生一字，付五万两银子。这银子算我捐给书院办学的，可否？

邵子涵又赶忙站起，躬身施一大礼：那晚辈代学子们给老爷子行礼了。康家捐资助学，乃人间大义，我会告知书院会首，当碑刻记之。

老爷子连连摆手说：不可。康家捐资助学，以不留姓名为好。

邵先生说：这是为何？

康老爷子叹一声，说：康家曾领受过读书的祸害，我曾经发誓再不让下辈人读书了。现在想想，还是识些字好，至少可以活个明白。我专程赶到先生这里，买先生一字，五万两为限，也是助学款项。先生能答应我吗？

邵先生说：老爷子既然这么说，晚辈遵从就是了。

此时，老爷子伸出手来，用手指蘸着茶水，在茶桌上写了一个"因"字。

邵先生看了，沉吟片刻，说：晚辈冒昧了。因，好一个"因"字。有因就有果。"因"字若是用"心"去托，那就是"恩"了。老爷子，康家有"恩"庇护，自然荫泽宽广。这个"因"若是加上草字头，是"茵"，更是旺势也。你看，两山为依，树木参天，下边通根，且处水地；"茵"又通"氤"，"氤"为水气，发水财，兆气象万千，实为茂盛、葳蕤之相也。我算你康家至少还有百年的运势。

老爷子说：是吗？

邵先生说：刚才见到那少年，是老爷子的后人吧？

老爷子说：是啊，小猴儿调皮。

邵先生说：面相很好啊，有大气象。

老爷子说：先生解得好。借你吉言。那么，有什么不好呢？

邵子涵迟疑了一下，说：不过，这个"因"字，就老爷子来说，若加一杖，就是"困"了。不瞒老爷子，您老目前正处于"困"地。

老爷子点了点头，说：我明白了。可有解法？

邵先生想了一会儿，说：至于解救之法……他刚说到这里，突然听到墙外邻家的小狗"汪汪"地叫起来。

邵子涵听了，脸色顿时凝重，沉声说：老爷子，家里怕是要出什么事了。

老爷子倒也神态自若，说：是吗？

邵子涵说：症候已现。不出半年，必有事端。

老爷子说：如此肯定，必有缘由吧？

邵子涵说：你我二人，两"口"对言，忽遇犬吠，不就是个……说着，邵先生用手指蘸着茶水，在茶桌上写了一个"哭"字。

老爷子说：叫我说，兴许是个"笑"字呢。

邵子涵愣了，说：老爷子，何作此解？

老爷子说：对康家来说，去一口，添一口，未必就是哭。添（天）上一点雁南飞，也许是个"笑"，你说呢？

邵子涵怔怔地望着他。

这时，康老爷子掏出银票，放在了茶桌上。而后，站起身来，双手一拱，说：谢了。说着，拄杖就要走。

邵子涵忙起身相送。没想到康老爷子走了几步，却又回过头来，说：容我冒昧问一句，先生自己掐算过吗？

邵子涵笑了，他觉得老爷子竟然有些孩子气。两人相望着，终于，邵先生说：不瞒老爷子，是算过的。

康老爷子说：如何？

邵子涵顿了一下，说：……不如老爷子。

康老爷子说：邵先生乃河洛大儒，名满天下，何作此言？

邵子涵说：不敢。老爷子客气了。据我的测算，老爷子是寿终正寝，算是善终。而晚辈，按命理推，则死于南山之下。

康老爷子再问：可有解法？

此时，邵子涵竟有些恍惚。他沉吟片刻，说：尚且不知。不过，近些年我已很少外出登山了。

康老爷子再次拱拱手，说：领教了。告辞。

五

晚香到康家已经两年多了。

直到她怀了孕，康悔文在请了老太爷和母亲的示下后，派人去江宁府给她的好姐妹小玉赎了身，专门来这里陪侍她。至此，康家才算默认了这个"出身不良"的儿媳。

虽然成了康家续弦的少奶奶，但不知为什么，晚香对婆婆周亭兰还是有些怕。每每前去问安时，总要看看婆母的脸色，生怕做错了什么惹婆婆生气。特别是最近一段时间，婆婆闭门不出，喊门也不应，这让她十分担心。

有一天，康悔文回来后，她悄悄地问：相公，母亲是不是仍生我的气？康悔文只是默默地摇了摇头，什么也没说。晚香见他不说，心里更不安了，又问：你告诉我，是我哪儿做得不好吗？康悔文说：不是，你别多心。晚香说：那是什么？我几次前去问安，母亲都执意不见，是不是……终于，康悔文说：你别多心。是我不孝，伤了母亲的心。

晚香诧异地说：怎么会呢？

康悔文很含糊地说：母亲有一个心愿，我没能满足她。

晚香说：相公，这就是你的不是了。母亲有什么愿望？你怎么就不能满足？

康悔文叹一声，说：有些东西，是钱买不来的。

接着，他说：你不要再问了。总之，是我对不起母亲。说着，他突然满脸都是泪水。

晚香一惊：相公，你怎么哭了？

是夜，康悔文给妻子悄悄诉说了母亲的憾事。晚香听了，自然感叹不已，可又不好多说什么。夜很长，待康悔文睡了，怀了孕的晚香睡不着，披衣起床，遥望南窗，竟有了思乡之念。

第二天，怀着孕的晚香仍是愁肠百结，不知该如何面对婆母。小玉虽跟她是好姐妹，又是专门来侍候她的，但有些话却不便跟她说。倒是小玉，看着她，欲言又止。晚香说：怎么了？鬼鬼祟祟的。

小玉在康家住了些日子，前院后院来回跑，消息自然灵通些。她说：姐姐，你这位婆婆，可是位了不得的人物。

晚香制止说：胡说些什么！你可不能乱嚼舌头。

小玉说：你不想听算了。

晚香不明白她什么意思，问：怎么就了不得了？

小玉轻声说：我听说，前不久开封府杀了一个人。你知道吗？

晚香说：我大门不出、二门不迈的，怎么会知道。

小玉说：此人是个大名鼎鼎的土匪头子，说是专门杀富济贫。他手里还有一件宝器，往身上一照，人就不会动了。

晚香吃惊地说：这么说，是个大土匪？

小玉说：说是跟安徽、陕西那边都通着呢，大土匪。

晚香说：还有宝器？

小玉说：相公没跟你说？

晚香摇了摇头。

小玉小声说：我还听说，你这位婆母，竟然要披麻戴孝去祭奠他呢。

晚香脸一嗔：胡说。

小玉说：真的。我挺佩服她的。

晚香说：你佩服什么？

小玉说：我听说好多事呢。一个女人，守寡这么多年，硬是撑起一份大家业，连土匪都不惧，有巾帼之气呀！

晚香听了，自言自语：是呀，我这婆婆，难怪……

小玉问：什么意思？

晚香说：没啥。我是说，她去了吗？

往下，小玉的声音低下来了。晚香忙制止她，说：行了，别说了。

小玉说：姐姐放心，我不会乱说的。接着，却忍不住又说：在这康家，我还佩服一个人。

晚香问：谁？

小玉说：就那个马爷——马从龙。

晚香笑着说：你是不是喜欢上人家了？

小玉脸一红，说：去，你才胡说呢。我不理你了。

晚香只是这么随口一说，并没在意，况且马爷毕竟是康家的下人，年龄也大得多。可她没想到，就这么一句话，倒让小玉添了一份心思。

小玉自千里之外，来到河洛康家，因举目无亲，闲暇时常一个人去看马爷练拳。开初她是无意的，只是院里院外随便走走。晚香住的别院离马爷的场院近些，转着转着，隔着院墙，她一探头，就看见练功的马爷了。她见马爷练功时，连落叶都贴着他的身子飞。几分好奇，几分敬佩，没事就偷跑去看。再加上她可以在这个家来回跑，听伙计们说了不少马爷的事，自然就更留心马爷一些。

这天，借个机会，小玉大大方方到马爷住的场院来了。那会儿，马爷正在丝瓜棚下收拾马鞍子，见小玉来了，就说：玉姑娘，你怎么到场院来了？

小玉笑着说：怎么，马爷不欢迎我呀？

马从龙不知说什么好了，"嘿嘿"笑了笑，说：欢迎。

小玉摊开手里捧着的披风，往前一送：少奶奶给你做了一件披风，让我给你送来。

马从龙赶忙说：使不得，这可使不得。

小玉说：少奶奶说，从南方回来，一路上多亏你关照她。你披上试试吧。说着，走上前来，就要给他试衣。

马从龙往后退了一步，把披风接过来，披在了身上。说：我自己来。

小玉望着披上披风的马从龙，不禁脱口赞道：真好。马爷穿上真威风。

马从龙应道：好吗？那是少奶奶针线好。你替我谢谢少奶奶。

小玉马上说：这披风边，是我绣的。

马从龙只好说：那……也谢谢姑娘。

小玉说：怎么，不请我坐呀？

这时，马从龙倒有些不好意思了，说：坐，姑娘坐。你看我这里，连个干净些的座儿都没有。

小玉往丝瓜棚下的石凳上一坐，大大方方地说：我早想来看马爷了。我听人说，马爷是高人。

马从龙不好意思地说：瞎说。我算什么高人。

小玉说：我听人说，当年马爷在河上，几百人围着你打，你都不还手。有这事吧？

马从龙说：姑娘，没有的事。你别听他们瞎传。

小玉说：马爷是真人不露相啊。

马从龙扭过身，去套那收拾好的马鞍，不跟她闲磨牙了。

这小玉却站起身，走到他跟前，小声问：马爷，你杀过人吗？我是说，坏人。

马从龙沉下脸来，闷闷地说：姑娘，没有别的事，赶紧回吧，少奶奶那里离不了人手。

小玉知趣地说：好，我不问了。

六

康家的大奶奶已很久不出门了。

她终日在房里吃斋念佛，木鱼声好像日夜不停。康家的老老少少，谁也不敢去打扰她。

这天，为给老爷子办寿诞的事，康悔文来请母亲的示下。他来到正房母亲的门前，推一下门，见门已插上，便立在门旁叫道：母亲，孩儿给你请安来了。

屋里，仍是木鱼声在响。

康悔文又接连叫道：母亲，孩儿……

那木鱼声终于停了，只听周亭兰说：我已多次说过，你是一家之主，家中诸事都交与你了，不必问我。

康悔文说：母亲，老爷子的寿诞就要到了……

隔着门，周亭兰说：太爷爷的寿诞，该怎么办就怎么办，办好就是了。以后，你也不要再来请安了。忙你的去吧。说完，木鱼声又响起了。

康悔文在门前站了一会儿，叹口气，只好走了。

这天，康悔文又匆匆地赶到了开封。他是来"写"戏的。

老爷子九十寿诞，自然要有台大戏才是。当康悔文领人走进戏班院子，见圈爷正领着一品红新收的学徒练功呢。康悔文一拱手，说：圈爷，红爷在吗？

一品红在房里听见了，即刻迎出来，说：我儿来了！

康悔文说：红爷，我给你送鱼来了，新打的黄河鲤鱼。

一品红说：乱叫。叫老姨。

康悔文笑着叫道：老姨。

一品红眼圈一红，说：我还以为你不认我这个老姨了呢。

康悔文说：我哪敢呢！只是生意上忙些。

一品红把康悔文拽到客厅坐下，说：孩儿，你可是好久没来看老姨了。哪阵风把你吹来了？

康悔文说：老姨，我这次来是下定的。

一品红说：你下什么定？有啥事，吩咐一声就是了。

康悔文说：老爷子九十寿诞快要到了，六月初八，到时我想请老姨唱三天大戏。说着，他把一张银票放下了。

一品红心里虽有些为难，却一口应承说：收起来，到时候我去就是了。

康悔文说：你要是让我收起来，我只好找别人了。老爷子九十大寿，我能让老人家听白戏吗？他会不高兴的。

一品红叹一声：我那姐姐本来就生我的气，你还要我收钱，这让我以后怎么做人呢?

康悔文劝道:母亲不会真生气的。

一品红说:孩儿,你可一定替我说说话。回头,我让那姓宋的害人精去给康家赔罪去。——话虽这样说,可一品红心里是怄气的。

一提到宋海平,康悔文不吭声了。

定下戏码后,康悔文又匆匆赶回河洛镇。当晚,他来到私塾院,给老爷子当面禀告办寿诞的事宜。康悔文进了书房,先请安:老爷子,夜里睡得好吗?

老爷子说:尚可。

又问:吃饭呢?

老爷子说:马老了,牙口不行了。

康悔文说:老爷子清楚着呢。

老爷子说:老而不死是为贼。也就是熬日头罢了。

康悔文说:老爷子知天达命,且得活呢。这九十大寿,咱康家一定要好好办。

老爷子说:账上有些盈余了?

康悔文说:有些盈余了。这一次,咱得好好办一办。

老爷子说:你能拿多少?

康悔文说:十万两,够吗?

老爷子捻了捻胡子,说:不多。

康悔文见老爷子兴致高,说:老爷子,你说多少就是多少。另外,你有什么心愿都提出来,孙儿一定尽力去办。

老爷子听了,久久不语。过一会儿,他忽然说:我想摘一颗星星,你办得到吗?

康悔文笑了,说:这的确让孙儿为难了。

老爷子说:办不到吧?那我就提个容易些的?

康悔文说:尽管吩咐。

老爷子眯起眼,想了想,说:悔文哪,这人活一世,草木一秋,但凡是个性命，都有想疯的时候。我这一辈子，总像有绳子捆着。这心是捆着的，你明白吗？爷爷我试想、试想……说着，康老爷子忽然老泪纵横，哭了。

康悔文赶忙跪下，说：老爷子，您这是……

康老爷子睁开泪眼，低声地说：我试想……疯一回。你能让我疯一次吗？

康悔文说：您老说吧，无论您老要做什么，孙儿都答应你。

康老爷子说：起来吧。八十八了，活不了几天了。我想做一回神仙，你能答应我吗？

康悔文不解：神仙？这……怎么做？

正当康悔文神思恍惚的时候，老爷子却说：你别怕。我不多做，只做三天。你给我三天时间。这三天，钱随我花，人随我走。你派人跟着付账就是了，行吗？

康悔文赶忙说：老爷子，你这是……戏班都定下了呀！

往下，老爷子两眼一闭，再不吭了。

康悔文想，到时候，戏班到了，贺寿的人也都到了，老爷子不在，这可怎么办？没有办法，却又不敢擅自做主，赶忙又去请母亲的示下。敲了半天，门终于开了。

康悔文进门后，见母亲满头白发，憔悴了许多，不禁说：都是孩儿不孝，惹母亲生气。

周亭兰不接他的话，只说：寿诞的事，你安排就是了。

康悔文说：戏码都定下了，寿帖也都发了，可老爷子偏要当神仙。母亲，这可怎么办呢？

周亭兰沉默了一会儿，说：既如此，那就遂了老人的心意吧。

康悔文见母亲也这样说，不好再说什么。接着，他说：老爷子的事，也就这样了。母亲操劳一生，我也想给母亲办件事情。

周亭兰淡淡地说：为我办什么事情？

康悔文说：我想让县衙上报朝廷，为母亲立一牌坊，好让世世代代的后人记住母亲。

周亭兰脸色一变，说：万万不可。

康悔文一怔：为什么？

周亭兰说：悔儿，我这一辈子，为康家做了我该做的，下一辈子，就还我个自由身吧。

康悔文有点委屈地说：母亲，孩儿就不能为您做件事吗？

周亭兰说：你不能。

康悔文说：立牌坊是为了……

周亭兰说：你执意要做，我就碰死在你面前。

康悔文"扑通"一下跪倒在地，叫道：母亲，我错了。

周亭兰说：起来吧，让我安生些就是了。

康悔文只好退出去了。

老爷子外出了，母亲门都不出，这个家他当得也不容易。想起去开封定了三天戏，他怕耽误一品红的演出，又赶快打发伙计去开封退戏。那伙计临走时，康悔文特意交代，见了圈爷告诉他，定银就不用退了。

到了六月初八这一天，康家二房、三房、四房及所有亲朋齐聚康家店，他们是给老太爷拜寿来的。可进得院来，只见院子里静悄悄的，只有一个小伙计在扫地。

亲戚们问：人呢？寿星老儿去哪儿了？

伙计说：老太爷出门了。

又问：上哪儿去了？

伙计说：拄一粪叉，要饭去了。真的。

众人愕然。

第二十一章 ·························

一

六月初八这天早上，天刚蒙蒙亮，康老爷子就出门了。他脱掉了细布长衫，换了身粗布褂子，肩上扛着一个破褡裢，褡裢里装着一只蓝边碗、两个馍，手里拄一根粪叉，扬长而去。

康悔文不放心，嘱咐有恒跟着他。

当老爷子拄着粪叉走到新建的庄园门前时，跟在后边的康有恒追上来说：老祖，这是咱的新家。

老爷子抬头看了一眼，说：新家？

康有恒说：老祖，不进去看看？

康老爷子先是用手指了指庄园，而后又往西边一指，说：这是你的家。我的家，在那边。——远处的山冈上，隐隐约约，是康家的老坟地。

康有恒说：老祖，你糊涂了吧？这就是咱康家的庄园。

康老爷子喃喃道：是你康家的……

康有恒纠正说：是咱康家的。

康老爷子摇摇头，说：我，住不上了。

天放亮了。这时，蹲在旁边的一个老头，背着铺盖卷走过来，搭话说：不让进吧？他妈的，这康家也太势海了。我打个短工，都不让干。

康老爷子转过脸，说：这位兄台，你想找个饭辙儿？

那老汉说：是啊。今年家里遭了灾，我大老远跑来，就为找一饭辙儿，可管事的嫌我老，不收。

康老爷子说：兄台贵姓？

老汉说：下力人，免贵姓张。

康老爷子说：噢，张老弟，都不容易，我给你求个情？

那老汉睁眼看了看他：你……能给说说？

康老爷子说：我试试吧。而后对康有恒说，小猴儿，你把那管事的给我请出来。康有恒看看老汉，笑了，说：行，等着吧。

那老汉用眼瞥了瞥康老爷子：你一要饭的，面子不小啊！

康老爷子说：兄台，我也是蹭蹭脸皮。若是不行，你莫怪我。

不一会儿工夫，康有恒领着朱十四从大门里走出来了。

康老爷子见了朱十四，拱了拱手说：朱爷，这位兄台这么大岁数了，你就收了他吧！

朱十四见老爷子这般模样，先是吃了一惊，而后赶忙施礼，说：老掌柜，咱这儿人手够了呀。

康老爷子说：给我个面子，收了吧，不就多碗饭嘛。

这边，康有恒提醒说：朱爷，老祖发话了，你就收下他吧。

朱十四很不情愿地说：好吧，这人……既是老太爷发话了，你来吧。

张老汉看了看康家老爷子，吃惊地说：您是……康家老太爷？

康老爷子说：老了，不中用了，多亏人家朱爷给我面子。去吧。

就此，张老汉背着铺盖卷，跟上朱十四，一步一回头地走进去了。

待那人走后，康有恒说：老祖，你是给孙儿留饭辙儿吗？

老爷子很难得地夸赞说：聪明。

二

第三天，午时，河洛镇上突然响起了锣声。

康家的管事伙计二贵，手里掂一面大铜锣，一路"吭、吭"地敲着。他一边敲一边大声吆喝：各位老少爷儿们听着，康家焚券了！老爷子九十大寿，康家借寿诞之期，感念众位乡党，要焚券了！凡欠康家债务的，所有借据一笔勾销，当场焚烧！

人们"呼啦"一下就把他围住了。

有人拦住问：当真？二贵说：这还有假？老爷子发话了，凡欠债的，一笔勾销。接着又"吭、吭"地敲起锣来。人们围着他说：哪儿？去哪儿？他说：栈房院。人们问：不是说有戏吗？不唱了？二贵说：老爷子吩咐的，戏退了。于是，人们跟着他乱哄哄地往栈房院拥去。

这天中午，康家栈房院里，一拉溜摆了十几张桌子，由伙计们抬出了大锅的杂烩菜和一笼一笼的蒸馍。杂烩菜炖的是粉条豆腐大肉片子，看上去油汪汪的；那白蒸馍喧腾腾、香喷喷的，馋得人直流口水。这天康家开的是流水席，无论是谁，只要进了栈房院，都可以敞开肚子吃。

吃了杂烩菜大蒸馍后，人们又聚到一张大桌子前，桌子后边站着康家货栈的大相公孙掌柜。孙掌柜面前放着账本、算盘、墨盒、毛笔和一摞子借据。站在他身边的二贵再次喊道：各位乡党，遵老太爷的吩咐，康家开始焚券了。凡念到名字的，账目一笔勾销，借据当场焚烧！

接下去，孙掌柜翻开账本，依次唱念道：康四辈，借赎地款二百一十两，一笔勾销。借据当场焚烧！吴老仙两笔，借银五十两，一笔勾销。借据当场焚烧！孙大树，借银四笔，共三十五两，一笔勾销。借据当场焚烧。王铁旦借代偿官银四十八两，一笔勾销。借据当场焚烧！万得法，葬父借银二十两，一笔勾销。借据当场焚烧！康小毛，借麦子一石二斗，加四年田租银共十五两，一笔勾销。借据当场焚烧！李尚文进京赶考借银一百二十两，一笔勾销。借据当场焚烧！……

凡念到名字的，二贵便拿过借据，当众过目后，把借据一张张投进了火盆。

人群中，凡被叫到名号的，都大张嘴盯着那火盆。当火苗吞噬了借据，飞灰冲上天空后，他们都长长地松了一口气。

人们议论说：康家仁义呀。有的说：头年，我借他二斗谷子，你猜，里边塞着一锭银子。有的说：人家康家，只要张张嘴，从没让空过手。还有的小声说：邪了。有天晚上，我看见那"黄大仙"一趟一趟往他家运银子。有的说：眼花了吧？你真看见了？那人却说：你不信算球了……

康家这次焚券，一直持续到傍晚时分。还有些半大的孩子一趟一趟来这里拿大蒸馍。孩子们把馍抱在怀里，揣起就跑。康家伙计早就被交代过，看见只当没看见。

就在人们热热闹闹去栈房院看康家焚券的时候，康老爷子却从外边悄悄地回来了。当晚，掌灯时分，老爷子沐浴过后，自己里里外外换上了早就做好的寿衣，端端正正坐在了一张靠椅上。

久已不出门的周亭兰，今日却破例出了佛堂。她亲自下厨，给老爷子做了碗霜糖豆腐，由丫鬟提着食盒，到私塾院来了。进院后，她推开掩着的书房门，见老爷子里外三新，已穿戴得整整齐齐。她心里一凛，问道：爷爷，你这是……

康老爷子淡淡地说：大限到了。

周亭兰明白老人的心思，不再多说什么，就问：爷爷，您老不想再吃点什么？

康老爷子摇摇头，说：该看的看了，该尝的也尝了。

周亭兰说：爷爷不让祝寿，也就罢了，难道您不想尝一口我做的霜糖豆腐？

康老爷子笑了，说：还真馋。那就再吃一口？

周亭兰忙示意丫鬟端上来，一口一口地喂老爷子吃。看他吃了几口，周亭兰问：这碗豆腐也还可口？

老爷子说：可口。也是最后一碗了。

周亭兰心里一酸，颤声叫道：爷爷——

老爷子说：大限到了，任谁都一样，你也不必难过。嘱咐下去，都不要哭。

待丫鬟退去后，老爷子说：兰儿，我这一辈子，是毁誉参半哪。荣耀时，一门两进士。遭难时，一门两丧。终还得一好孙媳妇，才使我康家再度兴旺。如今，我神仙老儿也做了，此生已无憾事。其实，做神仙也不过如此，我不过想给后人留个念想罢了。接着，他叹了一声，又道：我这一辈子是值了。只是，亏了我的兰儿。爷爷对不起你呀！

周亭兰轻声笑了一下说：爷爷，我，已经是心如止水，就只差形同槁木了。

老爷子抖手拍着椅子，说：兰儿，兰儿，此生老夫亏欠你太多呀！

周亭兰跪下，说：爷爷，您再不要这样说。您老这么相信我，当年一个家都交给了我……哎，不说这些了。爷爷，您还有什么话要交代吗？

老爷子说：该说的，都说了。悔文呢？

这时，候在门外的马从龙走进来禀报说：有人快马报信儿，说邵先生过世了，少爷一早就赶过去了。

老爷子有些诧异，说：我上个月才会过他，好好的呀，怎么这么快？

马从龙说：报信儿的人说，谁都没想到，下了场暴雨，邵先生花房的南山墙塌了，结果把他给砸进去了。

老爷子点点头，说：我明白了。突然，他哈哈大笑，笑得身子一晃，咳起来了。周亭兰赶忙上前给他捶背。老爷子接着说：南山，是南山吧？

他这么一说，把屋里人都说蒙了，谁都不明白他说的是什么意思。

老爷子说：时也？命也？运也？纵是精通术数之人，也有解不开的时候啊。

康家老爷子是当晚丑时，坐着咽气的。

走时，很平静。人端端正正地坐着，头一歪，就过去了。

临走前，他把星夜赶回的康悔文叫进了书房。可谁也不清楚他临终前给孙儿交代了什么。

三

周家老爷子宾天的时候，一品红没有赶来送葬。谁都知道，当年她是周广田用偏方救活的。这已是很不该了。

康家老爷子走的时候，一品红仍没有出现。这就更说不过去了。周家吧，是因为周家后人争夺霜糖的秘方，一家人闹得一塌糊涂，没顾上给她送信儿，还算情有可原。待康家老爷子出大殡时，是专门差伙计给她送过勒头布的——这是把她当亲人看待呀。还专门交代说，老爷子九十大寿，是喜丧，请她来唱三天大戏。可一品红的戏班竟然没有来。

后来才知道，不是她不愿来，是她病了，一病病了一个多月，下不了床了。等她挣扎着身子能下床的时候，早已过了出殡的日期。

可一品红终还是来了。

一品红穿着一身孝白，带着一肚子泪水奔丧来了。她心里有太多的委屈，无人诉说。她是被宋海平气病的，肚子里长了一个硬块，那年月，这叫"气鼓"，病重的时候，一口水都咽不下。

卧牛岭一战后，宋海平升官了。他在内务府一个老太监的保举下，成了河务侍郎。宋海平升官没几日，就换了"粮子"。他把一个戏班里的小女子用轿子抬进了家门。这小女子是他从一个戏班子里挑出来的。他把这个十四岁的小女子领进了家门，对一品红说：大红，我的红爷，你不是在康家存过"粮"吗？我也收了一个"粮子"，你看看怎么样？然后，一招手说：过来。这是一品红，叫红爷。

那小女子怯怯地叫了一声：红爷。

一品红望着这个女孩子，一时竟说不出话来。

宋海平得意地说：给红爷磕个头，以后你们就以姐妹相称吧。

那小女子立时就跪下来，刚要磕头，只听一品红说：慢。她对宋海平说：官人，你是要休了我吗？

宋海平说：谁说要休了你？我刚才不说了嘛，以后你们姐妹相称，这还不明白吗？

一品红说：我自然是不明白。

宋海平说：那我就告诉你，这姑娘叫小桃，聪明伶俐，是个唱戏的好苗子。我已给她起了个艺名"小桃红"。你是大红，她是小红。不客气说，她将来是要超过你的。

一品红指着他说：你，也太欺负人了！说着，转身就走，一边走一边说：那好，我现在就收拾东西，我走！

不料，宋海平一步冲上来，兜手给了她一耳光。这一巴掌下手太重，忽地把一品红扇倒在地上了。

那小女子倒是个机灵人，赶忙跑过来，把一品红扶起来。

宋海平却说：别理她。妈的！敬酒不吃吃罚酒。我看你是活得不耐烦了！而后，扭脸对小女子说：走，走，我给你说戏去。说着，伸手牵上那小女子到花厅去了。

一品红怔怔地望着那两个人，一口热血涌上来，"哇"一声喷出去，一病不起了。

此后，一连数日，一品红眼睁睁地看着宋海平在花厅里给那小女子说戏。两个人又舞又唱，不时地你侬我侬，一品红几次想一死了之，可宋海平偏偏不让她死，剪子绳子都藏起来，还派专人看着她。

后来，看她病得起不了床，宋海平又请了大夫来，给她开药治病。她不喝，就绑在床上灌她。他说：你想死，没门儿！

一天，一品红觉得精神好些，能下床了。她起来梳洗一番，刚要出门，却又被宋海平堵在了院子里。

宋海平说：站住。上哪儿去？

一品红说：康家老太爷过世了，我无论如何得去吊唁老爷子。这世上我没有亲人，他们就是我的亲人。

宋海平"哼"一声：人都走了，还去干啥？不要去了。

一品红说：天上下钉子我也要去。

宋海平说：我警告过你，这康家以后还是少来往为好。

一品红说：我不能不去。我说了，下钉子我也要去。你管不着。

宋海平喝道：胡闹！你已经是三品大员的夫人了，我不准你跟康家再有来往。

一品红说：呸！什么夫人，我还是我——一品红。我还告诉你，从今往后，你做你的官，我唱我的戏，咱俩井水不犯河水。

宋海平说：你，放肆！

一品红对站在一旁的老圈说：走！

宋海平喝道：站住！你给我站住！

一品红往外走了几步，宋海平蹿到她跟前，再次恶狠狠地说：我告诉你，这康家早晚要遭殃的。我刚刚得到线人密报，康家太嚣张了，竟然以"财神"自居，四处收买人心。私下里，他家还给嵩阳书院捐了五万两银子，连学子都想收买。他们想干什么？！

一品红说：捐款助学有什么不好？

宋海平说：你不懂，这里边大有文章。

一品红说：你又动歪心思了吧？说完，她冷冷地看了宋海平一眼。

宋海平气极了，他抓起一个茶碗摔在地上。依他的脾气，只想把她捆起来，扇她，揍她，用藤鞭抽她。但他很明白，那"小桃红"还嫩，而一品红声名正盛，登台演出，堂会应酬，迎来送往，自己一时半会儿还离不了她。

于是，他只得眼睁睁看着一品红走了出去。

当天，一品红坐着轿车赶去了河洛镇。进了康家院子，她就放声大哭。而后，她扑倒在周亭兰的门前，双膝跪地，一边哭一边诉说：姐姐，小黄毛给你赔罪来了。我知道那姓宋的不是东西，我是上了他的当了。姐姐呀，我给老爷子吊孝来了。千错万错都是我的错。姐姐，你不肯见我一面吗？

可是，无论她怎么哭诉，周亭兰的门一直不开。

无奈，一品红在康家下人的引领下，直接到康老爷子的坟上祭拜去了。

当一品红披麻戴孝拄着哀杖走过镇街时，镇上的人都知道一品红回来哭灵了。人们一群一群地跟着往康家老坟地走，谁家出殡都没见过这么多人。他们都是来看一品红的，一时，满山都是人。

到了坟前，一品红先是跪下来焚烧了纸钱，想起当年命悬一线，被周亭兰救下的情景；又想起大旱之年，在康家"存粮"时的情形；联想起眼下她浑身的病痛和心里的伤痛，还有和宋海平说不清、道不明，纠纠缠缠的复杂关系，一时百感交集，禁不住大放悲声。

老坟地满地青草，树木森森。她跪在地上，树叶青草垫着膝盖，像戏台上的毛毡子似的。四下里是跟着她、围观她的人群，就像是戏园子里黑压压的观众。她哭，这些人也有抹眼泪的；她诉说，这些人也会跟着叹息。她哭一阵，说一阵，最后在老爷子的坟前唱起了《哭四门》：

　　……龙渴想汲长江水，人到难处想宾朋。禹夏商周看唐宋，我把那前朝古人明一明。想皋陶禹王心苦痛，成汤王又哭关龙逢。丧绝龙殷纣哭闻仲，殷郊殷洪哭商容。老苏护哭的妲己女，失冀州哭坏苏全忠。比干丞相哭梅伯，岐山角三霄哭公明。文王哭的伯邑考，散宜生又哭邓九公。黄飞虎渑池丧了命，西歧哭坏姜太公。齐王哭的钟无盐，钟无盐娘娘哭晏婴。颜回死圣人心苦痛，困蔡邦圣人哭南容。圣人死哭坏贤子贡，公冶长又哭孝曾容。哭考叔庄王加倍痛，烧绵山哭坏晋文公。鲍叔牙相府哭管仲，秦穆公又哭蹇叔公。子期死哭坏俞伯牙，左伯桃哭的是羊角兄……

一品红在康家老坟哭灵，一下子轰动了整个河洛镇。在很长时间里，这都是当地人百说不厌的谈资。说起那时的情形，一个个眉飞色舞，啧啧赞叹：到底是名角，哭灵就跟唱大戏一样。那《哭四门》，唱得真是好！

四

在黄河两岸，大凡跑船的人，都会有个"好儿"——"好儿"，就是相好的女人。

那年月，在河上行船的老大，大多是不成家的。行船无期，人终年在水上漂着，生死未卜，说不定哪一天就喂鱼了。若是有了家小，反倒成了拖累。他们的女人，都是一回回花钱买的。若是日久生情，就叫作"好儿"。这"好儿"，大多都在妓院里养着，因此也叫"搁儿"，就是把女人"搁儿"在妓院里，临时的。泡爷的"搁儿"，就寄在开封一家名叫"玉春坊"的妓院里。

泡爷瘦干筋。他喜欢胖乎乎的女人，身上软，有肉。泡爷的"好儿"人送外号"大白桃"。泡爷自从改了赌博的恶习，每次下了船，就到玉春坊去。

大白桃长得并不俊俏，脸上还有几颗麻子，就是一身白肉，两个奶子肉嘟嘟的，拿泡爷的话说——摸着舒服。可这大白桃也不光是摸着舒服，她能让泡爷常年"搁儿"着她，是有绝活的。泡爷两只大脚板终日在冷水里泡着，在船板上扒着，久而久之就磨出了一层层老茧，硬得像铁掌一样，一踩地就疼。可这大白桃偏偏会一手修脚的绝活。她修脚的方法与别人不同，只要泡爷进了玉春坊，她会先打上一盆水让泡爷把脚净了，而后解开衣襟，把他那一双大脚拉起来就焐在乳房上了……那"地儿"又软和又暖和，总是把泡爷"烫"得龇牙咧嘴的。这时，大白桃会问他：烫吗？他说：咝——烫，烫。大白桃就说：皇上，你得忍着点，我得把寒气给你一点点挤出来。她叫他"皇上"，就这一声"皇上"，泡爷说，死也值。待"烫"上半个时辰，"烫"得泡爷昏昏欲睡时，大白桃会打上一盆热水，撒上活血的红花，滴上几滴醋，把泡爷的两只脚放在水盆里泡。再泡上半个时辰，这才把泡爷的两只脚移在她那肉乎乎的膝盖上，打开一个布包，拿出刀来，给他修脚。泡爷脚上木刺多，鸡眼更多，也只有大白桃一人能修，换了人就给割出血来了。这两个时辰下来，就是一块石头，也给焐热乎了。

人人都知道，泡爷虽不赌了，可他手里的钱，又都一笔笔送到"玉春坊"去了。康悔文曾好心地劝他说，泡爷，还是置几亩地，娶个家小吧。泡爷说：不用。我水命，迟早也是喂鱼。康悔文摇摇头，不再说什么了。

这年夏天，泡爷带着船队从临沂出发，因为是逆水，船上装的又是粮食，自然走得慢些。可泡爷心里急着要见大白桃，于是日夜兼程，不让船工们休息。

河上，二十艘粮船一字排开，十分壮观。泡爷呢，一直在首船的船头上立着，嘴里骂骂咧咧，盯着船工们，好加快速度赶路。

这一趟，康家有意让有恒见些世面，就让泡爷带他来了。在船头上，康有恒缠着泡爷，让他说一说跑船的事情。泡爷说：小子，你爹让我带你出来，就是让我拾掇你的。康有恒说：我知道。泡爷说：小子，你爹水性好，你知道是谁教出来的吗？康有恒瞥他一眼：泡爷呗。泡爷说：不错，正是老子。你爹是我一篙从船上抢下去的，差一点呛死他。把他捞上来的时候，哈哈，死狗一样。听他这么说，有恒有些怕了，说：泡爷，难不成，你也要把我抢下去？泡爷笑着说：你呀，到你这儿，我倒不敢了。康有恒说：那是为何？泡爷说：你爹那时候，跟你现在可大不一样了。康有恒说：这就怪了，有何不同？泡爷说：你现在是有万贯家财的少东家不说，你爹于我有大恩。万一有个三长两短，我可赔不起。康有恒说：泡爷，我早听说过你的事情。在河上，你可是天不怕地不怕，怎么越活越小了？泡爷哈哈一笑说：小子，你说对了。人，就是越活越小。康有恒说：这又是为何？泡爷说：好你个狗日的，动不动就"为何"？我告诉你，人活着，有一样东西是不能背的。康有恒说：哪样东西？泡爷说：人情，我欠了你爹的人情。康有恒说：哦，欠了人情，就不敢造次了？泡爷说：是啊，欠了人家的，一辈子都得背着。只有还上的那一天，你才硬气。康有恒说：那你如何教我？

泡爷看水面开阔，水流也平缓了些，说：这样吧，我给你绑根绳子，你自己下去游。说着，拿过一根绳，三下两下绾一活扣儿，套在了有恒身上。

有恒怯怯地问：河水凉吗？

泡爷突然说：咦，这儿有鱼。

康有恒探身一看，好奇地问：鱼在哪儿？

泡爷掂起他，一下把他丢到河里去了。康有恒在河里挣扎着，一连呛了几口水，大喊：救命啊！

泡爷却往船头上一蹲，笑着说：小子，淹不死你，好好扑腾吧。待康有恒筋疲力尽时，又把他拉上来，撂在了船板上。

第二天，看见泡爷一跛一跛从船的那头走过来，没等他走到跟前，康有恒就自己拴上绳子，从船边跳下去了。泡爷说：是个晓事的。

过了两天，当船停靠在一个码头时，康有恒已经可以不带绳子在河里游了。他见泡爷蹲在船头发呆，便踩着水，游到泡爷跟前问：泡爷，到家还得几天？

泡爷说：三四天吧。

康有恒说：我比父亲如何？

泡爷说：想超过你爹？得一时呢。

康有恒说：泡爷，你家在开封吗？

泡爷说：咋的？少东家也想玩花活儿？

康有恒说：我听伙计们说，你有个"好儿"。那大白桃……

泡爷脸一沉：大白桃也是你叫的？实话告诉你，老子水命，沾不得土。可老子是夜夜新婚，媳妇都在娘家养着呢……正说着，他突然站起身，说：不好，有雨！

说话间，雨就下来了。泡爷嘴里骂骂咧咧的，赶快命人落帆。不一会儿，黄河上已是浊浪滔天。

泡爷心里突然有了不祥之感，不知是否还能见上大白桃……

五

黄河上，大雨倾盆，一连下了三天。一时间，大河上下，水声滔天。放眼望去，一片汪洋。

这天，快晌午的时候，临近开封段的黄河岸边，人们忽然听到了虎啸声。这是不祥之兆。行走水边的人都知道，那不是虎的啸声，是洪水的啸声。紧接着，锣声四起：黄河决口了！

因干系重大，新任的河务侍郎宋海平匆匆带人赶到了黄河大堤上。就见离决口不远处，一片黄色的油伞。油伞下，站着一众河官和知县大人。

宋海平一到，就尖着嗓子喝道：圣谕煌煌，谆谆教诲，汛期要严防河堤决口。你们都是干什么吃的？你们有几颗脑袋？！

下属的官员们一片诺诺之声：是，是啊。天降暴雨，洪水下来得太快了。

只见那决口处，旋流杀气腾腾，水声震耳欲聋。河兵们把备好的沙石一包包投下去，转瞬便冲得无影无踪。

宋海平急吼吼地喊叫：怎么办？这该怎么办？我他妈才上任几天哪，就出这么大的纰漏！你们、你们是不想让我活了！快、快拿出办法来呀。哎，这段河堤不是康家大户出钱修的吗？

众河官像是一下找到了替死鬼，忙不迭地跟着说：对，是康家，是康家修的。

宋海平马上质问：康家来人了吗？怎么还不来人？他狗日的康家有钱不是，给我往河里堆银子啊！宋海平说着说着，跳起来了：告诉姓康的，这决口堵不上，我要他倾家荡产！我、我拿他康家的人头祭河！

而后，他喝道：刘知县。

刘知县忙说：下官在。

宋海平说：知会他康家了吗？

刘知县说：已经派人去了，不过……

宋海平眼一瞪：嗯？不过什么？

刘知县赶忙上前：禀告宋大人，康家名义上虽然承接了这一段河工，可康家只是出钱，并未参与施工。河务上的一应事务，是归总河大人管的。

可宋海平却坚持说：我不管他是出钱还是出人，既是他康家承接的，就要他康家负责。漕运上的银子他赚了那么多，是不是给你分了些呀？

往下，刘知县就不敢再接话了，只连声说：没有，没有……

决口处，黄河水咆哮着，轰轰隆隆，奔涌而下，眼看着决口越来越大了。只听下游的村庄里锣声四起，村民们四处奔逃，有的背着被子，有的担着孩子，有的把铁锅顶在头上，一边跑一边喊：水来了！水来了——

大堤上，宋海平仍在咆哮：办法呢？快拿出办法来呀！

一个河官说：禀大人，警号挂起来了，河工们也都上堤了。只是，水太大了，那些沙包投进去不管用啊！

宋海平说：你们一个个支支吾吾的，说的是个球！我要的是把决口堵上。要是还堵不上，我把你们一个个都填进去！

众人一个个噤若寒蝉。终于，有个河官站出来说：事到如今，下官倒有个法子。宋海平说：快说。河官凑到他跟前，附耳道：大人，我刚刚得到线报，康家二十艘粮船，正往这边赶呢。

宋海平说：当真？

河官说：千真万确。

宋海平似恍然大悟，说：你是说以船堵口？

河官说：紧急关头，这是唯一的法子。船上若是有货，开过去就地凿沉就是了。船上若是没货，统统装上石头，拦在决口处再打桩……大难当头，谅他不敢不从！

到了这时候，宋海平一颗提着的心才稍稍松下来。他故作矜持地点了点头，说：好，这主意好。你们这些蠢材，一个个胆儿都吓破了。还是有办法的嘛。何千总——

何千总立马站出来说：下官在。

宋海平说：你立马带人去，把三十里范围内的所有船只，都给我扣下！大灾之时，敢有不从者，杀无赦！

何千总一拱手，领人去了。

很快，在码头附近百米内，临时拉起了一道缆绳。凡过往的商船，一律被拦截了下来。

康家这边，自然也是焦急万分。

雨不停地下，船队到如今还没有消息。康悔文在账房屋里走来走去，一筹莫展。大相公孙掌柜跑过来，报告说：康公，下雨前曾接到飞鸽传书，说粮船已快到开封了，这会儿怕是……康悔文说：我刚听说黄河溃堤了。让他们停下来呀！老孙搓着手为难地说：雨这么大，鸽子放不出去了。

这时，马从龙匆匆进了账房，一进门就说：康公，刘知县派人来，让你赶快到河上去。

康悔文脸色沉重，说：我刚听说了，黄河溃堤了。

马从龙说：王县丞递话说，正是康家承接的这一段，溃堤了。

康悔文生气地说：胡说。康家每年拨赈河款十万两，主修这一段河堤不假，可银子是河务上管的，工是河务上派的，与康家有什么干系？这是栽赃！

马从龙说：是啊。王县丞好意提醒，说主要是新任的河务侍郎宋海平盯上康家了。

康悔文脸色一变，说：备马。

当康悔文快马加鞭赶到黄河大堤时，即刻被人带到了宋海平面前。宋海平撇开众人，走出那片黄伞，冷冷地说：你过来。

于是，两人走出十多步，都在雨中站着。两人就这么互相看着，冷冷的，满眼是钉子。宋海平傲慢地说：你知道，一个堂堂的三品大员，河务侍郎，为什么把你叫过来，单独说说话吗？康悔文看着他，不语。宋海平说：对了，对极了，你犯在我手里啦！你哭吧。康悔文仍不语。宋海平说：我盯你康家这么多年了，可次次都让你逃脱了，我不甘心啊！这一次，我看你是逃不掉了吧？康悔文终于开口说：宋大人，我知道你有专折密奏之权，官员们都怕你。康家不做作奸犯科之事，未必就怕了你。宋海平说：说得好。我也知道，你康家过去有秋总兵庇护，噢，现在有秋巡抚罩着，京城里也有些渊源。可你如今犯在了我的手里，我就是要你康家倾家荡产！明说了，谁也救不了你。

康悔文盯着他看了一会儿，想起念念曾说他像条毒蛇，可这时的他更像条狂吠的恶犬。他不禁笑了一下，说：宋大人，你知道你像什么吗？

宋海平却并不生气，说：我像什么？我就是一条狗，我是皇上的看家狗！我告诉你，你康家犯忌了。你康家不是想当"财神"吗？你康家银子多，到处收买人心。你家若是"财神"，置朝廷于何地？置皇家于何地？

康悔文说：你这是栽赃陷害，挟嫌报复。

宋海平就像猫玩老鼠似的，说：你又说对了，我就是要报复你康家。我明着报复你。你康家不是有"以身殉河"的先例吗？那就再给我"殉"一次！实话告诉你，康家这二十艘粮船，必须给我堵在决口上！

康悔文眼前一黑，说：今天，我算是长见识了。

宋海平说：噢，见识什么了？

康悔文说：什么叫小人，什么叫寡廉鲜耻！

宋海平说：你说什么？我没听清。我还告诉你，我不光要你把粮船堵在决口上，我还要你康家把大堤重新给我修复。敢有一寸不规矩，我拿你康家是问！

站在雨中，面对着想把他置于死地的奸人，康悔文气得两眼冒血，心也提到了嗓子眼。就在此时此刻，冥冥之中，康悔文仿佛听到了哭声，那哭声十分响亮，像号角一样。

康悔文离家不久，拖着身子的晚香突然肚子疼了起来，开始还是一阵一阵地疼，可那疼痛越来越密。她挺不住了，倒在床上呻吟不止。小玉去叫接生婆了，晚香实在疼得受不了，痛苦地喊着：疼死了，让我死吧！

小玉叫来了稳婆，稳婆先是忙活了一阵，一会儿让打热水，一会儿又让小玉去拿毛巾、剪子。过了好一阵，稳婆只说快了、快了，却仍不见露头。又过了一会儿，只见下来了一只小脚丫子。稳婆脸都变了色，说：不好，脚先下来了，难产！她也没有办法了，搓着手说：快，快去请个先生吧。

小玉急得转着圈说：相公不在家，也没个当家的，这可咋办呢？

小玉赶忙跑到大奶奶门前，拍着门喊：大奶奶，不好了！

屋子里，只有木鱼声。

小玉在门前哭喊道：大奶奶，你开开门吧，少奶奶难产，要出人命了！

顿时，屋里的木鱼声停了，说：悔文呢？

小玉说：相公在河上，听说黄河决堤了。

片刻，门开了。周亭兰披着一件披风出现在门口，说：走。

当周亭兰刚赶到别院，还未进门，孙大相公追过来禀报说：大奶奶，有件急事，我做不了主。

周亭兰说：我不再管事了，给悔文说吧。

孙大相公说：康公不在。这事急，总得有人拿主意吧。

周亭兰说：你能拿就拿，不能拿，等他回来。

谁知，康家的一众亲戚都围上来了。他们叽叽喳喳地围着周亭兰。小玉说：这里生孩子呢，都出去。

此刻，二娘、三娘、四娘一起围上来，说：兰儿哪，出大事了！听说悔文要沉船了！康家是吃水财的，这船一沉，不完了吗！

周亭兰站在那里，说：我说过，康家的事，我不再管了。这里生孩子呢，你们都出去吧。

众亲戚说：你可不能不管，我们可都是入了股的！悔文听你的，你就说句话吧。

可周亭兰却斩钉截铁地说：请回吧。我说不管，就是不管。说完，转身进屋去了。

过了一会儿，屋子里传出了一声惨叫……

围上门的亲戚都噤了声。

六

康家的灾难来临了。

在码头附近，一根长缆把康家的二十艘粮船拦在了河道上。河兵们大喊：停船！若敢再走，杀无赦！

这时，康悔文已经赶过来了。他对泡爷说：泡爷，黄河决堤了，上头要咱们沉船救堤。

泡爷说：东家，万万不可，船不能沉哪！

众船工也都说：不能沉，不能沉，那可是二十船粮食！

康悔文说：沉了船，我也心痛，可这也是没有办法……

泡爷说：东家，你跟巡抚大人不是结拜兄弟吗？你快找他去呀！

康悔文说：刀架在脖子上了，找谁都没用。我也知道他姓宋的挟嫌报复……可堤已决了，大难临头，下游万千百姓活命要紧，康家只有舍船了。

泡爷蹦起来说：二十条大船哪！我的爷，二十条大船，你就不可惜？这不是砸我们的饭碗吗?!

船工们也都说：是啊，船一沉，我们咋办?

康悔文急了，说：各位听我说。至于各位的去留，康家不会不管的。泡爷，时间不等人，砍桅杆吧。

泡爷气呼呼地说：我不砍！我下不去手。

康悔文走上前，将一把海斧递到泡爷手里，说：泡爷，拜托了，砍吧。

这时，泡爷仰起脸，放声大哭。船工们不落忍，一个个都扭过脸去。

这时，康有恒走过来，说：父亲，既然如此，我来砍吧。

康悔文一怔：你？

康有恒说：父亲，这些船都是你辛辛苦苦置办下的，泡爷也心疼，还是由我代劳吧。

康悔文望着儿子，突然觉得他已经长大了，终于说：好吧。

康有恒接过海斧，对跟船的镖师们说：走，把船上的桅杆都给我砍了。

这时，只听泡爷说：慢。

众人回过头，都望向他。

泡爷说：这是杀我呀！船是我的命，还是让我自己来吧。

雨中，船工们黑压压站着，看泡爷跳上船去，一斧一斧，含着泪把船上的桅杆全部砍断。当桅杆落水时，水花四溅。船工们都哭了，一个个跪下来，给这些堵决口的粮船磕了三个头。

此时此刻，康悔文一屁股坐在雨地里。他的腿软了，软得站不住。他说：有恒，扶我起来。康有恒忙把父亲扶起来。康悔文长叹一声道：这些船，是你母亲用性命换来的呀！

就此，康家的第一艘粮船，由泡爷撑着舵，向决口处驶去。

这边，决口处已横着拦上了十几道大缆绳，河工们黑压压地立在决口处，随时准备打桩……波涛中，泡爷把着舵，小心翼翼地把船驶向决口处，而后，凿穿底舱……在船将要下沉的那一瞬，泡爷才从船上跳下来，扑进滚滚洪流中。

一时，人声鼎沸，天也仿佛在哭。当泡爷从水中露出头时，岸上一片呼喊声：泡爷！泡爷——

船一艘艘地沉了下去……

水声如虎，浪花飞溅，河工们像蚂蚁一样扑上去……雨声，风声，桩声，号子声，响彻天地。

当岸边剩下最后一艘粮船时，泡爷抓起酒葫芦喝了口酒。他正要动身，只听身后有人叫道：泡爷！

泡爷一回头，见是康有恒，骂道：兔崽子，你跟着干啥？

康有恒说：父亲让我给你捎句话。

泡爷说：捎什么屁话，快说。

康有恒说：康家还会有船的。

泡爷说：你日哄我？

康有恒说：好吧，我说实话，这话是我说的。

泡爷"哼"一声，说：你？

康有恒说：相信我。

泡爷说：离了船，我的日子也就到头了。我都这把岁数了，不想等了。

康有恒说：你信我一次。

泡爷说：我凭啥信你？滚。

泡爷正要上船，忽然又回过头来，说：少东家，你帮我一个忙。

康有恒说：你说。

泡爷说：你去开封玉春坊，找到一个叫大白桃的，把我的棺材本钱给她。你可一定得去呀！

康有恒说：大白桃？

泡爷说：那是我媳妇！你得喊师娘。

上船后，泡爷把酒葫芦一摔，说：老子一辈子，还没像模像样地做过人，就让老子做回人吧！

他把着舵，最后一次向决口处驶去。人们看到，泡爷把自己牢牢绑在了舵位上，他挺身而立，大声吼叫着唱起来：

秀女八百个——爷的蛋啊！

床上见功夫——爷的蛋啊！

龙翻九十九——爷的蛋啊！

凤颠八百八——爷的蛋啊！

当船快要驶到决口处时，泡爷大喊：康公，老子不欠你了！

只听轰一声巨响，那船载着他卷进了漩涡里。

岸上的人大喊：泡爷呀——！

此时，康悔文脑海里"嗡"的一声，一头栽倒下去了。

第二十二章 ···

一

当康悔文被人从黄河大堤抬回来的时候，康家栈房院已是处处告急，乱成一锅粥了。大相公老孙还算是个稳得住的人。他吩咐众人说：纵是天塌下来，也得让康公缓一缓，铁打的人也撑不住了。

可是，一个时辰不到，二贵就急匆匆地走进账房，悄悄对老孙说：大相公，济南再次告急，货都堆在码头上，要船！

老孙说：知道了。告诉他们，河堤正在抢修，一旦通航，立马租船过去。

不一会儿，二贵又跑进来，说：飞鸽传书，临清告急！数万盐包，都在码头上堆着呢。况连日大雨，再不去船，盐就化在雨水里了！

老孙仍硬扛着说：知道了，下去吧。

谁知，半上午的时候，又有一匹快马冲进了院子。身披蓑衣的五魁翻身落马，一迭声地喊着说：我要见康公！我要面见康公……

老孙从账房里走出来，喝道：五魁，你已是主持一方的相公了，没一点沉稳。你在院子里喊什么？

五魁焦急地说：我我我……泾阳收的棉花堆积如山！孙大相公，孙爷，船，咱的船呢？

老孙给他使了个眼色，说：进屋说，进屋说吧。

等五魁进了账房，老孙才说：康公急火攻心，人都晕过去了。你嚷什么？五魁说：船。我找康公要船！老孙没好气地说：船，都来要船。黄河决堤，船都沉到河里去了，叫我上哪儿给你弄船？！再说了，棉花采摘的季节到了吗？五魁怔了一会儿，说：完了，完了。我收的是去年的陈棉，趁着新棉下来之前，价低呀。那边也正下暴雨，棉花若是淋了，再一过季，就一文不值了！说着，竟放声大哭。

就在这时，只听院子里闹嚷嚷的，又有一伙人拥进来了。

这次，孙大相公推开门吼道：嚷什么！

二贵再次禀报说：孙爷，这回我真是拦不住了。这些人不是要船的，是要粮的。

老孙红着眼说：要粮？胡闹！问康家要什么粮？

众人直着脖子嚷嚷，二贵代他们说：决口的河堤上，民工要粮。河堤上有上万民工，断顿了！

老孙不耐烦地说：断顿了找河官，问康家要什么粮？

二贵说：河官说了，这河堤是康家包的，就要康家出粮。

老孙一急，说：这、这不是卸磨杀驴，要逼死康家吗？！

此刻，只听屋里"咣当"一声，众人赶忙跑进来一看，只见躺在里间床上的康悔文从床上滚下来了。众人赶忙把他扶起来，搀到一张椅子上坐下。

二贵给他倒了一杯水，康悔文喝了两口，喘口气说：一个一个来，说吧。

孙大相公说：本想让你缓一缓，可山东告急，陕西告急，河北那边也催讨……都是要船的。还有，河上也出了些事情。

康悔文歪在椅子上，说：河上又出什么事情了？

老孙说：河上，上万民工断粮了。这本该由河务上拨付的，可河务上硬是不给，让他们找康家要粮。

康悔文咬着牙说：这又是姓宋的下狠手。库里还有粮食吗？

老孙摊着两手，说：有也不多呀。老天爷，上万民工啊，只够喝粥的。

康悔文想了想说：那就熬粥吧，尽快送上去。——扶我起来。

老孙劝道：康公，你……

康悔文说：水路不通，说什么都是妄言。不能等了，我现在就到河上去。

站在一旁的五魁哭着说：康公啊，康家损失大了，怕是……

康悔文看了他一眼，什么也没有说，站起就走。临走时，他说：叫上马爷，跟我一块儿走！

当康悔文强撑着再次回到河堤上时，却见河堤上的民工都不干活了。他们像放羊一样，一群一群地在河堤上坐着。问了，都说等饭辙儿呢。

原来，派去河务府要粮的人回来后，给众人传话说，河务府那边不但不拨赈河的粮食，还要他们都去康家要粮。不仅如此，那宋海平还专门吩咐，凡康家承接的河段，一粒粮食都不给。他康家不是有银子嘛，让他买去！据说，一个河官说，这河段也并非康家……可他话都没说完，就被宋海平训斥了一顿。宋海平说：传我的话，别的河段，粮照拨，工钱照付。另外，每个河段给我送肥猪两头！我就要让人看看，是他康家的伙食好，还是朝廷的势力大！那河官还有些担心，悄悄告诉他，对康家怎样都行，只是这河上一旦闹起来……宋海平竟说：我就是要他们闹起来。河工们只要敢闹，我就拿他康家是问。这些话传到河上，立时就没人干活了。

康家的生意，正四处告急。若是水路再不通，一切就都完了。康悔文赶回河上，就是想赶快修通水路。他来到河堤，先是让人扶着站在一个夯土的石磙上，双手一抱拳，对众人说：各位兄弟，老少爷儿们，让各位饿着筑堤修河，康家对不住各位了！河路一断，粮食一时调不过来，实在是抱愧。不过，小米粥马上就送过来，各位先垫垫肚儿。至于工钱，待河道修通后，定会一文不少地发给各位。康家决不食言。

不料，河工们听了他的话，却吵嚷起来。有的说：干这么重的活儿，康家只让喝粥，这也太不地道了！还有的说：看看人家西边，那可是猪肉炖粉条子！——不干！

在这危难时刻，是四间房的人首先站出来的。四间房的村人都得过康家的周济恩惠，特别是老爷子大寿那天，又给了很多布施。这时候，他们全都拥到前边来了，一个个高声说：康家也不容易。刚刚焚了券，二十船粮食，又都沉到决口处了！人心都是肉长的，就先喝碗粥干活吧！康家从不亏人。这可是良心活！

于是，由四间房的人领头，洛寺村的人看马从龙的面子，也跟着响应，人们纷纷站起来，勉强复工了。

康悔文眉头紧锁，一脸愁容。他身子晃了一下，马从龙赶忙上前扶住了他。

二

康家一片沉寂。

康家的下人连走路都尽量不出声，只有周亭兰房里的木鱼，一声声响着。

自康悔文上了河堤后，大相公老孙在栈房院实在待不住了，于是就带着康家栈房大大小小一群相公，跪在了大奶奶的门前。老孙一再地央告说：大奶奶，天都塌了！你开开门吧。

可是，回答他的，仍是木鱼声声。

这时，小玉悄没声儿地走过来，附耳说：大相公，少奶奶请你去。

老孙已是六神无主，不情愿地说：这时候，她找我啥事？

小玉说：我也给你说不清楚，你来吧。

老孙叹一声，站起身，跟着小玉来到了别院。进了院子，见刚生完孩子的晚香头上勒着头巾在门口站着。晚香说：孙爷，进屋说吧。

老孙进了屋，看见桌上有两个空首饰匣子，匣子旁边的丝巾上，放些金银首饰。晚香说：孙掌柜，我听说康家遭大难了，你把这些拿去兑了吧。

老孙扫了一眼桌上的东西，没好意思说这仨瓜俩枣起不了什么作用，只说：少奶奶，如今康家最缺的，不是银子。

晚香说：那是什么？

老孙说：粮食。

晚香说：不能买吗？

老孙急煎煎地说：船沉了，水路断了，上哪儿买去？如今河上有上万民工，断顿了！

晚香也急了，说：相公呢？

老孙说：康公在河上坐镇，只是，没有粮食也惘然。

晚香说：这、这咋办呢？

老孙不想跟她废话，扭头就走，走了两步，"唉"了一声说：如今，只有请大奶奶出面了。我再去试试。

这边，相公们仍围在周亭兰的门外，焦急地等待着。不一会儿，见大相公老孙弯着个腰，像只大虾似的勾着头回来了，显然并未讨来什么主意。只见老孙立在门外，大声说：大奶奶，我知道你不再管生意上的事了，可如今康家天都要塌了呀！船沉了，水路断了。临清，困着上万包的食盐运不出去；临沂，是布匹，还有茶叶……泾阳码头上，堆着上万担的棉花。还有跟官府立的契约，都要到期了。康家眼看要破产了呀，大奶奶！

终于，屋里的木鱼声停了。隔着门，周亭兰说：别给我说，我不听。你找悔文去。

老孙拍着门说：大奶奶，康公都急得吐血了，他现在还在河上顶着呢！如今最大的难，是水路不通，运不来粮食。没有粮食，河堤上上万民工就……这一环扣着一环，耗不起呀！河上已喝了两天粥了，再不想办法，就真的撑不下去了。您总不能眼看着康家破产吧？

屋里静静的，一点声音也没有。片刻，只听屋里说：破产就破产吧。

老孙一下子傻了。他就地转了一圈，嘴里喃喃地说着什么，而后，他又一次朝外走去。那些大小相公，都傻傻地望着他。

不一会儿，老孙把康有恒拽过来了，这也是他最后的一线希望了。只听有恒在门前说：奶奶，我是有恒。

可屋子里仍没有动静。

康有恒"扑通"一声跪在门前，眼里含着泪，背起了《朱子家训》：

> 黎明即起，洒扫庭除，要内外整洁。既昏便息，关锁门户，必亲自检点。一粥一饭，当思来之不易，半丝半缕，恒念物力维艰。宜未雨而绸缪，毋临渴而掘井。自奉必须俭约，宴客切勿流连。器具质而洁，瓦缶胜金玉。饭食约而精，园蔬逾珍馐。……祖宗虽远，祭祀不可不诚。子孙虽愚，经书不可不读……

"吱"一声，门开了，周亭兰一身素服走了出来。人们望着这位大奶奶，谁也不敢吭声。周亭兰什么也不说，牵上有恒就走。

老孙赶忙吩咐说：备车。

周亭兰牵着有恒走进栈房院，进了账房。她对跟在后边的众人说：你们都下去吧，老孙留下。

待众人退去后，老孙躬身说：大奶奶，你吩咐吧。

周亭兰说：把账本都给我拿出来，我要看账。

而后，账房门又关上了。只有老孙一人守在门外。

众人都围上来问：怎么说？

老孙两眼一闭，说：等着吧。

三

第二天一早，周亭兰仍是手牵着孙子，走进了仓署的大门。临进门时，周亭兰回头吩咐说：你们都在这儿候着。

从京城来的仓场侍郎跟康家原有些旧谊，也知道这康家大奶奶是个不可得罪的主儿，赶忙迎出来，把她请到官邸的客厅里，又命人泡茶，满脸堆笑说：夫人，您怎么来了？

周亭兰说：杨大人，在京城，咱们曾做过邻居。一晃这么多年过去了，只怕大人把老邻居都忘了吧？

杨侍郎忙说：是啊，是啊，嫂夫人，那时候我可没少到你那儿蹭饭吃。只是我那兄台，唉！这位是……

周亭兰说：这是我孙子。——来，见过杨爷爷。

康有恒躬身施了一礼：杨爷爷，在下康有恒给您请安。

杨大人说：噢，都这么大了，好旺相。夫人，你轻易不登门，有什么事吗？

周亭兰说：我来你这里，是借粮来了。

杨大人一听说借粮，像被烫住了似的。他欠了欠屁股，说：这个、这个嘛……你，借多少？

周亭兰说：一千石小麦，一千石谷子。

杨大人嘴张得像小庙，说：夫人，夫人，这是国库啊！

周亭兰说：我知道这里是国库。我说的，也算是国事。

杨大人不明白了：国事？

周亭兰说：河务，一向是朝廷最关心的事，不也就是国事吗？如今，黄河决口，治河的民工已断粮三日了。

杨大人推托说：夫人，我也知道，河务、漕运是朝廷最关心的事体。可我这里是皇粮国库，所有的粮食，除了上谕调拨，都是备灾荒用的。没有皇上的旨意，没有户部的公文，我是一粒粮食都不敢动啊！

周亭兰说：粮食是备灾用的？

杨大人说：是啊，是啊。

周亭兰说：既是备灾用的，如今黄河决口，不算大灾吗？

杨大人解释说：虽然是灾，可这是河务上的事，与我仓署没有干系呀。何况，纵是调粮……说到这里，他着意看了周亭兰一眼，接着说：也得有上头的旨意、户部的公文才是。不然，我一个小小的仓官，是万万动不得的！

周亭兰说：大人说得是。河上出了事，本该由河官拨粮的。可那宋海平公报私怨，挟私报复，陷我康家于危难之中。我本是可以跟他打官司的，可时间不等人。我是万般无奈，才找杨大人借粮的。

杨大人连连作揖，再一次推托说：夫人，不是我不给面子。我一个小小仓官，头皮太薄。私动国库皇粮，我是万万不敢应承啊，还望夫人见谅。

周亭兰说：杨大人，我知道这是国库，是皇粮。可你不是还有丰年调仓，巢陈粮换新粮的规矩吗？

杨大人一愣，说：有是有，那得等工部的火耗拨下来……

周亭兰说：我只借一个月。一月后，以新粮换旧粮，如数奉还。

杨大人仍然推托说：夫人有所不知，户部的公文，来往京城最快也要一个多月，等上头批下来，也不知到什么时候了。

周亭兰说：那就先斩后奏，如何？

杨大人摸了摸头皮：先斩后奏？上头一旦怪罪下来，我可吃罪不起。

周亭兰说：杨大人，你还记得吗？当年为赈河灾，我家公公曾经拦下漕运的粮船，那不也是先斩后奏？朝廷最后不也应允了嘛。我记得，京城各衙门口联名为先夫申冤时，大人不也签名了？大人，你就再做回善事吧。

杨大人哑口失言：这、这……

周亭兰对孙儿有恒说：去，让他们抬进来吧。

片刻，老孙和一个小相公抬着一个木箱走进来。周亭兰吩咐说：打开吧。当即，老孙和相公蹲下来，各自掏出钥匙，打开了那个有两把锁的木箱。木箱打开后，是满箱的地契。

这时，周亭兰站起身来，悲愤地说：大人，这河上并非只有姓康的一家行船吧？虽说是康家自愿出资赈河，可修的却是正经国堤呀！可现在，受奸人的陷害，明明修的是黄河大防，却由康家借粮赈河修堤。其中的委屈，就不给大人一一细说了。杨大人，这箱子里装的是康家多年来在陕西、山东、河北、河南四省置下的地契。现在，我把康家所有地契都押在这里，以求借粮解燃眉之急。我想，大人再不会说什么了吧？

杨大人仍然为难地摇摇头，说：这、这……实在是不妥呀！

周亭兰目光逼视着他说：大人，黄河决堤，大难临头，我康氏一族毁家沉船，也算是为国尽了力了！现在，我把康家所有的身家都押在你这里了，这不算是为难你吧？

杨大人一时骑虎难下，说：我知道康家仁义。你只借一个月吗？

周亭兰说：只借一个月。

杨大人终于说：好吧，我豁出去了，但也只敢以呆旧粮换新米的名义借给你了。到时候，你要是还不上，我可就是欺君的大罪。

周亭兰再一次保证说：大人放心，我只借一个月，到期必还。到期如若还不上，我康家这四省的地亩，就全部归公了！这些地里的粮食，拿出百分之一，也足够你填补亏空了。

杨大人看了看箱子里的地契，说：那就……一言为定？

周亭兰说：一言为定。

从河洛仓借粮出来，周亭兰又赶到了康家老店的后院，吩咐道：把圈里的猪都给我赶出来，杀了，上大锅炖，送到河上去！

伙计们都望着她，周亭兰说：快去呀！

四

周亭兰自出了房门，一口水都没顾上喝，马不停蹄地四处奔忙。大相公老孙紧跟她身后，随时听候吩咐。这一天跟下来，老孙不由得感慨万端，暗暗赞道：到底是大奶奶，不简单哪！

向晚时分，周亭兰带着孙子有恒到晚香住的别院来了。晚香见婆婆来了，赶忙带着小玉上前施礼。周亭兰在屋子里坐下来，说：孩子还好吧？你身子还好吧？晚香自然是很感激婆婆的。那一日若不是婆婆临危不惧，紧急施救，她母女二人早就没命了，这会儿见了婆婆，不禁眼泪汪汪。她用丝巾掩住泪眼，说：还好，孩子刚睡下。不料，却听周亭兰说：晚香，自从你进门，就没过什么好日子，委屈你了。

晚香赶忙说：母亲，我生孩子时，是您守了我整整一夜，儿媳一点也不委屈。

接着，周亭兰告诉她说，康家遭了大难，悔文在黄河大堤上几天几夜没合过眼。晚香赶忙说：儿媳也略听说了些。我能做些什么，母亲尽管吩咐。周亭兰沉吟片刻，站起身来，对她施了一礼，说：孩子，对不起了，康家想请你帮个忙。晚香赶忙起身，慌慌地说：母亲，这是干什么？周亭兰说：孩子，你来之后，一直让你住在别院，你不记恨我吧？晚香说：家人对我都很好，我没什么可抱怨的。周亭兰说：不记恨就好。现在，是火烧眉毛了，我想请你为康家做件事，你愿做吗？

晚香说：我已经是康家的人了。康家有难，我什么都愿做。您说吧。

周亭兰说：时间紧，详细的我就不说了……我想请你回江宁一趟。

晚香顿时心里一寒。她望了一眼刚出生不久、尚在襁褓中的女儿，眼里含着泪说：婆婆，您是要休了我吗？

周亭兰说：你想哪里去了？康家有件关紧的事，须你去办。实话说，康家的安危，就系在你身上了。

晚香心中稍安，她看着婆婆的脸色：您说吧，要我做什么？

周亭兰说：康家现在是困住了，一盘死棋。若是能走活一步，康家就还有翻身的指望。我查看了这些年的账目，目前康家唯一可堪调用的，就只有江宁那一笔了。

晚香诧异地问：江宁，还有账吗？

周亭兰肯定地说：江宁，还有笔账。这笔账是悔文给你赎身时留下的，有些年头了。

晚香想了想说：莫非，母亲说的是那笔玉石生意？

周亭兰说：正是。我看账上写着，那块玉料，不是价值二百万吗？作为投资，这么多年，利滚利，也该有些收益了。你回江宁，无论多少，把它收回变现，越快越好。而后，买成粮食，雇船运回来。

晚香说：我一个人去吗？

这些天，康有恒跟着奶奶前前后后地跑，见识了家中的变故，心思重了。他说：奶奶，让孙儿也去吧。孙儿也该为家里出些力了。

周亭兰望着康有恒，略有些迟疑，而后说：好吧，再带俩伙计。你去，有什么事，多与你……姨娘商议。该决定什么，就立马定下，不要迟疑。

康有恒说：奶奶放心，我会的。

周亭兰又嘱咐说：我再说一遍，越快越好。只有一个月的时间。

晚香望着婆婆，先是迟疑着，而后，终于说：母亲，要是万一收不回来呢？

周亭兰望着她，久久，苦笑了一下说：晚香啊，要是收不回来，你也就不用回来了。

晚香吃惊地说：这是为什么？

周亭兰说：若是你一个月还不能回来，康家就破产了，你还回来干什么？账若是收不回来，你就自由了。到时候，我让悔文给你寄一纸文书。孩子，你放心，不会让她饿着。

此刻，晚香满脸都是泪水。她低声说：明白了。

待婆婆走后，晚香流着泪，收拾好了行装。突如其来的各种事端，是她从未想到、更从未经历过的。她一时愁肠百结。此次回江宁，身担如此大的干系，能不能回得来还未可知。她想见悔文一面，这些日子，只知他在河堤上忙，究竟是何情形，却是一概不知。自她有了身孕，悔文是那样欢喜。可如今千辛万苦把孩子生了下来，他却连面也没见过。对悔文，她有许多的话想说，更多的却是牵挂和担忧。明天一早便要起身，满腹惆怅的心事无处诉说，无处搁置。分明觉得累，却又躺不下去。她倚在琴桌前，轻声拨弄琴弦，谙熟的曲调从指尖流出。那是她在眠月馆时，时常弹唱的一支曲子：梦里几回回，月影流，水影流，流入临江燕矶头……小玉搂着她的肩，接下来轻声吟唱：想来王谢豪衙，玉带乌衣聚，朱雀萦花，八艳如云，都为明日花……

此时，晚香转念想，当年在眠月馆时，整日里莺莺燕燕，脂香粉浓，一天天逢场作戏，究竟是了无意趣。自来到北地，风景殊异，人情殊异。所遇人和事，无论称心不称心，一桩桩皆是真性情。如今，婆婆把关系全家性命的大事交给了自己，这千斤的担子，倒让她平添出一股男儿豪气。

想到此，晚香回身拍拍小玉，说：小玉，囡囡就交给你了，你要替我照顾好她。你放心，我会回来的。

小玉说：若是账……要不回来呢？

晚香说：纵是账要不回来，我也会回来的。告诉相公，我笃定回来。吃苦受罪，我认了。

小玉说：一月为限？

晚香说：一月为限。

小玉说：那……我等你。

晚香搂住小玉，又低声说：你与马爷的事，等我回来，就办了吧。

小玉羞红着脸，不好意思地说：哪还顾得上这事呢？再说吧。

晚香说：妹妹，回江宁可要我给你捎些什么？

小玉想了想说：就捎些……烟丝吧。

晚香说：给马爷的？

小玉轻轻笑了。

五

最先迷住小玉的，是河堤上的号子声。

晚香走后，在康家能跟小玉说上话的人，就只有马从龙了。可这些日子，马从龙一直在河上来回奔波，见他一面很难。这情形，让小玉很害怕，很孤。所以，一有往河上送饭的机会，小玉就抢着去。

小玉出生在南国，从小被卖到歌坊。眼前，是她从未见过的情景。上了河堤，阳光下，到处都是黑压压的、一片一片的油黑脊梁。那些汉子，穿着缅裆大裤衩子，光着黑红的脊梁，高高地举起一个个石硪或是木夯，在夯土打桩！大喉咙野野地喊着夯歌：

石硪圆周周哟——嗨哟！

抬头猛一丢哟——嗨哟！

抬高再抬高哟——嗨哟！

抬高不弯腰哟——嗨哟！

那领夯的是马爷。马爷站在人群中，也是光着脊梁，唯一的区别是，脖子上挂着一条她送给马爷的白毛巾。在马爷的号令下，那石磙高高抛起，又重重地落下，而后是风刮过来的冲天的汗气。那汗气阳壮壮的，似有一种排山倒海的气势。平原上的汉子，单个看并没什么出奇，可当他们汇集在一起的时候，当有一个统一意志来号令他们的时候，他们一个个都变得生龙活虎，就像是跳跃着的一尊尊黑神，就像是一道道黑脊梁做成的铜墙，那墙上挂满了晶亮亮的汗珠，那汗珠一豆一豆地迸发，在风中汇成了一波一波的腥热的汗气。

那一股一股的汗气十分的淹人。小玉就有些醉了。她心思里不由得生出了要躺在这汗气里的感觉，这感觉把她的脸都烧红了。当然，她也知道，她送来的小米粥，虽然按要求"插筷子不倒"，但对这些出大力的汉子来说，是远远不够劲的。人群中也不断听到有人发牢骚。

在河上，她看到的都是外在的情形。她哪里知道，康家的当家人康悔文，每天都是内外交困，忧心如焚。

就在昨天，宋海平又带着一众河官，专门到这一段巡堤来了。宋海平走上这段河堤，就指手画脚地说：给我好好查，一寸一寸查。若有半点不妥，让他们立即返工！接着，他又把康悔文叫到跟前，说：康家掌柜，这就是你的不对了。你康家不是有银子吗？怎么抠抠唆唆的，让河工一天三顿喝粥，这怎么出力啊？

康悔文忍了又忍，只回道：河道不通，粮食运不回来。家里正在多方筹措，断然不会让河工一直喝粥。

他很想冲上去朝姓宋的吼一声：康家哪儿得罪你了？你堂堂一个朝廷命官，不思为国效力，跟我们平民百姓较什么劲？不错，我康家是生意人，挣过漕运的银子，可我康家做的是正当生意，公平买卖，不曾有半分欺诈。况且，我康家每年都捐十万两河银。你呢，你除了层层盘剥，你又做过什么？你不就是一饿皮虮吗？不，你就是条蚂蟥，叮住人喝血又死不松口的蚂蟥……可这些话，他都生生地咽下去了。

只听宋海平皮笑肉不笑地又说：嗬嗬，还多方筹措？戏园子那一掷万金的康公子哪儿去了？我倒想看看，你误了河防的下场。

康悔文只觉得血往上涌，当即就豁出去了。他悲愤地冲着宋海平说：下场？什么下场？大不了一死。我爷爷不就死在河堤上吗？你是河官，我是百姓。走走，我现在就给你一个扬名的机会，咱们从决口处跳下去，你敢吗？

到了这时，宋海平立即尿了。他往后退了一步：你、你疯了？咱们走着瞧。

小玉收拾好送饭的东西，正要回去时，忽然听得"哄"的一声，汉子们突然都跑起来了。他们高声欢呼着：一品红！一品红上堤了！

是啊，谁也没想到，这个时候，一品红坐着骡轿到河堤上来了。小玉自然听说过一品红，也跟着人流跑起来。她也想看一看，这个一品红到底长什么样子。

只见一品红下了轿车，站在一个石碌上，对众人说：老少爷们儿，辛苦各位了！听说黄河决口，百姓受难，我的恩人康家为大义不惜在决口处沉船救堤。我一个唱戏的，出不了什么力，就给大家唱一段吧？

众人齐声吼道：一品红，唱一段！一品红，唱一段！

一品红就站在那个石碌上，面对这些光脊梁的河工，清唱起了《老征东》，穆桂英挂帅出征那场戏……

一时间，群情激昂。人们森林般地高举着铁锨、杠子、钢叉，一片炸雷般的叫好声。

小玉从未听过这样的唱段，她觉得这唱段太提气了，竟然把她的眼泪都唱出来了。

这天，一品红在河堤上一连唱了好几个唱段，唱得河工们嗷嗷大叫，打桩的时候，吼声震天。

到了傍晚时分，马从龙跳上石碌，高声说：各位弟兄，今晚各位就可以吃上大蒸馍了！外加猪肉炖粉条！

又是一片欢呼声。到此，马爷松了一口气，河工们算是稳住了。

小玉很想到马爷跟前去问候一声，可她又觉得不便在光着脊梁的汉子面前穿行，只得随着送粥的骡车先回了。

这天夜里，她睡得很不好，老是梦见马爷。她梦见马爷一身是血，吓醒后，她独坐到天亮。

第二天，马从龙从河堤上回到了河洛镇。他先是将康公的吩咐告知各位相公，而后就来到河边洗马。小玉听说马爷回来了，就赶紧跑了过来。

小玉在心里已把马爷当成了自己的亲人。她跑到河边，怔怔地站在他身后，好一会儿才说：你回来了？

马从龙扭过身来，看着小玉，说：噢。

小玉忍不住问：河上的粮食还能撑多久？

马从龙说：一二十天没问题。

小玉说：那往下呢？

马爷没吭声，只俯身刷马。

小玉说：马爷，江南我是回不去了。若是康家破产了，你、你带我走吧。

马从龙正刷着，手停住了，接着又刷。

小玉鼓足勇气说：我愿意一辈子跟着马爷。马爷，无论你带我去哪儿，我都会跟你走。

马从龙沉默了一会儿，说：康家不会到这一步的。真到了这一步，我……会给你一个交代。

小玉望着他，久久说不出话来。

终于，马从龙说：我还要办一件事。等我办完了，再说走的事。

小玉不放心，追问道：啥事？

马从龙继续刷马，不说话了。

六

一品红死了。

一品红死在了舞台上。

那天，从河洛镇回来后，一品红本意是要搬出宋宅的。在这个家里，里里外外，"小桃红"已成了女主人。一品红再没什么可留恋的了。

就在一品红收拾行李时，宋海平气急败坏地回来了。他一进门，上前就揪住一品红的头发，吼道：谁让你去河上唱戏的？贱！

一品红说：贱吧？

宋海平咬着牙说：贱！

一品红说：那你写一纸休书，把我休了呀。

宋海平一怔，冷笑说：哟，翅膀硬了啊！你以为我不敢吗？

一品红说：写吧，你现在就写。

宋海平说：好啊，好。你不就一戏子吗？出了这个门，你要饭去吧。

一品红说：我愿意。

宋海平说：就为了康家？

一品红说：不。是我看错了人。

宋海平说：你被那戏词给害了。

一品红说：是你说的，我就是戏，戏就是我。在我眼里，戏比天大。

宋海平说：好，你就是戏。你以为，离了你，我就不看戏、不说戏了？论嗓子，小桃红比你强百倍。

一品红说：啥都别说了，写吧。

宋海平跳起来说：操，你以为我不敢写吗？说着，拿起笔，在纸上唰唰写下了一行字，往桌上一拍：滚，立马给我滚！

一品红拿起那张纸，扭头就走。

谁承想，宋海平忽然放缓语气说：我知你成一角儿不容易，要不，再给你说说戏？

就要离开这里了，一品红还是有些伤感。听他说这话，不由又停下了脚步。

宋海平说：你还信我？

一品红说：做人，我不信。说戏，我信。

立时，宋海平换了副面孔。他眯缝着眼，万分陶醉的样子：说到戏，这万事万物，千人千面，均在戏里。笑哉，使人酣畅淋漓；痛哉，使人五雷轰顶；忧哉，使人五内俱焚；念哉，使人思绪万千；恨上去，他就是千夫所指；爱起来，她就是心头之肉……若手执一鞭，你就有了千军万马；若手执一桨，你眼前就是万顷波涛；若手执一扇，你胸中就有八面来风；若手捻一绢，你就是桃花一树，春风八面……

一品红听着，眼里有泪花滚落下来。她心里想，听他说戏，这是最后一回了。

说到这里，宋海平已忘了身在何处，只沉浸在自己的情绪中沉吟道：司空图云，沉静者，绿杉野屋，脱巾独步，时闻鸟声；自然者，著手成春，幽人空山，过雨采苹；典雅者，落花无言，人淡如菊；含蓄者，不着一字，尽得风流。悠悠空尘，忽忽海沤，浅深聚散，万取一收……俱是大境界也！

这时的一品红，早已是泪流满面，泣不成声：你呀你，明明知道什么是"好"，什么是"品"，什么是"格"，为啥不往好处去做人哪！

宋海平正在兴头上，像是兜头挨了一棒。他怔了片刻，恼羞成怒：你他妈大煞风景。我说的这些，你根本就不懂！滚！

一品红赶忙解释：我懂，你说的是"戏"，我说的是"人"。

宋海平脱口说：人？你给我说"人"？给人倒尿壶的时候，你还是人吗？沿街要饭的时候，你还是人吗？给人拉马坠镫、跪进跪出的时候，你还是人吗？你知道什么是"人"？只有站在万人之上，喝令一声，跪倒一片的时候，你才是人！

一品红望着他，久久，说：莫非，你是穷怕了？

听她这么说，宋海平更加狂躁：谁说的？谁给你说的？老子何时穷过？老子从来都是锦衣玉食，老子的尿罐都是金子做的，老子从来就没有穷过！

一品红说：我听人说，你从小要饭……

宋海平暴跳如雷：告诉我，谁给你说的，我剥了他的皮！这时，他红着眼说：我真想掐死你！

一品红说：你掐死我吧。死你手里，我就再也不为你难过了。

宋海平说：扯淡！你为我难过？你为我难过什么？

就在这时，师爷走进来禀报说：大人……

宋海平对一品红一挥手：滚，快滚！别让我再看见你。

待一品红走后，宋海平说：什么事？

师爷附耳说了几句，宋海平默默地点了点头。

当晚，在戏园里，宋海平竟然还像往常一样，一副温文尔雅的样子。他站在戏台的角上，手里捧着一个小茶壶，每次一品红下场，他都很殷勤地把小茶壶递上，让一品红喝上两口茶，润润嗓子。这是人们都看得见的。后来有人说，就是这一手，证明了此人深不可测。

然而，到了终场谢幕的时候，主角一品红却没有出来。她死了，死在后台的侧幕旁边。她的手往前抓着，像是想抓住一点什么，却一头栽倒在地，鼻口蹿血。

关于一品红的死因，后来坊间有很多传言。人们说，那个小茶壶里定有蹊跷，一品红是被宋海平在茶里下药害死的。也有人说，她大病初愈，喝的又是参茶，补得太过，她唱戏又卖力，所以才会鼻口蹿血，死在台子上。

三日后，还是在这个戏园子，"小桃红"的戏牌挂出来了。

第二十三章 ·······································

一

晚香已走了十八天了，一直杳无音信。

康家先后又派了两个得力的相公，分赴山东临沂和陕西泾阳，带着康悔文的亲笔书信，期盼着能有粮食运过来。可是，人走七天后，传书的鸽子没有飞回来。

康悔文仍在河堤上监守着。修复河道已到了最后关头，他必须盯着，不给宋海平留下任何口实。

这天上午，刘知县乘着一顶官轿来到河堤上。他把康悔文叫到一旁，告诉他一个惊人的消息。刘知县悄悄地说：上边下了道密旨，要地方上注意你们康家的动向。另外，我也是刚刚听说，康家找仓署借粮一事，宋大人正派人密查哪！康悔文一惊，说：我康家，你是知道的。刘知县说：康家的义举，本官十分钦佩。可我头皮薄，帮不了你什么。这宋大人来者不善啊！如今看来，一省之内，能挟制他的，怕只有巡抚大人了。我听说你与巡抚大人有八拜之交。兴许他能帮你。不过，要快。

康悔文先是谢过了刘知县。他知道借粮的事，是母亲安排的。他生怕有什么差池，会对母亲不利。当日下午，他骑马赶到了开封的巡抚衙门。谁知，巡抚大人午睡未醒，康悔文只好在花厅候着。等巡抚大人洗漱完毕，这才把他叫进了客厅。

秋大人哈哈笑着：让贤弟久等了，抱歉。有急事？

当康悔文把宋海平的种种行径诉说一遍后，秋震海一拍桌子说：这个王八蛋，欺人太甚！贤弟，你等着，我收拾他！

康悔文说：大哥，当年也是冲着你秋大人，我才承接了这河上的事。别的我就不说了，你现在是一省的巡抚，能不能给他挪挪地方呢？

秋震海转动着手里的一串念珠，说：这个嘛，这个……也不是不可以。这个王八羔子，虽说只是从三品，可我得逮他个错，才能上奏朝廷啊。

康悔文说：他把一品红都给害死了，难道说一个封疆大吏，就动不了他吗？

秋巡抚说：贤弟呀，官场上的事你不懂。不是动不得，是得找机会。况且，此人有专折密奏之权，是一个专打小报告的家伙。恨他的人多，可要治他也得有万全之策才行。贤弟呀，我给你说的，都是心腹话。出了这个门，是一个字都不能吐的。

康悔文有些失望地说：明白了。

秋巡抚又拍拍他的肩膀，安慰说：贤弟呀，你放心，这件事我会想办法的。你康家沉船的损失，我想办法让他们补偿就是了。能补多少，就补多少。

康悔文还想提一提借粮的事，可话到嘴边，又咽下去了。他知道，这秋震海官一做大，已不似当年了，于是叹了口气告辞了。

这边，康悔文刚走，又有人来报，宋海平宋大人求见。秋震海冷冷地"哼"了一声，说：让他在花厅候着。

整整让宋海平等了半个时辰，秋震海才从后堂出来。他往椅子上一坐，看着宋海平：你怎么搞的？黄河决口，朝廷震怒，你这顶帽子还想不想戴了？

宋海平倒是不惧不怯的，他先是施了一礼，才走近前来，附耳小声说了几句。秋震海听了，放下手里的茶碗，两眼直直地说：什么？皇上有旨意，我怎么不知道？

宋海平这才在秋震海身边的椅子上坐下来，说：巡抚大人，皇上的密折，我也只告诉你一个人。

秋巡抚望着宋海平，身上有冷汗下来了：圣上是什么旨意？

这时，宋海平又附在巡抚的耳边，轻声把御批内容告诉了秋震海。秋震海愣了一会儿，说：就这……十六个字？

宋海平说：十六个字。

秋巡抚一凛，说：皇上的意思……要抄家吗？

宋海平不敢乱说了，他说：那……那倒没有。

秋巡抚这才松了口气，说：噢，噢，兹事体大。康家还是做了些善事的。一门两进士，虽然人不在了，在京城还是有些影响的。听说康家在全力堵口修堤，还是慎重些为好。既是圣意，我就不多说什么了。

宋海平说：巡抚大人放心。遵圣意，我多注意些就是。

待宋海平走后，秋震海在花厅走来走去，沉思良久。他自言自语道：一个康家，圣上会有旨意吗？不会吧。这王八蛋，真的还是假的？说着，他摇了摇头，不禁又自言自语：宁可信其有，不可信其无啊。

二

出了巡抚衙门，宋海平自觉有密旨罩着，走路都轻飘飘的。他立刻带人去了河洛仓。他要的是真凭实据，一旦有了证据，他就可以放开手脚干了。

进了仓署，宋海平立在坐粮厅的大堂，立马让人去叫管理仓署事务的杨侍郎。

这个杨侍郎本就担着心呢，一听说宋海平宋大人到了，吓得心里"怦怦"直跳。他疾步从仓署后堂赶往坐粮厅，连连拱手说：哎呀，宋大人，哪阵风把你吹来了？快，上茶！

宋海平根本没把他放在眼里，随意地拱了拱手，说：杨大人，我是无事不登三宝殿啊。河上吃紧，我是找你借粮来了。

杨侍郎心里一紧：宋大人说笑了。我这是皇粮国库，动不得的。你找我借什么粮？

宋海平两手一背，说：动不得？

杨侍郎说：动不得。要动，也得有皇上的旨意、户部的公文。宋大人，你有旨意吗？

宋海平"哼"了一声：我听说，有人就动得。

杨侍郎说：我怎么不知道？绝无此事。

宋海平四下看了看，突然说：你这仓署里有老鼠吧？

杨侍郎即刻回道：有啊，当然有。仓署里要是没有老鼠，那还叫粮仓吗？

宋海平脸一变，说：杨大人，打开天窗说亮话吧，你的事瞒不了我。我可是听说，有人亲眼看见，你这河洛仓一车一车往外运粮食，有这事吧？

杨侍郎先是"噢"了一声，接着忙说：有，有有有。

宋海平进前一步，逼问道：这又怎么说？

杨侍郎说：宋大人，户部的事你不太清楚。这是惯例，粜旧换新。粮食放的时候长了，会粉的。

宋海平说：粜旧换新？

杨侍郎说：所以嘛，你听说的不假。那是调仓呢。

宋海平仍然质问说：你这粜旧换新，要多长时间？

杨侍郎说：怕是得一个多月。

宋海平仍不死心，说：你这库房，我能参观一下吗？

杨侍郎一拱手说：得罪了。国仓重地，若是没有公文，任何人不得入内。抱歉，抱歉。

宋海平说：若是有旨意呢？

杨侍郎说：那我就敞开大门跪迎，宋大人随便进，随便查。

宋海平进一步探问：要是查出亏空呢？

杨侍郎说：不会。我可以拿脑袋担保。

宋海平说：这话口满了吧？你有几颗脑袋？

到了这时，杨侍郎只有豁出去了。他说：一颗。一颗足够了。

宋海平说：好，你等着，我会请得旨意的。

宋海平对户部管理国仓的规矩和流程并不了解。他虽然很想继续追查下去，手里却没有确凿的证据。见没问出什么端倪，只好悻悻地走了。

宋海平走后，杨侍郎擦了一把头上的冷汗，马上吩咐说：快，去康家。

杨侍郎心急火燎地来到康家栈房。落轿后，他三步并作两步往后院走，一边走一边吩咐说：你们候着。孙大相公见是杨大人到了，忙命人上茶。茶是好茶，江南的龙井，可杨侍郎端茶的手却有点抖。茶水未喝一口，他又放下了，问：大奶奶呢？

孙大相公知道自己挡不住，赶忙去请大奶奶。一会儿工夫，周亭兰来了，进门就问：杨大人，你这是……

杨侍郎已顾不上客套，说：夫人借那粮有二十天了吧？何时归仓啊？

周亭兰说：大人，不是说一月为限吗？

杨侍郎叹一声，说：我有预感，不好，很不好。

周亭兰问：怎么了？

杨侍郎说：夫人有所不知，那姓宋的怕是听到什么风声了，好端端的，跑我这儿借粮来了。我看他借粮是假，分明是查我来了。

周亭兰心里一惊，说：是宋海平吧？

杨侍郎说：正是此人。此人可是蛇蝎心肠！他仗着有专折密奏之权，横行霸道。谁要是犯在他手里，准得脱一层皮呀！说到这里，杨侍郎的汗又下来了。

周亭兰忙安慰他说：杨大人，你不要慌，这是"棠旧换新"嘛。

杨侍郎说：我就是这样回复他的。不然，他探得一清二楚，我还能说什么。

周亭兰说：这就对了。他是管河务的，还管不到你这里。

杨侍郎屁股下像坐着蒺藜一样，焦急不安地说：夫人，不是我催你，此人太可怕了，你借的粮，还是早日归仓为好。拜托了！

周亭兰说：杨大人放心。你在危难时帮了康家，康家绝不会失信。

杨大人一边擦汗一边连声说：不失信就好，不失信就好。而后又是连连作揖。

周亭兰再次说：放心，康家绝不会连累大人！

话说到这种地步，杨侍郎只得告辞了。

仓场侍郎走后，周亭兰默默地坐了一会儿。她先是吩咐人叫康悔文回来一趟，而后，她乘轿来到了仙爷庙。她在祭台上布了供品，上了香，默默地许愿道：大仙哪，救救康家吧。康家多年来积德行善，从未做过伤天害理的事情。此番康家若是脱了大难，我会给你年年上供，重塑金身……庙里静静的，没有回音。

走出仙爷庙，周亭兰呆呆地望着河水，在木桥上站了很久。

当康悔文赶到时，周亭兰仍在桥头上站着。他走过来，轻声叫道：母亲。周亭兰看了儿子一眼，只见他瘦多了，也黑多了，就低声问：河上什么时候才能完工？康悔文回道：快了，七日左右。这时，周亭兰告诉他说：我看了你的账，各处也都派了人去。你心里不要焦，走到哪一步，说哪一步吧。康悔文说：这份家业，本就是母亲置下的。孩儿一切听母亲处置。周亭兰说：我让晚香去了江宁，你不怪我吧？康悔文说：我听马爷说了，母亲安排得很详。周亭兰说：但愿她能平平安安回来，她只要能如期回来，这盘棋就活了。康悔文说：我听说姓宋的正在查河洛仓？周亭兰摆摆手，不让他再说下去。康悔文低下头说：是孩儿不孝，拖累了母亲。周亭兰说：你去忙河上的事吧，家里你不要操心，我替你管这一个月。康悔文说：让母亲如此操劳，都是孩儿的错。周亭兰望着远处，再不说什么了。

过了两日，杨侍郎在仓署里坐不住，又催粮来了。这次他不用孙大相公禀报，直接闯到了佛堂门前。周亭兰开门相迎，请他坐下。只见周亭兰一言不发，在观音菩萨像前长跪不起……久久，杨侍郎长叹一声，从屋里走出去了。

院子里，相公们站成两排，都默默地目送这位官人。他们试图从他脸上看出点什么，可他们什么也看不出来。只见他从众人面前走过，两眼空空，面无表情。

当天夜里，马从龙从河堤上赶回来了。他在佛堂前徘徊了一会儿，上前敲门说：大奶奶，是我。

门开了。周亭兰说：进来吧。

马从龙站着，问：大奶奶，南边有消息吗？

周亭兰摇了摇头。

马从龙说：不能再等了。

周亭兰看了他一眼，什么也没说。

马从龙说：大奶奶，交给我吧。

周亭兰沉默了半晌，说：这是一步险棋。不到万不得已，是不能走的。你让我再想想。

马从龙说：大奶奶，这件事就交给我吧。

周亭兰说：马爷，一直想给你操持着成个家，这么多年，还是耽搁下来了。我听说，小玉那姑娘不错，等过些日子就办了吧。

马从龙不接话，只说：大奶奶，不能再犹豫了。此人不除，永无宁日。

周亭兰说：马爷，我担心的是你。这事一旦做了，很难全身而退……

马从龙决绝地说：大奶奶，放心吧。办了这事，我就不再回来了。

周亭兰摇摇头：不妥。康家不能做这样的事情。那人现在是三品大员了。再想想，能不能更周全些。

马从龙说：不用想了。就这样吧。说着，就要往外走。

周亭兰说：慢着。这事你跟悔文商量了吗？

马从龙说：没有。康公正在全力赈河，我不能让他分心。

周亭兰起身送他，说：既如此，康家在陕西给你划片地吧。不过，一定要小心，若有丝毫不妥，就不要做。马爷，我要你平平安安的。

在门外，周亭兰俯身施礼说：马爷，受康家一拜。

她久久没有抬头。她不想让人看见，她满脸都是泪水。

三

马从龙有些恍惚。他牵着马，本是要上官道的，可走着走着，却绕到康家别院来了。不知怎的，这些日子以来，他对那个江南小女子竟有了些牵挂。可待他进了院子，却又站住了，心想，眼下要办的，是桩棘手的事，还是不连累她吧。就在他转身要走时，小玉端着一盆水从屋里出来了。

见院子里站着马爷，小玉心里一喜道：马爷，你回来了？

马从龙矜持地咳了一声，说：少奶奶那边有消息吗？

小玉摇摇头：还没有，怕是早到了，只是……

马从龙说：有恒跟着呢。那孩子机灵，会有消息的。

小玉说：有话进屋说吧。怎么还牵着马？

马从龙说：我来……是跟你告辞的。

小玉说：怎么，马爷要出远门？

马从龙说：是。

小玉问：去多久？

马从龙迟疑了一下，说：不一定。也许……就不再回来了。

小玉惊讶地望着他：不是说好了吗？康家万一……你就带上我走吗？

马从龙安慰她说：康家不会到那一步。

小玉望着他：那你……是啥意思？

马从龙只说：万一我回不来的话，你就找一好主儿，嫁了吧。

听他这么一说，小玉心里就更没底了。她垂下眼皮，有点害羞地说：马爷，你是不是嫌弃我？

马从龙说：看你说哪里了。小玉姑娘，你的恩情我记下了。这辈子如果还不上，就下辈子还吧。

不料，小玉掉泪了。她很决绝地说：马爷，你怎么说这话？我不要下辈子，我就要这辈子。

马从龙心里一热，斟酌着说：我去……办件事，路途远，带上你不方便。

小玉很执拗地问：多远？

马从龙说：很远。

小玉望着他说：那我送送你吧。她把盆子往地上一放，跟着马爷出了门。

月色朦胧，两人默默地在官道上走着。远处，星星已出齐了，一眨一眨地亮着。走出一里地开外，在一片小树林前，马爷停下来，说：时候不早了，回吧。

小玉却说：马爷，你就这么走了？

马从龙回身望着她。小玉说：马爷，只听说你一身武艺，我还从没见识过。

马从龙迟疑了一会儿，说：想看？

小玉却说：要不，等你回来吧。

马从龙望着她，说：我现在就给你打一趟。说着，他拴了马，把披风扔在地上，就地打了一趟拳。

月光下，最初小玉并没看出什么窍门来。只见他身子陡然缩下去，人像是一下子小了，而后是左右一探，接着就有些眼花缭乱。不大的一小块地方，明明是一个人、一双手，可刹那间就变成了十个、百个人，千双、万双手……只听树叶沙沙响着、旋转着，眼前只有舞动着的风和影。

马从龙收了式，直直站在那里。小玉跑上来说：马爷，我还是第一次看人打拳。真好！

马从龙说：我也是第一次打拳给人看。

小玉说：马爷，我知道，你是为我打的。

马从龙却再一次说：小玉，找个好人家，嫁了吧。

小玉气了：马爷，你怎么又说这话？

马从龙心一横，翻身上马，说：路途遥远，天有不测风云。你不要再等我了。

小玉流着泪说：一年四季，你要我等到哪一季？桃花开的时候，还是柿子红的时候？

马从龙不再接话，他两手一抱拳：珍重。而后，是一阵急促的马蹄声。

小玉两眼含泪，在路边站了许久，才慢慢走回来。她一进院门，发现大奶奶带着两个老妈子在院子里站着。

小玉匆忙走上前说：大奶奶。

周亭兰望着她，轻声说：回来了？

小玉有些不好意思，怯怯地说：是。

周亭兰说：小玉，从今往后，你就别干那些粗活了。我给你找了两个帮手，让她们做吧。

小玉往后退了一步，说：大奶奶，这……

周亭兰说：以后你就知道了。

小玉想了想，大着胆子问：马爷他，不会出什么事吧？

周亭兰看着她，很肯定地说：不会。

四

在开封府，如今的宋海平，已成了炙手可热的人物。

宋海平做了河务侍郎，当上了从三品的大员，又娶了年轻貌美的小桃红，趾高气扬，十分得意。但不知为何，他内心深处却隐隐地有些不安。为什么呢，这又是说不清的。他是上密折起家的，他知道很多人恨他。时不时地，总觉得身后似有一双眼睛在盯着他。

随着官位的提升，他的警卫也今非昔比。无论衙门还是府邸，门禁森严，出门总是前呼后拥的。

这天临近午时，宋海平坐在官轿上，前有仪仗，后有护卫，正在大街上走着。可突然之间，他的右眼皮跳起来。宋海平警觉地大喝一声：停！

立刻，官轿停下了。宋海平摸了摸后脖颈，凉飕飕的。他命令道：不对，给我四处搜一搜！

侍卫们立即四散开去，开始盘查过路的行人，结果什么也没有发现。

宋海平定了定神，掀开轿帘四下看看，这才摆摆手：走吧。

回到官邸，宋海平仍有些不安，命人四处查看一番，没见任何异常。他这才定了定神，到后院找小桃红去了。

宋海平自小随母过继给了一个太监，挨打受气自不必说。太监是个阴人，可这太监有一嗜好，迷戏。这既成了宋海平不愿示人的隐痛，也让他成了个"戏痴"。

就在宋海平给小桃红说戏的当儿，一个头戴草帽、挑着水桶的汉子从门外进来。此人头上的草帽压得很低，挑着水桶进院后，不经意地朝花厅看了一眼。厨房内有人吆喝：往哪儿瞅呢？水缸在偏院。

这挑水的正是马从龙，马从龙在鼓楼大街挑水已有多日。直到这天，他才等到了一个机会。宋府挑水的人病了，一个多次见他挑水的厨子把他领进了门，说好挑一担水给两个铜子。

马从龙挑完水又帮着劈柴，于是，他被留在了下人住的地方。一直到下半夜，梆声响了，他才连翻两道院墙，来到宋海平的内宅。

夜深人静，墙头上一只猫"喵"地叫了一声。正睡着的宋海平突然一惊，坐起身来，发现床前站着个蒙面人！

宋海平愣了片刻，说：你、你是何人？

马从龙说：是宋大人吧？

宋海平说：你想干什么？

马从龙直接说：取你的狗命。

宋海平说：夜闯三品大员的官邸，你可知罪？

马从龙说：我是为民除害。

黑暗中，宋海平眼珠子一转：是康家派你来的？

马从龙说：千夫所指，是我自己来的。

宋海平说：我只要喊一声，你就完了。

马从龙说：你喊一声试试。

宋海平四下看看，夜沉沉的，周围一点动静也没有。马从龙手里的匕首寒光四射。他低下头，说：好汉，做个交易吧？

马从龙说：怎么做？

宋海平说：左边柜子后有一暗格，暗格下是我的密室。密室里有我全部家当，珠宝金银，你可任意取用。

马从龙说：是吗？

宋海平说：好汉，为表诚意，你把我捆上。你要还不放心，也可把我的嘴堵上。

马从龙说：留你一条狗命？

宋海平惊惶道：好汉，隔、隔壁房里，有一妙龄少女，二八年岁，美目皓齿，还会唱戏，我把她送给好汉……你还要什么，我都给你。

马从龙说：这是三品大员说的话吗？

宋海平张口结舌。

马从龙说：还是体面些吧。

到此，宋海平才彻底绝望了。他再一次看了看四周，一片漆黑。他喃喃道：体面些？是，是要体面些。我是朝廷的三品大员，更衣；我要更衣，让我更衣后再死。就这么说着，他突然一跃而起，猛地朝马从龙扑来。

马从龙低吼一声：找死！说话间伸出手来，只听"咯吱"一声，就像是一串珠子拧碎了的声音。尔后，一切都静了下来。

第二天早上，一个下人挟着扫帚走到院子里。他一边揉着眼一边走，突然，他看见满院子都是银子，一箱一箱白花花的银子，在摆满银子的地上，躺着宋海平——宋大人。他赤条条地躺在那里，脖子连着头垂在胸口。他的身上放着一张纸条：杀赃官者马从龙也！

愣了片刻，扫地的大叫起来：杀人了！杀人了！宋大人，被杀了……

五

突然之间，整个开封城就像过年一样热闹。

大街上，从东到西，从南到北，无端地响起了一阵一阵的鞭炮声。鞭炮声像是会传染似的，东边响了，西边也响，连酒楼、茶肆的窗口也伸出一串串裹了红纸的长长鞭炮，一处处炸响。

临街的商家一户户开窗对视一笑，相邻的互相打着招呼，一个说"送送"，对门的也说"送送"。

大街上，当两乘官轿相遇时，官员们会撩开轿窗的布帘，含蓄地一笑，相互作揖。一个说：听说了吧？对面的点点头：听说了，听说了。一个示意：一院子银子。另一个则说：可不是。他们的眼神传递着同一个意思：报应啊！

此时，宋氏官邸的周围，已被巡抚衙门的兵勇团团包围，任何人不得靠近。

官邸内，匆匆赶来的河南巡抚秋震海在院子里站着，他眼前摆着一箱一箱的银子。银子在阳光下晃人的眼睛。在银子中央，是宋海平的尸身。尸身上还有八个大字：杀赃官者马从龙也——这让他不由心里一寒。

这时，亲自带人搜查的臬司徐大人走过来，低声报告：大人，在暗室里搜到一箱密折。

秋震海瞥了徐大人一眼，低声说：操，真有啊。——有你我二人的吗？

徐大人点点头说：有。

秋震海愤愤地说：这王八蛋！走，看看去。

徐大人引着秋震海进了内宅，在那个移开的柜子前，放着一个箱子。这时，秋震海看了徐大人一眼，徐大人对搜查的侍卫们说：你们都退下吧。

秋震海走到木箱前，打开一看，果然是满满一箱的密折和草稿，有的竟还带有御批。秋震海伸出手来，像怕烫着似的，小心翼翼拿起一份，只见密折上写着：……洛阳知府马思远，新娶第八房小妾，名温雪，乳名喵喵。夜间思春，常以"喵"为号，你喵我喵，淫作一团……更让人吃惊的是，上边竟还有圣上的朱批：且观。

秋震海扬起手，想摔了那密折，可他举起后却又轻轻放下了，只摇摇头说：荒唐。

而后，他又拿起一份，只见上面写着：豫西道知县刘尔厚，善织。织锦手艺一流。两套官服，常坐堂当众织补，哗众取宠，实不然也。其人嗜好火锅，一年赊啖羊肉二百余斤，从不付账……秋震海看了，摇摇头，说：这都是什么乱七八糟的。——随手放下了。

秋震海本欲罢手，可他忍不住还想看，于是又拿起一份：……河洛仓杨侍郎，身有癣疾，夜不能寐，抓痒之际，竟口题反诗一首，"清风徐徐来，不慰汉家愁……"其心可诛。

就这么看着看着，他头晕晕的，身上的冷汗下来了。往下，他喃喃地说：不看了，我不看了，收起来吧。

徐大人问：巡抚大人，这……该如何处置？

秋震海想了想，说：密封，全部带回。

徐大人又问：杀人凶犯……

秋震海说：抓，当然要抓！不过……

徐大人会意，说：这姓宋的民愤极大，是否——外紧内松？

秋震海只是很含糊地说：办去吧。

当晚，秋震海一夜都没合眼。他抓耳挠腮，像是热锅上的蚂蚁。是呀，那些密折实在不好处理，密折上奏的内容，按说只有当今圣上才能看，若是就这样交出去，一旦泄露是要杀头的。这可如何是好？秋震海一直思索到天蒙蒙亮，才想出个主意。

第二天，他把七品以上的官员全部召集到了巡抚衙门。待官员们集齐后，在大堂上站成两排，秋震海这才从后堂走出。他往案前一坐，大喝一声：抬上来！

两个卫士把那装有密折的木箱抬到了大堂上。此时，堂上鸦雀无声，官员们都禁不住伸头去看那满是密折的箱子。

秋震海说：各位，你们可能已经知道，河务侍郎宋海平宋大人昨晚遇害，凶手是一个叫马从龙的家伙。本官已命臬司衙门全力缉拿凶犯，限期破案。至于宋大人嘛，包宿倡优，行为不检，也确有贪腐之嫌，这些我会如实奏报圣上。各位也许有所耳闻，这位大人，有专折密奏之权，想来这件事各位甚为关心。现在，这些个奏折及草稿，都在这个箱子里放着。因是圣上所阅，我和徐大人都没有看过……

一时，众官哗然。他们一个个交头接耳，议论纷纷。

讲到这里，秋震海抬起头，他的目光从众官员脸上一一扫过。当他的目光扫到马知府脸上时，他脑海里即刻出现了猫叫声，他差一点笑出声来，可他还是绷住了。他那一眼，看得马知府有些不自在，身上像长了虱子一样。

众官员在他的注视下，不知为什么，有的神情惶恐，有的低下头去，各自都有了几分尴尬。这时秋震海着意响亮地咳嗽一声，说：我想，既然……就烧了它吧。

一时间，众人都松了口气。有的说：清明啊！巡抚大人清明！有的说：功德无量，功德无量。还有的高声说：那王八蛋，死有余辜！自古以来，陷害忠良的，都没有好下场！

秋震海说：好，我做主了。来人哪，当众一火焚烧！

立时，卫兵们跑上来，由徐大人监督，当场把那些密折全倒在地上，浇上油，一把火烧了。

大堂上响起一片轻松的笑声。

六

宋海平死后，开封街头，大街小巷都贴有缉拿凶犯马从龙的告示。但臬司衙门里，实心办案的人并不多。官员们内心都觉得去了一个祸害，表面上在街头设卡盘查两日，过后就撤了。平民百姓看了那告示，竟是一片叫好声：好汉，真是条好汉！

当街头开始盘查时，马从龙并没有离开开封城。他在城西一家酒楼里安安稳稳地坐着，面前摆着一壶老酒、四样小菜。他知道，街头到处贴有缉拿他的告示，可他并不担心。他已化装易容，坐在这里的是一个看上去有五十来岁、满脸胡子的老头。

马从龙本来是不喝酒的，平日也只是沾沾唇而已，那几样小菜倒是他喜欢的，他就那么很悠闲地坐着。到了掌灯时分，一个陕西口音的老倌走上二楼，问一声：是走西口的老客吗？马从龙说：是。那人再没说什么，只说：跟我走吧。

于是，马从龙跟着他下楼，上了一辆带篷的驴轿。这辆车不紧不慢地在石板路上走着，直接到了汴河边。一条小船早已候在那里，康家在陕西的相公五魁从小船里走出，一拱手说：爷，上船吧。马从龙回头看了一眼，默默地上了小船。夜晚的汴河风凉人稀，小船很快就没了踪影。

章程总是要走的，该查也还是要查的。枭司的徐大人在马从龙失踪后，带人来到了康家。

清兵们围住康家后，带着一群禁卫兵勇的徐大人表面上杀气腾腾，见了周亭兰，话语却十分的客气。他拱拱手说：夫人不必惊慌。我们这次来，是追捕杀人凶犯马从龙的。来前，巡抚大人专门有过交代，不可对康家造次。你只需告诉我，马从龙是不是在这里干过活儿？

周亭兰很平静地说：干过。

徐大人说：人呢？甚时离开的？

周亭兰说：他早就不在这儿干了。离开有小半年了。

徐大人说：上哪儿去了？

周亭兰说：那就不知道了。也许，回老家了吧。

徐大人问：他老家是哪里的？

周亭兰说：好像是河北吧。

徐大人说：夫人，如果不介意的话，我能搜一搜吗？——而后又特意说：这也是例行公事。

周亭兰说：空口无凭，搜吧。

徐大人命令道：四处搜一搜！小心些个，别弄坏了人家的东西。

周亭兰说：那就谢谢徐大人了。

徐大人走完形式，所有人很快就撤走了。

待他们走远，周亭兰来到了小玉住的别院。小玉已很久没有听到马爷的消息了，见大奶奶来了，立即迎上去，跪在她的面前，说：大奶奶，马爷他……

周亭兰低声地说：起来吧，屋里说。

进屋后，小玉着急地问：马爷他是不是被官府抓了？

周亭兰摇了摇头。

小玉说：大奶奶，我想见见马爷。我能见他吗？

周亭兰仍是摇摇头。

小玉哭着说：大奶奶，我活要见人，死要见尸……你就让我见一面吧。

周亭兰沉吟片刻，说：你想好了？

小玉说：想好了。

周亭兰眼里似有些话，可她只说：这样吧，我没有女儿，你愿做我的干女儿吗？

小玉望着她，突然像是明白了什么，说：我愿。母亲在上，受女儿一拜。说着，再次跪下，恭恭敬敬地磕了三个头。

周亭兰说：那好，你既然是我的女儿了，我就可以打发你了。

小玉不解：打发我……

周亭兰说：是呀。你既是康家的人，康家就该给你备下嫁妆，打发你出嫁呀。我再问你，路途遥远，地方偏僻，你愿去吗？

小玉望着周亭兰，久久，说：是……那个人吗？

这一次，周亭兰郑重地点了点头。

小玉的泪哗地流下来了，说：愿。我愿。

周亭兰盯着她，说：任何人都不要告诉。你只是远嫁，明白吗？

小玉点了点头。

很快，小玉就以康家养女的身份出嫁了。据传，她嫁得很远，康家陪送了很多嫁妆。

那一天，晴天响日。河洛渡口，突然响起了久违的锣声。镇上的人都听到了锣声，人们奔走相告：河路开了，通航了！

康家盼望已久的粮船也终于来了。

这一来就是两支船队。一支是从南边来的，首船的船头上立着康有恒和晚香；另一支船队是从东边来的，船首站的是崔红。两支船队在河洛口交会时，岸上一片欢呼声。

康悔文陪着母亲接船来了。两人站在码头上，康悔文说：母亲，船来了。

周亭兰说：来了就好。

康悔文说：康家……

周亭兰突然说：我头有些晕，你扶我回去吧。

康悔文扶着她，叫一声：母亲……

周亭兰低声说：往后，就是你的事了。

七

康家乔迁的日子到了。

这年的八月初七，康家搬进了在叶岭上新盖的庄园。庄园背依邙山，面朝洛水，依岭势而建，呈扇面状辐射开去，分成大小不同的宅院。寨墙高丈二，整个看上去就像一座堡垒。据说，堡垒里有一密道，直通后山。

这时候，康家已度过了劫难。水路开通后，康家的生意重新红火起来。

乔迁之喜，前来道贺的人很多。这一日康家开的是流水席，仅挑水的杂工就雇了二十人。客人们也是随到随喜，不分远近亲疏。

前来贺喜的有四省的官员和商贾，还有从各地赶来的大小相公们。康家寨墙内的平台上，仅轿子就有上百顶之多。栈房院外，拴马桩都有些不够用了。河南巡抚秋震海亲临康家贺乔迁之喜，他的笑声从主宾席上传出来，在新建的庄园上空回荡。

工匠们的席位安排在栈房院里，布了二十桌。朱十四是建造庄园的总领班，这么大的工程，终于完工了，他心里十分高兴。这一天给他敬酒的人特别多，他自然是来者不拒，不到一个时辰，就有些不胜酒力了。这时，最后一道主菜上来了，那是开封府的一道名菜，叫"糖醋熘鱼"。这条鲤鱼足有十来斤重，盛在一个硕大的蓝边长圆盘里。端上桌来，鱼眼还活着。匠人们都劝十四爷尝尝，朱十四说：那就尝尝。朱十四原是不吃鱼的，他也不大懂吃鱼的规矩。有人说，得先把鱼眼盖上才能开吃。朱十四醉眼蒙眬，挑肉厚的地方就是一筷子。谁料想，才吃了没几口，他就被鱼刺给卡住了。众人忙上来给他捶背，有人让他把鱼刺掏出来，有人让他吃口馍把鱼刺咽下去。只见他连着"咔、咔"咳了几声，头一歪，闭上了眼。众人连声叫道：朱爷，朱爷！一探鼻息，人已经没气了。

众人慌了。有人暗暗地说：坏了，坏了。有徒弟就问，咋回事？那人说，应了，应了。徒弟问，咋就应了？那人说，有句闲话，你没听说过吗？徒弟再问，什么闲话？那人说，当年王瞎子曾给康家算过一卦，说了三个字："猪吃糠"。可后边还有三个字，是外人不知道的，那就是："噎死猪"。

酒宴未了，这句民谚就在河洛镇传开了。

当然，也有人不信，说：哪能那么巧？

朱十四就这么过去了。匠人们赶忙禀报康公。康公抽身从宴席上赶过来，他没想到朱十四为一口鱼竟把命给送了。伤痛之余，一边吩咐人重殓，一边赶去禀告母亲。

这一天，周亭兰没有出门，她一直在新修的佛堂里坐着。康悔文赶来给她报信儿，隔着一道门，听那木鱼声先是停了，片刻又响了起来。她只说：

走就走了，好好安葬。

此后，一直到她下世，她再也没有出过佛堂的门。临走时，留下了一句话：不立牌坊。

据说，她的孙子康有恒，曾经进过老夫人的佛堂。临走时，老夫人把一个用黄缎子包着的锦匣交给了他。人们猜测说，这就是康家的秘籍。康家就是靠着这份秘籍，连富了十二代。可到底也没人见过这锦匣，里边到底装的是什么，更是无人知晓。

尾声 ·································

一

时间是有眼的。

穿过时光，陈麦子看见，如今，那座庄园，已空空荡荡。

在庄园西北角的一处砖墙上，还留有一个人的指纹。那是谁按上去的呢？是谁在场院里脱的坯？是谁在土窑里烧成了这块砖？一切无从考究了。

旧日的影壁还在，栩栩如生的五福捧寿图也还在。那青石的莲花基座，被无数双游人的手摩挲后，散发出釉彩般的光泽，令人遥想那远去的光景。

二

时间是有眼的。

春分，夏至，立秋，冬至。风一日日从这里刮过，人来了又走，走了又来。毕竟那建筑还在，经糯米汁浇灌的砖瓦十分坚固。经过岁月的淘洗，那一处处错落有致的房舍，依然静静地矗立着，虽有损坏破败的痕迹，但格局尚在，气象犹存。若是站在邙山最高处往下看，那仍是一座巨大的城堡式建筑。虽默默无言，却也坚实沉稳地立在那里。生命力最强的，当是葡萄架下的那口"叶氏井"。三百年过去了，打上水来喝一口，那水仍是甜的。

生在苏杭，葬在北邙，这当是人间大富贵。

可人们并不满足，人们求的是世世代代的富贵。从各地赶来的商界大贾们也都知道，邙山有一吉穴，名为"金蟾望月"，亥年亥日亥时发动。可吉穴究竟在哪里呢？

三

时间是有眼的。

大师陈麦子被人们簇拥着抬到了邙山上，人们都等着大师开口说话。可大师仍是沉默不语。

那棵老柿树还在。如今，它身上挂满了红布条，香火不断。人们都说这是一棵"福禄树"，可有谁知道它的过去？

云烟渺渺，大师看见了诸般荣华。

在三百年的时间里，这里最长久的当是康家了。红红火火的十几代，都以为必定是久久长长的了。如今，那飞檐仍勾着夕阳，从那里望出去，浮云四散天际，星辰游走长空。

又有那生在邙山山麓的刘氏兄弟。民国年间，先后同为一省的保安司令，也曾经金戈铁马，气吞万里如虎。不过转瞬之间，便是万里海疆、地老天荒。

还有那生在邙山窑洞里的"金镶玉"。号称"金嗓子"的她，戏台上稳稳站立六十年。一嗓子吼出去，曾红遍大半个中国。到如今，只有在漫步公园的老人的手提播放器里，才不时听到那声腔余韵。

再有那生在邙山后沟的一位丹青高手。看上去如黄土地般憨厚本分，下笔却气象峥嵘。也曾经，其一幅作品的收入令人咋舌。传说有小女子把门收银，一字十万。到如今，人去楼空。书画市场上仍有人谈论，其某幅作品价值几何。

在大时间的概念里，还有什么可说的呢？

终于，大师的手杖举起来了。他的手杖向前方指去。——可究竟是哪里呢？

前方云气冉冉，气象万千，似是一片开阔的去处。

二〇一九年七月定稿于郑州